大巴扎

HET HUIS VAN DE MOSKEE

［荷兰］卡德尔·阿卜杜拉◎著

潘源◎译

著作权合同登记:图字 01-2014-5053 号

Het huis van de moskee by Kader Abdolah
© Kader Abdolah 2005

图书在版编目(CIP)数据

大巴扎／(荷)阿卜杜拉著;潘源译. —北京:人民文学出版社,2014
ISBN 978-7-02-009477-6

Ⅰ.①大… Ⅱ.①阿…②潘… Ⅲ.①长篇小说—荷兰—现代 Ⅳ.① I 563.45

中国版本图书馆 CIP 数据核字(2014)第 199321 号

责任编辑　仝保民　陈　黎
特约策划　李江华　林宋瑜
装帧设计　尚书堂
责任印制　芃　屹

出版发行　人民文学出版社
社　　址　北京市朝内大街 166 号
邮政编码　100705
网　　址　http://www.rw-cn.com

印　　刷　北京凯达印务有限公司
经　　销　全国新华书店等

字　　数　230 千字
开　　本　710 毫米×1000 毫米　1/16
印　　张　18.5
印　　数　1—8000
版　　次　2014 年 9 月北京第 1 版
印　　次　2014 年 9 月第 1 次印刷

书　　号　978-7-02-009477-6
定　　价　30.00 元

如有印装质量问题,请与本社图书销售中心调换。电话:01065233595

目录

蚂蚁·001

清真寺之家·004

诺鲁孜节·012

卡尔卡尔·019

婚礼·030

鱼儿·036

伊朗长袍·041

家庭·046

布道·055

电影院·062

鸟儿·079

詹尼什·084

济纳特·090

天房·098

请读!·105

藏宝室·111

影子·118

哈吉·122

回家·129

游击队·133

"蜥蜴"·143

鸦片 · 150

平静岁月 · 160

电视 · 165

蝗虫 · 168

时间 · 174

巴黎 · 182

德黑兰 · 188

法官 · 195

驴 · 203

《奶牛》· 211

战争 · 221

群山 · 235

至睿 · 242

"圣战者" · 246

飞机 · 252

摄影师 · 256

第一个来者 · 263

极乐园 · 270

他是光，光上之光 · 284

致谢 · 287

蚂蚁

A lef Lam Mim。①

从前有一座房子,一座古老的房子,被称为"清真寺之家"。这是一座有着三十五个房间的大宅。几个世纪以来,一个为清真寺服务的家族几代居住于此。

每个房间根据其用途命名:圆顶室,鸦片室,故事室,地毯室,病室,祖母室,图书室和乌鸦室。

这座房子位于清真寺后身,实际上是在其基础上建筑而成。在庭院一角,一段石阶向上通往一个屋顶平台,在此与清真寺相联。

院落中央有一个净池,这是一个六角水池,祷告之前,人们在其中清洗手和脸。

现在居住于这座房中的是三个堂兄弟的家庭:阿伽·加安——主管该城巴扎②的商人,阿尔萨贝里——家中的阿訇,清真寺的精神领袖,以及阿伽·苏查——清真寺的宣礼员③。

这是早春一个星期五的早晨。阳光和煦,空气中充满着泥土的芬芳,树木枝繁叶茂,植物正在吐芽。鸟儿在枝间飞舞,为花园鸣唱。两位祖母正将冬季死去的植物拖出,孩子们相互追逐,在粗大的树干后躲藏。

一队蚂蚁从一堵古墙下爬出,像移动的棕色地毯般覆盖了一株雪松旁的小径。数以千计的小蚂蚁第一次见到太阳,感受到背上的温暖,它们沿着小径蜂拥而下。

这座房子的猫四肢伸展,伏在净池旁,惊奇地望着这热闹的群体。孩子们

---

① 《古兰经》中的隐晦字母,由阿拉伯字母构成。《古兰经》中有二十九章以隐晦字母开端,故亦称之为"章首字母"。
② 巴扎:波斯语,意为集市、农贸市场。
③ 宣礼员:清真寺每日按时高念召唤词、召唤信徒祈祷的人。一些有宣礼塔的大清真寺,宣礼员要登上宣礼塔唤拜;规模小的清真寺,宣礼员则站在大殿外的殿台上唤拜。

停止玩耍，注视着这奇妙的景象。鸟儿陷入沉默，栖息在石榴树上，伸着脖子，关注着蚂蚁的进展。

"祖母，"孩子们叫道，"过来看啊！"

正在花园另一边干活的祖母们仍在继续挖掘。

"快来啊！"其中一个女孩重复道，"有数百万只蚂蚁！"

祖母们过来查看。"我从未见过这样的事！"其中一位惊呼道。

"我从未听说过这样的事！"另一位也在惊呼。她们惊异地用手捂住了嘴。

蚂蚁群每秒都在壮大，致使人们无法前往大门。

孩子们急速奔向阿伽·加安位于庭院另一侧的书房。

"阿伽·加安！帮帮忙！我们有蚂蚁了！"

阿伽·加安分开窗帘，向外望去。"怎么了？"

"请您快来！我们很快就没法到门口了。数百万只蚂蚁朝房子爬来。数百万只！"

"我来了。"

他把长袍披在肩上，戴上帽子，走到院中。阿伽·加安在这座房中见闻颇多，但从未有过这样的事。

"这让我想起了先知所罗门，"他对孩子们说道，"肯定是什么东西激发了它们，否则它们不会如此大量群集。如果听得足够仔细，你就能听到它们在彼此交谈。遗憾的是，我们不懂它们的语言。所罗门可以跟蚂蚁说话，但我不能。我想它们肯定是在举行某种仪式，抑或是春天触发其巢穴的变化。"

"做点什么！"祖母中年龄较小的戈贝尔说道，"在它们进入房中之前，让它们回到蚁穴中去！"

阿伽·加安跪了下来，戴上眼镜，近距离研究这些蚂蚁。年纪较长的祖母戈贝纽提了一个建议，"给蚂蚁朗诵所罗门跟蚂蚁说话的那个章节——蚁群覆盖了山谷，使所罗门的军队停了下来。或读《蚂蚁》章，所罗门与带来示巴女王①情书给他的戴胜鸟说话的那部分。"

孩子们等待着，好奇地想看阿伽·加安将会怎样去做。

"赶快读《蚂蚁》章，否则就来不及了！"戈贝纽坚持道，"告诉蚂蚁回到巢穴中去！"

---

① 示巴女王：公元前非洲东部示巴古国的女王。根据《圣经·旧约》列王纪上第十章、《古兰经》和阿克苏姆国的其他历史资料的记载，示巴女王因为仰慕当时以色列国王所罗门的才华与智慧，不惜纡尊降贵，前往以色列向所罗门提亲。

孩子们期待地望着阿伽·加安。

"至少读一下那封情书，"她恳求道，"如果你不读，蚂蚁就会占领这座房子了！"

沉默良久。

"把《古兰经》给我，"阿伽·加安终于说道。

其中一个男孩沙保跑向净池，洗洗手，用挂在晾衣绳上的毛巾将手擦干，然后匆匆跑向阿伽·加安的书房。他拿回一本很旧的《古兰经》，递给阿伽·加安。

阿伽·加安迅速翻阅，寻找《蚂蚁》章，然后在377页停住。他微微躬身，开始轻声吟诵："Hattaa edha ataa'ala wade an-namle qalat namlaton: 'ya ayyoha an-namlo 'od kholaa masaak-enakum la yahtemannakom solaymano wa jonuudoho wahum la yash'oruun'。"

他们都静静观望，等着看蚂蚁将会如何。

阿伽·加安又多读了一些，并向蚂蚁吹气。

祖母们拿来两个火盆，将一把野芸香种子①撒在新生的火上，香烟升腾到空中。他们跪在阿伽·加安身旁，将烟向蚂蚁吹去，吟诵道："所罗门，所罗门，所罗门，蚂蚁，蚂蚁，蚂蚁，山谷，戴胜鸟，示巴女王，示巴，示巴，示巴，所罗门，所罗门，所罗门，戴胜鸟，戴胜鸟，蚂蚁，蚂蚁，蚂蚁。"

孩子们焦急地等着，想看将会发生什么。

突然，这些生物停了下来。它们似乎在听，仿佛想要知道谁在吟诵，并将野芸香种子的香烟吹向它们。

"让出院子,孩子们！"戈贝纽说道,"蚂蚁要回去了！我们不想惊扰它们！"

孩子们结队上楼，从窗户向外观望，看蚂蚁是否真的撤退。

几年之后，当沙保离开这个国家，住在异国他乡时，他跟朋友分享那天的记忆。他告诉他们，念完那章之后，他亲眼目睹蚁群如何像棕色的长绳般爬回那堵古墙的裂缝之中。

---

① 据说燃烧野芸香芬芳的种子可以驱赶恶魔。

清真寺之家

Alef Lam Ra。

几年过去了，蚂蚁再未数量如此之巨地从古墙下爬出。这一事件变成了遥远的回忆。在这座被传统束缚的房子中，生活一如既往。

傍晚，祖母们在厨房中忙活，直到家中的阿訇阿尔萨贝里回来，她们便不得不帮他做好到清真寺做晚祷的准备。

老乌鸦飞过房子，呱呱啼叫。一辆马车在外面停下，戈贝纽冲了出去，为阿尔萨贝里阿訇开门。

年迈的车夫跟她打招呼后驾车离开。他是这一行中的最后一位，因为城市街道禁止马匹进入。任何设法得到机动车驾驶证的车夫都会得到出租车补贴，但有一个老车夫总是无法通过考试。在阿伽·加安的请求下，此人最终获准充当清真寺的马车夫。阿尔萨贝里认为出租车不洁，且觉得对阿訇而言，像普通人般乘出租车招摇过市颇不得体。

阿尔萨贝里戴着黑色的穆斯林头巾——表明他是先知穆罕默德嫡系子孙——以及神职人员的棕色长袍。他为城中一个显赫家庭举行完婚礼，刚刚到家。

孩子们知道他们不该离他太近。每天晚上，他带着数百膜拜者祈祷，但不许任何人触摸他的前额。

"您好！"孩子们冲他喊道。"你们好！"阿訇笑着答道。

当孩子们还小时，他通常给他们带回一袋糖果，递给其中一个女孩。孩子们便会散去，让他不受干扰地前往图书室。然而，他们现在大些了，不再跑向他。所以，他把袋子交给祖母，由她稍后将糖果分给孩子们。

阿訇阿尔萨贝里一走进房子，祖母们便在净池中洗手，擦干后到图书室帮阿訇洗澡。她们默默地给他解带宽衣。其中一位祖母小心翼翼地除下他的头巾，放在桌上。另一位帮他褪下祈祷袍，挂了起来。阿訇本人什么都不做，且避免触碰自己的衣物。

祖母们常向阿伽·加安抱怨："你应该跟他谈谈。他所做的，他对别人的要求，都不正常，或不健康。在这个家中，从来没有哪个阿訇如此注重清洁。爱干净自然很好，但他过于极端。他甚至不碰自己的孩子，而且只用自己口袋里装的勺子吃东西。这会让使他筋疲力尽。他不能这样下去。"

祖母们将这座房子中发生的一切都告诉了阿伽·加安，包括别人不该知晓的秘密。

祖母们实际上并非"祖母"，而是在此房中居住了五十多年的仆人。在她们年轻时，阿伽·加安的父亲将她们带到这所房中，她们从此再未离开。人们早已忘记她们来自何处。祖母们从来不提自己的过去。她们从未嫁人，尽管全家人都知道，她们两人都与阿伽·加安的叔叔私下有染。每当他来访，她们便成了他的人。

跟那只乌鸦、那棵雪松和那些地下室一样，祖母们属于这座房子。其中一位祖母养育了阿尔萨贝里，另一位抚养了阿伽·加安。阿伽·加安信赖她们，而她们确保这座房子的传统得以维持。

阿伽·加安是一位地毯商，塞尼詹市巴扎中最古老的公司的主人。有一百多人为他工作，包括七位设计地毯图案的绘图员。

该巴扎是一座城中之城，可从几个不同的门进入。被穹窿屋顶覆盖着的、迷宫一般的街道上林立着数百间店铺。几个世纪以来，这些巴扎已经发展成为国内最重要的金融机构。数千商人在巴扎中营业，主要经营黄金、纺织品、粮食、铜器和地毯。

尤其是地毯商，在该国历史上，他们永远扮演着至关重要的角色。鉴于阿伽·加安独特的地位，巴扎和清真寺都交由他主持。

阿伽·加安的公司所制造的地毯以奇特的色彩和惊人的图案闻名于世。任何有他的商标的地毯都与同样重量的黄金等值。当然，他的地毯不为普通买主而制,特约经销商很早便为欧美客户将它们预先订购下来。

无人知晓设计师是如何想出如此具有独创性的图案、如此精湛的色彩组合。这是该公司最伟大的资产,这个家庭最为严守的秘密。

私人浴室的时代尚未开始。塞尼詹有几间大型澡堂。清真寺之家的男人总是去最古老的一个,那儿为阿訇保留了一个专门的位置。但阿訇阿尔萨贝里打破传统,拒绝涉足被几十个人共用的洗澡堂。甚至一想到要在所有那些男人面前赤身裸体,他便感到恶心。

于是,阿伽·加安请来一位砖工补造一个浴室。该砖工熟悉的唯一洗浴设施便是洗澡堂,他便在图书室后面挖了一个洞,为阿訇建了一个小型澡堂。

那天傍晚,阿尔萨贝里像往常一样穿着白色长衬衣在石头地板上坐下。一位祖母将一罐温水从他头顶倒下。"水凉,"他尖声叫道,"凉!"

祖母们并未理会他的喊叫。戈贝尔用肥皂给他洗背,之后戈贝纽往他肩上轻轻倒水,确保不会水花四溅。

冲掉皂液之后,她们帮他进到并不很深的浴缸。他躺下,将头埋入水下良久。再次浮出水面时,他的脸色苍白。祖母扶他起来,匆忙将一条围巾裹住他的肩头,另一条围在他的腰间,将他拉到火炉旁。他厌恶地皱着眉头,摆脱已经潮湿的毛巾,迅速套上干净的毛巾筒。她们擦干他的头发,从头上套下一件内衣,将他的手插进袖中。她们陪他走回图书室,把他安置在他的椅子上,在一盏灯下检查他的指甲。一位祖母将他食指指甲一处参差不平的边缘剪下。

她们帮他穿上其余衣服,戴上头巾,将眼镜架在他的鼻梁上,用一块布把他的鞋子擦亮。现在,阿訇已准备好前往清真寺。

戈贝纽出来,拉响挂在一棵古老雪松上的铃铛,召唤清真寺的马车夫。听到铃响,车夫就会走上屋顶,再从石阶上下来,经过客厅,来到图书室。

车夫从未见过祖母。在他进入图书室之前,她们会谨慎地闪到书柜后面。不过,他总是跟她们打招呼,她们也总是在书柜后回礼。今晚,他抄起桌上已经准备好的书籍,护送阿訇前往清真寺。

车夫走在前面,以挡住任何可能意外扑向阿訇的狗。他是阿訇最信任的助手——除了祖母之外唯一可以触碰他、递给他东西、或从他那儿取走东西的人。

车夫跟阿訇本人一样执着于清洁。他从来不去市里的澡堂，而是在家中铜制浴盆中让妻子给他擦洗。

**** **** ****

清真寺外面，一群男人等着陪同阿訇前往祈祷室。在祈祷过程中，这些人总是站在阿訇身后的最前排。他们一看到阿訇，便叫道："祝福先知穆罕默德！"

数百礼拜者来到清真寺进行晚祷。当他进来时，他们起身为他让路。他在老地方坐下，车夫将桌上的书放在他身边。

然后，所有的目光都转向宣礼员，他从有着数世纪悠久历史的伊斯兰讲坛的顶端高声喊道："真主伟大！赶快祈祷！"当他登上楼梯时，祈祷已经正式开始。

宣礼员阿伽·苏查是阿伽·加安的堂弟，他天生目盲。阿伽·苏查有着优美的嗓音。每天三次（日出之前、正午和日落之后），他爬上这座清真寺两座相同宣礼塔中的一座，喊道："赶快祈祷！"

没人使用他的真名，相反，他以其头衔著称：宣礼员。就连他自己的家人也称他为宣礼员。

"赶快祈祷！"他雷鸣般地喊道。

礼拜者站起身，转身面朝麦加。盲人通常无法成为宣礼员，他必须能够看到阿訇何时跪下，何时用前额触碰地面，何时再次站起。但对于阿伽·苏查，这位阿訇只是稍微提高嗓门，让他知道他马上就要跪下、或用前额触碰地面。

宣礼员有一个名叫沙因的已婚女儿和一个名叫沙保的十四岁儿子。他的妻子死于重病，但他无意续弦。

相反，他时常悄悄溜出去，到山里拜访几个妇女。每当此时，他都穿上最好的衣服，戴上帽子，抓过手杖，一连消失数日。他不在时，儿子沙保接替他的职责，爬进宣礼塔，召唤信众祈祷。

晚祷之后，阿訇阿尔萨贝里被一群男人护送回家。阿伽·加安总是多待一会儿，跟人们交谈。他通常最后一个离开清真寺。

这天晚上，他简要地跟管理员说了一下屋顶需要维修。当他准备回家时，听到侄子沙保叫他的名字。

"阿伽·加安！我可以跟你说几句话吗？"

"当然可以，我的孩子！"

"您有时间跟我到河边走走吗？"

"去河边？可是他们正在家里等我们，快到晚餐时间了。"

"我知道，但这很重要。"

他们沿着缓缓流淌的塞菲德格尼河散步，这儿离他们的家不远。

"实际上，我不知道这件事该怎么说。您不必马上答复我。"

"有话直说，我的孩子！"

"是跟月亮有关。"

"月亮？"

"不，不是关于月亮，是关于电视。关于阿訇。"

"电视？月亮？阿訇？你想说什么？"

"我们……呃，我是说，阿訇需要知道正在发生什么。他必须跟上形势，阿尔萨贝里只读图书室里的书籍，而它们非常古老，是几个世纪前写成。他不读报。他什么都不知道……呃，比如说，月亮的事。"

"你说得清楚一点，看在老天的份上！阿尔萨贝里需要知道关于月亮的什么事？"

"这些天所有人都在谈论月亮。在学校，在巴扎，在街上。但在我们家中从不谈论那样的事。您知道今晚会发生什么吗？"

"不知道，什么事？"

"有两个人今晚要登上月球，您甚至一无所知！这也许对你或阿尔萨贝里而言并不重要。但美国人要把他们的国旗插到月亮上，而这座城市的阿訇竟然不知道。他在布道时根本没有提及。他今晚本该提到，但他甚至都不知道这件事将会发生。这对我们的清真寺不利。清真寺是一个人们应该听到影响他们生活的事情的地方。"

阿伽·加安等待着。

"我试图跟阿尔萨贝里提这件事，"沙保继续说道，"但他不想听。他不相信这种事。"

"你想让我们做什么？"

"登月将在今晚的电视上转播。我想让您和阿訇目睹这一历史性事件。"

"怎么目睹？"

"在电视上！"

"你想让我们看电视？"阿伽·加安非常震惊，"你想让这座城市的阿訇看电视？你明白你在要求什么吗，我的孩子？自从电视来到这座城市，清真寺就一直警告人们它是邪恶的，敦促他们不要听腐败的国王的话，不要看美国人。现在你提议我们坐下来盯着看美国国旗！你知道我们反对国王，反对将他扶上宝座的美国人！我们不需要把国王的面孔和美国国旗带到我们家中。你到底为什么想让我们看电视？那是美国人用来破坏我们的文化和宗教的武器！关于电视有各种奇怪的传言。它充满了毒害人们思想的恶心节目。"

"那不是真的！或至少不完全是真的。他们也播放严肃节目，就像今天晚上。您应该看！阿訇应该看！如果我们反对国王，反对美国人，那就更有理由看。今晚美国人将要登上月球。您是城里最重要的人物，您应该看。我可以在屋顶架设天线。"

"你想在屋顶架设天线？你会使我们成为全城笑柄的。明天所有人都会说：'你看到清真寺之家房顶上的天线了吗？'"

"我会安得让谁都看不到它。"

沙保的要求令阿伽·加安惊讶。这个男孩了解他们在某些事件上的立场，但他敢于坚持自己认为正确的想法。阿伽·加安很早就注意到沙保的这一品质。

他为此欣赏他的侄子。

阿伽·加安有两个女儿和一个比沙保小五岁的儿子。然而，当他看着沙保时，他看到了日后将接替自己在巴扎位置的人。

他尽力让沙保参与家中要务，把他当做儿子一般看待，培养他遵循自己的路线。

放学后，沙保总是直接去伯父的办公室，阿伽·加安告诉他巴扎中的最新进展，商讨他已经做出、或将要做出的决定，征求他的建议。

不过，现在沙保提出了电视和月亮的话题。阿伽·加安怀疑这个想法是努斯拉特播种在他脑中的。努斯拉特是阿伽·加安最小的弟弟，住在德黑兰。

阿伽·加安和沙保回到家中之后，阿伽·加安对祖母说道："我要跟阿訇一起在图书室吃饭。我需要跟他谈谈。请确保我们不被打扰。"

他来到图书室，发现阿訇正坐在他的地毯上读书。阿伽·加安在他身边坐下，问他在看什么。

"一部关于穆罕默德的妻子赫蒂彻的书。她拥有三千头骆驼——相当于今天的三千辆货车。无法想象的财富。现在我明白了：穆罕默德年轻、贫困，赫蒂彻年老、富有。穆罕默德需要她的骆驼——货车——来履行他的使命。"阿訇说道，笑了。

"不能这样谈论先知！"阿伽·加安说道。

"为什么不能？女人被他吸引，那他为什么选择了寡妇赫蒂彻？她几乎比他大二十岁。"

祖母拿着两个圆托盘进来，放在两个男人前面的地上后又出去了。

"沙保一直跟我说月亮的事，"阿伽·加安在吃饭时说道，"他认为你应该看看它。"

"看月亮？"阿訇说道。

"他说这座城里的阿訇应该了解这个国家和世界的发展。他不赞成你不看报纸、只读图书室中的旧书这个事实。"

阿訇摘下眼镜，在他白色长衫衣角上随意地擦拭着。"沙保已经跟我说过这些了。"他说道。

"听着，他的批评不仅针对你，也针对我。最近几年，我们完全专注于宗教。清真寺也应该引进其他话题，比如今晚将在月球上行走的人。"

"那都是废话。"阿訇说道。

"沙保认为你应该看。他想搬一台电视到这儿。"

"你疯了吗，阿伽·加安？"

"他聪明，我信任他。如你所知，他是一个好孩子。这将是我们的小秘密。不会太久。节目一结束，他就会把电视搬走。"

"但如果库姆的阿亚图拉^①发现我家有电视，他们就会……"

"没人会发现的。这是我们的家，我们的城市。我们可以决定我们在这儿如何行事。这个孩子是对的：几乎所有来我们清真寺的人都有电视。尽管这在这座房中是禁忌，我们一定不要把自己锁在房中，闭眼不看世界上发生的事。"

当沙保搬着一个盒子在黑暗中溜进图书室时，祖母从厨房的挂帘后瞧着。

---

① 阿亚图拉：对伊朗等国伊斯兰教什叶派领袖的尊称。

沙保跟阿訇和阿伽·加安打了个招呼。然后，不顾他们好奇的目光，他从一个盒子中拿出便携式电视，放到墙边的桌上。接着，他取出一条长电缆，将其一端插在电视机后部，拿着另一端出去，爬上通往屋顶的阶梯，在那儿，他已架起一个天线。他将电缆装到天线上，确保别人不会看到，然后回到图书室。

首先，他锁上身后的门，然后在电视机前放了两把椅子。"你们或许想要坐这儿，"他说道。

阿訇和阿伽·加安就坐后，他打开电视，关上灯。然后，他调低音量，简短地介绍道："我们马上要看到的此时正发生在外太空。阿波罗11号正绕着月亮运行。登月舱很快就会着陆。这是一个历史性的时刻。瞧，就在那儿！哦，我的主啊！"

阿伽·加安和阿訇在椅子上探身向前，盯着这个交通工具降落在月球表面上。一阵静寂。

"图书室有事发生，"戈贝纽对戈贝尔说道，"甚至连我们都不该知道的重要的事。"

"那个男孩顺着阶梯爬到屋顶，在那儿藏了什么东西，之后又匆忙下来，"戈贝尔说道，"然后图书室的灯灭了。他们在那儿黑灯瞎火干什么呢？"

"我们去看看。"

她们蹑手蹑脚地穿过黑暗，停在图书室旁。

"瞧！有根电线从屋顶连到了图书室。"

"一根电线？"

她们踮起脚尖望向窗户，但窗帘已经合上。她们轻轻地经过窗户，在门边停下。透过门缝，一种神秘的银光正在闪烁。她们把耳朵贴在门上。

"不可能！"她们听到阿訇惊呼道。

"不可思议！"她们听到阿伽·加安喊道。

她们从钥匙孔望进去，但只看到诡异的光芒。她们很失望，踮着脚尖离开，消失在院落的黑暗中。

诺鲁孜节

跟随春天而至的是诺鲁孜节——波斯新年。这个春天的庆典最初为皇家盛会,可以追溯至第一位国王。

春季大扫除在诺鲁孜节前两周便已开始。为了迎接新的季节,桌上摆放着从种在盘子里的小麦种子中长出的麦芽。孩子们得到了新衣和新鞋,以便在拜访亲戚——特别是祖母们时穿上。

家中的女人们负责筹备。她们只有在一切都已安排满意之后,才在自己的形象上花时间。

这个清真寺之家会请几个额外的人手,帮祖母为诺鲁孜节打扫房子。一位年老的理发师也会过来美化女人们。她的工作是给她们理发、修眉和去除过多的脸毛。

这项工作她已做了五十多年。她第一次是与母亲同来——当时肯定才有十或十二岁。母亲去世后,她接替了她的生意。不久之后,她成为这个家中女性的知心女友。

每当她到来时,这座房中的某些区域便禁止男性进入。女人们的笑声整日可闻。她们不戴面纱在房中四处走动,赤裸双腿穿过院子。祖母们娇纵着她们,给她们送来柠檬水和水烟,或以其他方式加以款待。

理发师告诉她们最新的八卦。由于频繁进出城中富裕之家,她非常了解女性世界正在发生的一切。她总是带来整箱的香水、染发剂、化妆品、指甲剪、发卡,以便出售。她的商品不是能在巴扎上买到的普通货物。她的儿子是一位在科威特工作的移民工人,每次回家,他都在自己的旅行箱里装满给母亲的客人的独家商品。

今天,她是来给阿伽·加安的妻子法克莉·萨达特理发。法克莉·萨达特在她所属的那个富人圈中很受欢迎。她有时帮祖母在厨房中忙碌,有时给自己的孩子缝补衣服。在孩子小时候,她给他们大声朗读。实际上,她花很多时间读书，特别是她的小叔子努斯拉特从德黑兰买给她的书籍和女性杂志。

秋季，当出现一段好天气时，她便设陷阱捕捉候鸟。在那些日子中，祖母们会到地下室帮她制作捕鸟器——连着一根长绳的柳条筐。然后，法克莉·萨达特便在院子里撒下一些谷粒，接着在净池旁坐下，等着鸟来。终于，一群鸟从群山的另一侧飞来，落在院中。当一只鸟在地上啄着搜寻食物，一路进入筐下时，法克莉·萨达特便猛地一拉绳子，陷阱咯嗒一声闭合。

法克莉·萨达特把捕到的鸟在"鸟室"中保留几天，给它们喂食，跟它们说话，研究它们的羽毛，在一张画纸上画出复杂的图案略图。当她作画时，周围所有人都踮着脚尖走路，小声说话。当她画完后，便把小鸟放飞。

理发师刚给法克莉·萨达特的腿上上好脱毛用的蜡，那只乌鸦便飞来栖息在屋檐上，呱呱地大声叫着，带来消息。

没人知道这只乌鸦有多老，但在清真寺档案中，提到它的文献可以回溯到一个世纪之前。这只乌鸦是这座房子的一部分，跟穹顶、尖塔、屋顶、雪松以及它从中饮水的净池一样。

法克莉坐直身子。"你好，乌鸦！"她说道，"你有好消息吗？谁来了？谁来看我们了？"

暮色降临，看门人从清真寺中走出，后面是阿訇阿尔萨贝里，穿着节日服装。他们通常穿过院门进入房子，但今天他们上了石阶，在屋顶平台上行走——或许是由沙漠上的粘土和植物的混合物制成，它在春天散发出一种令人愉快的气味。

"我有时间小睡一会儿吗？"到了院中时，阿尔萨贝里问祖母，"我感觉不太舒服。"

"是的，"戈贝纽回答道，"你有一个半小时。我们正在等阿伽·加安。当他回来时，我们就去宴会厅。午夜时分，我们在院子里会合，进行新年祷告。同时，我们将在地上铺几块地毯。我会及时叫醒你。"

一辆出租车停在门前。孩子们冲了出来。"努斯拉特叔叔来了！"他们喊道。

法克莉·萨达特打开她二楼卧室的窗户，向外望去。努斯拉特并非独自一人，他带来了一位年轻女士。法克莉匆忙披上黑色罩袍下楼。

努斯拉特和那个女人进到院中，遇到了惊人的沉默。这个年轻女人没披黑色罩袍！她确实戴着一个头巾，但拉得颇为往后，以至于能看到她的头发。

从厨房往外看的祖母们无法相信自己的眼睛。"他怎敢带穿成那样的女人进入这座房子！"戈贝纽叫道。

"她是谁？"戈贝尔问道。

"我不知道。某个荡妇！"

阿訇的妻子济纳特·卡诺姆及其女儿萨迪克加入人群。沙保从窗口看着这一情景。叔叔真是勇敢，带来这样一个新女性，他想道。他钦佩努斯拉特漠视传统，反抗家中陈规。

在这座房子漫长的历史中，这是第一次有不穿黑色罩袍或戴任何一种面纱的女人跨进门槛。

他们站在那儿，呆呆地看着。他们该不该欢迎她呢？阿伽·加安会怎么说？

天色已暗，但在灯光中，祖母们能够看出，这个女人只穿了尼龙袜。你实际上能够看到她的腿！

阿伽·加安的女儿纳斯林和恩熙兴高采烈地亲吻叔叔努斯拉特。

"我想把我的未婚妻介绍给你们，"努斯拉特说道，"她名叫沙蒂。"

沙蒂笑着跟女孩们打招呼。

"真是好消息！"阿伽·加安的长女纳斯林大声说道，"你们什么时候订婚的，努斯拉特叔叔？为什么没告诉我们？"

"订婚？"戈贝纽对戈贝尔说道，"他是什么意思，订婚？"她猛地拉上窗帘。"他在说谎，这个无赖。他没打算结婚。他把那个荡妇从德黑兰带来是为了找点乐子。阿伽·加安在哪儿？他很快就会制止此事！"

法克莉·萨达特亲吻这个女人。"沙蒂，"她说道，"多可爱的名字！欢迎来我们家。"

"阿伽·加安在哪儿？"努斯拉特问道，"宣礼员在哪儿？阿訇在哪儿？还有沙保在哪儿？"

"阿伽·加安还没回家，不过阿尔萨贝里可能在图书室，"阿訇的妻子告诉他。

"我要让他大吃一惊，"努斯拉特说道，朝图书室走去。

法克莉·萨达特把沙蒂带到客房，所有的女孩都跟着她们。

祖母们在厨房中等着，在那儿，她们可以留意大门。她们一看到阿伽·加安便叫道："努斯拉特来了！"

"好，"他高兴地说道，"正好赶上过年。看来我的弟弟没忘记我们。我们今晚的庆祝将会添辉增色。"

"不过，还有点别的，"戈贝纽忧虑地说道。

"什么？"

"他带来了一个女人。"

"他说他们订婚了，"戈贝尔补充道。

"那是好消息。最终他还是恢复理性了。"

"不完全是，"戈贝纽说道。

"她没穿黑色罩袍，只有一个暴露的小头巾。"

"还有尼龙长袜，"戈贝尔静静地补充道。

"尼龙长袜？什么是尼龙长袜？"

"透明的长袜。它们让腿看上去像是裸露的。他带到这座房子里的就是那种女人。上天保佑我们！幸好他们来时天色已晚。想想要是他在白天带着她走过清真寺呢！明天城里所有人都会说：'一个穿着尼龙长袜的女人待在清真寺之家！'。"

"我已经听到需要听的一切了，"阿伽·加安冷静地说道，"我会跟他谈。我想让你们照常欢迎他们，给她一双普通的袜子和一个黑色罩袍，以备她明天想要进城。你有那么多漂亮的罩袍。给她一个，作为礼物。"

"我认为他们没订婚。他只是把他的女孩中的一个带来了，"戈贝纽说道。

"我们不知道，"阿伽·加安说道，"让我们希望他们订婚了吧。他现在在哪儿？"

"在图书室，我想，或是在宣礼员的房间。"

阿伽·加安知道自己的弟弟已经不再祷告，且永远反抗宗教和传统。但现在努斯拉特把一个女人带回家，他希望他能努力适应。

"都会解决的，"他对祖母们说道，便去见宣礼员了。

"晚餐准备好了！"戈贝纽喊道。

"孩子们！晚餐准备好了！"戈贝尔喊道。

所有人都聚集到宴会厅。

当女人在巨大餐桌右侧落座后，男人身着节日服装进来。

法克莉·萨达特把沙蒂介绍给阿伽·加安、阿尔萨贝里和宣礼员。

"欢迎，我的女儿，"阿伽·加安说道，"如果我们早知道努斯拉特会带未婚妻来，就会为你举办一个晚宴了。不过，有你在这儿本身就是一种庆祝。"

阿訇阿尔萨贝里从一个安全距离向她问候。法克莉·萨达特向宣礼员描述她："今晚我们餐桌旁有一位来自德黑兰的女士。她与塞尼詹的女人不同，也与你在山里见到的那些女人截然不同，"她顽皮地说道，"她的名字叫沙蒂，她很漂亮，长着可爱的深棕色眼睛，棕色头发，闪闪发光的洁白牙齿，有迷人的笑容。今晚，她披着一件印有绿花的漂亮白色罩袍，是祖母送给她的。你还有什么想知道的吗？"

"啊，这么说她很美丽！"宣礼员说道，笑了，"努斯拉特正如我所预期！"

祖母们带着一个燃烧的火炉进来，往里撒了一把野芸香种子，使房间中充满了香味，同时，女孩们从厨房把食物拿进来。

"我们不等阿哈默德了吗？"阿尔萨贝里问道。

"请原谅，"阿伽·加安说道，"我见到努斯拉特太兴奋了，都忘记告诉你了，阿哈默德从巴扎打电话来，告诉我他不来了。他们在库姆有自己的庆祝活动。"

阿哈默德是阿尔萨贝里十七岁的儿子。他在库姆，跟伟大、温和的牧师阿亚图拉戈尔佩伽尼学做阿訇。

祖母做了一顿美味的新年晚餐，所有人都在桌旁流连。饭后，女孩们将为这一场合准备的甜品取来。

女人们已经接受了沙蒂，正用关于德黑兰及其居民中的女性的问题轰炸她。沙蒂给他们带来了礼物：口红、指甲油、尼龙袜和花哨的胸罩。发现自己不再受欢迎的男人们退回到客房。

将近午夜，一位祖母宣布道："女士们！到了准备新年祈祷的时候了。"

努斯拉特靠近沙蒂。

"我们需要做什么准备吗？"她问道。

"没什么。我对所有这些繁文缛节不感兴趣。"他在她耳边低语道，"他们只能在我不在场的情况下祈祷了。我要到图书室去跟你说话。"

"为什么，我们到那儿干什么？"

"你会知道的，"他说道，抓起她的手。

努斯拉特牵着她蹑手蹑脚地经过雪松，轻轻推开图书室的门。"你为什么不开灯？"

"嘘，别这么大声！祖母能看到、听到一切。如果她们发现我们在这儿，就会像两个幽灵一般向我们扑来的，"他说道，开始解她的衬衫纽扣。

"不，别在这儿，"她低声道，轻轻推开他。

他搂住她的腰，把她压到书柜上，掀起她的裙子。

"不！这儿阴森森的。"

"这儿不是阴森森，而是恐怖。我们家的古老幽灵就在这些书柜里游荡。过去七百年中，阿訇们一直在这个房间为祷告做准备。这是一个神圣的地方。在这些神圣的墙壁里面发生过很多事，但没有这个。我想在这儿跟你做爱，给这个房间增加点美丽的事儿。"

"哦，努斯拉特，"她叹道。

他点燃阿訇桌上的蜡烛。

"努斯拉特，你在哪儿？"戈贝纽在院子里喊道，"快点，阿訇准备好了！"院子里已经铺好两张大地毯，这样全家人就可以祷告了。除了努斯拉特和他的未婚妻，所有人都到了。

"我告诉过你，他是一个无赖，"戈贝纽说道，"他一有机会就嘲笑清真寺，但我不让他得逞。他就是必须来祈祷！"

"他们会在哪儿？"戈贝尔问道。

她们把头转向图书室。

她们静静地穿过院子。图书室窗户正在吱嘎作响。这是她们想象出来的吗？不，窗帘也在动。

祖母们踮着脚尖走到门口，但不敢开门。她们谨慎地在窗边跪下，透过窗帘缝隙望进去，惊异地看到那支从未点燃过的阿訇的蜡烛此时正明亮地燃烧着。

她们手搭凉棚遮在眼睛上，向房中张望。

烛光中，书柜轻微晃动。接下来看到的景象令两个女人如此震惊，以至于同时跳了起来。

她们该怎么办？该告诉阿伽·加安吗？

不，那不是好主意，不能在今天这样特别的夜晚。

但对图书室中这个无法饶恕的罪行，她们该做些什么呢？

什么都不做，她们相互用眼色告诉对方。

跟之前的历代祖母一样，她们的职责就是假装什么都未发生。如此之多的家族秘密委托给她们，她们在很久之前便已学会将其锁在心中，扔掉钥匙。是的，她们什么都没看到或听到。

阿訇已经开始祷告。家中其他成员都在他身后排队站好，面朝麦加。祖母们不引人注意地溜回到其他女人旁边。房子一片寂静。唯一的声音便是阿訇的祷告：

> 他是光明。
> 他的光就像有灯的壁龛。
> 玻璃盏仿佛闪耀的明星，
> 它被吉祥的橄榄油点燃。
> 油本身便几乎焕发光彩。
> 光上之光！

卡尔卡尔

家中的女孩们已经长大，其中几个已到婚龄。但如果没有男人前来敲门求婚，她们如何出嫁？

在塞尼詹，陌生人从来不会敲你的门，向你女儿求婚。婚姻由媒人安排——她们是老年女性，安排新郎与新娘的家人见面。这些拜访通常发生在寒冷的冬夜。

有些家庭确实没有媒人。那样的话，家中的女人披上黑色罩袍，男人戴上帽子，一行人出发，出其不意地造访有条件合适的女孩的家庭。有女儿待字闺中的家庭不想被意外的敲门搞得措手不及，所以永远确保自己准备好随时接待来客。

这样的夜晚充满了长时间的讨论，涉及新娘嫁妆的基本成分——黄金和地毯，以及倘若婚姻失败，新郎必须给新娘的房子、土地或钱财的数目。

男人们达成协议后，便轮到女人交谈。她们商量婚礼上新娘应穿的礼服和佩戴的珠宝。在塞尼詹，手表是目前巴扎上的新奇商品，所有新娘都渴望得到一块。

在寒冷的冬夜，如果邻居窗内闪耀的灯光比平时长久，你就会知道，他们正在谈婚论嫁。他们的客厅很温暖，窗上腾起水烟发出的蒸汽。但对于很多拥有适婚女儿、却没有可能得到新郎的家庭，那些冬夜不啻为一种折磨。

在这个清真寺之家，阿訇的女儿萨迪克已经到了出嫁年龄。

全家静静等待。或许某人将会敲门，或许电话将会响起。但冬季几乎结束，竟无一个求婚者。

为这家女儿找到合适丈夫并非易事。不是谁都可以向她们求婚。普通的女孩有足够的年轻男人可供选择：木匠、泥瓦匠、面包师、小公务员、教师或铁路员工。但这些男人不适合清真寺之家的女儿。

国王的政权很腐败，任何为政府工作的人都自动排除在外。中学教师？有可能。但权衡之下，只有著名商人的儿子被认为是合适人选。

随着冬季即将结束，无人求婚的女孩知道自己不得不再等一年。然而，幸运的是，生活并不总是循规蹈矩，而是另辟蹊径。一天晚上，敲门声响起。

"谁呀？"宣礼员的儿子沙保问道。

"是我，"一个男性自信的声音在门外叫道。

沙保打开门，看到一个戴着醒目黑色穆斯林头巾的年轻阿訇站在路灯的黄光中。他的头巾潇洒地歪斜着，散发着玫瑰的气息，崭新的黑色阿訇长袍显然是第一次上身。

"晚上好，"年轻阿訇说道。

"晚上好，"沙保答道。

"我叫卡尔卡尔，"阿訇说道。

"见到你很高兴。我能帮你什么忙吗？"

"如果可以的话，我想跟阿訇阿尔萨贝里谈谈。"

"很抱歉，时间很晚了。这个时间他不会客。明天早晨你会在清真寺见到他。"

"但我想现在跟他谈谈。"

"我可以问一下是什么事吗？或许我可以帮你。"

"我想跟他谈谈他的女儿萨迪克。我来向她求婚。"

沙保张大了嘴巴。有一刻，他惊讶得不知如何答复。然后，他回过神来，说道："这样的话，你需要跟阿伽·加安谈。我会告诉他你来了。"

"我等着，"阿訇说道。

沙保将门半开，然后来到阿伽·加安的书房，他的伯父正在那儿忙着写作。"门口有个年轻阿訇，他说来向萨迪克求婚。"

"他在门口？"

"是的。他说想跟阿尔萨贝里谈谈。"

"你认识他吗？"

"我想不认识。他显然不是附近的人，也不是那种普通阿訇。他闻上去有玫瑰味。"

"请他进来，"阿伽·加安说道，放好纸张，站了起来。

沙保回到门旁。"你可以进来了，"他对阿訇说道，将他带进阿伽·加安的书房。

"晚上好。我叫穆罕默德·卡尔卡尔，"阿訇说道，"希望没有打扰您？"

"没有，根本没有。欢迎！请坐，"阿伽·加安说道，跟阿訇握手。

阿伽·加安注意到，卡尔卡尔确实与众不同。他喜欢这一事实，即跟他自己家的阿訇们一样，这位年轻人带着黑色的穆斯林头巾，那意味着他也是先知穆罕默德的子孙。

阿伽·加安拥有这个家庭最古老的宗谱文献：一卷将男性继承人一直追溯至穆罕默德的羊皮纸，储存在清真寺下藏宝室中一个特别的箱子内，跟它一起的还有一枚曾经属于神圣阿訇阿里的戒指。

"你想喝点茶吗？"

不久，戈贝纽端着一个茶盘和一盘枣椰进来，交给沙保。他倒好茶，将枣椰放在卡尔卡尔面前，然后转身出去。

"你不用离开，"伯父对他说道，沙保在角落的椅子上坐下。

卡尔卡尔往嘴里塞了一个枣椰，呷了一口茶。他清了清喉咙，直奔主题："我来向阿訇阿尔萨贝里的女儿求婚。"

刚要呷一口茶的阿伽·加安放下茶杯，瞥了一眼沙保。他没想到这个话题被如此唐突地提了出来，更不用说一个男人通常不会自己来向女孩求婚。传统要求新郎的父亲来谈。但阿伽·加安习惯于跟各色人等打交道，所以他用平稳的声音答道："欢迎你来我家，但我可以问问你住在哪儿，以及以何为生吗？"

"我住在库姆，刚完成阿訇培训。"

"谁是你的导师？"

"伟大的阿亚图拉阿尔马基。"

"阿尔马基？"阿伽·加安惊讶地说道，"我有幸与他相识。"听到阿尔马基的名字，阿伽·加安便知道，这位年轻阿訇是反国王革命运动的一部分。阿尔马基这个名字几乎是反对国王的地下宗教反对派的代名词。尽管师从阿尔马基的年轻阿訇中有很多人回避政治，但任何他培训的人都有此嫌疑。

阿伽·加安认为这个潇洒地歪戴头巾、身上洒玫瑰香水的年轻阿訇绝非中立。但他不加评论。

"你现在在做什么？有自己的清真寺吗？"

"没有，我在很多城市充当替补阿訇。当正式阿訇病了，或外出旅行时，就会叫我来代替他的位置。"

"啊，是的，"阿伽·加安说道，"我们也使用替补阿訇，只是我们每次都叫同一位阿訇：一位来自卓亚村的阿訇。他非常可靠，一叫就到。"

阿伽·加安想问这位年轻阿訇的父母来自哪里，他为何不请男性亲属陪同。但他没问。他知道，这位年轻阿訇的回答将会是："我是一个成年人，可以决定自己想要娶谁。我名叫穆罕默德·卡尔卡尔，师从阿亚图拉阿尔马基，您还需知道些什么？"

"你是怎么知道我们女儿的？你见过她吗？"阿伽·加安问道。

"没见过，但我姐姐见过她。此外，阿亚图拉阿尔马基向我推荐了她。他给我一封写给您的信。"他从口袋里拿出一个信封，递给阿伽·加安。

如果他有阿亚图拉写来的信，那就不必多说什么了。如果阿尔马基认可他，那就够了。这件事就此确定。

阿伽·加安恭敬地打开信封，看到如下短笺：

以安拉之名。我借穆罕默德·卡尔卡尔的拜访之机，向您致以问候。谨此。

阿尔马基

这封信有点奇怪，但阿伽·加安说不清楚问题出在哪里。阿亚图拉既未肯定、也未否定这个年轻人。他只是致以问候。显然，他并未大力推荐，否则会在短信中说明。但卡尔卡尔确实有阿尔马基的信，而那意味深长。

阿伽·加安将短信顺手放进抽屉。"我在考虑此事如何进行，"他说道，"我建议这样做：我去告诉阿訇阿尔萨贝里及其女儿，我们见过了。然后，我们确定一个日子，请你和你的家人……你父亲……过来。你看可以吗？"

"好的，"卡尔卡尔说道。

沙保将卡尔卡尔送出门，然后回到图书室。

"你觉得怎么样，沙保？"阿伽·加安问道。

"他与众不同。非常精明。我很喜欢。"

"你是对的。单从他坐在椅子上的方式，你就能够看得出来。他与乡下阿訇完全不同。但我心存疑虑。"

"什么样的疑虑？"

"他野心勃勃。阿亚图拉在短信中并未提他。他给了他一封推荐信，但对他未加置评。从他的短信里，我感受到了迟疑。卡尔卡尔可能不是坏人，但有些风险。"

他是我们清真寺的合适人选吗？阿尔萨贝里很软弱，这个年轻人却很强硬。"

"你是什么意思？"

"阿尔萨贝里还没睡吗？"

沙保透过窗帘向外望去。

"图书室的灯亮着呢，"他说道。

"这件事我们暂时保密,还没有必要告诉女人们。"阿伽·加安说道,走了出去。

他敲了一下图书室的门，走了进去。阿尔萨贝里正坐在地毯上看书。

"今天过得怎么样？"阿伽·加安问道。

"跟往常一样。"阿尔萨贝里说道。

"你在看什么？"

"一本关于阿亚图拉在最近一百年中的政治活动的书。显然，他们没闲着：他们总是找点东西来反抗，总是设法获得更多的权力。这本书是一面我可以用来照自己的镜子，评判我自己的表现。我对政治没有什么不满，但那不适合我。我不是当英雄的材料，而那让我很内疚。"

阿尔萨贝里此时异乎寻常地坦诚。阿伽·加安似乎恰逢其时。

"我知道库姆对我不满意。我再继续我的'不表态'政策，人们恐怕就会转向其他清真寺，或是根本不来了。"

"没必要担心那个，"阿伽·加安说道，"正相反，我们清真寺不牵扯政治的事实将会吸引更多人。来我们清真寺的大部分男女都是普通的常人。清真寺是他们的家园。他们一生都来这儿，现在不会不来。你那么做，他们非常了解和尊重。"

"但是巴扎，"阿訇继续道，"巴扎总是处于所有政治运动的最前沿。这本书里也是这么说的。在过去两百年中，巴扎一直起着举足轻重的作用。阿訇们总是把巴扎作为武器。当商人关闭巴扎时，所有人都知道，重要的、或非同寻常的事将要发生。而我知道，巴扎对我不满。"

阿伽·加安非常清楚这位阿訇在说什么。他本人对阿尔萨贝里不是那么满意，但你不能因为一个人的软弱而摒弃他。阿尔萨贝里是这座清真寺的阿訇，且终生如此。他知道巴扎中有怨言，商人们期望清真寺有所作为，但如果阿尔萨贝里无法胜任，你也无能为力。阿伽·加安不久前甚至被召到库姆，那儿的阿亚图拉用毫不含糊的言辞告诉他，清真寺需要采取更为强硬的路线。他们想让它公开反对国王，特别是反对美国人。阿伽·加安承诺说清真寺将会发出更大的声音，但他知道，阿尔萨贝里不适合这个工作。

库姆是什叶派世界的中心。伟大的阿亚图拉全都住在那里，并从它神圣的城墙内控制着每座清真寺。塞尼詹的清真寺是国内最重要的清真寺之一，因此阿亚图拉期望它发挥更为积极的作用。库姆提出问题，库姆发布命令，但阿尔萨贝里充当阿訇，阿伽·加安便永远无法改变这座清真寺。或许那就是阿尔马基派这位年轻阿訇来到他家的原因。

"我给你带来一个惊喜，"阿伽·加安说道，改变了话题，"这很符合你这本书的主题。"

"是什么？"

"有人来向你的女儿求婚。"

"谁？"

"一位来自库姆的年轻阿訇。阿亚图拉阿尔马基的一个追随者。"

"阿尔马基？"阿訇惊讶地说道，放下书。

"他不害怕政治，衣着考究，非常自信。他还潇洒地歪戴黑色穆斯林头巾。"阿伽·加安笑着说道。

"他怎么找到我们的？我是指我的女儿？"

"在塞尼詹，所有人都知道你有一个女儿。而且所有人都可以自由地向她求婚。但我怀疑这个年轻人不仅是为你的女儿而来，还为你的清真寺和布道台。"

"什么？"

"如果阿尔马基参与进来，就肯定会有政治动机。"

"我们在回复他之前，必须仔细考虑这件事。我们需要知道他追求的是我的女儿，还是清真寺。"

"我们当然要调查清楚，但我不害怕改变，也不回避出现在我面前的任何事物。我不相信巧合。他敲我们家的门必有原因。他必须非常适合这个家。过去，我们的清真寺曾经有过几位暴躁阿訇。我会去库姆，跟阿尔马基谈谈。如果作为人和作为新郎，他都认可卡尔卡尔，我就赞同这个婚姻。我还要给你的儿子阿哈默德打电话。他与卡尔卡尔不在同一所神学院，但或许知道他。"

"你认为怎样最好，就怎样做，但要小心。一定不要使之成为一个宗教或政治婚姻。我不打算把女儿交给第一个来的阿訇。我们必须确保他是好人。我想让她有一个好姻缘。我不想为了阿亚图拉而牺牲她。"

"没有必要担心，"阿伽·加安说道。

"我近来感觉不好，心里常常充满忧伤。我变得越来越焦虑，担心一切，特别是这座清真寺。在周五祈祷时，我有时不知道该说什么。"

"你累了，何不去卓亚呆上几天？带着祖母一起去放松一个星期。回卓亚对她们也有好处——她们有一段时间没回去了。你正在用自己强加的规矩折磨自己。没人像你那么频繁地洗澡。而且你也很孤独。长此以往，你会短寿的。去卓亚吧。谁知道呢，或许很快你就有一个强壮女婿可以依靠了。"阿伽·加安说道。这个想法令他笑了，他离开了图书室。

第二天，阿伽·加安给在库姆的阿哈默德打电话。

"你认识一个叫穆罕默德·卡尔卡尔的人吗？"

"你在哪儿见到他的？"

"他想要娶你妹妹。"

"你在开玩笑！"他叫道。

"不，我没有。他是怎样的人？"

"我从未见过他，但他在这儿很出名。他口才很好，对天底下的一切都有自己的看法。他跟其他阿訇完全不同。至于他致力于别的什么，我就不得而知了。"

"你认为对你妹妹而言，他会是一个合适的丈夫吗？"

"这很难讲。据我所知，他像钉子一样强硬。我妹妹认识的唯一阿訇就是她的父亲。她以为所有的神职人员都跟他一样。"

"你觉得他做你妹夫合适吗？"

"他是一个体面的人，非常聪明，但他是否适合做她的丈夫……我不敢妄断。"

"我要知道的就是这些，阿哈默德。"

阿伽·加安接下来给阿亚图拉阿尔马基的住处打电话，进行预约。星期四一早，他的司机来接他，驶往车站。

阿伽·加安穿着外套，戴着帽子，从汽车里出来，走进这个里程碑式的火车站。车站经理一见到他，便掏出雪茄，匆忙迎上去。"早上好，"他礼貌地说道，"祝您旅途愉快！"

"真主保佑，"阿伽·加安回答道。

阿伽·加安将要登上的那列长长的棕色火车来自南方，半小时前已经到达。火车从位于波斯湾的起点站出发，一路向东，中途停靠数十站，最终到达阿富汗边界。阿伽·加安前面还有三个小时的旅程。

车站里挤满了几百个旅客和接站者。有戴着帽子的男人，穿着长外套的女人，还有数目惊人的女性没披黑色罩袍。

表面上，这个国家已被改变。阿伽·加安每次旅行都对这些变化感到震惊。南方来的人比塞尼詹的人们更加自由，更加放松。在火车上，你能看到各式女人：裸着头部的女人（甚至有几个赤裸着手臂），戴帽子的女人，拎着手提包的女人，笑着的女人，抽烟的女人。阿伽·加安知道，国王引发的这些变化，但国王只是美国人的傀儡。美国破坏了这个国家的宗教，对此，任何人都无能为力。

经理将阿伽·加安请进自己的办公室，给他一些新鲜的茶叶，在他的火车该出发时，亲自陪同他进入贵宾车厢。

三个小时后，法蒂玛陵墓闪闪发光的穹顶映入眼帘。火车缓缓驶进库姆。进站就像进入另外一个世界。女人裹在黑色罩袍中，男人留着胡须，阿訇随处可见。

阿伽·加安从站里出来。各座清真寺屋顶的扬声器高声播放宣礼员背诵的《古兰经》。视野中没有一幅国王画像，倒有写着古兰经文的横幅。国王永远不会梦想踏进库姆一步，美国外交官甚至不敢穿过这座城市。

库姆是什叶派的梵蒂冈——这个国家最神圣的城市，穆罕默德的女儿法蒂玛埋葬之地，其陵墓的金色穹顶像宝石般在市中心闪闪发光。

阿伽·加安乘出租车来到阿亚图拉阿尔马基的清真寺。中午十二点整，出租车停在清真寺前，他从车里下来。

阿亚图拉跟他的学生——护送他前往祈祷室的年轻阿訇们——走上前来。阿伽·加安礼貌地点点头。阿亚图拉伸出手，阿伽·加安握了一下，然后跟他一起走进祈祷室，在前排找好一个位置祈祷。

祈祷结束时，阿伽·加安跪坐在阿亚图拉身边。

"欢迎！是什么风把你吹到库姆来了？"阿亚图拉问道。

"首先，我想要见您盟主赐福的尊颜。其次，我也是来谈关于穆罕默德·卡尔卡尔的事。"

"他是我最好的学生，"阿亚图拉说道，"而他已经得到了我的祝福。"

"那就是我想要知道的，"阿伽·加安答道。他吻了一下阿亚图拉的肩膀，站了起来。

"但是……"阿亚图拉说道。

阿伽·加安重又坐下。

"他是一个特立独行的人。"

"你想要告诉我什么？"阿伽·加安问道。

"呃，就是他不随波逐流。"

"我明白了。"阿伽·加安说道。

"愿主赐福这桩婚姻，赐福你回家的旅途。"阿亚图拉说道，再次握了握阿伽·加安的手。

阿伽·加安对阿尔马基给予卡尔卡尔的评价很满意。阿亚图拉给予了认可。但在内心深处，阿伽·加安仍存有疑虑。

到家后，他把侄子叫进自己的书房。"沙保，请把萨迪克带到这儿来好吗？"听说阿伽·加安想要跟她谈话，萨迪克马上知道有事发生。

"请坐，"阿伽·加安对她说道，"你好吗？"

"很好，谢谢。"

"听着，我的女儿。有人向你求婚了。"

萨迪克的脸色变得苍白，低头看着自己的脚面。

"他是一位阿訇。"

萨迪克转向沙保，他笑着说道："一位杰出的年轻阿訇！"

萨迪克笑了。

"我去了库姆，跟他的阿亚图拉谈过。他高度评价了他。你的哥哥也赞赏他。你觉得怎样？你愿意嫁给一个阿訇吗？"她沉默不语。

"我需要一个答复，"阿伽·加安说道，"你不能用沉默迎接一个求婚。"

"他很英俊。"沙保告诉她，咧嘴笑了，"穿着时髦的阿訇长袍，闪闪发亮的浅棕色皮鞋。他是所有女孩的梦中情人！"

阿伽·加安假装没听这些话，但萨迪克听到了，她笑了。"你觉得怎样？我们该和他的家人谈谈吗？"

"是的，"长时间沉默之后，她轻声说道，"我们就那么做吧。"

"我想再多说一句，"阿伽·加安补充道，"他与你父亲截然不同。他是阿亚图拉阿尔马基的追随者。那个名字对你意味着什么吗?"

萨迪克望向沙保。

"他不是乡下阿訇,"沙保解释道。

"你的生活注定会遭受狂风骤雨,困难重重,"阿伽·加安说道,"你认为你能过那种生活吗?"

她略加考虑。"您觉得呢?"她问道。

"一方面,这将是一个巨大的荣誉。另一方面,如果你不加以全力支持,它便是活地狱。"阿伽·加安说道。

"我可以先跟他谈谈吗?"

"当然可以!"阿伽·加安说道。

一个星期后,沙保把阿訇卡尔卡尔带进客房,在那儿,一盒水果和一壶茶等待着他。

然后,他把萨迪克请来,介绍给卡尔卡尔。

她跟他打了招呼,但一直在镜子旁尴尬地站着。他给她一把椅子,她坐了下来,解开罩袍,露出了更多的面庞。

沙保把他们单独留下,轻轻关上了身后的门。

祖母们站在净池旁,留意着事情的进展。阿伽·加安的妻子法克莉·萨达特从她楼上的窗户瞥了一眼卡尔卡尔。阿尔萨贝里的妻子济纳特·卡诺姆在她的房中祈祷女儿会有一个好姻缘。她只能做到这些,因为没人征求她的意见。她对于这个话题的想法无关紧要。在这个家中,法克莉·萨达特才是做决策的女人。

阿伽·加安的两个女儿躲在窗帘后面,以便在卡尔卡尔离开客房时,她们能够看到他。

卡尔卡尔与其未来新娘的会面持续了几乎一个小时。这时,客房门打开了,萨迪克走了出来,看上去很高兴。她扫了一眼祖母,然后上楼回到她自己的房间。

沙保带卡尔卡尔参观了院子,把他介绍给祖母。然后,法克莉·萨达特从楼梯上下来。"这是阿伽·加安的妻子——我们家的王后。"沙保说道,笑了。

卡尔卡尔跟她打了招呼,没有直视她。然后,女孩们被逐一介绍给他。卡尔卡尔见过所有人之后,沙保带他去了巴扎,这样,阿伽·加安可以跟他谈谈。

几天后,阿伽·加安在书房接待了卡尔卡尔及其父亲。阿尔萨贝里也在场。

他们的谈话与传统的婚姻谈判完全不同，因为只字未提金钱或地毯。新娘将赠给新郎一部镶金《古兰经》，她将会穿着白色罩袍离开父亲的家，随身带着中世纪诗人哈菲兹的诗集。毕竟，所有人都知道，塞尼詹富有家庭的女儿不会两手空空地被送往她们的新家。萨迪克当然会被提供所需要的一切。于是，谈话的其余部分都是关于清真寺、图使馆、书籍、拥有几百年历史的地下室、目盲的宣礼员以及院子里那棵古老的雪松。最后，他们确定了婚礼的日期。

"祝贺你，"男人们说道，握了握手。

他们谈完之后，萨迪克端着带着五个银色茶杯的银盘进来。

婚礼安排在神圣的法蒂玛生日那天举行，这是最适合结婚的日子之一。天气会相对较热，但从山中吹来的微风会让一切凉爽下来，使你想要将你的新娘拥入怀中，爬到薄毯下面。夏季，大部分人都在房顶睡觉。你随处可见房顶轻薄透明的白色华盖，新郎和新娘便在那儿入眠。

将会有一个特别的典礼，城里和巴扎中的重要家庭将获邀参加。毕竟，这不是普通的婚礼，而是阿訇阿尔萨贝里嫁女。新郎也不是普通的教师、登记处职员或是商人，而是来自库姆、戴着黑色穆斯林头巾的阿訇。

婚礼

婚期到了。

济纳特·卡诺姆把女儿叫到自己的房间,关上了门,亲吻她。"要嫁给卡尔卡尔了,你高兴吗?"她问道。

"我不知道……"。

"你应该高兴。他很英俊,而且你父亲说他很有抱负。"

"正是这一点让我害怕。"

"当我嫁给你父亲时,我也害怕。女孩们在不得不跟一个不是很熟的男人离开家时总是感到害怕,但你们俩个一旦单独相处时,你的恐惧就会消失。毕竟,女孩总有一天必须离开她父亲的房子。"

济纳特·卡诺姆用一些安慰的话使女儿平静下来,但在内心深处,她也存有疑虑,却不知为什么。突然,过去可怕的回忆潮水般涌来,尽管她没有告诉萨迪克。

"我还是无法相信,"她对女儿说道。

"相信什么?"

"就是你长大了,要出嫁搬走了。"

"你为什么听上去如此悲哀?"

济纳特的眼中充满了泪水。

"我祝你快乐,"她说道,吻着女儿。

萨迪克一出生,济纳特便担心会失去她。她害怕有一天会发现她的尸体——在床上,在花园里,在净池中。

萨迪克的童年岁月充满了焦虑,那些年造成了伤害。济纳特晚上害怕入睡,因为会做极其可怕的噩梦。

济纳特·卡诺姆和阿尔萨贝里是表亲。她结婚时只有十六岁。开始时,他们生了一个女儿欧萨，比萨迪克年长五岁。十八岁时，欧萨嫁给了济纳特家族的人，生育三个孩子。她现在跟丈夫一起住在卡尚。

接着，济纳特生了一个儿子阿巴斯。全家的希望都寄托在他的身上，因为他将继承阿尔萨贝里的事业，成为这座清真寺的阿訇。但在一个炎热的夏夜，当济纳特和阿巴斯独自在家时，一个可怕的意外发生了。

阿巴斯刚刚学会走路，正迈着蹒跚的脚步欢快地追逐着小猫。济纳特忘了这个男孩，上楼回到自己的房间。某一刻，她注意到外面很静，便望向窗外，却见不到阿巴斯的踪影。她冲下楼梯，看到猫儿坐在净池旁，而在那儿，漂浮在水上的，正是她儿子的尸体。她尖叫起来，设法去救他。

听到她的尖叫声，两个男人出现在清真寺的屋顶上，随即到院子里帮她。他们按压男孩的胃部，但无法救活他。济纳特嚎啕大哭。他们点起了火，把他放在上方，温暖他，但太迟了。济纳特又悲恸不止。男人把孩子平放地上，用济纳特的黑色罩袍将他盖上。阿巴斯——这个家的希望——死去了。

没人为发生的事责备济纳特。但她震惊且哀伤地隐退到自己的房间。阿伽·加安上楼来，对她说："我告诉自己，这是主的旨意，济纳特。你也应该这样。"

从那一刻起，这个家中没人谈到阿巴斯。一连数月，济纳特默默哭泣，但再未提起他的名字。济纳特认为沉默是对自己的惩罚，而且最为严厉。

一年后，她怀上了萨迪克。她走出了自己的房间，到厨房帮祖母干活。两年之后，阿哈默德出生了，济纳特得以再次抬起头来，重新开始正常生活。

即便如此，济纳特再未恢复她在这个家中的地位，生活在法克莉·萨达特的阴影之下，感觉低人一等。

如果法克莉·萨达特遭遇类似命运，阿伽·加安将会站在她的一边，竭尽所能减轻她的痛苦，但阿尔萨贝里非常软弱。尽管他从未责怪济纳特，但在那些艰难的岁月中，他也从未支持她。他从不拥抱、或是带着爱意跟她说话。

如果丈夫忽视你，其他所有人也会忽视你。如果对你的丈夫而言，你是隐形的，那对其他人而言，你也将隐形。

济纳特仍是隐形的。女儿即将出嫁，但没人征求她的同意。

"没关系，"济纳特对着镜中自己的影像说道，抹去了泪水。"我的时代会到来的。"

家中人人都在忙碌。男人们从清真寺借来一个帷幕——一个在祈祷时将男女隔开的长帘——横挂在院中。

地上铺着昂贵的地毯，来自清真寺的几个男人将这座房子的墙上挂满织着欢快神圣经文的壁毯。

树上悬挂着题写了古老波斯大师诗篇的绿色缎面锦旗。从库姆请来了最著名的圣歌歌手，他演唱的《古兰经》中有韵律的篇章给所有人留下了深刻印象。

阿伽·加安买了新衣，理了发。他喜欢穿一尘不染的新衣服。由于法克莉·萨达特，他成为巴扎少数几个注意自己外表的商人之一。他的办公室小弟擦亮他的皮鞋，祖母们熨平他的衬衫。法克莉·萨达特有时会取笑他："你是城里最英俊的男人。见到你刮得溜光的面孔和时髦帽子的人都不会猜到，你能背诵整部《古兰经》！"

阿訇跟往常一样坐在图书室中，很快——在所有人到达之后——他将短暂露面，然后再回到他的书中。

庆典开始。获邀嘉宾和城中最有影响力的人鱼贯而入。男人待在院子右侧的雪松树下，围坐在净池旁的椅子上；女人则在帷幕后面，坐在美丽、芳香的花园中，那儿是园丁安姆·拉马赞的骄傲。客人全都未带子女，这很不寻常。婚礼通常欢迎孩子，但该婚礼是一个群英荟萃的盛会，所以他们不在受邀之列。

茶和最好的糕点用来款待客人。男人和女人将玫瑰水掸在手上。

到场的所有人——特别是女人——都很好奇，想看看卡尔卡尔。

一辆车停在门口。市长从里面出来，受到阿伽·加安的欢迎。当他进到院中，男人们都站了起来，等他在净池旁坐下后，才重又坐下。

第二辆车来到门口。正如他们知道的那样，新郎在这辆车里。阿伽·加安欢迎卡尔卡尔，将他带到市长所在的尊贵之地。

市长起身道贺，但新郎的目光从他身边掠过，仿佛没看到他，不知道他是谁。对卡尔卡尔而言，市长是国王的走狗。他拒绝坐在他身边，更不用说跟他握手。

市长再次坐下，对于这个插曲，没人加以评论。阿伽·加安正忙着跟某人说话，甚至没注意到对市长的这一冷落。

三点时，登记处的人到了，陪着他的是两个留着胡须的助手，两人各拿一个簿记本。他们在即将签署结婚证书的桌子旁边坐下，打开簿记本。婚礼的正式部分可以开始了。

就在这时，帷幕的另一侧传来了喊声："你好，法蒂玛！"他们喊道。

这标志着新娘的到来。她在桌旁坐下，登记处的职员正在那儿忙着在簿记本上书写。

新娘比以往更加靓丽。她穿着一件乳白色长袍,上面披着一条有着粉色花朵的浅绿罩袍。她仔细修整过眉毛,涂上了睫毛膏,看上去更像是一位年轻妇女,而非女孩。

登记处的职员要新娘的出生证。阿伽·加安伸手到他衣服内侧的口袋中,掏出文件,递给他。职员一丝不苟地在簿记本上记录着细节,然后向新郎索要出生证。

卡尔卡尔一个一个地翻找自己的口袋,但每次都是空手而出。他和父亲低声交谈了一下,然后去翻旅行袋。所有的目光都胶着在新郎身上,每个人都等着他拿出出生证。

"我忘带了,"卡尔卡尔说道。

能够听到帘幕那侧女人们惊骇的喘息声。这是一个非同寻常的局面。

登记处职员考虑了片刻,然后说道:"你还有任何其他形式的身份证明文件吗?"

卡尔卡尔再次检查了一下自己的口袋,又跟父亲低声交流了一下。不,他没带任何身份证明文件。

帘幕的两侧都响起了震惊的嗡嗡声。

阿伽·加安看看市长,读出他眼中的不信任。他望向巴扎的几个重要商人,所见之处都是不赞成的表情。卡尔卡尔怎能忘带婚礼必要的文件?所有人都等着看阿伽·加安如何反应。他担心卡尔卡尔有意将自己的身份证明文件落在家中,希望迫使这个家庭在这桩婚姻未经官方注册的情况下将女儿嫁给他。那或许是乡下的惯例,在那儿,新郎和新娘只需在村中阿訇面前交换誓言,然后,这个男人便获得允许,可以上这个女人的床。在这样的婚姻中,男人可以自由地娶其他妻子。但那种婚姻不再出现在城里,当然也不会出现在阿伽·加安一家所属的著名社交圈中。

"你或许把文件落在你父亲家中了,"阿伽·加安对卡尔卡尔说道。

"不,我想没有。它们在库姆。"

阿伽·加安在市长身边坐下,他们短暂商议了一下。

"你是对的,"市长总结道,"你不该就此了事!"

然后,阿伽·加安朝阿尔萨贝里走去,他刚从图书室出来,正站在雪松下看门人的身边。

"我们不得不推迟婚礼,"阿伽·加安说道,"卡尔卡尔必须去库姆取他的身份证明文件。"

"那样的话,他到午夜才能回来。最好让他们先交换誓言。然后,他就可以去库姆取他的文件了。"

"不,因为一旦他们交换了誓言,一切便成定局。我们的女儿将属于他,我们就无法帮她了。他会把她带走,没给我们留下任何东西。你们所有人都应该知道这一点。"

"你是对的,"阿尔萨贝里答道,"让他去取他的文件。"然后,他回图书室去了。

阿伽·加安走向登记处职员。"没有有效的身份证明文件,"他宣布道,"就不会有婚礼!"

所有人马上开始大声说话。

阿伽·加安转向卡尔卡尔。"别担心,"他平静地说道,"你可以去库姆取你的文件。我会等着。我们全都会等。"

卡尔卡尔很惊讶。"但那不可能!这个时间没有去库姆的火车。而我不信任汽车。"

"我会安排交通事宜,"阿伽·加安说道。他走到市长坐着的地方,跟他说了一下。市长连连点头,以示赞同。

"都安排妥了,"阿伽·加安告诉卡尔卡尔,"一辆吉普车马上会来接你。市长的司机将开车送你去库姆。我是一个有耐心的人,但你最好不要花太长时间。"卡尔卡尔无计可施,站了起来,恼火地大踏步走向等在门口的吉普车。有一瞬间,阿伽·加安觉得自己看到卡尔卡尔眼中有纯粹的恶意一闪而过,仿佛突然摘下面具,露出了真实的自我。

婚礼上原本没有安排宴会,但阿伽·加安觉得有必要喂饱他的客人。"发生了这些事,请接受我的道歉,"他宣布道,"我真诚邀请你们所有人享用晚餐。"然后,他派沙保去清真寺对面的饭店定了外卖。

法克莉·萨达特派人把阿伽·加安叫到她的房间,以便私下交谈。"你不觉得有点为难这个男孩吗?"

"也许我不该说这些,但我不信任他。"

"但你几乎不认识他。"

"他不是一个普通阿訇。他非常精明。我没想到他会不带身份证明文件就来。他心里有所计划,尽管我想不出是什么。"

"你们这些男人和你们的计划!他到底要达到什么目的?"

"呃,事已至此,覆水难收。他此时正在前往库姆的路上。我们必须耐心。"

"事情总是这样。男人做决定,而女人必须耐心。"

"并非如此。我不会把这个家的女儿毫无保障地送出去。我以为你理解。"

"我理解,但我跟女人们怎么说呢?"她说道,避开了他的目光。

"你知道该说什么。欢迎她们,给她们一些东西吃,保持微笑,向她们显示你能应付这个局面……并且很有耐心。"

十点半,还是没有卡尔卡尔的踪影。客人们在数小时前便已用完晚餐。佣人们已经端着茶壶倒了无数轮茶水。水烟袋也从一只手传入另一只手。市长离开几个小时之后业已回来。巴扎的男人们在晚餐后出去,沿着河边漫步,安慰着阿伽·加安,说如果处于他的位置,他们也会如此处理。

沙保被派到屋顶,充当瞭望员。终于看到吉普车时,他便给阿伽·加安发信号。

几分钟后,吉普车停在了门口。

卡尔卡尔下车,径直走到登记桌前,论证似的将他的身份证明"啪"地一声放到桌上。

有人喊道:"祝福先知穆罕默德!"。

"祝福先知穆罕默德!"所有人都大声回应。

阿伽·加安笑了。巴扎的男人们从散步途中归来。歌手大声唱道:

  以隐藏阳光时的黑夜发誓!
  以太阳显现时的白昼发誓!
  以太阳及其晨曦之光发誓!
  以追随太阳的月亮发誓!
  以展示太阳荣耀的白昼发誓!
  以苍穹及其创造者发誓!
  以大地及其铺展者发誓!
  以灵魂及其塑造者发誓!

鱼儿

卡尔卡尔把新娘带到库姆。没人知道这对夫妇住在哪里。全家人没想到他会对此保密,但决定不就此小题大做。

"没有关系,"阿伽·加安说道,"我们家的大门永远朝他们敞开。"

卡尔卡尔已经完成阿訇培训,但在清真寺仍无固定位置。你一旦有了自己的清真寺,就可以养活自己。直到那时,你才不必靠你的阿亚图拉那点津贴勉强度日。

阿伽·加安提出给他资助,但卡尔卡尔谢绝了。不过,通过动用他那庞大的社交网络,阿伽·加安总是能够设法找到卡尔卡尔可以充当替补阿訇的清真寺。

萨迪克时常回来,但卡尔卡尔不准她告诉家人她的地址。偶尔地,她向妈妈抱怨自己新的生活方式。房子很小,气氛有点压抑,而且她没跟邻居进行任何接触。"在库姆,一切如此不同,"她告诉妈妈,"人们把自己和家人关在家中,房门和窗帘总是紧闭。"

"这些都是适应新生活的一部分,尤其当你搬到另一个城市时,更不用说库姆这种宗教堡垒。卡尔卡尔很年轻,他刚结束培训,还没有一个固定职位。"

"我知道,但是卡尔卡尔与我认识的任何男人都不一样。他不像我的父亲,不像阿伽·加安,也不像叔叔努斯拉特。我不知道怎样接近他。很难进行真正的交谈。他在家时,有一种长久的、尴尬的沉默,而那让我害怕。他不跟我说话,我也不知道跟他说些什么。"

"你不该拿我们这座房子中的生活跟你那里的相比。这座房子很古老,花了几个世纪才形成自己的节奏。但你的房子属于一个没有历史的年轻阿訇。你必须努力创造一个家,让它温暖起来,跟你的邻居接触,向你的丈夫显示,你爱他,对他感兴趣。"

"说起来容易做起来难,妈妈。我可以给他我的爱,但问题是,他是否需要。"

"他为什么不要?"

"我不知道!"

萨迪克回家时沐浴着亲情之爱。他们给她买鞋和衣服,给她钱,送她回库姆时,她的包裹总是装得满满当当。

当卡尔卡尔出差到另一个城市充当替补阿訇时,便把萨迪克送回家,结束时,他便回来接她。他们有时当天离开,有时停留一个星期,在这种情况下,他们便睡在"穹顶屋"。

"穹顶屋"有一个阳台,一种饰有金银丝细工的木制门廊,你可以坐在那儿,惊叹于对面墙壁——蚂蚁曾经爬出的那面墙壁——上的穹顶所投下的阴影。

八百年前建造这座房子时,建筑师专为这座清真寺的阿訇设计了一个房间。阳光与阴影快乐的嬉戏持续全天,直至黄昏。开始时,你只能看到墙上穹顶的阴影,但随后,尖塔的轮廓也映入眼帘。后来,穹顶小时,只剩下尖塔。有时,在生动的暮光之中,鸽子、乌鸦或是猫的影子会投射在墙上。傍晚,猫儿们喜欢坐在阳台上,眼巴巴地盯着净池上方闹哄哄飞扑着的蝙蝠。

天气好时,你可以在阳台地板上铺一块地毯,加上几个枕头,坐在那儿读书或饮茶。住在"穹顶屋"的客人总是可以自由地做喜欢的事,这也使它成为卡尔卡尔来访时的理想居所。他会整天待在那里。祖母们给他送来食物,其他所有人都小心翼翼地不去打扰他。

沙保是这个家中唯一跟卡尔卡尔有过接触的人,常获邀跟他一起喝茶。沙保一开始便对他着迷。他遇到过很多阿訇,但卡尔卡尔有着其他人缺乏的东西:他充满了新思想,谈论激动人心的事。沙保喜欢听他说话,听他谈论各种话题。

卡尔卡尔见多识广。谈论美国时,他仿佛对它了如指掌,解释美国如何控制了伊朗,如何在幕后操控它。他告诉沙保,美国如何先获得了立足点。"事情是这样的:美国成了超级大国,需要在伊朗建立一个军事基地,用以对抗苏联。但我们选举的首相摩萨台①是一位进步的政治家和民族主义者。他不想把土地交给美国人,他们开始失去耐心。他们担心苏联会邀摩萨台前往莫斯科,加强他已经明显的反美主义。于是,美国中央情报局(CIA)想出了发动政变的主意,国王参与其中。该计划是暗杀摩萨台。然而,苏联听到了风声,告诉了摩萨台。

---

① 穆罕默德·摩萨台(1882—1967):1951年至1953年间任伊朗首相,1953年被美国中央情报局策动的政变推翻。

他逮捕了支持这场政变的亲美军官，占领了国王的宫殿。美国中央情报局设法用一架直升飞机在关键时刻及时救走国王，并用战斗机将他送往美国。"

"真有趣！"沙保说道，"我之前从未听说过。"

"你在课本中是找不到的，"卡尔卡尔说道，"你学到的历史建筑在谎言之上。"

"接着发生了什么？"

"为了实现称霸全球的野心，美国需要伊朗。我国在中东处于战略要津，跟苏联分享一千二百英里的边界线。所以，美国中央情报局发动了另一场政变，这次他们得到了一个伊朗将军的支持。两天后，当所有人都以为一切平息下来时，摩萨台遭到逮捕。将军们控制了国会，美国的坦克停驻在德黑兰所有的主要路口。然后，几百个罪犯和妓女被派到街上挥舞国王的画像。第二天，由一群美国中央情报局特工护送的国王重新在其宫殿就职。国王是一个傀儡。我们必须除掉他，除掉美国人。"

听卡尔卡尔慷慨激昂地描述历史事件时，沙保起了一身鸡皮疙瘩。

上次他们一起在阳台吃饭时，卡尔卡尔给他讲了阿亚图拉反对现政权的武装斗争。他描述触怒了国王和美国人的阿亚图拉霍梅尼进行反击、具有历史意义的那一天。很多年轻阿訇在那天被害，更多人被捕，霍梅尼被迫流亡。

沙保常常听到"霍梅尼"这个名字，但对于此人，他几乎一无所知。那场起义发生时，他大约才七八岁。卡尔卡尔保证说，下次来时，他会给他带来一本禁书，上面精确记述几年来阿亚图拉们的抵抗运动史。

那天晚上，卡尔卡尔说到了监狱的一些事情，这时沙保重新考虑了他的思想。"没人害怕进监狱，"卡尔卡尔说道，"它变成了某种大学，特别是对年轻的激进主义份子而言。"

这是一个新奇观念。沙保一向认为监狱是罪犯待的地方。

"政治犯与普通罪犯不同，"卡尔卡尔说道，"他们是与现政权斗争的人，是对美国中央情报局出现在我国而感到尴尬的人。他们是最聪明的人，是要把这个国家的命运掌握在自己手中、并从根本上改变政治系统的人。那就是现政权逮捕他们、并将他们单独关押的原因，但之后，他们所有人都被关在一起，有时是十或二十个人在一个牢房中。在那儿，他们遇到了各行各业的人：学生、艺术家、阿訇、政治家、领导者和教师，以及拥有新思想的人。他们开始交谈和讨论，于是，牢房变成了一所大学，在那儿，你能学到各种东西。当如此之多的聪明人被关在一个牢房之中，你能想象将会发生什么吗？他们分享各自的故事，倾听他人的经历。不知不觉间，你已经加入到他们之中。有些人进去时像一只羔羊，出来时却像一头雄狮。我认识很多政治犯——我的朋友，年轻的阿訇，地下运动的左翼或右翼成员。你听说过这些运动吗？"

"没有。"

"你在这儿都做些什么？"

"你是什么意思？"

"我是说在这个房子里，在这座城市中。"

"没什么。上学，去清真寺。"

卡尔卡尔摇摇头。"我知道，"他说道，"在这座城市中什么都不会发生，它太软弱。全国的人民都开始逐渐反抗国王，但塞尼詹却在酣睡。对一个有着软弱的星期五清真寺的城市，你还能指望些什么呢？阿尔萨贝里整天在图书室里干什么？什么都不干，除了让祖母洗他的屁蛋！这是对这座巨大、美丽和具有历史意义的清真寺的可耻浪费。它有着辉煌的过去。到了它该有一位激情演说家的时候了。你知道我在说什么吗？"

沙保全面接受卡尔卡尔的话。他认为卡尔卡尔很伟大，自己很渺小。他想问问题，但不敢。他担心自己听上去显得愚蠢。

又一次，他整晚几乎没说一句话。然后，突然地，就在准备离开时，他脱口而出："我想让你看点东西。"

"什么？"

"我的故事，"他迟疑地说道，"我写的。"

"真有趣！给我看看。你带来了吗？大声读一个。"

"我不知道它们好不好。"

"我也不知道，但写作总是好的。去把你的故事拿来！"

沙保去他的房间，很快带着三个笔记本回来，谦恭地递给卡尔卡尔。

"你写得真多，"卡尔卡尔一边翻阅，一边说道，"第一次见到你，我就知道你很聪明！从你的故事中挑一个念给我听。"

"之前我从未给任何人看过，"沙保说道。他翻着其中一个笔记本，找到他想要的那一页。"我几乎不敢读它，但我会尽力。"然后，他开始读道："一天清晨，当我在祈祷前到净池洗手时,注意到父亲房间的灯尚未亮起。这是前所未有之事。他总是醒得比我早,在我之前来到净池旁边,但那天早晨,一切都有所不同。那些通常一见到我便在水中像梭镖一样疾游的鱼一动没动,它们的尾巴都指着我的方向。色彩鲜艳的鱼鳞浮在水面,其中一块净池瓷砖上有血迹。我立即意识到出了问题。我跑向父亲的房间,推开门,打开灯——"

"很好!"卡尔卡尔说道,"你现在可以停下来。我要亲自读其余部分。你很有才华。把你的笔记本留给我。我稍后看。"卡尔卡尔站了起来。

他来到下面的院子中,走到净池旁,凝视着在灯笼光辉下沉睡的鱼。图书室中亮着一盏灯,阿訇的身影投在窗帘上。他静静打开大门,走了出去,来到小河旁。

伊朗长袍

下午五点。院子覆盖着雪，黑暗逐渐降临，寒风习习。同往常一样，祖母们拿着毛巾和干净的衣服走进浴室，以便阿尔萨贝里在晚祷之前洗浴。

尽管清晨时她们已经点燃了火炉，但浴室仍旧很冷。"这必须停止，"戈贝纽抱怨道，"这不再健康了。他应该在市里的公共浴室洗澡。如果他继续这样，就会让自己生病的。"

这是一个特别的夜晚——阿訇阿里被杀之夜的周年纪念。

阿里是伊斯兰教的第四位"哈里发"①。那天晚上，他正在清真寺带领身后数百信徒祈祷。这时，伊本·穆勒杰姆进来了。他来到阿里身后，开始跟着他祈祷。等阿里快祷告完毕时，他掏出剑，刺向他的头部，将他杀死。从那时起，伊斯兰教分裂为两个派别：什叶派和逊尼派。

什叶派想让阿里的大儿子哈桑担任继承者，逊尼派则支持他们自己的人选。从此，什叶派和逊尼派一直争执不休。阿里成为最受喜爱的哈里发。他去世后的十四个世纪以来，什叶派仍然哀悼着他，仿佛他刚刚被害。

今晚，清真寺将会满员。已将自己的布道辞背诵下来的阿尔萨贝里计划好好谈谈阿里。他已想出一个新的途径：在什叶派和逊尼派十四个世纪的敌对之后，他打算建议和解。

他已在镜前练习了一整天的布道词。"敌意已经太多！我们是兄弟！让我们成为朋友吧。让我们以友谊和伊斯兰团结之名握手吧！"

他想让自己的布道成为一个惊喜，所以未跟阿伽·加安商量。此外，如果你事先提起，阿伽·加安将会说："有必要吗？在塞尼詹，连一个逊尼派教徒都没有。"

虽然这儿或许根本没有逊尼派教徒，且尽管他们或许听不到他的话，但今晚，他决心说点新的内容，其他阿訇从未说过的内容。

---

① 哈里发：阿拉伯语，穆斯林国家统治者称号。

祖母们在炉子上热了几壶水，等着阿尔萨贝里。

他沉浸在自己的思绪中。他用手试探了一下水，小心迈进浴缸，两手握着浴缸边缘，将自己浸没水中。重新浮出水面后，他大声叫道："逊尼派，让我们握手吧！我们是兄弟！好冷！这么冷！"

一位祖母往他的头上浇热水，另一位开始给他涂肥皂。与此同时，阿尔萨贝里练习他的布道，但一直冷得发抖。"伊斯兰处于危险之中！我们必须忘掉彼此的分歧，肩并肩与我们共同的敌人作斗争！冷！"

他仍在考虑是否应将最后一句话改为"一个共同的敌人"？这含糊不清，因为他说的"一个共同的敌人"指的是什么？国王？美国人？如果敢于说出那些话，那就成为他所做过的最富激情的布道，但他仍在犹豫。

"我们好了！"其中一位祖母说道。

阿尔萨贝里站了起来，迈出浴缸，右脚放到地板上铺好的毛巾上，但放开浴缸边缘时，他突然一滑，随即摔倒，左脚仍在浴缸中。

"要死！"他惊愕地脱口而出。

祖母们很不安，但她们马上把他拉了起来，试图将他送回浴缸，因为碰到地面，他不再干净，必须重洗一遍。就在这时，一只猫从炉子后面突然蹿出，被阿尔萨贝里的大喊一吓，掉进浴缸，碰到他的腿后，又跳出浴缸，跑到外面去了。阿訇湿漉、赤裸的腿被猫碰过！一想到此，阿尔萨贝里便感到恶心。或许还有耗子！阿尔萨贝里恐惧地发抖。浴室不干净，水不干净，毛巾不干净，祖母不干净——而这都在阿里死去的这个晚上！这个他希望进行一生中最伟大布道的晚上。他将如何是好？祈祷之前他能在哪儿把自己洗干净？没有时间可供浪费。人们已在清真寺等待。

"安拉！"他喉咙哽咽着喊道。然后，他冲到外面，全身赤裸，奔向净池。

"回来！"戈贝纽尖叫道，"外面在下雪。回来！"阿尔萨贝里跳进净池，没入水下。

鱼儿逃到净池的另一端，乌鸦高声尖叫，祖母们急忙跑到地下室，再带着干净毛巾上来。

"你在那儿够久了！"戈贝尔喊道。

"请出来吧！"戈贝纽恳求道。

阿尔萨贝里出来透了一口气，然后又钻到水下。

"马上从那儿出来！"

阿尔萨贝里站了起来。他一时失去平衡，但又设法稳住自己。然后，他迈出净池，走向祖母，她们往他身上匆忙围了一些毛巾。戈贝纽接着跑到图书室打开暖气，戈贝尔去地下室取更多的毛巾。

暖气已经火红，额外的毛巾已经加热，但阿尔萨贝里在哪儿？

"他也许去卧室了，"戈贝尔说道。

"阿尔萨贝里！"戈贝纽喊道。

"愿真主照看他！他到底去哪儿了？阿尔萨贝里！"

当祖母匆忙奔向净池时，净池中的鱼儿簇在一起，乌鸦不停地尖叫，猫儿从屋顶的边缘窥探。阿尔萨贝里伸展着躺在雪中，灯笼黄色的光辉照亮他的脸。他闭着眼睛，嘴角现出凝固的微笑。

"阿尔萨贝里！"祖母们尖叫道。

但没人在家，所有人都在清真寺。祖母们跑上通往屋顶的阶梯，所到之处猫儿四处散开。她们站到左侧的宣礼塔，即宣礼员通常所在的位置，用尽全力喊道："阿尔萨贝里走了！"

清真寺中，人们听到了她们的喊声。宣礼员冲上屋顶，后面跟着看门人和巴扎的几个人。他们匆忙从台阶下到院中，走向净池。看到阿尔萨贝里毫无生气的躯体时，看门人喊道："我们属于真主，我们回归于他！"①

听到这熟悉的话，所有人都知道，阿尔萨贝里去世了。

男人把他抬到图书室。祖母擦干眼泪，因为她们知道，面临死亡时，她们应该克制。想到自己的职责，她们便到书柜后的古董柜，拿出一条白色单子——阿訇在麦加为自己买的裹尸布——递给看门人。他将它展开，把阿尔萨贝里裹在布中，同时一直吟诵着神圣的诗句。

阿伽·加安跑了进来。

"我们属于真主，我们回归于他！"男人们齐声喊道。

"我们属于真主，我们回归于他，"阿伽·加安镇定地回应道。

他跪在尸体旁，轻轻掀开裹尸布，看着阿尔萨贝里的脸。然后，他亲吻他的前额，再将他盖好。

突然，济纳特出现在门口。她脸色苍白，哭泣着，披着黑色罩袍扑到丈夫

---

① "我们属于真主，我们回归于他！"人们在有人去世时的一种表达方式。

的尸体上。

祖母将她扶起，带了出去。

从院中可以听到外面的声音。人们已经离开清真寺，走到外边。阿伽·加安离开图书室，来到院子里。消息传得很快。一些男人已将棺材送来，抬到净池旁。人们把阿訇的尸体放了进去，送到清真寺。

七个男人上到屋顶，齐声喊道："赶快祈祷！"

听到这声唤拜的人都意识到，清真寺的阿訇去世了。除了面包师和药剂师，城中所有的店主都关上门，前往清真寺。一长串警车开了过来，市长的车停在清真寺外面。

这是一次受到祝福的死亡，所有人都这么说，因为阿尔萨贝里与圣阿里同一天去世。

当晚九点，棺材放置在清真寺净池旁的一个灵柩台上。人们决定将尸体放在那儿，直至第二天，这样人们便可凭吊，住在远方的亲戚也能有时间前来参加葬礼。

阿伽·加安回到房中。在早晨到来之前，他必须找到一位阿訇带领人们为死者祈祷。最合逻辑的人选是阿哈默德，他是阿尔萨贝里的儿子，预期的继承人，但阿哈默德没有完成培训。另一个明显的人选是阿訇的女婿，但阿伽·加安没有卡尔卡尔的地址或电话号码。他也不确定卡尔卡尔是否能够及时到达。

"我们明天一大早就需要他，"阿伽·加安告诉沙保。

"我们也要找到萨迪克。应该告诉她，她父亲去世了。"沙保应道，"我会尽我所能。我将给在库姆的阿亚图拉阿尔马基打电话。这是卡尔卡尔给大家留下好印象的机会。全城人都会来，都渴望见到他。我会给我在库姆认识的所有人打电话。"

第二天，阿伽·加安去清真寺完成所有细节。很快数千人将从周围村庄涌来，所以有必要请一位有身份的阿訇带领大家祈祷。安全起见，他将给通常替代阿尔萨贝里的卓亚村阿訇送信，提醒他做好准备。

阿伽·加安正跟看门人说话，一辆出租车在清真寺前停下。他马上认出卡尔卡尔的黑色穆斯林头巾，并看到了萨迪克。

卡尔卡尔下车，走向阿伽·加安，表示慰问，俯首片刻。

阿伽·加安将他的俯首理解为和解的姿态，以及承认阿伽·加安对清真寺的忠诚。自从阿伽·加安让未带必要文件出现在婚礼上的卡尔卡尔回库姆取文件之后，卡尔卡尔一直回避他。现在，他低下了头。于是，阿伽·加安回应道："我为你感到自豪，我想让你成为这座清真寺的阿訇，直到阿哈默德准备好承继父业。你接受这个提议吗？"

"是的，我接受。"卡尔卡尔说道。

阿伽·加安亲吻卡尔卡尔的头巾，卡尔卡尔亲吻阿伽·加安的肩膀作为回礼。"进去休息一会儿吧。巴扎的人很快就来接你。沙保会告诉你祈祷的时间。"

房内颇为繁忙。很多客人已经到达。祖母们正在忙碌，以确保一切井然有序。她们一看到卡尔卡尔，便冲到厨房，取来传统的标志——一面镜子、几个红苹果和一把火——这样他就可以作为阿訇被恰当地迎进这个家中。

中午，清真寺前的街道铺上了地毯，以使人们能够祈祷。阿尔萨贝里的棺材被抬了出来，放到一块丝毯上。数千人聚在外面，等待卡尔卡尔出现。巴扎中最具影响力的一群人陪同卡尔卡尔来到棺材旁，他将在那儿带领大家祈祷。

盲人宣礼员在清真寺的屋顶喊道："真主伟大！"

听到这个信号，所有人都排在卡尔卡尔身后。

阿訇卡尔卡尔解开自己的黑色穆斯林头巾，头巾的一段垂到胸前——以示哀悼。然后，他转向麦加，吟诵道：

> 噢，你裹在衣服中！
> 保持清醒，但无须整夜，
> 只需半夜，或略长，或略短，
> 以逝去的黑夜盟誓！
> 我们已经给你派去使者，
> 正如我们曾派使者教化法老。
> 哦，你裹在衣服中！
> 站起身来发出警告！
> 以月亮盟誓，
> 以黎明盟誓。

家庭

按照传统，阿尔萨贝里去世后有四十天哀悼日。在此期间，未及参加葬礼的远方亲戚便能过来住上一个星期。这些家庭聚会非常特别。所有人都在一起吃饭，直到深夜才睡。他们三五成群地聊天，从一个房间搬至另一个房间。

其中一位客人是卡赞姆·可汗，他是阿伽·加安年迈的叔叔，家中年纪最长的男性成员。所有人都爱戴和尊重他。

卡赞姆·可汗从未独自前来，总有一群村民陪同。他也从未乘过汽车或出租车。以前，他和那群村民骑马前来。后来，当老得无法骑马时，他便乘吉普车到达塞尼詹。

他总是在清真寺门前下车，走进院子，掸去衣服上的灰尘，洗净手和脸。然后，他爬上去屋顶的阶梯，停下来喘口气，脱下帽子，问候那只乌鸦和在宣礼塔上筑巢的鹳，然后再戴上帽子，从阶梯上下到院中。当哀悼者看到卡赞姆·可汗在屋顶上时，他们便跑上屋顶迎接他。然后，人们簇拥着他，仿佛他是一位古代国王。他走向鸦片室，那儿已为他准备好一套鸦片用具和一个火盆。

女人和孩子都喜欢卡赞姆·可汗。他的口袋里总是装满给女人的诗和给孩子的钞票。他是著名乡村诗人，隐居山中的怪人。他结过一次婚，但妻子早逝。此后，他独自居住，尽管很多女人欢迎他上自己的床。

他饮食节俭，显得健康，热爱生活。他阅历丰富，曾失去很多，但终其一生，有三件事永远不变：爱诗歌，爱鸦片，爱女人。

他一来，祖母们便放下手中活计，迎合他的所有奇思怪想。她们拥有一种异能，能够预感他何时到来，而她们所做的第一件事，便是去鸦片室通风。

接下来，她们取出一个特别的茶壶，放在一个托盘上，以便请他喝杯新茶。他一跨进门槛，她们便给他热好鸦片烟枪，将鸦片切成薄片，放在中国盘子上摆好，然后将盘子放在火盆旁，火盆中的一堆樱桃枝燃着柔和的蓝色火焰。

每当卡赞姆·可汗造访，祖母们便穿上自己最好的衣服，掸上香水。所有人都知道，她们专为他而打扮。然后，她们等待召唤。当听到他喊"卡诺姆！"（波斯语"女士"）时，祖母们便去他的房间。请注意，不是同时，而是轮流前去。戈贝纽在里面时，戈贝尔便站在门口守候，反之亦然。

她们从一开始便是如此。她们在少女时代便认识他。当时，她们被从山里带来，在这个家中充当女仆。卡赞姆·可汗马上提出要她们两个。在那些日子里，女孩如何能够抵抗他的魅力？他们第一次相遇，即当他在他的骑师陪同下走进这个家时，他便向这两个女仆伸出手来，晚上在床上依次得到了她们。

与卡赞姆·可汗在一起的时刻是祖母们在此家中最幸福的时光。在她们年轻时，当他在那儿时，她们便充满活力，蹦蹦跳跳地穿过院子，在厨房中一边干活，一边唱歌。

现在她们老了，人们不再听到她们咯咯发笑，但如果你仔细观察，便能看到她们脸上的笑容，闻到她们令人愉快的玫瑰香气。

卡赞姆·可汗休息一会儿，吃了点东西，抽了足够的鸦片以使自己放松，然后便起身来到院中，跟亲戚们打招呼。不过，他首先走到那棵古老的雪松旁，用手杖戳戳树干，察看树枝，触摸树叶。然后，他走到净池旁，背诵他的最新诗篇：

亲爱的，我亲爱的，我亲爱的，
我高挑的、散发茉莉香味的爱人。
云彩流着情人的眼泪，
花园含着爱人的微笑。
雷在大声发出抱怨，
正如这一大早的我。

孩子们见他站在净池旁，便奔了过去。他拍拍他们的头，给他们朗诵一首特别为他们而作的新诗：

一个聋子想道：
我可再睡一会，
直到大篷车经过。
大篷车经过了，

穿过滚滚尘雾，
但聋子并未听见。

卡赞姆·可汗给孩子们进行了简短解释："大篷车象征飞逝的时间，聋子代表浪费宝贵时间的人。"诗会结束后，他递给每个孩子一张钞票，到女孩儿时停留时间较长，以鼓励她们给他一个亲吻，为此，她们会多得一张红色钞票。

然后，他转向女人。阿伽·加安的妻子法克莉·萨达特显然最受重视。他总是为她——家中的美女——写一首诗。他把诗递给她，而她笑着将诗塞在袖中。

明眸像鞭子一样抽打你的灵魂，
它们如此碧绿，仿佛苹果一般。
你的睫毛偷走我的心。
你的双唇述说正义，
你的睫毛却在偷盗。
现在，你为赃物要求回赠。
多么奇怪：我，被盗之人，
却必须为你保卫被盗之物？

猫儿迷恋卡赞姆·可汗的鸦片。它们总是成排坐在屋顶，在那儿可以密切注视他的动向。他一朝鸦片室走去，它们便一跃而下，期待地等在门口。他每吸一口烟，便朝它们的方向喷出。这烟雾令猫儿欣喜若狂。

今天，午后小睡之后，卡赞姆·可汗走到地下室，按照惯例拜访宣礼员。他喜欢去宣礼员的工作室聊一会儿天，饮一些茶。

"我向宣礼员问好！"他一进工作室，便用诗人的浑厚嗓音大声说道。宣礼员站起身来，但由于肘部以下都在粘土之中，他无法从制陶轮后面走出来。

"你好吗？"

"很好。"

"你的儿子沙保好吗？"

"也很好。"

"你的女儿呢？"

"她过着自己的生活，因为她有了自己的家庭。"

凭借敏锐的听力和嗅觉，宣礼员并未错过多少信息。有人声称，他根本不瞎，而是从墨镜后面看着所发生的一切。但宣礼员天生目盲。没有努斯拉特从德黑兰带给他的墨镜，或是没有他的帽子和手杖，他哪儿都不去。

"你的钟表怎么样了？"卡赞姆·可汗问道，"还滴答作响吗？"

"是的，谢天谢地。"宣礼员笑道。

关于宣礼员最古怪的事情就是，他总是知道时间。这是一个天赋。他有一个内在的生物钟，非常准确。塞尼詹的所有人都知道它。"几点了，宣礼员？"遇到他时，他们总是问道。而他总是告诉他们正确的时间。当他出去散步时，孩子们特别喜欢问他时间。"你知道几点了吗，宣礼员先生？"孩子们将会问道，然后在他告诉他们精确时间后，便爆发出一阵咯咯笑声。

他认为与他人分享这个神圣的天赋是自己的责任。

宣礼员是这座清真寺的正式宣礼员，但他将大部分时间花在在地下室制作陶器上。那不是他的工作，而是他的业余爱好——他的生活。要是没有粘土，他都不知道自己独自一人时该做些什么。

沙保不时地将父亲的陶器交给巴扎的一位店主，请他代售。宣礼员是方圆几英里之内唯一的传统制陶人，这或许就是他的花瓶、罐子和碟子如此畅销的原因。

他制造了清真寺院中的硕大花盆以及巴扎外面广场上的巨大花瓶，春天时里面满是天竺葵。

制作陶器使他摆脱无聊。然而，还有另外一种东西让他的生活甚至更具意义：晶体管收音机。

他把它藏在自己的口袋里，因为在这个家中，收音机是被禁之物。它们被认为不洁。真正的信徒永远不会触碰收音机，它被看作是国王的宣传工具。收音机不属于这座清真寺，但宣礼员长久以来一直把它放在口袋中，仿佛那是他身体的一部分。

那是努斯拉特送给他的。

努斯拉特是一个非同寻常的人。没人知道他在德黑兰做些什么。有人说他在电影院工作，这给他的家庭带来巨大耻辱，而另一些人声称他是一名摄影师，并以此为生。努斯拉特广受欢迎。他总是有新闻可报,并永远带着新奇事物回家。他奇怪的生活方式令所有人惊讶,让这座房中的所有住户见识前所未闻的一个生活侧面。

在一次春季拜访过程中,他曾看到宣礼员在日出之前沿河流而下,从而奇怪他在做什么。他跟着他,但保持一段距离,以免宣礼员听到他的脚步声。

宣礼员过了桥,匆忙穿过麦田和另一边的葡萄园。尽管黎明已近,但天色仍暗。他继续前行,直到杏林,那儿的繁花使枝干低垂。

过了一会儿,宣礼员脱离了努斯拉特的视线。努斯拉特尽可能安静地偷偷穿过杏林,但还是看不到宣礼员。他在其中一棵树旁停下。一切都很静谧。然后,一道曙光划破黑暗,数千只鸟儿按时鸣唱。这是一个非凡的美丽时刻。

突然,他看到了宣礼员:他在几百棵杏树之中一动不动地站着,头偏向一侧,倾听鸟儿欢唱。

空气中充满花香,鸟儿用歌声迎接黎明。仍紧握手杖的宣礼员像是一尊石像,呆若木鸡地矗立在杏林中间,谛听鸟儿鸣啭。

当第一缕金色光线穿透杏树时,鸟儿便停止啁啾,一振双翅,飞向群山。

鸟儿散去之后,宣礼员便回家了。

那天晚上,努斯拉特来到他的房间。"你有空吗,宣礼员?"

"请进来,对你我永远有空。"

"我想给你看点东西。或不如说让你听点东西。"

他从包里拿出一个收音机,插上电源。一个小绿灯亮了。努斯拉特转动旋钮,寻找一个频道。突然,房间里充满了音乐。努斯拉特关上门说道:"听听这个。"

宣礼员听着。你能看到他竖起耳朵,尽力寻找声音的来源。当音乐戛然而止时,他深深地吸了一口气,问道:"那是什么?"

"交响乐!你今天早晨在杏树旁听到的也是交响乐——鸟儿的交响乐。你刚才听到的是人创作的交响乐。今天早晨,我见到你站在树旁,倾听鸟儿的声音。我想你的生活中需要一点音乐。"

下次回家时,努斯拉特给宣礼员带来一个晶体管收音机。那天深夜,他将它塞进哥哥手中。"现在你什么时候想听音乐就可以听。听新闻,听其他人说话。"

"在这座房子中的收音机?阿伽·加安会怎么说?"

"你是成年人,"他说道,"把它放在口袋里,别告诉他。你不必向任何人解释!我还有点别的东西给你,塞尼詹任何人都没见过的东西。"他递给他一套线。

"这是耳机。你想听收音机时,就将它们放在耳朵里。站起来,我给你看它们怎么用。"

宣礼员犹豫着。努斯拉特将收音机放进宣礼员的口袋,把线从他的毛衣下面传过来,耳机塞进他的耳中,然后打开收音机。

"听到了吗?"

"是的!"

"太棒了!记住,如果有人问你这是什么,不要回答!"

从此之后,宣礼员到哪儿都戴着耳机,当有人问他,他耳朵里的那些东西是什么时,他不回答。一段时间之后,所有人都习惯了,认为它们是他墨镜的某种延伸部分。

阿尔萨贝里的葬礼之后,家中的男人都聚集在鸦片室中。它们坐在火盆周围,跟卡赞姆·可汗一起抽烟。

祖母已从地下室的一个箱子中拿出七杆鸦片枪,在余烬中温过。

男人们抽着鸦片,呷着茶,吮着糖块,缅怀着阿尔萨贝里。烟雾从他们口中吐出,盘旋上升,从半开的窗户飘了出去。

女人在餐厅吸水烟,只有济纳特不在。自阿尔萨贝里去世之后,她花大量时间待在清真寺的图书室,阅读。阿伽·加安知道,但决定让她以自己的方式应付哀伤。

天黑前,男人们在河边散步,然后去清真寺听卡尔卡尔布道。

在最近几个星期,卡尔卡尔每个周五在清真寺布道。由于这些布道旨在让礼拜者熟悉他,他便故意选择中性话题。他耐心等待恰当的时刻向巴扎中的人显示他是什么样的人,以及需要的时候,讲坛如何可以成为武器。但时机尚不成熟。在阿尔萨贝里去世的阴霾过去、他赢得所有人的信任之前,他都必须保持低调。今天晚上,他计划谈谈阿尔萨贝里,将重点放在清真寺的漫长历史上。阿伽·加安之前给他提供了必要的文件,并检查了其中的细节。

散完步,男人们在净池中沐浴,然后匆匆赶往清真寺。按照惯例,这个家中的男人应站在门旁迎客。

祖母反复警告女人该走了，但她们仍在餐厅，吃水果，喝茶，抽水烟。阿伽·加安发出最后警告之后，祖母们匆忙进入餐厅："祈祷了，女士们！"她们叫道。"几百个女人正在清真寺等你们，你们却坐在这儿抽水烟！快点，否则阿伽·加安亲自过来找你们了！"

法克莉·萨达特披上黑色罩袍，其他女人跟着她去清真寺。济纳特从图书室出来，在其他人后面。

目前还未到的只有努斯拉特。不过，他通常会意外出现：他从不打电话，从不敲门，突然站到院子中央，或是在房屋之间徜徉，在人们最意想不到的时候给他们拍照。

他没来参加阿尔萨贝里的葬礼。他们用电话无法找到他，电报又到得太迟。但他告诉阿伽·加安，他今晚肯定会到家。

由于所有人都去了清真寺，房中很安静，祖母们在净池中洗了手和脸，坐在灯下的长凳上。

"我不想去祈祷。"戈贝纽说道。

"在他们回来之前，我们在这儿休息一会儿吧。"戈贝尔答道。

由于阿尔萨贝里去世了，她们没有理由再待在图书室中，且由于她们与卡尔卡尔不熟，当他在时，便不敢进去。只要阿尔萨贝里活着，图书室便是她们的私人领地。卡尔卡尔掠夺了她们的图书室。她们因此不喜欢他，盼着阿尔萨贝里的儿子结束培训、成为这座清真寺的阿訇的那一天。

"阿尔萨贝里就像是从我们指间滑落的珍珠，"戈贝尔说道，"卡尔卡尔很傲慢。他像个苏丹①般地趾高气扬，跟所有人保持距离，甚至不跟其他男人坐在一起。他是这个家中有史以来最自负的阿訇。他躲在图书室中，等着卡赞姆·可汗来见他。阿伽·加安从一开始就知道，让卡尔卡尔回库姆取身份证明文件非常明智。"

祖母们很不愉快，现在阿尔萨贝里去了，她们意识到，她们也不会永远活着。她们一直繁忙地操办葬礼事宜，致使最近几天还不太糟。但所有客人离去之后，她们将做些什么？

卡尔卡尔接管了图书室，她们被迫在厨房中度过白天和傍晚，但她们无法忍受被关在那儿太久。如果她们不偶尔逃到图书室，这座房子将永远地毁掉她们。

---

① 苏丹：某些伊斯兰国家统治者的称号。

她们不止一次地决心向阿伽·加安倾吐心声。但何苦呢？她们意识到，阿訇的死是一个时代的结束。

有时，她们走进他空荡荡的浴室，默默哭泣。

卡赞姆·可汗是她们唯一的希望。然而，他也老了。当他死时，光明将永远地离开她们的生活。

祖母们长时间地坐在净池旁的长凳上，一言不发。天空晴朗；星星一个接一个地冒了出来。她们能够听到蝙蝠的吱吱叫声。如果某个陌生人从清真寺的屋顶向下看到这两个人影，肯定会以为她们是雕像。

若不是寂静被黑暗中树旁的窸窣声音突然打破，她们将会睡着。"你听到了吗？"戈贝尔对戈贝纽低语道。

或许是卡赞姆·可汗待在他的房中，没去清真寺，她们想道。

她们放轻脚步，走向鸦片室，但门锁着。从院中传来低沉的咯咯笑声。

"那是什么？"

她们躲到雪松树后，听着夜晚中的声音。又有一声女孩的咯咯笑声，之后是一个客房房门的开启声。"可能是努斯拉特！"戈贝尔轻声道。

"天哪！"

她们瞥见一个人影从房间里出来，认出那是努斯拉特的轮廓。

"他是什么时候到家的？我们怎么没看到他？那个女人是谁？"戈贝尔惊叫道。

一个披着黑色罩袍的女人在尖塔的绿光中短暂一现，然后再次消失在黑暗中。

"也许是从德黑兰来的那个女人。"

"不，那个无赖从未跟任何人长期待在一起。此外，从德黑兰来的那个女人个子矮，这个个子高，披着罩袍，她是另外一个人。"

"他们在做什么？"

"我完全不知道。"

努斯拉特把女孩带到院子阶梯处。

"来吧，亲爱的，"他对她说道。

"我不上屋顶！我不敢！"女孩咯咯笑着说道。

"别害怕，"努斯拉特说道，"没人会看见我们的。他们都在忙着念诵祷文。

这座房子里没人。"

"我不到那上面去，太高了！"她说道。

"他为什么带她上屋顶？"戈贝纽低语道。

"魔鬼本人都不知道努斯拉特在想些什么。"戈贝尔回答道。

一片寂静，然后，过了一会儿，她们看到努斯拉特和那个女孩出现在屋顶上。祖母们踮着脚尖来到阶梯处，爬上屋顶，靠双手和两膝爬到穹顶处，蜷伏在穹顶后面。

努斯拉特打开其中一个宣礼塔的活板门，从这儿可以经一段逐渐变窄的楼梯爬到塔顶。

"我不敢！"女人叫道。

"别这么胆小，"努斯拉特温和地说道，"一定会很有趣的！此外，你答应过的。来吧，我要带你到宣礼塔的顶端，我要在塔顶神圣的绿光中亲吻你，跟你做爱。"

"我不干！有人会看到我们的。"

"不必害怕。一旦我们到了那上面，就不会有人看到我们了。"

他帮她穿过活板门，她笑着反复道："我不去，我不敢，我不想去！"她一安全地踏上第一级楼梯，他便爬进宣礼塔，关上了身后的活板门。

祖母们在穹顶后面的藏身处惊愕地面面相觑。

"主啊，求您宽恕！"她们咕哝道。

在宣礼塔高高在上的绿光中，她们看到了努斯拉特和女孩。他们的影子投射在了清真寺另一侧的墙上。

风掀起女孩的罩袍，它像一面黑色旗帜般在宣礼塔上飘动。"别这样！"女孩呻吟道。由于身处如此之高的位置，她的话在清真寺上空回荡。

努斯拉特巨大的身影开始在墙上有节奏地运动。看到这一景象，祖母们用手"啪"地捂住自己的嘴巴，颤抖不已。在某一时刻，他将女孩推靠在宣礼塔边缘，致使她带着紧张的笑惊叫道："别这样！我会摔下去的！"

她的笑声在清真寺上方回响，但很快被通过扬声器广播的卡尔卡尔的布道声淹没。女孩又呻吟起来。然后是意想不到的寂静，人影从视野中消失。

祖母们从藏身处溜了出来，爬下楼梯。她们将跪毯铺在自己房间的地板上，披上罩袍，匆忙转向麦加方向。

布道

在最初的几个月中，卡尔卡尔设法让清真寺的一切平稳进行。他知道，为了搞清他的目的，秘密警察的特工来听他布道。

在日常生活中，他鲜有社交能力，看上去像是一个拘谨、严肃的阿訇。但一爬上讲坛，他就变成一个诙谐的人，总是面带笑容，布道中充满幽默，从而使听他演讲成为一种乐趣。

他的第一次布道有意集中于中性话题，常常从《古兰经》中撷取一个章节，在历史与叙事层面对经文加以阐释。有时，他进一步分析与讨论这些章节中语言的力量与诗意，举例说明，并用他优美的嗓音朗读富有韵律的段落。

听众喜欢他的解释。大部分常去清真寺的人不会读《古兰经》，更不用说理解它。《古兰经》是用阿拉伯文写成，与波斯语大相径庭。此外，里面的语言是在一千四百年前写就，这意味着没有专业知识，就无法理解这些章节中提到的很多史实。

卡尔卡尔不仅博学，而且能够用一种普通人可以理解的简单方式解释《古兰经》。

秘密警察的特工喜欢他的幽默，对他的布道颇为满意。他们向总部递交了正面评价报告。

巴扎对卡尔卡尔也很满意。商人们称赞他的历史知识以及解释古代文献的技能，尽管其中一些人偶尔向阿伽·加安暗示，他们期待更多的火花。"他是一个替补阿訇，"阿伽·加安总是对他们说道，"我们不能要求太高。在一两年内，当阿尔萨贝里的儿子完成培训，我们就会有一个固定阿訇，之后我们就会清楚自己的立场。"巴扎或许会发牢骚，但卡尔卡尔已经通过提出新的惊人话题而偷走了礼拜者的心。有时，他们探讨商人闻所未闻的事物。

最近，他讲到了候鸟——一个在清真寺很少谈到的话题。他描述鸟儿如何总是能够找到回家的路。他解释说，连雏鸟都能飞过一条陌生路线，然后仍能找到回到父母鸟巢的路。

人们惊奇地听他描述蚂蚁王国的等级制度，以及它们合作的精密程度。他向他们展示真主伟大的神迹。

阿伽·加安赞赏卡尔卡尔新颖的布道方式，很高兴他的现代性主题吸引了更加年轻的听众：越来越多的年轻人在星期五来听布道。

卡尔卡尔学过一些英语，几乎不会讲，但能阅读一些英语文本。他购买了英国出版的科技期刊，在图书室中花费大量时间用字典查词，努力理解里面的文章。然后，他形成自己的观点，将之变成激动人心的布道。

在其中一次布道中，他谈论飞机和航空史。他称赞奥维尔和威尔伯·赖特试图像鸟儿一样飞翔，但马上又指出，古老的波斯人远远早于美国人尝试飞行。他给这个故事增添了幽默趣味。"美国人，"他开始道，"总想事事占先。他们在五十或六十年前开始飞行，但航空之根深深扎在我们的土壤之中。

"很久以前，我们最早的波斯国王之一尼默洛德决心要飞翔。他如此强大，以至于认为自己能够做到任何想做的事。他甚至认为自己可以与真主竞争。一天，他决定要上天与真主一战。他命令当时的科学家制造一个能飞的交通工具。他们做出一个壮观的发明：以二轮战车为基础的初级飞机。这个特制藤椅的四角用长长的粗绳与四只强健的雄鹰相连。尼默洛德抓起剑，坐在他的宝座上。四块肉高高地悬挂在雄鹰的头顶上。这些鸟儿展开翅膀，努力去抓肉。在此过程中，它们将战车拖到了空中。世界上的第一架飞机就此诞生。"

还有一次，卡尔卡尔谈到爱因斯坦及其相对论。听众中没有一人听说过爱因斯坦。他们不知道光能够旅行，更不知道它旅行的速度几乎达到了每秒三十万公里。

意识到他们的无知、希望让他们印象深刻的卡尔卡尔先引述了一句英语。实际上，他或许是这个国家中在布道时第一个使用英语词句的阿訇："爱因斯坦说：'在漫长的一生中，我学到了一件事：与现实相较，我们所有的科学既原始又幼稚，但它却是我们所拥有的最珍贵的东西。'"

他没有解释这句话，但给他们讲述了相对论，或至少是他所理解的相对论。"我们假设我们有一架能每秒飞行三十万公里的飞机，它停在清真寺的房顶上，等待载客。我们再假设我们将乘客分为两组：一组是男孩，一组是女孩，年龄在十二至十五之间。女孩们被要求留在清真寺这儿，男孩们作为乘客被送上屋顶。

"飞行员发动引擎，飞机起飞，男孩们飞入太空。不要忘记，这架飞机是以光速飞行。现在请仔细听。男孩们飞了三个小时，然后回来降落在清真寺屋顶。根据他们的表，他们在空中三个小时。男孩们从飞机中出来，走下舷梯，进入祈祷室。他们拉开男女区域之间的帘幕，却无法相信自己的眼睛。女孩已经变成老妪，没有牙齿的丑老太婆！"

听众们面面相觑，无法理解他的话。女孩怎么会在男孩离去的三个小时中老了这么多？

"相对性，"卡尔卡尔解释道，"光的相对速度。当你以光速旅行时，便采用另一个不同的逻辑。那就是我为什么选择那句话的原因。神迹无处不在。强中之强，光上之光。"

卡尔卡尔的名声传遍全城。他在年轻人中尤受欢迎，女人对他宠爱有加。

虽然他已结婚，但戴面纱的女人们仍围绕着他。当他大步流星地走过清真寺黑暗的走廊时，她们往他手里塞情书。他将这些信件塞进袖中，头都不回。

"你是一个英俊的阿訇，"一个女人在走廊偶遇他独自一人时说道。

"我想跟你乘坐爱因斯坦的飞机飞进宇宙。"另一个女人经过时说道。

"你真好闻。你在哪儿买的古龙香水？"一个年轻女人从黑暗中问道，以确保自己的面孔不被看到。

"当你歪戴头巾时看上去如此英俊，"另一个女人低语道。

分隔男女区域的帘幕将整个祈祷室分开。讲坛位于两个区域之间的平台上。年轻女性通常坐在前几排，这样便能更清晰地看到卡尔卡尔。他陶醉在她们的关注之中。

卡尔卡尔耐心地等待先知穆罕默德的生日，那时，他便可以表达自己真正的情感。按照习俗，那是讨论重要事件的时间。圣城库姆中的大部分抗议活动都发生在先知的诞辰纪念日并非偶然。所有人都好奇卡尔卡尔在那天将会说些什么。

先知生日那天，卡尔卡尔在阿伽·加安和沙保的陪同下走进祈祷室。他在自己的椅子上坐定，沉默片刻后，开始背诵韵律优美的《地震》篇：

> 当地球自根基撼动，
> 人们如飞蛾般离散，

山峦像捋过的毛线,

你将会问:大地怎么了?

在那天,大地将昭示它的讯息。

卡尔卡尔的语气变了。他的话听上去比以往更加有力。

清真寺里挤得水泄不通,所有人都全神贯注地倾听他的话。"阿訇阿尔萨贝里离开了我们,"卡尔卡尔说道,"但这清真寺仍在。有朝一日,我们所有人都会离开人世,但清真寺仍将存在。"

"真的吗?清真寺会永远在这儿吗?不,就连清真寺都不会永远在此。阿訇来来去去,清真寺来来去去,但声音仍在。"

人们交换着困惑的目光。阿伽·加安和沙保面面相觑:"声音仍在?那是什么意思?"

但卡尔卡尔是对的,阿伽·加安想道。阿尔萨贝里已被遗忘,他的话并未留下,因为他无话可说。阿尔萨贝里的父亲则不同。他是一位言辞犀利的卓越阿訇,一个想要促使事情发生、改变事物的人,一个敢于直言不讳的人。在他担任阿訇期间,他将这座城市掌握在自己手中。只要一个小小的手势,他就能够激起巴扎采取行动。阿尔萨贝里的父亲已经去世几十年,但他的声音仍在。他的声音存在于这座城市的记忆之中。

他曾在先知的生日发表反对礼萨·汗①——现任国王的父亲——的激烈布道。礼萨·汗曾宣布穿黑色罩袍为非法,命令士兵拦住街上见到的任何戴面纱的妇女,将她们抓进警察局。阿尔萨贝里的父亲曾经被捕,流放到卡尚城。此后,秘密警察将清真寺的门用板条封住。

阿伽·加安还记得那次逮捕,仿佛就在昨日。几辆军车停在清真寺前,全副武装的士兵跳了出来。然后,一个军官乘吉普车到达。他腋下夹着警棍,下车穿着鞋大踏步走进祈祷室,想要逮捕老阿訇,将他投进监狱。

阿伽·加安当时还是一位刚刚被安排负责清真寺事务的年轻人。他冷静地走向军官说道:"如果你现在离开清真寺,阿訇就会自己出来,安静地跟你走。否则,恐怕你手上就会有一宗暴乱。别说我没警告你。"

他说得如此清晰、坚定,毫无怀疑余地。军官看看礼拜者,他们在阿訇周

---

① 礼萨·汗(1878 — 1944):伊朗国王,巴列维王朝的缔造者。

围围成一个圈。他接受了这个讯息。"把阿訇带来,"他说道,用警棍戳着阿伽·加安的前胸。"我在外面等着。"他大步走出祈祷室,等在门边。

阿伽·加安高昂着头,护送阿訇走到吉普车旁,后面跟着几十个礼拜者。军官等阿訇上车后,自己钻到方向盘后面。

同时,士兵们命令所有人离开清真寺,接着便将门封上。

直到三年之后,当英国人迫使礼萨·汗离开这个国家、流亡埃及时,清真寺才再度开门。

阿伽·加安笑了,焦急地等着听卡尔卡尔接下来会说些什么。卡尔卡尔沉默着坐在那儿,盯着他的听众。突然,他说出一个与他之前所言毫无关联的词:"美国!"

他仿佛往鸦雀无声的听众中投了一块石头。帷幕两边发出吸气声,因为在清真寺禁止谈论美国。这个词本身充满了政治色彩。阿亚图拉对美国的看法与世界其他国家不同:美国是邪恶的,美国是伊斯兰的敌人。

年轻的国王本要逃离这个国家,从而结束两千五百年的君主政治。这时,中央情报局支持的政变将他重新扶上宝座。自此之后,阿亚图拉称美国为"撒旦",清真寺变成了反美情绪的温床。

说出"美国"一词的阿訇实际上相当于射出一颗子弹,且高喊:"打倒撒旦!打倒美国!"

"时代变了,"卡尔卡尔大声说道,"礼萨·汗走了,但美国现在无处不在。在德黑兰。在库姆!"

他发表了一个声明,然而同时也相当于没发表。基本上,他所做的只是宣布一个简单的事实:"时代变了!美国无处不在。"

城里智者斟酌他的话,注意到他是一个聪明的演讲者。他知道必须按照特定顺序措辞,以加强悬念。

卡尔卡尔盯着听众。他们仔细听他的每句话,好奇他接下来将说什么。他说出两个间断的词,打破了寂静:"安拉啊,安拉!"

那两个词几乎可以意指任何事。当你看到某个赞赏的事,你会说:"安拉啊,安拉。"当你陷入麻烦时,你会说:"安拉啊,安拉!"

但卡尔卡尔将那两个词用于一个完全不同的语境。通过同时提到库姆和美国,他给自己的陈述增加了新的维度。库姆!美国!安拉啊,安拉!他仿佛往清真寺开了两枪。

然后,卡尔卡尔方针一变,转向《胜利》章:

> 你将看到他们鞠躬叩头。
> 叩头痕迹留在额头之上。
> 在《律法书》①和《福音书》②中,
> 他们被喻为发出枝条的种子,
> 枝条逐渐茁壮,然后变粗,
> 牢牢固定于茎干之上,
> 让播种者充满喜悦。

阿伽·加安和沙保交换了一下眼神。

但卡尔卡尔并未流连于《胜利》章,而是流畅地过渡到《罗马》章:

> 在附近土地之上,
> 罗马人已经败北。
> 但在此失败之后,
> 他们将赢得胜利,
> 虽是以后但将很快。
> 在那日,你将欣喜。
> 他是万能之主。

布道就此结束。

他的布道非常可疑,可做任何诠释,然而,他以一种秘密警察无法碰他的方式措辞。他先从先知穆罕默德开始,然后脱口而出"美国"一词,最终提到了罗马帝国的衰落。显然,他无意解释自己的意思或意图。

---

① 《律法书》:《旧约全书》前五卷中的律法。
② 《福音书》:《圣经·新约》中记述耶稣基督生平和教诲的头四卷《马太福音》、《马可福音》、《路加福音》和《约翰福音》。

阿伽·加安意识到，清真寺将迎来又一个激动人心的时代——对此他期盼已久。

卡尔卡尔站了起来，走下布道坛。数百礼拜者为他站起。阿伽·加安走向他，抓住他的胳膊，吻他的左肩，骄傲地将他护送到门口。

电影院

　　主啊,
　　您可曾吻过醉酒女人的红艳芳唇?
　　您可曾触摸过她尚未成熟的乳房?

　　一天,阿伽·加安走过卡尔卡尔桌旁时,碰巧看到一首诗放在那儿。他拿起来看,却无法相信自己的眼睛:您可曾吻过……的红艳芳唇。

　　这是一首令人震惊的诗。主,亲吻,醉酒女人,未成熟的乳房——而这些在卡尔卡尔的桌上!

　　底部印有诗人的名字:努斯拉特·拉赫马尼。阿伽·加安从未听说过他。

　　他是谁?

　　他怎敢写出如此亵渎神明的文字?

　　"事情已经失控,"阿伽·加安喃喃自语。国王鼓励这种垃圾,但卡尔卡尔用它做什么?他为何将这种东西带回图书室?

　　桌上还有其他诗。阿伽·加安开始读其中一首。这是一首非同寻常的诗,因为是女人所作。

　　我饥渴的嘴唇,
　　寻找你的双唇。
　　脱下我的衣服,
　　拥抱我吧。
　　这是我的双唇,
　　我的脖颈和滚烫的乳房。
　　这是我柔软的身体!

他听到院子里有卡尔卡尔的脚步声。他来不及读完这首诗,迅速将它放回桌上,匆匆走到一个书柜旁,假装在找书。

卡尔卡尔走进来。阿伽·加安随意拿出一本书,匆忙离开图书室。仍在琢磨那些诗的他回到自己的书房。他无法将后面那首诗从脑海中去抹去。它如此困扰着他,使他无法专心于自己的工作:

> 这是我的双唇,
> 我的脖颈和滚烫的乳房。
> 这是我柔软的身体!

这个女诗人是谁?

难道这个国家变化如此之大,以至于女人能够公开谈论自己,抒发自己内心深处的情感?以至于她们现在能够私下谈论自己的身体?他怎么没注意到这个变化?这些女人是谁?他怎么从未遇到过她们?她们长得什么样?她们住在哪儿?在德黑兰吗?

那个国王!这都是国王和美国人的错!美国文化经由广播、电视和电影源源不断地涌入他们家中。

这个政权竭尽全力将年轻人从清真寺引开,把他们变成国王及其理想的支持者。

国王曾发动"白色革命"。他出版过一部薄卷,概述他对这个国家的希望。为了扫除文盲,他将年轻女性派到乡村当教师。她们摘掉面纱,戴上帽子,就像国王的士兵曾经做的那样进入深山,在偏远村庄建起学校。

是的,一切都变了。阿伽·加安没注意到……或不想注意。这个国家快速地工业化,所以才有这么多外国投资者获准在德黑兰和其他大城市建厂。

塞尼詹也不例外。许多日本和欧洲公司抓住这个机会参与到这个新发展中。城郊正在建造一个拖拉机厂。它很快就会雇佣几百个塞尼詹和附近村庄的年轻人。

这座工厂的管理权掌握在著名日本制造商"三菱"公司的手中。他们是要生产能够在山里使用的小型拖拉机。得益于政府的津贴,每个农民很快就会拥有一台拖拉机。这样,三菱公司就将农民和国王结合在一起。

是的，阿伽·加安跟不上最新潮流；相反，他远远地落在后面。他从来不听收音机，从未拥有电视机。如果他在电视上看到过国王的妻子法拉·笛芭，就会更清楚地了解这个国家所发生的事。她正在努力改善妇女的生活。阿伽·加安没有意识到，她颇受女性欢迎，甚至包括每天去清真寺的女人。

法拉·笛芭是国王的第三任妻子——即最终给他生了一个儿子的那位。他的前两任妻子未能给他诞下他所渴望的王太子。他在巴黎的一个聚会上遇到她，当时她是学生，而现在，他是伊朗的王后。她希望提高妇女的地位，把她们从束缚中解放出来。

目前为止一切顺利。国王似乎努力控制住了阿亚图拉。对此很有把握的法拉·笛芭每月飞往巴黎，到好莱坞名流购买衣物的名店购物。

当《纽约时报》将国王统治下的这个国家描述为和平的绿洲时，法拉·笛芭约了法国的一家诊所，将她的波斯鼻子整形为法国鼻子。回国时，她还做了一个新的发型。

没有哪家报纸胆敢提到这个整鼻手术，但伊朗所有的理发师马上开始模仿那个发型。法拉的头发是这座城市的话题。就连阿伽·加安的妻子法克莉·萨达特都难以抗拒法拉发型——法拉款式——不过阿伽·加安根本没注意到。

在塞尼詹，人们正在忙于建造一个女性诊所。根据最新统计数字，在宗教氛围较浓的城市和村庄，患有女性疾病的妇女人数较多，然而，虔诚的女性拒绝接受男性医生的治疗。因此，宗教城市的市政府决定开办只有女医生的诊所，而塞尼詹的诊所将成为全国第一个、且最大的女性诊所。

法拉·笛芭的皇家学会支持这一方案，法拉也计划亲自到塞尼詹开办这个诊所。

了解全国最新发展情况的卡尔卡尔逐渐开始将这座城市的日常生活纳入到布道之中。最近，他就塞尼詹没有一座像样的公共图书馆、以及报摊正在出售拙劣的美国小说波斯语版译本而批评市长。

还有一次，他抨击城里的剧院正在上演一部嘲讽阿訇的戏剧。这部戏是给小学生看的。每天都有一队新的学生被带去观看此剧。卡尔卡尔被激怒了。"这是塞尼詹这座尊贵城市的耻辱。他们怎么敢把阿訇变成可笑的人物来娱乐我们的年轻人？我警告巴扎：在这座城市中，一场针对伊斯兰的狡诈进攻已经发动。你们最近是否查看过你孩子的书包，看他们的学校正在教授什么样的亵渎神明的思想？你们是否意识到有毒的诗歌被以文学的名义布置给你们的女儿？当我阅读其中一些诗时，我的手都在发抖。出于对坐在帘幕另一侧的女性的尊重，我不会告诉你们那些诗是什么内容。有人已向我们的信仰宣战。不要玩火。我警告你们！不要玩火！"

市长听到了布道坛抛出的暴戾言辞。为了避免形势恶化，他命令剧院停止演出那部戏剧。

该事件刚刚平息，关于在塞尼詹建造电影院的传言又传遍整座城市。

塞尼詹最古老的公共浴室已经废弃不用，德黑兰众多大型电影院的拥有者购买了它，打算将其改造成电影院。它是一个地标，独一无二的文化活动场所，电影院的完美地点。

卡尔卡尔立即让市长知道，在像塞尼詹这样的一个宗教据点，电影院是不可接受的；而市长告诉他，他们并未征求本市意见：决定已由德黑兰做出。皇家文化学会将之捧为特别项目之一，而法拉·笛芭亲自批准该计划。

当电影院主听说法拉·笛芭将为妇女诊所的开张而来塞尼詹时，便发誓要按时完成装修，以便她也能为电影院开幕。

他联系了德黑兰当局，安排法拉在主持诊所开张仪式之后为电影院开幕。鉴于塞尼詹是一个宗教据点，他们决定等到最后一分钟才宣布这个消息。

在一个阳光灿烂的周四下午，一架直升飞机飞到这座城市上空，在巴扎上面盘旋三圈。小学生沿着法拉·笛芭的敞篷轿车前往诊所的必经街道列队排开。

学生们欢呼着，鼓掌喊道："国王万岁！国王万岁！"三架喷气式飞机也轰鸣着飞过人们头顶，尾部拉烟呈现出伊朗国旗的三种颜色。几十个便衣警察混杂在人群之中，装满士兵的军车停驻在每个角落，准备消灭任何动乱迹象。

法拉·笛芭向群众挥手、微笑，清新的微风抚弄着她的头发。她散发着力量。当这辆豪华轿车经过时，教师和诊所职员除去自己的面纱，露出她们的法拉发型。她们兴奋地尖叫，挥动她们的面纱。

摄像机捕捉到了这一景象。它将在晚间新闻上播出，这样所有人都能看到，虔诚的塞尼詹妇女如何聚集在法拉·笛芭周围，把她拥为自己的榜样。

这是法拉·笛芭第一次出访宗教据点，也是这个政府的试金石。如果塞尼詹能被征服，那其他虔诚的反国王城市也能被争取过来。一切如此顺利，以至于电视台决定不再等到八点新闻，而是将她的行程作为六点新闻的头条。这次访问被认为是对阿亚图拉的辉煌胜利。但电视台忽视了一件事——一个初看上去并不重要的小细节。

很多塞尼詹女人被雇担任新诊所的护士。她们穿着整洁的短袖制服站在门旁。当法拉·笛芭跨出皇家豪华轿车时，摄影师冲过去，将镜头对准护士，她们鞠躬，给这位王后献上一束美丽的鲜花。但是，她们的制服由薄而透明的尼龙制成，所以你能看到护士淡蓝色的短裤。巴扎震惊了。卡尔卡尔听说这个新闻时，不安得无法进食。

卡尔卡尔非常气愤，把这看作是打在阿亚图拉脸上的一记耳光，以及对巴扎的蓄意侮辱。该事件发生在他的城市，他作为星期五清真寺阿訇的城市。他觉得必须在今晚的布道上对此发表评论。

夜幕降临时，阿伽·加安的电话铃响了。库姆的一个人要求跟卡尔卡尔通话。这是一个简短的单方面谈话。卡尔卡尔听了很长时间，然后仅在挂断前说道："不，我不知道。是的，我明白。好吧，我有足够的信息。你也是。"

阿伽·加安不知道他们谈了什么，也没问卡尔卡尔对方是谁。后来，当他往图书室窗内瞥视时，看到卡尔卡尔在来回踱步。

新闻广播似乎显示，法拉·笛芭在诊所开张之后便离开这个城市，回到德黑兰。实际上，她仍在塞尼詹。一架直升飞机把她送到城郊的一处历史古迹，就在沙漠边缘，这样她可以参观一个改建为客栈的城堡。从前，它曾是丝绸之路上的商旅客栈，商旅可以在那儿过夜。

法拉在巴黎学过建筑学，现在负责几个国家古建筑的修复。她的很多时间花在改善这些城堡上。

按计划，她将在那天晚上回到塞尼詹参加电影院的开幕。为了这个特殊场合，电影院的主人特派人到德黑兰取来一部在伊朗从未放映过的好莱坞爱情片。关于这次皇族驾临，他没告诉任何人，只说来自德黑兰的几位贵客顺便参加开幕式。

当法拉·笛芭坐下来在古城堡吃晚餐时，卡尔卡尔正秘密地在阿伽·加安的办公室打电话。他跟库姆的某人悄悄进行了一次简短通话。

七点，他做好了去清真寺的准备。当沙保来图书室送他去时，注意到卡尔卡尔焦躁不安。

"出什么问题了吗？"他问道。

"没有，你为什么这么问？"当他们离开房间时，卡尔卡尔回答道。

"今晚您谈些什么？"

"我还没决定。我过于专注在那个荡妇的来访之中。"

沙保想问："哪个荡妇？"但他没有，原因很简单，他无法让自己说出"荡妇"这个词。

"阿伽·加安在哪儿？"卡尔卡尔问道。

"在清真寺。"

他们走进清真寺。祈祷室已经满了。实际上，人比平时要多。所有人都好奇地想看看，他们的阿訇对法拉·笛芭的来访作何反应。

卡尔卡尔镇定地登上布道坛，在他的座位上就座，开始用平静的声音谈论清真寺和阿訇的作用。他把清真寺看作是这座城市的心脏，阿訇是信徒警觉的良心。

他没有提及诊所的开张，也未提及法拉·笛芭来访的电视新闻。相反，他把矛头对准了电影院。

"当心！"他突然举起一根手指大声警告道，"你们必须知道正在发生的事。"

他戏剧性地停顿了一下。

"以清真寺之名，以这座城市之名，以巴扎之名，"他接着说道，"我请求你们，我恳求你们，我警告你们，不要继续下去。制止这些邪恶计划！塞尼詹容不下乱七八糟的美国文化。容不下罪恶。制止它，否则我们将替你制止它！"

"真主伟大！"有人喊道。

"真主伟大！"礼拜者异口同声地回应道。

没人确切地知道卡尔卡尔说的是什么，但所有人都明白，他是针对女性诊所表达他的愤怒。

巴扎的人冲阿伽·加安满意地点头。他们赞同卡尔卡尔的反应。

阿伽·加安也为他感到骄傲，尽管意识到卡尔卡尔有朝一日注定会继续前进。他过于雄心勃勃，不会长久充当清真寺阿訇。他需要更大的呼吸空间。清真寺的围墙很快将被证明过于狭窄，他会决定展开双翅。但对他而言，他们的清真寺是一个很好的起点。

电影院主已经料到卡尔卡尔会严厉批评和指责他的电影院，但他并不害怕。他知道秘密警察和当地警察都在现场保护他。在这个特别的星期四夜晚，他很高兴教徒坐在清真寺听卡尔卡尔布道，因为这意味着他可以欢迎法拉·笛芭来参加开幕式而不必担心她的安全。

然而，他低估了他的敌人，因为卡尔卡尔消息灵通。他知道王后将会出席开幕式。

卡尔卡尔看看自己的手表。王后很快就会莅临开幕式。于是，他放松下来，抚须笑了。阿伽·加安以为卡尔卡尔已经谈完电影院的事，现在开始转向另一话题，他满足于仅仅发出警告而已。但是，让他惊讶的是，卡尔卡尔引述了激烈的《阿布·拉哈布》章，关于真主怒斥的女人那章。卡尔卡尔开始从容淡定地吟诵道：

>打断阿布·拉哈布的双手！
>摧毁阿布·拉哈布！
>摧毁他的财产！
>摧毁阿布·拉哈布的妻子！
>阿布·拉哈布将被烈焰灼烧！
>他的妻子将背负柴草！
>她的脖颈上系着棕绳！
>摧毁阿布·拉哈布！

阿伽·加安屏住了呼吸。突然，他意识到，卡尔卡尔要做的不只是警告。

阿布·拉哈布是穆罕默德的叔叔——他父亲的兄弟——也是穆罕默德和《古兰经》不共戴天的仇敌。有一次，在伊斯兰教早期，穆罕默德曾努力向麦加的统治者解释他的使命，这时阿布·拉哈布诅咒他，离开了集会会场。阿布·拉哈布的妻子也做了同样的事：她诅咒了穆罕默德，并发表攻击《古兰经》的言论。他们两人不肯就此罢休，还迁怒于巴扎，诅咒《古兰经》，特别是安拉。他们的攻击使穆罕默德备受煎熬，但无法阻止他们。然后，一天晚上，他得到了《阿布·拉哈布》章的启示：

>她的脖颈上系着棕绳！
>摧毁阿布·拉哈布！

当有人引用《阿布·拉哈布》章，你就会知道事态严重。卡尔卡尔继续他那激烈的长篇演说：

> 打断买下古老浴室者的双手。
> 打断将它变成电影院者的双手。
> 打破浴室的门。
>
> 打断此时聚集在浴室者的双腿。
> 将棕绳套在他们妻子的脖颈上。

阿伽·加安无法抬起自己的头。他没看卡尔卡尔，而是盯着自己祈祷毯上的图案。他有一种感觉，仿佛卡尔卡尔正从后面抓住他，将他的头按向地面。

卡尔卡尔令他惊讶。阿伽·加安认为自己应该高兴，但却感到五味杂陈。卡尔卡尔为何不告诉他将要谈论电影院？他为何突然采用如此强硬的口气？这对清真寺有好处吗？对这座城市将有何影响？但现在无暇斟酌所有这些。他深吸一口气，抬起头来，环顾四周。

鸦雀无声。所有的眼睛都盯着卡尔卡尔。"我早就警告过当局，"他说道，"我也警告过浴室的新主人。但他们不听。现在，他们甚至变本加厉，以至于今晚要在浴室放映邪恶的美国电影。偏偏选在今晚！你们知道今天是什么日子吗？是法蒂玛的忌日！

"我，卡尔卡尔，这座清真寺的阿訇，要制止它！我，卡尔卡尔，这座星期五清真寺的阿訇，不准你们进入那个电影院！我，卡尔卡尔，将高举《古兰经》，封住那个邪恶地方的门！"他怒喝道。然后，他从口袋中取出《古兰经》。

"真主伟大！真主伟大！真主伟大！"众人咆哮道。
"去浴室！"卡尔卡尔喊道，从布道坛上跳了下来。
众人随他站起。
没有料到事态如此突转的阿伽·加安一动不动地待在原地。
卡尔卡尔骗了他：他已经控制了清真寺。但还不太迟。毕竟，阿伽·加安比他更有经验。为了维护清真寺的声誉，他必须设法再次取得指挥权。卡尔卡尔的声望无关紧要,重要的只有清真寺。

他转身追赶卡尔卡尔。"快跑!"他对沙保喊道,"跟着他。不要让他离开你的视线!"

紧张气氛已经达到白热化,此时群众已经失控。"我必须做点什么,"阿伽·加安喃喃自语,"我是唯一能够阻止这个疯狂行为的人。"

卡尔卡尔将《古兰经》高高举过头顶,大踏步朝电影院走去。教徒们跟在后面,有节奏地喊着"真主伟大"。

这一示威游行令秘密警察措手不及,他们惊慌地跑下街道。"爆发动乱了!"他们对着步话机尖叫道,"保护电影院!"

过了一会儿,两辆巡逻警车呼啸而来,但巡警不清楚发生了什么或人群前往何处。

几辆军用卡车阻住了通往电影院的街道。全副武装的士兵跳了下来,列队阻止示威者。

一架直升飞机降落在浴室旁的广场上,准备将法拉·笛芭送往安全地带。

市长的车在路边刹住,发出刺耳的声音。市长跳了出来,高举双手跑向示威者。他扫视着脸的海洋,直到看到阿伽·加安。"你们到底认为自己在干什么?"他咆哮道,"你们正在走入陷阱!取消游行,否则就会爆发一场大屠杀!"

"你指的是什么?如今当局根本不听清真寺说的任何话!他们用建造电影院侮辱我们,现在你用大屠杀威胁我们?"

"不,你全都搞错了。我不是在用大屠杀进行威胁,而是在要求你帮我阻止它!有些事你得知道,但我们不能大声说出来。"他在阿伽·加安耳边悄声道:"法拉·笛芭在电影院里。相信我,如果这些人再靠近些,军队就会开火。做点什么!制止他们!"

武装士兵拦住示威者,指挥官拿着扩音器喊道:"转身!回去!"

卡尔卡尔置之不理。他将《古兰经》高举过头,大步走过军官,试图挤过队列,但军官拦住了他。"退回去!"他警告道,"否则他们开枪了。"

"那就让他们开枪吧!"卡尔卡尔喊道,再次试图突破队列。

军官抓住他的衣领,将他拖离士兵队列,并冲着他的脸嚷道:"如果你不退回去,我就把你的缠头塞进你的喉咙,把你投进监狱!"

他的话激怒了卡尔卡尔。他使劲一推军官，使他脚下一拌，差点跌倒。军官猛地拔出手枪。

阿伽·加安马上抓住卡尔卡尔，将他拖开。"让他离开这里！"他冲沙保喊道。

但卡尔卡尔不想走。他从阿伽·加安的手中挣脱出来，重新奔向军官，但在到达军官近旁之前，阿伽·加安再次抓住了他。"够了！停止吧！"

卡尔卡尔甩脱他，重又冲向军官，但阿伽·加安再一次追上去抓住他，说道："不要忘了，这儿我说了算！"

他从军官手中抓过扩音器，喊道："大家安静！我有一个好消息！"

人群安静下来。

"我刚跟市长谈过。当局让步了。这座城市不会有电影院了！所以，回清真寺去！"

"真主伟大！"人群喊道。

这个事件给人们留下了深刻印象。让阿伽·加安感到满意的是，事后人们在清真寺外聚集了很长时间。

清真寺将战斗延伸到了街上，而他阻止了一场屠杀。这是在意想不到的领域对国王计划的直接攻击，打了总理一记耳光。国王本来希望夺取宗教城市的权力，将腐朽的西方文化强加给它们。明天，这一事件将在所有重要报刊上刊登：塞尼詹暴乱！

塞尼詹星期五清真寺再次让人们听到了它的声音。库姆的阿亚图拉将对它刮目相看，全国的阿訇都将谈论这场骚乱。

午夜，所有人都已回家，清真寺空无一人，守门人锁上了门。阿伽·加安坐在自己的书房里，写着日志。"长久沉寂之后，我们的清真寺再次发出了自己的声音，"他写道，"或许，我们找到了回归正途的路径。"

他仍在写时，两辆轿车在清真寺前停了下来。其中一辆停在树下，另一辆关上车灯，悄悄驶上通往这座房子的小巷。

三个看上去像是便衣警察的人从车上下来。司机待在车中。其中的头目走到门前，按响门铃，另外两人留在车旁。

阿伽·加安听到铃声，马上警觉起来。他以为警察会在明天去巴扎，而不是深更半夜出现在他的门阶上。

祖母也听到了铃声。她们知道发生了非同寻常的事，最好待在自己房中，让阿伽·加安处理。

也听到铃声的沙保马上奔向阿伽·加安的书房。

"可能是警察，"阿伽·加安轻声说道，"去警告卡尔卡尔。告诉他必须离开！跟他一起走，你们可以从屋顶溜出去。"

卡尔卡尔已经料到警察会来，所以铃声响时他仍在图书室。他迅速关上灯，踮着脚尖走出图书室，爬上楼梯。

阿伽·加安戴上帽子，穿上衣服，走进院子。他看到了楼梯旁卡尔卡尔的身影，便等了一会儿，直到它被黑暗吞没。

门铃再次响起。

"来了！"他一边叫道，一边朝门走去。

女人们从房间的窗帘后窥视。

"谁在外面？"阿伽·加安开门之前喊道。

"开门！"

他打开大门。头目和车旁两人清晰地暴露在路灯的光线之中。

他马上知道，他们是秘密警察的警探。没有哪个当地警察胆敢在半夜敲他的房门。他们肯定是新来的，或来自其他辖区。他们的态度表明，他们不知道他是谁。他们甚至懒得跟他客气地打招呼。

"你们这些绅士深更半夜来我家有何贵干？"他问道。

"我们要找阿訇，"头目说道，挥了一下自己的警徽，"我们奉命带他回去。"

看来事态严重。为了赢得时间，阿伽·加安走到外面，轻轻关上身后的门。

"阿訇不在家，"他说道，"如果有急事，你们可以明天早晨到清真寺跟他谈。"

警探没有料到阿伽·加安会关上身后的门，他们楞了一下，咆哮道："把门打开！"

"小点声。大家都睡了。"阿伽·加安说道。

"把门打开！"警探命令道，用拳头砰砰捶门。

"冷静！我告诉你们了——阿訇不在家。他走了。走了就是走了！他明早会去清真寺。"他提高嗓门，以确保卡尔卡尔听到他的话。"你们听懂了？"

"马上打开门，否则我们开枪把锁打掉！"警探说道，打开了黑色枪套上的按扣。

突然，他的一个手下跑进小巷。"他在清真寺屋顶上！"他喊道，"我们走！"

另外两个警探顺着大门爬上院墙。他们在几秒之内便上到屋顶，朝宣礼塔跑去。

阿伽·加安打开门，正要奔上楼梯，这时其中一个警探叫道："待在那儿别动！"于是，他走到客房处，站在树下，在那儿，他可以清楚地看到屋顶。

"我看到穹顶后有一个人影！"其中一个警探在街上喊道。

"举起手出来！"负责的人在屋顶上喊道。

阿伽·加安肯定他们发现了卡尔卡尔，便跑到雪松树旁，以便更清楚地看到屋顶上的情形。在宣礼塔的绿色光晕中，他看到头目拔出枪走向穹顶，但看不到卡尔卡尔。

"这儿没人！"头目朝街上的警探喊道。

"就在刚才我看到了他的身影，"警探喊道，"他不会太远。"阿伽·加安放下心来。他走到净池旁的光圈中。"警探！"他朝屋顶喊道。"你们看到的人影是清真寺的看门人。你们来时他刚来看过我。你们没有必要把事情搞得这么复杂。因为你们来自另一个区，不熟悉这座清真寺的布局。我可以向你们保证，任何试图从屋顶逃跑的人都会被驻守在街上的人发现。这儿，让我指给你们看。"他走上了楼梯。

"就像我已经告诉过你们的，"他到达屋顶后，对头目说道，"阿訇不在这儿。他搭乘夜班火车去库姆了。如果你愿意的话，可以给车站打电话核实。那儿的人都认识他。不要多此一举了，除了穹顶和宣礼塔，屋顶上什么都没有。好好看看周围，然后出去！我说得清楚吗？"

此人用手电在屋顶四处照着，并未答话。

"现在让你们自己和你们肮脏的鞋从这个清真寺的屋顶上滚下去！"阿伽·加安厉声道。他指着楼梯，"还有滚出我的房子！"

警探们嘟嘟囔囔地一路走下楼梯，进到院中。

"从未有人胆敢不请自来地进入这座房子，"阿伽·加安说道，"现在你们四个混蛋闯了进来。我受够了。滚出去，你们所有人！"

但那个头目并不理会阿伽·加安的敌意，对他的人下令道："搜查每个房间。

马上！"警探们放肆地冲进房子。

"沙保！"阿伽·加安喊道。

没有回音。

"给市长打电话！"他再次喊道，非常清楚沙保已随卡尔卡尔离开。

他匆忙走进书房，迅速翻查自己的文件，找到市长的电话号码后拨通了电话。"让这些混蛋滚出我的房子，"他说道，"否则我就拿我的步枪射他们了！"

警探们将目盲的宣礼员拖出房间，查看所有角落。"混蛋！"宣礼员吼道，"你们所有人！滚出我的房间！滚出这座房子！"

通往图书室的门锁了。

"把钥匙给我！"头目要求道。

"我没有！"阿伽·加安从他所在的院子另一侧喊道。

"把钥匙给我，否则我把门砸开！"

祖母从黑暗中出来，打开门，点亮灯。其中一个警探正要进入图书室，这时戈贝纽尖声喊道，"把你的鞋脱掉！"

他没理她。

"把你的鞋脱掉，你这个混蛋！"她尖叫道。

警探没有进去，而是在门口逡巡，显然被图书室的古老所震慑。他盯了一会儿有着几个世纪历史的书柜和阿訇古老的书桌，然后转身走进院子。

其他警探闯进地毯室，里面的墙上挂着还未织完的地毯。他们向地毯的后面窥探，打开古老的橱柜，将几轴羊毛扔在地上。然后，他们离开地毯室，开始搜查鸦片室。

一个步话机发出噼啪声。头目走到净池旁，冲着他的步话机说了些什么。过了一会儿，他回来说道："够了，"他对部下喊道，"我们走！"

他们在院中会合，出去时一路"砰""砰"摔门，然后开车离去。

阿伽·加安锁上大门，关掉灯。

"有什么吃的吗？"他问祖母。"我饿了，也渴死了，"他刚坐下，沙保就进来了。"他在哪儿？"阿伽·加安问道。

"在清真寺里。"

"确切位置？"

"在最古老的那座地下墓室。看门人让他进去的。"沙保说道。

"他现在安全了,但那些警探肯定会回来。这件事不会很快平息。他们会盯着清真寺。我们必须把他送到库姆。明天,当大门为晨祷者打开时,他们也会跟其他人一起进来,我们无法阻止他们。我们必须想出一个出逃计划。"

祖母们端着一个银制托盘进来。她们展开一个洁净的棉布餐巾,铺在阿伽·加安的桌上,并在上面小心摆放了两个杯子,一个盛满香茗的金边茶壶,以及一个堆满热面包和乳酪的精致瓷盘,然后出去了。阿伽·加安笑着望向沙保。

"显然,她们赞同你的行动,"沙保在阿伽·加安给他倒茶时评论道。

"拿把椅子过来,吃一点。我们还有工作要做。我们今天不会有觉可睡了!"

吃完后,阿伽·加安翻遍了书房里的橱柜,拿着一顶帽子、一套衣服和一把剪刀回来。他将它们放在沙保面前的桌上。"我有一个计划,"他说道,"过一会儿,我会出去站在清真寺外面,假装在等什么人。我知道秘密警察正从他们的车里监视这里,所以我尽力吸引他们的注意力。与此同时,你到屋顶上去,溜到清真寺,随身带着衣服和这把剪刀。然后,你帮卡尔卡尔修剪胡须,让他戴上这顶帽子,穿上这套衣服。太阳很快就会升起,人们将开始前往清真寺。由于昨晚的事件,我估计人会比平时多。祈祷结束时,当所有人离开时,我要你和卡尔卡尔跟在我后面走出去。我会负责其余的事,明白吗?"

"明白。"

天不冷,但在凌晨的那个时刻,凉爽的风从山中吹来。阿伽·加安在清真寺外就位,注意到已经坏了数月的路灯此时正明亮地照耀着。看门人曾反复向电力公司投诉,但灯从未修好。阿伽·加安本人也多次打电话找经理投诉,但从未打通过。

街道空空荡荡,只有两个人站在街角抽烟。他们意识到阿伽·加安发现他们时,便悄悄闪进黑暗中。

一辆载着四个男人的车驶过清真寺,然后掉头再次驶过,没有停留。

闪进黑暗中的那两个人回到路灯下的光圈中。他们踱向阿伽·加安,仍抽着香烟,连个招呼都不打地从他身边经过。显然,他们不是附近的人。否则,哪怕是在黑暗中,他们也会认出他,向他问好。

在等待时,阿伽·加安从未如此清楚地认识到,这座城市近几年来有多大改变。现在是陌生人掌权。直到几年前,他还认识塞尼詹的每位权贵:家庭出身好的人,巴扎中的商人子弟。当他走进政府办公室,主任本人总是跳起来迎接他。新主任他一个都不认识，他们避免跟清真寺有任何接触。这座城市似乎一分为二：一方是传统主义者，旧建筑和巴扎；另一方是新主任，新警察，新建筑，新剧院和电影院。过去，他只需挥一下手便会一切办妥。如今，他甚至无法让人修好路灯。

直到现在他才明白市长的警告："记住，阿伽·加安，我无法像过去那样帮你了。"

他——不会被轻易吓倒的人——此时害怕了。直到几个小时之前他还认为，他最终能够把事解决，哪怕卡尔卡尔真的被捕。他还以为只需给警察局长打一个电话，卡尔卡尔就会被释放。现在他知道，自己错了。

显然，吹过塞尼詹的清新山风使他头脑清醒，帮助他清楚地思考。他意识到，就连卡尔卡尔都是陌生人，而且不值得信赖。他到底是谁？一个来自库姆、向阿尔萨贝里女儿求婚的无名阿訇。除此之外，他还了解他些什么？没有。

山中的空气起了作用——他眼中的雾霾消散，现在看清楚了一切。卡尔卡尔在玩一场危险的游戏。他知道法拉·笛芭会在电影院中，却故意没有告诉他。他的目的是在城中制造混乱。他诱使不知情的、来清真寺的信徒去电影院，这样法拉·笛芭就会走进他的圈套，国家便会闹翻天，这个事件将成为世界新闻。而阿伽·加安丝毫没有怀疑。幸亏他能够及时化解了卡尔卡尔的计划。卡尔卡尔欺骗了他，现在藏在地下墓室中。他的命运掌握在阿伽·加安手里。

尽管天气寒冷，但他能够感到自己前额的汗滴。为了消除恐惧，他开始吟诵：

> 以清晨之光盟誓，
> 以寂静之夜盟誓！
> 他并没有弃绝你。
> 难道他没发现你孤苦伶仃，
> 给你指引？
> 难道他没发现你贫困潦倒，
> 使你致富？
> 难道他没卸去你肩上重担？
> 他提高你的声望，
> 因为艰辛过后是安逸。

他转过身，注意到天已放亮。人们成群前往清真寺。感到心中轻松一些，他舒展双肩，走进清真寺。

从来没有这么多人参加晨祷，且他们仍在不断涌进。阿伽·加安没听收音机，但其他人听了，说塞尼詹爆发了暴乱，一个狂热的阿訇将整座城市弄得天翻地覆。

所有的晨报都报导了法拉·笛芭大驾光临诊所，并提到她莅临电影院。报导中处处暗示，去清真寺做礼拜的人们出于最令人怀疑的原因受到阿訇的鼓动。

而那就是他们所有人去清真寺的原因：亲自看看还有什么激动人心的事将会发生。

看门人出来迎接阿伽·加安，然后两人散了一会儿步，温习他们的计划。在回来的路上，阿伽·加安悄悄走进地下室，朝地下墓室走去。突然，沙保从黑暗中现身。

"卡尔卡尔在哪儿？"阿伽·加安问道。

"在储藏室。"

"上楼去叫你父亲开始宣礼！"

他走到储藏室，谨慎地打开门。"是我！"他说道。

昏暗的烛光中，几乎完全认不出卡尔卡尔。他穿着那套衣服，戴着帽子，胡须已经剪短。

"秘密警察正到处找你。我相信不需要告诉你为什么。我会尽我所能帮你逃走，但先要把内心的话说出来：我对你的那个示威游行很不满意。你骗了我。你应该告诉我你的计划，但你故意瞒着我。这件事我们以后再讨论，现在不是时候。祈祷结束后，沙保会来找你。我们跟其他所有人一起离开清真寺。宣礼员的堂弟会在巴扎外等你。你跳上他的摩托车后座，他把你送到瓦切村。瓦切的阿訇会设法把你送到卡尚，卡尚的阿訇将安排你去库姆。这儿有些钱，"阿伽·加安说道，"我现在得走了。"他不等答复便转身走了出去。

他本打算怒斥卡尔卡尔，想说："你故意将这座城市、这个清真寺、这座房子和这个家置于危险境地。你毁了我对你的信任。从一开始我就知道不能信任你，但幸运的是没有造成不可挽回的损失。现在你走吧。在很长、很长一段时间之内，我不想见到你。"但他没说。他很高兴自己设法控制住了脾气，使用了较为温和的语言。

阿伽·加安一走进祈祷室，所有人都站了起来。他们听说这座房子昨夜曾遭搜捕，卡尔卡尔已经逃离。

一群著名商人陪同阿伽·加安来到阿訇通常带领大家祷告的位置。"我需要你们的帮助，"阿伽·加安对他们低声说道，"对清真寺而言，这是一个关键时刻。卡尔卡尔处境危险。我将带领大家祷告。我知道这异乎寻常，但情况紧急。我需要你们祷告后留下来，这样我们就可以一起步行前往巴扎。"

阿伽·加安走向布道坛，登上第一级台阶，说道："听着，诸位。卡尔卡尔阿訇不得不突然前往库姆，所以我们现在没有阿訇。我知道这非同寻常，但今天我将代替他的位置。晨祷会很短。请跟我祈祷！"

出现一阵惊愕的低语声，但随着宣礼员"赶快祈祷"的喊声，所有人都安静下来，转向麦加。

晨祷是一天中最短的祷告，包含两次起立，两次鞠躬，两次前额触地。

祷告结束时，商人们严肃地走到阿伽·加安身边，陪同他走到院中，在那儿，沙保和卡尔卡尔将从地下室中出来，加入他们的行列，混入人群之中。阿伽·加安只邀请了他们中的少数几位与他一起走到巴扎，但其他人显然感受到了紧张的气氛，此时默默地走在阿伽·加安身后。

所见之处都是警察，他们不知道发生了什么，或这一大群人为何正如此漫不经心地走在通往巴扎的大街上。

看门人的堂弟正带着他的摩托车等在广场一角的路灯旁。卡尔卡尔从人群中溜出，坐到摩托车的后座上。堂弟踩下油门，将车开走，甚至都未回头看上一眼。沙保注视着他们，直到摩托车安全驶出视线。然后，他重新加入人群，静静地靠到阿伽·加安身边，低声道："他走了。"

鸟儿

Ha Mim。

秋季即将结束,萨迪克已在冬季到来之前去库姆与丈夫生活在一起。这个季节的初雪已经覆盖山顶。所见之处都是从村落支出来的白色山峰。

在这个清真寺之家,卡尔卡尔的名字很少再被提及。他们有很多其他事要想。候鸟很快将会到来,这次,其中某只或许有所不同。

一天,阿伽·加安醒来时对妻子说道:"法克莉,我又做了一个奇妙的梦。如你所知,我总是跟逝者有联系,信不信由你,昨晚我见到我的父亲了。我不记得他去世的确切日期,但他总来梦中找我。这些梦境很难解释。它们发生在相当平常的背景中,但总有一种奇特的氛围。在昨夜梦中,我父亲去世了,我们将他葬在墓地。但当我回家时,发现他躺在床上,身上盖着一条白色被单。我知道他是我的父亲,尽管我们刚刚将他下葬。我在床边跪下。不知何故,我知道他没死,正要起床。过了一会儿,他动了,从被单下面伸出头,努力坐起。我走上前扶他站了起来,然后将他的帽子和手杖递给他。他离开房间,迟疑地走到净池旁,在长凳上坐下,盯着里面的鱼。"

"你想他了,"法克莉·萨达特说道,"你总是想起死者,所以你才如此频繁地梦到他们。"

"我没总是想着他们。好吧,我确实有时会想我父亲,但我会梦到从未见过的死者,像我父亲的父亲,或我父亲的父亲的父亲。真奇怪。白天,我在生者的世界,夜里,我在死者的世界。"

"也许是因为你在日志里总是写到的那些清真寺报告。"

他从床上下来,走到窗边。

"法克莉!"他突然惊呼道。

"怎么了?"

"塔穆兹太阳刚刚升起来了!"

法克莉·萨达特看着太阳——一个红色的圆从札尔德山①（黄山）顶上升起。

"我每天都眺望札尔德山，"法克莉·萨达特说道，"希望看到塔穆兹太阳。我担心今年不会有。"

"我一直专注于卡尔卡尔的事，以至于完全忘了塔穆兹太阳。"

冬季已经到来。有时，在秋季的最后一天，或是冬季的第一天，一轮明亮的红日将出现在札尔德山上方。它被称为"塔穆兹太阳"，因为看上去像七月穆塔兹日的太阳。

在塞尼詹，人们总是期待这个意外的暖和天。比人们更早知道它将到来的候鸟利用它飞过积雪覆盖的山峦。它们从俄罗斯的亚洲寒冷地带开始迁徙。据人们所知，鸟儿是沿着天气最温暖的丝绸之路飞行，一口气穿过广阔的沙漠。抵达塞尼詹时，它们已结束旅程中最艰难的部分，接着飞向更加温暖的气候带，最终到达它们在波斯湾棕榈树上的鸟巢。

对这个家庭而言，升起塔穆兹太阳的日子非常重要。对巴扎和整个地毯业也很重要，因为在那天，法克莉·萨达特和祖母将留在家中捕鸟。

该家庭从候鸟的羽毛中汲取地毯图案与色彩的灵感。多年的经验告诉他们，鸟群中总有几只鸟的羽毛拥有异常的斑纹或罕见的色彩。

没人知道阿伽·加安是怎样为他的地毯设计出如此独特的图案或如此精美的色彩搭配的。这是一个严格保守的机密。多年以来，使之成为可能的是这个家庭中的女性。

跟往年一样，祖母今天迅速开始工作。她们从地下室取来柳条筐，放到院中，即花园中图书室和鸦片室的那侧。

离开沙漠飞往塞尼詹的候鸟通常会将注意力投向星期五清真寺的宣礼塔。清真寺上总是有四只鹳，每个宣礼塔上有两只。没人确切地知道何时老鹳死去，新鹳取代它们的位置，但总是有四只鹳栖息在那儿。它们是塞尼詹的典型特征。当候鸟从远处看到它们时，便知道已离该城不远。

鸟儿一旦到达塞尼詹，便喧闹地盘旋一会儿，然后落在清真寺的屋顶上。那种老乌鸦栖息在穹顶上面，观察着它们的一举一动。

看门人已在屋顶撒下一些谷物，为这些鸟儿放好水碗。全塞尼詹的人都知

---

① 札尔德山：波斯语意为"黄山"，位于伊朗第一大山脉扎格罗斯山脉中部，为其最高峰。该山脉位于伊朗高原西南部。

道这谷物和水,但没人知道,法克莉·萨达特给它们布下了陷阱。

法克莉·萨达特拿着连着捕鸟筐的绳子,坐在净池旁的椅子上。祖母躲在图书室中,透过窗帘的缝隙窥探。

一群鸟儿落在捕鸟筐旁,开始啄食散落的谷物。它们一边吃,一边被诱进旁边摆着葡萄干的筐中,这些葡萄干放在那里是为了进一步引诱它们。当它们步入筐中,法克莉·萨达特便一扯绳子,捕鸟筐"啪"地一声合上,将鸟儿扣在里面。

祖母连忙来到院中,跪在第一个筐旁。戈贝尔打开筐盖,取出一只鸟,递给法克莉·萨达特,研究它的羽毛。

这次捕到的鸟包括七个新品种。她们将鸟儿放在七个笼中,送到阿伽·加安的书房。

阿伽·加安在天黑后到家,直接去了书房,法克莉·萨达特正在那儿等他。"情况如何?"他问道,"抓到什么特别的了吗?"

"这些鸟儿很美!我们仔细观察了它们,"法克莉·萨达特答道。

"我迫不及待地要看它们,"他说道,"祖母在哪儿?"

"她们去取鸟笼了,"法克莉·萨达特说道。

他们四人一直工作到凌晨。

戈贝纽从笼中拿出一只鸟,在它头上罩了一个黑色头套,这样它就会安静地站在桌上,不被明亮的灯光吓到。

阿伽·加安研究它的翅膀与羽毛。"这只有漂亮的斑纹,不过没有那么不同寻常,"他说道,用铅笔尖挑起一根羽毛,以使法克莉·萨达特也能看到。然后,他转向祖母,"你们也想看一下吗?"

她们戴上眼镜,靠上前来,检查羽毛。"颜色有点不同,但我们以前看见过这样的斑纹,"戈贝纽说道。她们从阿伽·加安的手上接过鸟,放回笼中,然后取出另一只递给他。

"哦,这些羽毛真华丽!看到这根羽尖上的图案了吗?是红、绿线条的交叉。我敢肯定,我们的设计师可以用这做点什么。"

法克莉·萨达特在一个放大镜下研究这些羽毛。"它们绝对特别。上面的光泽使它们更加漂亮。为什么这个品种的鸟拥有如此完全不同的羽毛?每只都有独特的图案。"

阿伽·加安透过法克莉·萨达特的放大镜看过去，点点头。"把这只放一边。"他们又研究了两只鸟，但羽毛极其普通。当祖母拿出下一只鸟，他们马上便知道，这是一个特例。这只鸟不肯安静地站着，挣扎着要逃走。"这只很强壮！"戈贝尔说道，"瞧，它的羽毛也比一般鸟浓密。"

"这只鸟确实不同凡响，"戈贝纽赞同道，"有宝石一样闪闪发光的小蓝点。"

"我在白天看了它一会儿，"法克莉·萨达特说道，"但它现在在桌上强烈的灯光下，甚至显得更加漂亮。"

"一个杰作！"阿伽·加安惊呼道，"如此的美丽来自何处？"

法克莉·萨达特拿起一支铅笔，开始画其中一种羽毛图案，并时不时地透过放大镜瞥上一眼。当她画完草图时，祖母拿出一个旧的调色板和一些画笔。

这些女人没有意识到自己是艺术家。在她们看来，她们只是承接家族传统，一个涉及地毯业的传统。她们想要创造全国最美的地毯，所有中东国家中最美的地毯。她们认为这是自己的职责，并无其他想法。

法克莉·萨达特画着草图，努力在纸上捕捉羽毛神奇的色彩。她用细毛笔描，用手指画，祖母在她耳边提供着有益的建议。"试试这个颜色，法克莉，那个深蓝配上这种浅绿。不要把它们弄混，只在蓝色上面画一条绿色细线，"戈贝尔说道。

法克莉按照祖母的建议去做。

"但我想要捕捉那种紫色光泽。怎样才能把它体现在能够织进地毯的毛线中呢？"她问道。

"这不容易，"阿伽·加安说道，"你无法用毛线获得与颜料一样的效果。"

"给我一些毛线，"法克莉·萨达特对祖母说道。

她们一溜小跑地去了地毯室，取来几轴毛线放到桌上。

"递给我一股蓝线好吗？"

"我觉得一股线不够密，"阿伽·加安观察道，"你得用一把蓝线结合几股红色细线。"

他把一把蓝线放到桌上，将几股红线从中穿过。"懂我的意思了吗？"

"没有，"法克莉·萨达特说道。

"等一下，"戈贝纽说道，又将几股红线穿过蓝色的毛线。"现在呢？"

"这回更像些，"法克莉说道。

"在这个桌上我们永远无法获得想要的效果。只有做成地毯，我们才会知道是否成功。一旦几千股红线被织进蓝线,一种难以捕捉的蓝色光泽才会从地毯中呈现出来。那样总会奏效。"阿伽·加安评论道。"再从放大镜中看看这根羽毛。当你仔细研究它时,就会看到一抹蓝色,许多细小的红线和几条绿线。那自然而然地创造出我们正在努力达到的效果。"

他们沉默地相互对视。

"要庆祝还为时尚早,"他说道,"但我想,我们可能会成功。"

法克莉·萨达特完成了草图,阿伽·加安收起他的笔记,祖母们把线轴送回地毯室,将书房收拾好。

当他们忙于设计时,济纳特一直在厨房中忙活。她将食物带给祖母,从门外递进去。家中的其他人在餐厅吃饭。为了让他们保持安静,她给他们讲故事。他们仔细地听着她的每一句话,而济纳特很享受他们的关注。他们后来总是要她讲故事,她的叙事能力随着每次讲述逐渐增长。

第二天清晨,当第一缕曙光降临这个家中时,祖母打扫院落,将鸟儿带到外面。她们给鸟儿喂食,让它们啜饮净池中的水,然后亲吻每一只鸟,将它们放走。

鸟儿围着清真寺盘旋半圈,然后朝南飞去,匆匆追赶鸟群。如果它们不停地飞翔,在黄昏到来之前便会抵达波斯湾,那儿天气温暖,巨鲨像潜水艇般地划过水面。

詹尼什

> 我饥渴的嘴唇，
> 寻找你的双唇。
> 脱下我的衣服，
> 拥抱我吧。
> 给你，我的双唇，
> 我的脖颈，滚烫的乳房。
> 给你，我柔软的身体！

把这首诗放在口袋里带在身上数周之后，阿伽·加安将它藏于他在巴扎的办公室抽屉里。他不止一次地试图将它扔进废纸篓，但有什么东西阻止了他。这是一首邪恶的诗，然而他有一种反复读它的冲动。该诗违背他意愿地停留在他的记忆之中，他甚至能在心中背诵。

他能够滔滔不绝地背出几十首古典诗词，但这一首有所不同。该诗抓住他不放，词句总是在他唇边。一个女人怎敢将这样的想法付诸纸上？她是谁？

她名叫芙茹弗·法洛克扎德①，作为当代诗人，在德黑兰闻名遐迩。她是一位美丽的年轻女人，首部诗集便引起巨大轰动。她的一首诗撼动了传统男性诗人世界的根基：

> 我望着他的眼睛，
> 里面隐藏着秘密。
> 他询问的神情
> 令我心跳不已

---

① 芙茹弗·法洛克扎德（1935 — 1967）：伊朗诗人，导演。她是伊朗二十世纪最具影响力的女性诗人之一，以其备受争议的现代主义、反传统诗作而著称。

安拉，噢安拉！

他的双唇
在我唇上
激发欲望。
于是我说：
我想要你。
噢，我的主啊，
我在犯罪。
我赤裸的身体，
在柔软的床上
弓在他的胸前
肌肤相互触撞。

有人把她看作是波斯诗歌苍穹上一颗耀眼的新星，有人则认为她是一个娼妓，在床上和纸上出卖自己的肉体。

库姆的一位阿亚图拉严厉叱责她的出版商印刷如此渎神之作。在一次布道中，他将此作为现政府的爪牙妄图摧毁伊斯兰教的证据。"他们在侮辱我们的妇女，"他咆哮道，"我们的女儿在这个罪恶的国家不再安全！"

德黑兰对这样的指责无动于衷，有着自己的纲领。报纸上到处都是亵渎神明的文字，银幕上充满了穿着暴露的巨乳女人。

法拉·笛芭每日新开一个文化中心，在那里，赤裸双腿的女孩为她跳舞，年轻女性背诵关于她们身体的诗歌。

阿伽·加安刚把芙茹弗的诗藏到抽屉中一摞纸的下面，便又再次抽了出来。这首诗应该成为我的清真寺报告中的一部分，他想道。我要把它加进我的日志。

传来一下敲门声，他的办公室小弟进来了。"阿訇来了。我带他进来吗？"他问道。

阿伽·加安想起自己约了詹尼什——替补阿訇。"请他进来，"他说道，连忙将那首诗塞回抽屉中。这是阿伽·加安有史以来第一次将阿訇请到办公室来。

詹尼什五十出头，两鬓斑白，胡须中带有灰色条纹。从他笨拙的举止中可以看出，他是一个乡下阿訇。

"请坐，"阿伽·加安指着他桌前的椅子说道。

阿訇极其谦逊地坐下，双臂拢在长袍中。办公室小弟用一个银盘给他们奉上茶水，并请阿訇吃一个讲究的、色彩鲜艳的盒子中的巧克力。

阿訇选了一块，放进口中，开始咀嚼。

他显然对这个豪华办公室印象深刻，有古董家具，皮椅，枝形水晶吊灯以及巨大的书桌，后面坐着阿伽·加安——塞尼詹及周边村庄数十家地毯作坊的首脑。

詹尼什则是卓亚村清真寺的普通阿訇。

阿伽·加安信任他。

过去，每当阿訇阿尔萨贝里生病或外出，詹尼什便来代替他。那时总是短期替补，但现在卡尔卡尔出逃，可能不会再留在此地。卡尔卡尔逃走后，阿伽·加安马上派自己的吉普车去接詹尼什，他及时赶到，领导晚祷。

詹尼什通常睡在清真寺的客房，但既然要住较长的一段时间，他就需要更多的空间，所以阿伽·加安请他过来一叙。

"你好吗？"阿伽·加安问道。

"很好，感谢主。"

"你的家人好吗——你妻子和孩子呢？你离家较长时间，他们不会不安吗？"

"女人们总是抱怨，但我会时不时地回家待一天。"

"你对这个清真寺满意吗？"

"满意，只要你满意。"

"我满意——"

传来一下敲门声。

"进来！"

七个穿着工作服的戴眼镜老人走进屋来。他们的手和衣服都沾着颜料。年纪最大的一位展开一张色彩鲜艳的纸，铺在桌上：一个地毯图案。"这是初步效果，"他说道，"草图上有紫色光泽，就像一层薄雾，我们认为在地毯上看上去甚至会更好。"

阿伽·加安研究着草图，那七个人俯在桌上，跟他一起观察。

"不可思议！"阿伽·加安叫道，"我没想到会这么好，正是我想象的样子！

我不想再等了,如果你们能准备好,我想今天下午就将它注册。你们认为今天能把它完成吗?"

"我们会尽力,"他们保证道,然后出去了。

"抱歉打断,"阿伽·加安对詹尼什说道,"几个星期以来我都在盼望这个设计。那七个人是我的制图员,我的地毯设计师。他们是魔术师,真的。他们在整个中东大名鼎鼎。他们设计的地毯价值连城。但让我们回到被打断前正在谈的话题。我想你愿意跟我们在一起多待一段时间?"

"是的。"

"你意识到可能是一两年吗?毕竟,阿尔萨贝里的儿子还是不得不完成他的阿訇培训。"

"我知道,但我把它当做是一个很好的机会。我一直想要成为城市清真寺的阿訇,但不幸的是从来没有机会。所以我很高兴你给我提供了这个位置。不过,没有你的帮助,我永远不会成功。"

"别担心,我会给你所需的所有帮助。"

"我不胜感激。我的意思是,在乡村布道与在城市演讲不同。在乡村,你谈论小事,如母牛和饲料这样的日常事物。在城市,你不得不谈论像政治这样的大事。我想谈论这些主题,且当有影响力的人物在场时更有力地去讲会很有趣。我想提升我布道的格调。我希望我的听众钦佩地仰视我。"

阿伽·加安笑了。他知道这个男人的意思,但是,说实话,詹尼什不是这块料。他不具备适当的态度、或是语言天分、或是必要的魅力。他是一个乡下阿訇,大手大脚,粗眉大眼。你必须像卡尔卡尔那样,才能赢得老人和年轻女性的支持。

"我肯定他们会的,"阿伽·加安说道,"但在阿尔萨贝里去世的混乱和卡尔卡尔的逃亡之后,我不会介意清真寺再次来点和平与宁静。去谈论花草树木以及你在乡村的体验吧。城里人会对这些话题感兴趣。做你自己,一切都会好的。"

阿訇笑着低下了头。

"我是认真的,"阿伽·加安说道,"我很好奇你在星期四晚上将会说些什么。比如,谈谈卓亚。谈谈群山、杏树、稀有的山羊品种、藏红花。如果你有任何问题,可以让看门人跟我联系。顺便说一句,我已经让他为你住在这儿做好了安排。还有什么你想知道的吗?"

"想不到什么了。"

办公室小弟进来送阿訇出去。

晚上,当阿伽·加安在床上躺在法克莉·萨达特身边时,他突然咯咯笑了起来,"什么这么有趣?"法克莉·萨达特问道。

"没什么。我在想那个替补阿訇。他是一个单纯的人,雄心勃勃,但不知如何实现自己的梦想。"

"所以你在嘲笑这个可怜的人?"

"不,根本没有。我欣赏他想要有所作为的事实。只是他一幅农民相貌。"

"但这很难怪他,"法克莉·萨达特说道,笑了。

"你说得对。但经验告诉我,没有才能,你走不了多远。光有'灯'还不够——里面必须有'精灵'。我不想用细节来烦你,但是,你知道,他把他的穆斯林头巾调成一定角度,说道:'我想提升我布道的格调。'"阿伽·加安哈哈大笑起来。

"你在嘲笑他,"法克莉·萨达特说道。

"不,我没有,我只是感到高兴。一切进展顺利。清真寺做得很好,阿訇适合这份工作,生意如常发展,新设计出炉且非常漂亮。订单滚滚而来,人们迫不及待地要看我们的新地毯。所有人都想得到它们。这将是一个好年景。此外,我们都很健康。人们还能奢求什么?"

他转身将手放在法克莉·萨达特的乳房上。"另外,我还有你,"他说道,"而我爱意缠绵。一个男人还会有更多奢望吗?"

法克莉·萨达特把他的手推开,转身背对着他。他将手滑进她的睡衣下面,抚摸她的臀部。"把你的睡衣脱掉,"他轻声说道,"我想要你裸体。"

法克莉·萨达特将毯子拉过头顶。"你疯了?"她说道,"你中了什么邪,想让我裸体?"

他把手按在她温暖的大腿间,轻声道:

> 我饥渴的嘴唇,
> 寻找你的双唇。
> 脱下我的衣服,
> 拥抱我吧。
> 这是我的双唇,

我的脖颈和滚烫的乳房。
　　这是我柔软的身体！

"你说什么？"法克莉·萨达特惊讶地问道。她推开毯子,从床上笔直地坐起。

"这是一首现代诗,"他说道,吻着她的脖颈。然后,他小心地将她的睡衣绕过她的头顶脱下,让她仰躺在床上。"我背诵这首诗,"他低语道,"你跟着我重复好吗？"

"不,我不。你吓着我了。你想要什么？"

"我想要你。"

法克莉·萨达特闭上了眼睛。

济纳特

一个星期四的晚上，当全家人聚在一起时，济纳特给他们讲了一个神奇的故事：

安拉爱上了他的创造物。他爱上了星星，爱上了他的银河，他的太阳，他的月亮，特别是他美丽的地球。他如此以地球为傲，以至于他本人想要住在那里。但他怎样才能办到呢？

一天夜里，安拉想出一个绝妙的主意。他派自己的信使加百利莅临地球，给他取一些粘土回来。加百利按他的吩咐做了，安拉便用粘土做了一个男人的形状，正如他想要的形象。然后，他让灵魂进入这个身体，但灵魂不肯。灵魂认为自己应享有比泥土做成的身体更好的东西。于是，安拉委派加百利充当中间人。

"进到那个身体中去！"加百利命令灵魂道。

灵魂拒绝了。

"我以安拉的名义命令你进入那个身体！"加百利说道。

"既然你动用安拉之名，那么我进去，"灵魂说道。带着一阵厌恶，灵魂进入到那个身体之中。当灵魂穿过胸膛时，这个人意外站起，然后失去平衡，跌倒了。

安拉笑了。"他还未学会如何耐心，"安拉对加百利说道。

这个男人得到了一个名字：亚当。

亚当在同一个位置坐了七天，等待着。安拉送给他一个镶着宝石的宝座，一个丝绸地毯和一个王冠。亚当穿好衣服，把王冠戴在头上，自行坐在宝座上。然后，天使们把亚当和他的宝座扛到肩上，带到地球。那时，创造物一千二百四十岁。

星期三晚上是讲故事时间。每个星期三晚上,全家人在一起进餐,然后听济纳特讲故事。祖母燃起蜡烛,关上灯,并递来一碗坚果。

济纳特·卡诺姆具有讲故事的天赋。她的声音中有一种暖意,让你想要听她说话。她的故事来自古籍,特别是那些对《古兰经》进行宽泛阐释的著作。《古兰经》是一部质朴、但颇能激发想象的书。故事细节从不详尽讲述。因此,很多书对这些故事加以解释,或是对其主干加以充实,济纳特正是从这些书中汲取了灵感。

大体而言,济纳特安静、孤僻。她的讲故事才能不为人知,直到有一天,她给几个孩子讲了一个记在心里的短故事。

在儿子阿巴斯溺死之后,济纳特躲进自己的房间。只有当她怀上萨迪克时,才从自我封闭中走出来,敢于较为经常地走到院中,并在厨房给祖母帮忙。

萨迪克出生之后,济纳特被如此之多的恐惧所困,夜不能寐。在此期间,祖母从未离开过她的左右。她们是她的慰藉与力量的主要来源。夜复一夜,她们坐在她的窗边,直到她入睡。

阿哈默德降生后,她的恐惧再度燃起。一天,她把婴儿交给戈贝纽。"帮我看着他!"她说道,"我担心也失去这个孩子。我要去清真寺。我需要祈祷。"

从那时起,济纳特每天忠实地前往清真寺。

阿尔萨贝里仍健在时,他通常退回到图书室他自己的世界中,不介入自己妻子和孩子的生活。

济纳特的孩子们把阿伽·加安当做一家之主,因此称他为"父亲"。

阿尔萨贝里去世后,济纳特大部分时间待在清真寺的图书室中。所有人都认为她去清真寺是为了悼念亡夫,但实际上,她在为一个新的生活阶段做准备。

起初,她独自一人,但后来,她在清真寺遇到了几个妇女,带她去她们的灵修会。

当济纳特·卡诺姆成为寡妇时,一件怪异的事发生在她身上。她似乎突然之间获得了解放,尽管没人能够说出她挣脱了什么。在那之前,她感觉像是一个线挂在树上的气球,但现在,她觉得自己在空中翱翔。这是一个美妙——且骇人——的感觉。

当暑假开始时,她集合自己的孩子们,去父母在山中的家。她希望在那儿找到一些平静。

济纳特从未将阿尔萨贝里当做一个真正的男人,当做丈夫。他是一个阿訇,而不是居家男人。

当将自己的婚姻与法克莉·萨达特的比较时,济纳特意识到,她没有家庭生活。她只是一个生下儿子——一个继承者——的女人。

法克莉·萨达特有阿伽·加安,她有真正的生活。济纳特的房间也在二楼。深夜,当经过法克莉的房门时,她总是看到阿伽·加安在小夜灯的红色光晕中躺在妻子身边。她有时还听到法克莉在半夜咯咯发笑。

但是,阿尔萨贝里从未躺在济纳特身边。他只在需要她的时候跟她一起睡觉,且并不经常需要她。阿哈默德出生后,他没再上过济纳特的床。

济纳特接受了法克莉是家中女主人的事实。法克莉所到之处,其他商人的妻子们便将她奉为女王,但没人对济纳特表现出丝毫兴趣。

法克莉是那个捕鸟的人,那个被托付地毯设计秘密的人。济纳特的职责是为这个家做饭。

事情就是这样。从未有人问过济纳特对这一境况的想法。她已经接受了自己的角色,在祈祷中找到些许平静。不过,她知道自己的生活不会永远如此。有朝一日,她将成为她自己,所有人都会说,"瞧,济纳特来了!"

开始参加灵修会时,济纳特只不过是一个小学生。然而,渐渐地,一群志同道合的女人聚集在她身边,她开始将更多的注意力投在她们身上,解释祷文。

她成为她们的知己。她们倾听她的话,遵从她的建议。

济纳特对自己的新地位很满意,但仍未发现她正在寻找的平静,仍有所欠缺。

一天下午,从公共浴室回家途经清真寺时,她停了下来。天色已晚,这个时间那儿很少有人。她溜进空荡荡的祈祷室,然后重又出来。她在净池中洗手,将水泼溅到脸上。

那个下午她在清真寺做什么,早在晚祷未开始之前?她为什么在净池中洗手?她以前从未这样做过,在她丈夫充当这个清真寺的阿訇的所有那些岁月中从未如此。此外,鉴于她刚从公共浴室回来,这甚至毫无必要。

住在清真寺的替补阿訇出来了,进到院中。身后的脚步声令济纳特一惊。

"你好,济纳特·卡诺姆!"他说道。

济纳特回礼,但没有看他。然后,她用罩袍将脸擦干,逃到热闹的街上,逃离她罪恶的想法。

昨晚躺在床上时,她忍不住想着这位替补阿訇。她以前也想到过他,但这次他的形象如此鲜明,她不由自主。这是她第一次想到另外一个男人。她十六岁便嫁给了阿尔萨贝里,他是她唯一一个熟悉的男人。她把自己的生命交给了他,甚至从未留意其他男人。

为了驱逐所有关于替补阿訇的思绪,她将被单拉过头顶,喃喃道:

逃避,逃避,
逃避我心中
诡秘低语着的邪恶。
他是精灵,
他是精灵,
他是精灵,
人类之王,
逃避,逃避

然而,当她念到最后,替补阿訇的身影再次出现。这次他站在床边,低头看着她,眼光从她的面庞移到她的乳房。

阿尔萨贝里从未那样看她。

济纳特将双臂抱在胸前,对自己喃喃说了几句话,几句可能成为好诗开头的话,直接发自内心的话。她对其诗作最近在德黑兰引起轩然大波的那些女诗人一无所知,她们在诗中描述自己的情感和身体。如果她知道的话,便会抓起钢笔,将她的话付诸纸上:

有人将会来临
他将看着我问:
你会为我脱下罩袍吗?
你会让我看你的秀发吗?

济纳特无法想起她开始对这位替补阿訇产生幻想的确切时间。她跟詹尼什有过一定的接触,因为她常常跟他探讨祷文,在无法回答其他女人提出的问题时征求他的意见。在这些情况下，他于祈祷结束后在祈祷室接待她，给她提供建议，花时间回答她的问题。

她有时也会在清真寺的院子中遇到他，当时他在院中散步，吸烟。

她似乎不是要去找他，然而总是不期而遇。他似乎知道她何时会来清真寺，因为每当她走进清真寺黑暗的走廊时，注定会看到他站在那里。

有时当她经过他的办公室时，会注意到门半开着，詹尼什未戴穆斯林头巾地坐在椅子上，读着《古兰经》。她不是真的想要窥视他的房间，但无法抵挡这一诱惑。她每次向内瞥视，他们的眼光都会相遇。济纳特忍不住觉得，他正是为此原因而故意让门半敞。

当然，对她而言，跟他说话并无问题。毕竟，他现在是这座清真寺的阿訇，代替她已故丈夫和她的儿子阿哈默德，后者正在库姆学习如何成为阿訇。

她不是唯一去他办公室的人。其他女人也会造访。阿訇的工作之一便是迎接女性，听她们不得不说的话，给她们提供建议。

济纳特第二次与这位阿訇见面时，注意到他带有一种特别的香味——一种被称为"麦加"的香水。她已故的丈夫也从麦加带回过一瓶，所以她马上识别出来。她也知道，只有在特殊场合，它才被使用。

阿訇坐在他的椅子上，济纳特坐在他的对面。跟往常一样，门半开着，因为他有女性访客时从不关门。

大部分女性都跟阿訇谈论她们的个人问题，告诉她们做梦也不会告诉自己的丈夫或医生的事情。但是济纳特之所以找他，是因为他可以解释她不明白的文本。

一天，她在晚祷后再次来到他的办公室，问他《骏马》章中的几个诗句。她明白它的意思，但认为——或不如说是感觉——其中肯定另有深奥神秘的言外之意，而她没有把握到。

阿訇跟往常一样坐在她的对面，济纳特把她的《古兰经》放到桌上，翻阅着，找到合适的章节后，将书推到他面前。

詹尼什戴上眼镜，用手指在书页上划着。

"你能大声把它念出来吗？"他说道，"我想听你读。"他轻轻地把书推回给她。

济纳特犹豫着开始读道：

以喷着鼻息奔驰的马队盟誓,
它们的蹄下火花飞溅,
以清晨发起的突击盟誓,
它们卷起尘埃,攻入敌阵。

"你是对的,"他说道,"是有隐意。当你大声朗读时,我能够看出你正在领会它。你的声音迫使我仔细聆听,思考。你是一个特别的女人。我很少遇到像你这样的女人。当我听你朗读时,感觉自己也在跟随那些蹄下火花飞溅的冲锋骏马奔跑。那一章我读过很多次,但头一次如此深地打动我。我将此归功于你。"

济纳特久旱逢甘霖般地倾听他的话。他的最后一句话产生了效果。那天夜晚,当躺在床上时,她考虑着他说的"我将此归功于你"。

在他"你使我跟随那些蹄下火花飞溅的冲锋骏马奔跑"这句话中,她感到了一种温暖,一种敏锐的感受。

她打开灯,下床走到镜前,看着自己的头发。它不再黝黑,但也并未花白。她看着自己的双眉,它们仍旧如黛。她棕色的眼睛已经疲倦,但那晚它们闪烁着非同寻常的光芒。她用手指拂过面颊,划过双唇。她也许老了,但想要重新开始。

她确实应该努力挽回一些在这个家中失去的岁月。

即便如此,济纳特还是减少拜访阿訇的次数,努力避免与他相遇。然后,一天晚上,他从黑暗中对她说道:"济纳特·卡诺姆!你为什么不来见我了?你的问题总是在我心中萦绕。"

三天后,济纳特发现自己再次坐在他的对面,探讨他对特定章节的诠释。他默默地注视着她,倾听她的话,然后突然打断她。"济纳特·卡诺姆,"他平静地说道,"当你对我说话时,你的眼睛就像夜中双烛一般闪烁着光芒……我是说,在谈论这些经文时。"

济纳特假装没有听到他的话,继续说着,尽管几乎无法集中精神。他没有继续下去,就像其他任何为遇到困扰的妇女解惑的阿訇一样。

詹尼什意识到,他必须等待,直到她准备好听他说其余想要说出的话。所幸的是,他并没有等太久,因为两个晚上之后,他便发现济纳特等在他的门外。

"请进,"他说道,"我今晚没有任何安排,正感无聊。你又带经文来探讨了?"

济纳特坐下，开始读她带来的文本。

阿訇听着。"你读得真好，"他说道，"你赋予文字以生命。我倾听它们，感受它们，在你唇边看到了它们。"他指了一下她的嘴唇，手几乎拂到她的下唇。

济纳特整理好行囊，到她父亲在卓亚的家中住了一个星期，希望在那儿将詹尼什从脑海中驱逐出去。

在那儿时，她思忖再三，决定不想跟他有任何瓜葛。他毕竟已婚，且有孩子。他还是清真寺的阿訇，有朝一日，她的儿子将接过这个职位。

但当她回来时，一切并未按照她的计划发展。

当她在巴扎购物，正盯着一个珠宝展示柜看时，隐约感到詹尼什的身影突然出现在镜中她的身旁。"济纳特·卡诺姆，"他在她耳边低语道，"我想你。我办公室中你通常坐着的那把椅子空着呢。"

济纳特一语不发，甚至没有转身看他。她只是背朝他站着，倾听。

他的声音难以抗拒。然而，在接下来的两天，她远离清真寺，没去晨祷和晚祷。然后，她再也无法坚持下去。在看门人锁门回家之后，她披上黑色罩袍，爬上通往房顶的阶梯，前往清真寺。

去祈祷室的途中，她经过阿訇的办公室。

"是你吗，济纳特？"他平静地从屋内问道。

"是，我去祈祷室取一本书。"

"欢迎你进来，如果你愿意的话。我刚泡了一壶茶。"

济纳特接着朝祈祷室走去，找到她要的书后，一把抓起，开始沿着走廊往回走。

"在夜里我总是听到你的脚步声，"詹尼什在办公室中说道。

济纳特走进办公室，在椅子上坐下，将书放到桌上。

詹尼什站起身来，轻轻关上门，扭上了锁。然后，他燃起一根蜡烛，放在桌上，关上了灯。

济纳特静静地坐在椅子上，等待着。他拿出祈祷书，寻找着当你想要跟你合法妻子之外的女人共寝时吟诵的文字。根据伊斯兰教义，只要他说"我请你成为我的妻子"，济纳特说"我同意"，他便可以跟她上床。

他开始温柔地念诵这些词句。

济纳特闭上了眼睛。

"我请你成为我的妻子,"他再次吟诵道。

济纳特仍沉默着。

"我请你成为我的妻子,"他第三次吟诵。

"我同意,"济纳特慢慢说道,将她的黑色罩袍褪到肩上。

阿訇将《古兰经》放下。然后,他触摸她的嘴唇,爱抚她温暖的脖颈。

天房

已经很早醒来的祖母们抓起扫帚和洒水壶，踮着脚尖出来。她们先把水洒在地上，然后开始扫地。她们不记得几岁时开始清扫这条通往大门的小径，但她们这样做时极为保密，因为她们想去麦加。

数以百万计的穆斯林梦想到麦加朝圣，但不是所有人都能如愿，因为你必须富裕，才能负担得起这场旅行。

祖母根本没钱。她们从未想过钱，也不需要，因为这个家满足她们的所有需要。然而，她们自童年起便知道，穷人只有通过清扫才能去麦加。有三个条件：第一，必须在每天日出前扫路二十年；第二，必须没人见到你这样做；第三，必须保密。

在最后那天，先知赫兹尔将会出现，给你回报。传奇的赫兹尔是第一代先知之一，远比穆罕默德、耶稣、摩西、亚伯拉罕、雅各和大卫要早。

但赫兹尔如何安排到麦加的行程，则是先知和清扫者之间的秘密。

祖母们每天扫地已有二十年，但先知没来。或许她们做错了什么，她们推断着。或许她们算错了，或是睡过头了一次，或被某个猜到她们秘密的人看到了。

于是，她们重新开始，再扫二十年。

她们的劳碌或许徒然，但她们还能怎样？让她们继续下去的便是去麦加这个目标。这赋予她们的生活以意义。她们总是希望醒来见到一个新的黎明，在等待先知的到来过程中又过一天。

根据她们的计算，现在已经到了第二个二十年的尽头，然而还没有先知出现的丝毫迹象。

在第一个二十年结束时，她们仍有去麦加的精力。然而，当开始第二轮时，她们知道，最终她们将如此衰老，以至于可能没有足够的精力去朝圣。但不管怎样，她们继续清扫。

几天后，祖母们在黑暗中沮丧地坐在地毯室的地板上。"如果有人把我们的扫帚拿走，我们就会死去，"戈贝纽说道，"我们现在不能停止打扫。我们必须继续，即使我们所能做的只有手里拿着扫帚爬向大门。"

"我们肯定犯了什么错,"戈贝尔说道,"也许我们又算错了。"

"不会的。我们每年都在墙上画一个 X。瞧,算算它们,早就过了二十年标志了。"

"也许我们违反了其中一个规则。"

"什么规则?根本没有规则。早起,扫地,以及保密。"

"我想我知道问题在哪儿了。"

"你怎么想都可以,但确切地知道什么吗?"

"我们犯了一个大错,"戈贝尔说道,"我们俩。"

"我们做错什么了?"

"我们不该把我们的秘密告诉任何人,"她说道。

"但我们没有啊。"

"不,我们有。我们相互分享我们的秘密。你知道我的秘密,我知道你的。这违反了规则!你不该知道我的,我不该知道你的。我们本该分开清扫。"

"哦,小声点!"

她们本来一起决定清扫小径,这样便可以一起见到先知赫兹尔,并一起前往麦加,但迄今为止,她们的计划失败了。

沮丧的祖母坐在地毯室中说着,两人最终溶入黑暗中,似乎没人会来拯救她们。扫帚从她们的手中滑落。

她们只是漆黑地毯室中的两个影子,不再可见。乌鸦发出尖锐的叫声,打破寂静。

疯子考德西突然凭空出现,往地毯室中窥视。"我听到祖母说话,"她自言自语道,"但她们在哪儿呢?我想我听到了她们的声音。我肯定我听到了。"

祖母们大吃一惊,慌忙站起。如果疯子考德西偷听到她们的对话,就肯定会告诉所有人,因为泄露秘密是她的专长。

"你好吗,考德西?"她们小心翼翼地开始道。

"很好。"

"你妈怎么样?"

"很好。"

"你姐姐呢?"

"我姐姐?她疯了,并且越来越糟。"

"你想吃点什么吗,考德西?"戈贝纽问道。她们把她带到厨房,希望查出她是否偷听到她们的谈话。但她们还没来得及说一句话,考德西就转身离开了。

"考德西?"祖母们喊道,但她已经消失了。

考德西有多大?三十岁?四十岁?更老些,年轻些?没人知道。

不管怎样,她显得年轻。年轻且头脑简单。

她来自一个传统家庭,父亲是阿伽·加安的一个远亲,一位在山中拥有几个村庄的富裕贵族。但他的家庭有个缺陷:他们都是疯子。

第一个孩子出生后,他的妻子精神崩溃,没再复原。他的儿子智障,长女是个废人,考德西则像个流浪者般在城中闲荡。他去世后,没人照料他们。阿伽·加安照看着这个家庭,处理他们的财政事务,定期拜访,看他们过得怎样。

他们仍住在父亲的房子中,母亲偶尔到巴扎购买生活必需品,她冒险出行,仿佛是一位公主。从她的举止可以看出,她出身富裕之家,但如果仔细观察,你就会看出一些问题。她的这些采购之旅总有考德西和她的长女陪伴。每当她想要穿过街道,这两个女孩总是跑到前面阻止车辆,这样马车、汽车、公交车或自行车就停止行驶,直到她们的妈妈安全抵达街对面的人行道为止。

考德西的哥哥名叫哈希姆。他穿着一套军装走来走去,腋下夹着元帅的指挥棒。他的军装保持一尘不染,军帽上的铜狮——波斯的标志——总是闪闪发光。

从清晨到深夜,他都在巴扎的入口处站岗,向经过的每个警察敬礼,要不就像一尊塑像般静立。人们接受了他,就连孩子都不再取笑他。所有人都把他看作是一种城市纪念碑。

一看到阿伽·加安走进巴扎,哈希姆便敬礼,并大声说出一句军人式的"您好!"当阿伽·加安离开时,他重复这一表演。在他敬礼之后,阿伽·加安便会走向他,跟他握手,聊上几句。

"你还好吗,哈希姆?"

"很好。"

"你妈妈好吗?"

"很好。"

"你妹妹呢?"

"很好。"

"代我向你妈妈问好。如果你需要我做任何事,就让考德西来找我。"

"我会的。"

"好极了!"阿伽·加安说道。

考德西几乎知道正在发生的所有事情。

"有什么新闻吗,考德西?"人们遇到她时便会问道。

你必须礼貌地问候她的母亲和姐姐,否则她就不理你的问题。

她也不无偿传递信息。首先,你必须给她几个铜币,她会把它们迅速塞进自己嘴里。只有那时,她才会告诉你最新的消息:"老卡西姆死了,米尔亚姆生了一个女儿,苏丹的母鸡孵了几只小鸡。"

清晨,考德西开始时嘴里空空。然后她走家串户,讲述新闻,直到嘴里满是硬币,再也说不出话来。

没人知道她用钱做什么。有人说她把钱放进一个罐子,藏到地下室中,因为如果她的妈妈发现她在讨钱,这个可怜的女人就会当场倒地死去。

"考德西,"阿伽·加安反复对她说道,"你来自一个好家庭。你是一个淑女。你不能就那样溜进别人家中。"

但她不理他,继续走进所见到的任何一个敞开的门。

她从不坐下,而是进出房间,听人们之间的对话,然后转移到另一家——她就是这样搜集消息的。

有时她过桥来到河对面的葡萄园。

"你不许到那儿去!"阿伽·加安警告她。"年轻女士没有理由到葡萄园去。"

"我保证不再去那儿了,"她说道,但不管怎样还是去。

她通常过桥后直奔葡萄园,那儿是形迹可疑的男人出没的地方,他们会把一把发亮的铜币塞进她的嘴里。

这些人中的某一个一见到她,便将她带到树后,把钱币塞进她的嘴里,然后吻她。考德西一言不发。他抚弄她的乳房,但考德西毫无反应。他把手滑进她的衣服下面,触摸她的身体。考德西一动不动,但当他试图拉下她的裤子时,她便挣脱出来,跑回桥上。

考德西经常会突然来巴扎造访阿伽·加安。那儿没外人时,办公室小弟便不会阻止她进去。今天,他跟往常一样坐在他的桌子对面。

"给考德西·卡诺姆倒茶！"阿伽·加安像平常那样喊道。

办公室小弟用一个银盘端来一杯茶和一些巧克力。

"你给我带来什么新闻了吗？"阿伽·加安问道。

考德西凑近他，用一种低沉的声音透露她的消息。"我过桥去了葡萄园。"

"又去了？"

"两个男人抓住了我，但我不停地尖叫，直到他们跑进山里去了。"

"我没告诉过你不要去那儿吗？如果你再去葡萄园，我就只能告诉你妈妈了。这必须到此为止。听到我说的话了吗？"

"是的。我保证不再去那儿了。"

"很好！你还有什么想要告诉我的吗？"

"是的，"她说道，然后一口气快速说出她其余的新闻："鲁汉尼警官每晚都打老婆，抽那些肮脏的东西；鞋匠把他母亲锁在鸡舍里，她一直哭，因为想要出来；阿扎姆·阿扎姆跟她丈夫上床时总是带着一把刀；安姆·拉马赞的驴病了；祖母本以为她们今年可以去麦加，但他没来，这是他第二次没来，祖母为此哭了。"

"祖母怎么了？谁没来？"阿伽·加安问道。

"先知赫兹尔。这是他第二次没来了。"

阿伽·加安非常吃惊。

"你在说什么？你指的是什么？"

"我得走了。"她说道。

她站起来，把一块巧克力塞进嘴里，喝了一口茶，跑了出去。

"喂，等一下！"阿伽·加安喊道。

那天晚上在床上，阿伽·加安告诉妻子，考德西再次造访。

"她说了些什么？"

"通常那些令人费解的话。她把事情混在一起，说出脑子中想到的第一件事。"

"我知道，有一半是她编造的。在这方面，她有点像济纳特。"

"你不该拿考德西与济纳特相比。考德西脑子不正常。"

"不要误会，我没拿她们相比。我只是说济纳特也不能安静地坐着，而且她的脑子里也充满幻想。"

"确实，但考德西的故事完全是胡言乱语。"

"它们也许是胡言乱语，但她讲得很好。不过，你永远无法了解整个事情的来龙去脉。她给你零星片段，又说得很快，一件接着一件，这增加刺激性。她今天告诉你什么了？"

阿伽·加安想了一会儿。关于她说的祖母的事，他已经考虑了一整天，但他还不想跟法克莉提起。

"她让我非常生气，"他说道，"她又到河那边去了。她说两个男人抓住了她，她不停地尖叫，直到他们跑到山里去了。"

"我的天，不会又是那些男人吧！我担心他们会对她做出点什么事来，如果那样的话，你将是那个不得不处理这件事的人。也许我该跟她谈谈，稍微吓唬她一下，这样她就会远离他们。"

"她还说安姆·拉马赞的驴病了，还有阿扎姆·阿扎姆每次跟他丈夫上床时都带着刀。"

法克莉·萨达特笑了。"她到底是什么意思？"

"我不知道。她编造事情。她走进一座房子，见到一些事情，将它变成故事。据我所知，她确实在阿扎姆·阿扎姆的床上看到了刀或什么。她还说鲁汉尼警官每晚打老婆。"

"那或许是真的。你应该为那个可怜的女人做点什么。她丈夫不只是一个贪赃枉法的警察，还是一个瘾君子。告诉济纳特，她知道如何在清真寺中与人打交道。她善于安排那类事情。她可以顺便拜访阿扎姆·阿扎姆家，看看是怎么回事。你应该告诉济纳特。还有别的吗？"

"鞋匠把他妈妈锁在鸡舍中。"

"那不可能是真的！什么样的人会把年迈的母亲锁在鸡舍中？"

"人们有时很残忍，什么都做得出来。"

"让济纳特去看看她。或许她能查出是否确有其事。"

"考德西只记得给她留下印象的事，然后以她自己的方式讲出来。但我刚刚想到，她或许另有动机。也许她来见我是有重要的事要说，她不能跟其他人分享的事。不过，你说得对：她编造故事，就像济纳特那样。不同之处在于济纳特讲的是古代故事。考德西将一系列事实编成故事。她所说的话中有一些事实。我要说的就是这些。"

法克莉·萨达特把头枕在他的胸前，闭上眼睛。"我不想再听到任何关于考德西的话了，"她说道，"告诉我点别的东西，一些美丽、甜蜜的东西……我不是要抱怨，但你最近很少跟我在一起。我们过去常常外出旅行。你曾带我到马什哈德①一个星期，我们住在阿訇雷扎坟墓旁的那个宾馆。我们还一起去了伊斯法罕②，但我们已有几年没再旅行了。你独自外出，我留在家中。有时我想我已经老了，你——"

"她还提到一些事情。"

"我说的话你一句都没听，是吧？你还在谈考德西吗？"

"她说了一些关于祖母的事。关于先知赫兹尔如何让她们失望的事。"

"谁让她们失望？"法克莉问道，从床上坐了起来。

"先知赫兹尔！我在转述考德西的话，她肯定也在转述别人的话。我猜她偷听到祖母之间的对话。我想她们有一个秘密。"

"你为何那么想？"

"我只是有这种感觉。考德西说'赫兹尔没来。这是他第二次没来，那使祖母哭了。'"

直到现在他才意识到，几年来他经常在清晨见到祖母扫地，但他从未停下来想想，她们或许是秘密进行此事。

就在黎明之前，阿伽·加安从床上溜下来，走到窗前，观察通往祖母卧室的门。

不久，门开了，出来两个拿着扫帚的人影。

他整晚都在想着祖母。现在他知道自己将要如何行事。他暗自笑了，爬回到床上。

法克莉·萨达特赤裸的腿引起他的注意。在小夜灯的光辉中，他也能看到她石榴红色的裤子。她是对的——他跟她在一起的时间越来越少，且很久没有一起旅行。他也没再给她带回礼物。他从大马士革带着那盒七种不同颜色的裤子回家已是多年之前。他爬到被单下面，给她一个拥抱，开始往下拉她的裤子。

"现在不行！"法克莉·萨达特困倦地说道。

他跟往常一样没理她，将她的裤子拉得更低。"现在不行，"她再次轻声说道。

而之后，她沉默了。

---

① 马什哈德：伊朗第二大城市，呼罗珊省首府，什叶派穆斯林的圣城之一，也是伊朗和中东著名的旅游胜地。该市位于伊朗东北部，靠近阿富汗与土库曼斯坦边境。

② 伊斯法罕：伊朗西北部城市。

请读！

几个星期之后，祖母出来扫地，这时，她们听到小径传来一种奇怪的声音。她们朝黑暗中窥视，但什么都未看到。于是，她们回去接着扫地。突然，一声马嘶。她们再次朝黑暗中窥视，但她们昏花的老眼什么都辨认不出。

"你听到马嘶了吗？"戈贝纽说道。

"是的，我还听到了马蹄声，"戈贝尔说道。

声音渐近。祖母们抓紧对方的手，盯着小径，生根般站在那里。一匹黑马突然出现在街灯的光辉中。高高坐在马鞍之上的是一个穿着白袍的阿拉伯人。祖母们毕恭毕敬地默默鞠躬。

骑马者用阿拉伯语喊道："Yaaa ayoohaaaal nabe-ii waaa salaaaaamooo namazooooo 赫兹尔 wa al- 麦加！"

祖母们不懂阿拉伯语，但骑马者的信息足够清晰。她们所需听到的就是"麦加"和"赫兹尔"这些词汇。

她们再次向马上的阿拉伯人鞠躬。

"Waaa enne-ii waa jaleha,"骑马者继续道，"Waaa enne-ii yaa，戈贝纽。Waaa enne-ii yaa，戈贝尔！"

祖母们激动得发抖。骑马者提到了她们的名字。她们没听错吧？

"Yaaa eyyo haaannabe-ii. Eqraaa esme-ii，戈贝纽！"骑马者说道。

是的，她们没听错。他清楚地说："戈贝纽！"

她们该怎么办？

戈贝纽走上前去，低下头。骑马者从口袋里拿出一封信，递给她。

戈贝纽犹豫地走向他，接过信封。

"戈贝尔！"骑马者叫道。

另一位祖母走向他，也接过一个白色信封。

"Waaa enna lellaah. Waaa Allaaho samaad,"骑马者说道。然后，他一拉缰绳，

调转马头,消失在黑暗中。

天亮了。震惊的祖母们仍站在小径上,紧紧攥着她们的信封。

她们不敢动,害怕是在做梦。但她们没在做梦,因为乌鸦飞下来落在街灯上,尽其最大音量叫了起来。

回到屋中,祖母们锁上门,点亮灯,打开信封。两封信内容相同,但她们看不懂:先知显然是用一种秘密语言写给她们的。她们必须把信拿给谁看看,但谁呢?阿伽·加安?法克莉·萨达特?济纳特·卡诺姆?不。

"我们问问沙保吧,"戈贝尔说道。

她们来到他的房间。

"醒醒!你还在床上?你没祈祷吗?真不害臊。我要告诉阿伽·加安,你像个罪人一样在房里睡觉。给,Eqra①(请读)!读读这个。给我们读读这些信!"戈贝纽说道。沙保睡意朦胧地研究着信,"我能读这些词,但不知道它们是什么意思。这是阿拉伯语。"

也许她们终究还得把信给阿伽·加安看,但他已经去了卓亚,而她们等不及他回来。于是,她们披上罩袍,前往清真寺,把信拿给替补阿訇看。

詹尼什刚刚结束晨祷,回房再睡一个小时。当他听到敲门声时,还以为是济纳特·卡诺姆,便睡意朦胧地叫道:"请进!"

然而,是祖母们吃力地走了进来。"怎么了,女士们?"他惊讶地问道,"我能为你们做什么吗?"

"我们收到高度机密的信。实际上,是两封。请你给我们读读它们好吗?"

"我很乐意。请坐。"

她们把信递给他。

他从床头柜上拿起穆斯林头巾,戴上,然后穿着棉布长衬衫坐到椅子上。"请坐,女士们,"他说道,"等一下,我需要我的眼镜。"

他戴上眼镜,细读其中一封信。"一封用阿拉伯语写的信?"

"你能读吗?"

"应该能,但不像我每天看的阿拉伯语信。当然,我能读《古兰经》,但《古兰经》中的语言有所不同,它是主的语言。我能很好地读《古兰经》,理解它,但如果

---

① Eqra:即"请读",穆罕默德看到的第一章经便以此词开端。

你给我一份阿拉伯报纸，我可能就无法告诉你它讲的是什么。或者换句话说，如果我今天坐飞机到麦加，我怀疑我是否能够跟那儿的人对话。等等，信底下有一个地址。你们打算去某个地方吗？你们从哪儿得到的这些信？它们似乎是某种正式文件。我也能认出一个名字：哈吉·阿迦·穆斯塔法·莫哈吉。"

"我们知道哈吉·阿迦·穆斯塔法·莫哈吉，"戈贝纽说道，"他在巴扎有一个办公室。"

"嗯，那就解决了。显然，你们应该去见见这位哈吉[①]。就这样！"

祖母们抑制不住自己的兴奋，一把抓回信件，匆忙出去了。

她们想要马上动身前往巴扎，但戈贝纽说道："我想现在还太早。我们等太阳升高一些。此外，我们如果带着这些重要信件去巴扎，就应该穿上好衣服。"

突然之间，这座房子看上去有所不同。它沐浴在明亮的阳光中，仿佛一切物体都在微笑，所有人都参与了她们的秘密。老雪松无疑听到了马蹄声，净池因赫兹尔的声音而兴奋。

花园里的花朵虔敬地朝祖母们微笑，太阳在图书室的窗户上闪耀，乌鸦在她们头顶盘旋，欢快地叫着。"谢谢你，乌鸦，谢谢你。"祖母们说道。

"我听到了快乐的脚步声，"宣礼员在地下室中叫道，"是什么让你们心情如此之好？"

戈贝纽和戈贝尔到他的工作室中问候他。他正站在工作台旁，揉着一团粘土。

她们该告诉他吗？她们可以泄露自己的秘密吗？不，她们必须先去见哈吉·穆斯塔法，戈贝纽想道。只有到那时，她们才会知道，她们一生的梦想是否将会成真。

"早晨好！"祖母们愉快地说道。

"早晨好，女士们。我知道你们渴望告诉我些什么。"宣礼员说道。

"没错，我们有一个最好的消息！"戈贝尔开始道，但在她将泄露秘密之前，戈贝纽迅速转移了话题。"这些花瓶看上去很新，宣礼员，"她即兴说道，"它们相当绚丽。"

"不必过奖。我整个一生都在制作花瓶。你今天只是透过另外一种眼光看它们而已。"

[①] 哈吉：伊斯兰教称谓，意为"朝觐者"，用以尊称前往伊斯兰教圣地麦加朝觐、并按教法规定履行了朝觐功课的男女穆斯林。

祖母们相视一笑。

"我们听到了一些很好的新闻。我们会很快告诉你的，然后你就可以从屋顶大声公布了。"

"这么保密！"宣礼员说道。

祖母们欢快地上了楼梯，回到院子中。

她们如此快乐，以至于不知道该做什么、去哪儿或见谁。她们看到法克莉·萨达特朝厨房走去，便朝她挥手——这有点尴尬，因为她们很少如此。一只猫经过，她们便去追它。猫被她们古怪的行为吓到，逃上了屋顶。

祖母们穿上好衣服，在脸颊上扑粉，披上她们最漂亮的罩袍。然后，她们出发了，前往巴扎。

哈吉·穆斯塔法是阿伽·加安的一位老友。他也是城中一位很有影响力的人物，因为他拥有安排人们前往其他城市圣殿、以及安排到卡尔巴拉[①]、纳贾夫[②]、大马士革[③]和麦加旅行的专属权力。

他的旅行社位于巴扎的中心。数以百计的未来朝圣者每天到此计划他们的旅程。祖母们走进来，但不必像其他人一样排队。毕竟，她们有给哈吉·穆斯塔法的私人信件。

她们往他办公室的窗户内窥视。尽管只在清真寺见过他一次，但她们马上认出他来。他正坐在桌子后面打电话。他示意她们进去，她们小心翼翼地打开门。

"我能为你们做点什么吗？"哈吉·穆斯塔法一结束通话便问道。祖母们把信递给他，"我们有一个给你的留言，"戈贝纽说道。

他戴上眼镜，打开其中一个信封，仔细地阅读，并不时地从眼镜框边缘上方看一眼祖母。读完第二封信，他摘下眼镜，坐着没动，足足有一分钟。

祖母们带着怀疑的目光相互看了一眼。

他将信放回信封，虔诚地用它们触碰了一下自己的额头，然后将信放进抽屉。

"请坐，"他郑重地说道。

祖母们在他桌子旁边的两个老式皮椅上坐下。

哈吉·穆斯塔法翻出几张纸，匆匆记下几句话，打了一个神秘的电话。然后，他出去了，将祖母们独自留在他的办公室中，对她们谁都没说一句话。十五分

[①] 卡尔巴拉：伊拉克中部城市，伊斯兰教什叶派的圣地。
[②] 纳贾夫：伊拉克中南部城市，伊斯兰教什叶派圣地。
[③] 大马士革：叙利亚首都。

钟之后，他回来了，从一个红木档案柜中取出一个厚厚的帐簿。他打开账簿，郑重说道："戈贝纽。"

"是我，"其中一个祖母站起来说道。

他把一个老式印泥放到她的面前。"把你的食指尖放到这个印泥上，"他说道，"然后在这个账簿上按一下。"

戈贝纽用颤抖的手按照他的指示做了。

"你可以坐下了。"

他填写了几行字，然后说道："戈贝尔。"

"是我。"另一个祖母颤声说道，站了起来。

"在这儿和这儿按一下。"

她在印泥和哈吉用其钢笔指着的账簿上分别按了一下。

"你的地址是什么？"他问道。

"清真寺之家，"戈贝纽说道。

"你们俩都住在那儿？"

"是的。"她们说道。

祖母们跟着他走下过道，穿过一个狭窄房间，进入一个较大的办公室，接着沿着一条昏暗的走廊前行，直到哈吉最后在一个关着的门前停下。他取出一把钥匙，打开门，然后转向祖母们。"请在进去前脱下你们的鞋。"

戈贝纽和戈贝尔发现自己站在一个非同寻常的房间的门槛处。印有神圣经文的横幅覆盖着墙壁。一排排木架上放满了棕褐色旧皮箱。熟悉的书籍和皮革的味道赋予此处一种神圣的氛围。一条古老的地毯从房间一端延伸至另一端。在房屋一侧，有一个放着一大堆账簿的小壁龛，上面的几本覆盖着厚厚的灰尘。

"请坐，"哈吉指着古老桌子周围的一些椅子说道，桌子上方悬挂着插着七支蜡烛的精致银色枝形吊灯。祖母们的心在翱翔。

"迄今为止发生的一切，目前为止我们之间说过的话，以及你们所看到的一切，都要保密，"哈吉说道，"如果你们泄露只言片语，你们的旅行将被取消。"

"我们没有告诉任何人，"戈贝纽说道。

他退到一个帘子后面，回来时拿着两个崭新的箱子，上面有一个麦加天房[①]

[①] 天房：也译"克尔白"，阿拉伯语意为"方形房屋"。沙特阿拉伯麦加城圣寺中央的立方体高大石殿，为世界穆斯林做礼拜时的正向。

的浮雕图案。他将这些棕褐色手提箱放在祖母们的旁边，如此正式、夸张，以至于她们兴奋得几乎晕倒。

哈吉在她们对面坐下。"家里人可能会问你们很多问题，"他平静地说道，"但不要回答他们。我重复一遍，不要回答他们。"

"我们明白，"戈贝纽说道。

"在法蒂玛诞辰的周年纪念日，你们两人带着手提箱在巴扎入口处等着。"哈吉说道。

"我们会的。"戈贝纽说道。

"如果有任何问题，就请现在问，"他说道，"因为你们不会再有机会了。"

祖母们不置可否地相互对视。她们有什么问题吗？不，没有。

"哦，等等，"戈贝纽犹豫地说道，"我有一个问题。我们应该几点到巴扎？"

"清晨，黎明之前，"哈吉回答道。

戈贝尔也有一个问题，但她不敢问，便在戈贝纽耳边低语。

"请原谅，"戈贝纽说道，"但你没给我们任何凭证。也许最好有某种上面有我们名字的文件。"

"这些手提箱就是你们的凭证！"哈吉说道，"上面已经有你们的名字了。"

她们看着手提箱，惊讶地看到她们的名字用大写字母写在一张纸上，插在一个透明塑料袋中。

"是这样啊！"戈贝纽说道，她因戈贝尔问了这么愚蠢的问题而怒视戈贝尔。

"你们将在出发那天收到你们的旅行文件，"哈吉说道，"还有什么问题吗？"

祖母们交换了眼神。不，没有问题了。

祖母们眉飞色舞，在罩袍后偷偷地笑。她们拿起手提箱，离开旅行社，穿过熙熙攘攘的巴扎。

到家后，她们将手提箱藏在地下室的一个箱子中，假装什么都未发生。但这个秘密重重地压在她们心上。她们辗转反侧几个小时，无法入睡。白天似乎更长，夜晚漫漫无边。这真会发生吗？有朝一日她们真的会收拾行李，出发上路吗？我们强壮得足以承受这样的长途旅行吗？

她们担心自己不会活着看到那一天，她们将会发生意外，或是断腿，或是死去。但她们已经耐心等待了四十年，所以再等几个月应该不成问题。

藏宝室

哦，您隐在斗篷之下！
站起来发出警告！
赞美你的真主。
涤净你的衣服。
避开憎恶。
要有耐心！

一行七人从小巷走出。其中四人肩上扛着一个悬挂在两根竿子上的大筐，另外三人走在前面。他们是来自卓亚的村民，将卡赞姆·可汗送回清真寺之家。

其中一人上前敲门。过了一会儿，戈贝尔打开了门。"什么事，先生们？"她说道，惊讶地看着临时凑合的担架。

"我们把卡赞姆·可汗带来了，"其中一人说道，指着大筐。

"戈贝纽！"戈贝尔不安地喊道，"是卡赞姆·可汗！"一看到担架，戈贝纽便知道需要做些什么。她把这些男人带到鸦片室，他们小心地将卡赞姆·可汗从担架转移到床上。他的双眼紧闭，脸色惨白，已经消瘦。男人们走到院中，围在净池旁抽烟。戈贝尔轻声啜泣，戈贝纽做着必须做的事。她给卡赞姆·可汗盖上毯子，将一本《古兰经》和一个带手柄的镜子放到他头上的架子上，然后去厨房做早餐。在桌上摆好面包、乳酪、果酱、一碗水果和一个茶壶之后，她冲村民叫道："先生们，该吃饭了！"

与此同时，阿伽·加安已经到家，直奔鸦片室。他看了一眼卡赞姆·可汗，知道送他去医院已经毫无意义。相反，他走进厨房，问候村民。

他们站起以示敬意，其中一人讲述整个过程："我们好几天没看到卡赞姆·可汗来茶馆，以为他出去旅行了。然后，昨天晚上，我们听到他的马嘶鸣，知道他回来了，但马不停地嘶叫。于是，我们去他家，发现他躺在床上，奄奄一息。

今天早晨，我们把他放到担架上，乘公交车带到这儿来。"

"谢谢你们。很感谢你们为我叔叔做的一切。"阿伽·加安答道。

那天晚上，他在卡赞姆·可汗的床边放了一把椅子，在他旁边坐了几个小时，轻轻地为他诵读《开端》章。

卡赞姆·可汗是这个家的心脏与灵魂，尽管他从不附属于这个家或清真寺。阿伽·加安永远不会成为他那种人。阿伽·加安是这个家、清真寺和巴扎的首脑，还有无数其他职责；卡赞姆·可汗则像鸟儿一样自由，然而此时他即将像鸟儿一样死去，因为老鸟总是突然从空中坠落，合上双眼，不再醒来。卡赞姆·可汗是一位总将常规抛诸脑后的诗人。他无所不为，甚至做阿伽·加安想都不敢想的事。

阿伽·加安把手伸进卡赞姆·可汗的衣袋，取出他的诗集。他翻阅着，直到最后一首诗，柔声读道：

> 如果那甜美的嘴唇，
> 那高脚的酒杯，
> 是的，一切，
> 最终不复存在，
> 那么，只要你活着，就请记住，
> 有朝一日，
> 你将只会如此：
> 一无所有。
> 不会更少。

七十年来，卡赞姆·可汗一踏进这个家门，便有人为他准备好一套鸦片具。现在不再有此必要。

祖母们坐在厨房里，说着话，默默流泪。她们爱的人将要死去。她们何时与他初次相识？那是半个世纪前的一个下午，当她们还是少女时，诗人卡赞姆·可汗骑着马来到院中。在此之前，她们甚至从未听过诗歌。几天之后，卡赞姆·可汗写了两首诗，一首献给戈贝纽，一首献给戈贝尔。这些诗描绘她们的眼睛，她们的长辫，以及她们的双手，当燃起鸦片具中的火时，它们显得温暖宜人。

当他下次回到这个家时,两个女人便永远地归属于他。

安姆·拉马赞出现在门口。他是照看花园的人。每天黄昏,他都来工作室看望宣礼员。他记录粘土的数量,当宣礼员缺少时,便为他订购。安姆·拉马赞一人独居。他的妻子已经去世,没有子女,只有一头驴。他靠从河中采沙、用驴运给客户为生。

安姆·拉马赞轻声问候阿伽·加安,后者向他回礼,并示意他进来。"听着,"他说道,"卡赞姆·可汗有一段时间没吸鸦片了,他的身体渴求它。祖母们正在准备鸦片具。如果你能吸进鸦片,然后将烟喷到他的脸上,或许能够给他些许安慰。"

安姆·拉马赞偶尔吸鸦片,但自己买不起。他很高兴接受阿伽·加安的提议,因为他知道,卡赞姆·可汗吸的是山里最好的鸦片。安姆·拉马赞和他的朋友吸的是臭气熏天的深棕色鸦片,卡赞姆·可汗吸的则是带有野花芬芳的黄棕色鸦片。

阿伽·加安递给安姆·拉马赞半卷鸦片,安姆·拉马赞将鸦片揣进口袋,出去帮忙生火。

不久,戈贝尔带着一壶茶和一个装满发光炭烬的火盆进来。她眼中含泪地望着卡赞姆·可汗,将火盆放在地板上。安姆·拉马赞将烟枪插进热灰中,把鸦片切成薄片。

烟枪热了之后,他将一片鸦片放在烟枪尖上,用别针固定,再用一把火钳夹起一块余火未尽的炭块,举到鸦片上。他先轻轻吹了几下,然后越来越深地吸入。有一刻他忘了自己是在为卡赞姆·可汗吸鸦片。然后,他的目光与阿伽·加安的相遇,便站起身来,左手举着烟枪,右手拿着夹着发光炭块的火钳。

他俯身在卡赞姆·可汗上面,用发光炭块加热烟枪中的鸦片,然后深深吸了一口,将烟喷到卡赞姆·可汗的脸上。

他耐心地吸了半个小时,直到房中充满了深蓝色的烟雾。

门开了,进来的是疯子考德西。祖母试图拦住她,但阿伽·加安示意她们随她去。她走到床边,俯下身,端详卡赞姆·可汗的脸,嘟囔了些什么,然后踮着脚尖出去了,一句话都没跟阿伽·加安说。

"够了,"戈贝纽对安姆·拉马赞说道,"如果你们这些先生愿意出去的话,我们就给卡赞姆·可汗读《古兰经》。"

已经被烟熏得有点昏昏欲睡的阿伽·加安站了起来，跟安姆·拉马赞一起离开了房间。

戈贝尔从书架上取来《古兰经》，在戈贝纽身旁的地板上坐下。阅读一般书籍不成问题，但《古兰经》要难得多。幸运的是，她们两人都背下了一些章节。戈贝纽打开书，盯着书页，然后开始背诵其中的一章，戈贝尔则随她重复着这些词句：

> 以笔和你所写的盟誓。
> 我们考验园圃的主人。
> 清晨他们彼此相唤：
> "如果想要收获果实，
> 就要早点去你的果园。"
> 于是他们早早出发。
> 他们看到果园时说道：
> "我们必是误入歧途。
> 不，我们被剥夺一空！"

戈贝尔将嘴凑近他的耳朵，轻声说道："卡赞姆·可汗，你已经开始了你的旅程。迟早我们会追随而去。我们有一个秘密，不该告诉任何人，但我们要告诉你。几个星期之后，我们将去麦加。我们要感谢先知赫兹尔。我们正在计划去卓亚跟你道别。我要吻你，卡赞姆·可汗。我们都吻你。你让我们很幸福。"

戈贝纽和戈贝尔亲吻卡赞姆·可汗的前额，然后离开了房间。

第三天晚上，阿伽·加安注意到，卡赞姆·可汗时日将尽。他独自走进房间，关上门，亲吻叔叔的额头。"现在可以走了，"他轻声说道，"我们会永远记住你的。我会把你的鞋和诗作放进藏宝室。我在这儿，在你身边，握着你的手。"

沙保蹑手蹑脚地进来，站在门边。

"给我拿来一杯红茶和一个茶匙好吗？"阿伽·加安问道。

当沙保带着他要的东西回来时，阿伽·加安将一片鸦片放进杯中搅拌，直到融化。"来,"他对沙保说道,"往他的嘴里放一勺这个,他的身体渴求它。这样,他的灵魂便可以更平静地离开他的身体。"

沙保小心翼翼地将黄棕色的液体舀进卡赞姆·可汗的口中。

阿伽·加安将手放到叔叔赤裸的肩膀上。"他要走了。"他说道,弯腰再次亲吻卡赞姆·可汗的前额。慢慢地,生命离开了这位老人。"他走了,"阿伽·加安说道,声音充满了悲伤。"你去告诉其他人好吗?"

第一批进来的是祖母。她们向阿伽·加安表示了哀悼之情,然后静立在床边。接着到来的是法克莉、济纳特和宣礼员,他们都哭了。阿伽·加安收拾起卡赞姆·可汗的鞋和诗,拿着它们穿过黑暗,前往清真寺。

清真寺有一个藏宝室,位于地下墓室的密室之中。在这儿,家中的贵重物品储藏了几个世纪,如契据,羊皮纸书卷,信件,清真寺有史以来所有阿訇的长袍和鞋,几个世纪以来数百部由阿伽·加安这样的人记满了清真寺报告的日志。每件物品都按时间顺序装在箱中。

藏宝室是一个信息宝藏。你可以从它的档案中追溯这个国家的宗教史。这个家中成员的很多个人物品也保存在此。

这些档案和个人物品也许应该送到博物馆中妥善保存,但它们构成了这个家和清真寺的独特、且更为重要的生活史。

该家户主必须将藏宝室的钥匙一直带在身上。

除了阿伽·加安之外,另一个唯一知道这个藏宝室及其内容的人就是沙保。阿伽·加安曾告诉过他这些日志。"当我死时——只有真主知道会是什么时候——你将成为这把钥匙的保管者,"阿伽·加安曾对沙保说道,"你将撰写日志,你将决定发生什么。"

他本人第一次走进这个藏宝室时,才只有二十七岁。

父亲去世后,他提着灯笼,在漆黑的夜里走进地下墓室。他用颤抖的手将钥匙插进那把古老的锁里,进到室中。

他觉得像在梦中世界,因为他从未见过这样的拱顶房间。一张石榴红旧地毯铺在石头地板上。在一个角落,有一把椅子和一张桌子,桌上有一个墨水瓶,一管鹅毛笔和一本翻开至空白页面的日志。墙上挂着一排排布满灰尘的鞋,每双鞋都贴着拥有这双鞋的已故阿訇的名字。鞋子对面是一排排的衣帽架,每个挂钩上都有阿訇的祈祷长袍和黑色穆斯林头巾。一些衣帽架旁有手杖和小箱子,那个特定的阿訇时代的私人物品和重要文件便储藏在里面。

阿伽·加安不知道这个清真寺和房子有多古老，尽管他能够很轻易地查出。他只需提起灯笼，走过衣帽架，来到地下墓室最黑暗的深处，在那儿，他无疑能够找到最古老的箱子和第一本日志。这座房子和清真寺的蓝图可能就在那个箱中。

房间尽头有一个黑暗通道，这令阿伽·加安怀疑里面还有更多的角落和缝隙，更多的古老箱子。他决定探索一番。当他举起灯笼，看到的第一个东西便是挂在墙上的羊皮纸文件，只是灯光太暗，无法辨认字迹。

他正要走进通道时，看到红地毯上有一层厚厚的灰尘，比箱子、祈祷袍和其他物品上的灰层都厚。在过去一百年左右，没人敢于比他现在进得更深。阿伽·加安觉得他也不能走得更远。这灰尘代表一种无意被打破的封印。

他本想走过长袍，阅读从前那些阿訇和这座房子居住者的名字。那些人是谁？他们穿哪种服装？手指上戴哪种戒指？

他想打开其中一个箱子，查看里面的内容，嗅一下这些服装的味道，试戴一下戒指，阅读日志上的记录。那时的人写些什么？这座房子、这个清真寺和这个巴扎发生过什么？净池中的第一条鱼是什么颜色？在那棵雪松之前，院子中央生长的是哪种树木？他们那只乌鸦的祖先是哪个？

他想在这间密室待上几个星期、甚至几个月，追溯从前，为他的问题找到答案。但那是不可能的。这座藏宝室是躺在黑暗中的秘密，一个与清真寺永远密切相联的秘密，一个更适合《古兰经》和逝去已久的过去的秘密。过去是一个你无法可及的房间。阿伽·加安一得出这个结论，便抑制住了自己的好奇。

今晚，他蹑手蹑脚地走进藏宝室，将卡赞姆·可汗的诗集放进一只箱子。然后，他将叔叔的鞋摆在一排鞋的末端，吹熄了灯笼。

卡赞姆·可汗已在他的遗嘱中声明，不想葬在地下墓室，所以村民找到一个合适的埋葬地点。他们在他的花园深处选了一个位置，那儿有一株春季盛开繁花的老杏树。

第二天，很多村民进城，来接他们诗人的遗体，护送回家乡卓亚。

阿伽·加安 法克莉·萨达特 济纳特·卡诺姆 宣礼员和祖母与他们同行。

就在卡赞姆·可汗去世四十天后，祖母计划开始她们的麦加之旅。晨祷后，她们披上罩袍，拿起行李，出来站到净池旁边。

"我们走了！"戈贝纽大声道。

"踏上我们的生命之旅！"戈贝尔补充道。

祖母一直担心如果有人发现她们的秘密，这次旅行将被取消。然而，今天，她们再也无法忍受这一压力了。

宣礼员第一个听到她们的喊声。他冲到楼上。"什么旅行？"他问道。"去麦加！"她们同声答道。

"真的？"他说道，"麦加？"

"我们不许谈论这个，宣礼员。你必须记住我们的话。"他用手抚摸她们的箱子，上面确实有圣克尔白的浮雕装饰。

"祖母们要去麦加了！"他叫道。

似乎所有人都醒了，因为当阿伽·加安点亮院子的灯时，他们都穿着自己最好的服装鱼贯而出，欢笑着，呼喊着，拥抱和亲吻祖母们。

法克莉·萨达特捧着装满芳香的野芸香种子的火盆走向祖母。她的女儿纳斯林和恩熙拿着一个镜子和一些红苹果，济纳特·卡诺姆则按照传统，拿着一碗水，为旅行者清洗，以使她们一路平安。

沙保从图书室取来古老的《古兰经》，递给阿伽·加安。戈贝纽和戈贝尔提起她们的箱子。阿伽·加安亲吻她们，将《古兰经》举到她们头顶，护送她们走向大门。

济纳特将水洒到她们身后的地上，所有人都哭了，仿佛祖母将永远地离开这个家。

影子

阿伽·加安看到济纳特有时像个影子般溜出她的房间，但不知道她去哪儿。济纳特的卧室在二楼，要到楼梯，就必须经过法克莉和阿伽·加安的卧室。

一天深夜，阿伽·加安正在图书室看书，这时，他听到楼梯顶部的门打开了。他以为是法克莉，但没听到脚步声，便透过窗帘缝隙向外望去，见到有人在黑暗中偷偷潜行。

他打开门，走到院中，正好瞥见楼梯旁的黑色罩袍。应该是济纳特，但她在这么晚的夜里做什么？

他回到室内。突然，乌鸦发出尖叫。

乌鸦的警告让阿伽·加安想起来自萨兰迪的女人：

从前有一个来自萨兰迪的商人，他的妻子名叫杰米兹。她如此美丽，以至于人们几乎无法相信她是真人。她的面庞像胜利日般熠熠生辉，她的头发又长又黑，就像你等待永远不会到来的情人的黑夜一般。

杰米兹与一个能用画笔创造奇迹的艺术家秘密相恋。她偶尔溜出去见他，他们一起体验最美的波斯之夜。

然后，一天晚上，她对他说道："我从家里溜出来越来越难，对我而言更难的是，不得不等待如此之久。想想办法，这样我可以更频繁地来看你。毕竟，你是一位艺术家！"

"我有一个主意，"艺术家说道，"我要给你做一个面纱。从一面看，它将像一泓池水中的晨星倒影般清晰。但从另一面看，它将像深夜一般漆黑。晚上，你可以戴面纱黑暗的一面，这样，你来我这儿时，就能融入黑夜。早晨，你可以把它翻到清晰的一面，这样，你回到家时，便可与晨光相合。"

祖母们走后，这个家进入一个新的阶段。她们带给这个家的节奏已被打破。最明显的标志是那座古董钟停摆了。祖母们在家时，厨房里生机勃勃，乌鸦呱呱叫着宣布访客的到来，图书室永远干净整洁。但那些日子结束了。

唤醒孩子、帮法克莉·萨达特清理房间的是祖母；告诉阿伽·加安这个家里发生的一切的是祖母；照看宣礼员工作室的也是祖母。她们走后，她们的工作无人来做。

没人能够代替她们。如果祖母在，她们就会已经跟着济纳特走上屋顶了。

阿伽·加安对那位替补阿訇很满意。詹尼什热情洋溢地开展工作，显得很高兴。在他们的第一次谈话中，阿伽·加安注意到他雄心勃勃，但怀疑他难成大器。

这个男人还是只能谈些农村问题，尽管做得很出色。不久前，他批评农业部长在帮助贫困村庄方面无所作为。

詹尼什从未去过德黑兰，在一次布道时，他对当地报纸头版上的话进行了评论："我得知，在德黑兰，所有人家里都有电话，然而，在几百个山村中竟没有一部电话。如果你在德黑兰的厨房里割破了手指，就可以马上叫来救护车。但如果我发现我的父亲在床上奄奄一息，我该怎么办？我提醒你，德黑兰！请注意！在真主眼中，我们都是平等的。"

听到他天真的讽刺，秘密警察笑了。他们重视这种批评；实际上，他们甚至予以鼓励。

詹尼什的言论越来越受欢迎，常被当地报纸引述。阿伽·加安对他如此满意，以至于给他更多的灵活性。一次，在报纸刊登了詹尼什的一张照片并摘录了他的一段布道之后，阿伽·加安的一个同事评论道："这个人很幼稚，但有时他正中要害。"

报纸以前从未登过阿訇的照片。一位摄影师被派到清真寺，拍了一张詹尼什站在屋顶两个宣礼塔之间的照片。

第二天，阿訇看到报纸上的照片时，兴奋不已，无法安坐。他已经梦想成真。自孩提时起，他便梦想在大清真寺讲话。由于其布道和照片都出现在报纸上，他突然成了当地名人。

根据伊斯兰教教法，济纳特和詹尼什并未做错什么，无需如此偷偷摸摸穆斯林教徒如果离开合法妻子一段时期，可以拥有一个"临时妻子"①。但詹尼什知道那很冒险，如果被发现，阿伽·加安会让他卷铺盖走人。

济纳特对她的临时妻子地位很不舒服。在她丈夫及其数十位祖先所在的教堂中与詹尼什睡觉让她感到羞愧。她拒绝如他求她的那样每晚去找他，害怕阿伽·加安会发现。

当她在白天看到詹尼什时，感觉很难相信自己任他脱掉她的衣服，跟她做爱。在黑暗中则有所不同。那时她看不到他，只是感觉到他的双手，他的肩膀，他的后背，他抽插的臀部。他如公牛般强壮。

一旦完事，济纳特便抓起她的罩袍，匆匆回家，此后不想跟他再有任何瓜葛。她无法忍受听他再说一句话。但第二天晚上，当她关上灯爬上床时，便想念他的身体。

她的丈夫阿尔萨贝里从不亲吻她的乳房，或如动物一般疯狂啃咬她的臀部。相反，詹尼什把她带到极乐的顶点，使她忘掉一切。

最近，他将她带到地下墓室，在那儿，他脱掉她的衣服，跟她在冰冷坚硬的墓碑上做爱。她曾抗拒，语无伦次地说不想在墓碑上做这件事，但他坚持，而她双臂环绕着他，紧紧抱住他，屈服了。

"我再也不那么做了，我再也不会到那个男人身边了，"济纳特在蹑手蹑脚回到自己的房间时，总是跟自己说道。"结束了。幸好没人发现。我必须停止，我会的。我要离开一段时间，我要去库姆看女儿，跟她住上几个星期。我要去法蒂玛陵墓，表示悔改，祈求原谅。是的，我要那么做，我明天就走，我要收拾行李离开。"

但她没走，且此时正在前往他房间的途中。

詹尼什听见她轻轻走上楼梯。有一刻，她被楼梯井的黑暗吞没，然后，她出现在净池旁洗手，往脸上溅水。

詹尼什想再次带她去地下墓室，但她拒绝了。然后，他将他的大手放在她的腰间，把头伏在她的双乳之间，而她融化了。他将她揽入怀中，打开地下室的门，带她走下台阶。

---

① 临时妻子：按照什叶派法律，一个男人最多可以拥有四个妻子。此外，他也被允许拥有数量不限的"临时妻子"，他们订立的婚约时间从一小时到九十九年不等。这些临时妻子没有继承权，不在城市或清真寺正式注册。

在黑暗深处,一根蜡烛在一个高高的基石上燃烧。他脱下她的衣服、鞋子和袜子,让她赤脚站在烛光中,在那儿,他脱下阿訇长袍,放在基石上。他不知从哪儿变出一串紫色的葡萄,放在她的乳房上面。他一颗一颗地吃着,汁液顺着她的乳房流到腹部,而他在那儿舔食着,济纳特感觉自己简直会销魂而死。

他们如此专注,以至于没有留意到拿着灯笼经过地下室窗户的人。

济纳特和葡萄汁令詹尼什沉醉。伏在她身上时,他吟诵着《曙光》章:

> 我求庇于他,
> 曙光的主,
> 免遭他造之恶所害;
> 当黑暗降临时,
> 免遭黑夜之恶所害。

他吟诵着,济纳特闭目倾听,没有意识到一个拿着灯笼的人正走下地下室的台阶。

突然,她看到强光一闪,听到脚步声。她将詹尼什从自己身上推下,抓起黑色罩袍,藏身黑暗之中。

詹尼什转身看到一个身影将一个灯笼高高举过头顶。

"阿訇!收拾好你的行李吧!"

哈吉

阿伽·加安请来了另一位替补阿訇，一位来自萨鲁克的从容老者，他布道的很多内容都涉及穆斯林圣徒的生活。阿伽·加安很满意。此时清真寺最不需要的就是煽风点火的人。

三个月过去了，到了前往麦加朝圣的人该回家的时间。

阿伽·加安计划用一个聚会庆祝祖母的归来，全家人都将获得邀请。

为朝圣者举办的欢迎会一向是特别的时刻。朝圣者的家用彩旗装饰，院子中铺上地毯，用羊献祭。整整一个星期，亲戚和邻居将前来祝贺朝圣者，所有人都被邀留下吃饭。在这一庆祝期间，"哈吉"的荣誉称号将被授予朝圣者——他们将在余生中一直骄傲地拥有这一称号。

阿伽·加安写信给努斯拉特：

亲爱的弟弟：

最近你常外出。请经常回家。我邀请所有人参加祖母的接风宴会，希望你也能来。请尽量准时回来。

祖母将其一生献给了这个家，所以她们生命中最重要的庆典，你至少应该到场。

孩子们都想念他们的叔叔努斯拉特。盼望很快见到你！

几天之后，努斯拉特打来电话："我很抱歉，但我来不了了。我有一个重要安排。我保证另找时间回去弥补。"

祖母该回家的那晚，努斯拉特计划去德黑兰最大的剧院，位于拉勒扎尔街的那家，传奇歌手迈赫沃什将在那儿演出。该剧院雇佣努斯拉特给她拍摄一系列艺术照片，而努斯拉特决定不能错过这一安排。如果这组照片获得成功，他将作为艺术家一举成名。

迈赫沃什是永远改变德黑兰夜生活的明星。这与其说是因为她的声音，不如说是她胳膊、胸脯和屁股的动作使然。她是所有波斯男性的梦中情人，一个女人脱下罩袍、不带面纱外出的时代的象征。

看她表演时，男人们被欲望灼烧。她用赤裸的双臂和跳动的酥胸迷惑他们。她的高跟鞋、紧身低胸衣和涂着口红的嘴令他们发狂。她向涌入剧院来看她的这群男人揭示了体面波斯女人永远不会泄露的秘密。德黑兰的剧院主人把她当做女神，摄影师相互拥挤碰撞，以拍到一张好的照片。

迈赫沃什是这个国家有史以来第一个在舞台上穿着惹人注目的紧身衣袒胸摆臀的女人。

她会举起丰满赤裸的胳膊，抖动臀部。在某一特定的点上，她将翘起屁股，用一种感性的声音唱道：

你刚从印度归来，驾驶着昂贵的梅赛德斯汽车。
你离开时是个无名小卒，现在却是一个大人物。
亲爱的，就诚实这一次，告诉我，我的屁股是否太大？

"不，不，谁告诉你的？"男人们高兴地喊道。
"穆达尔·舒哈，我的婆婆！"她喊道。
"她只是嫉妒而已！"男人们大声回应道。

尽管迈赫沃什的照片几乎每天出现在报纸上，但没有哪个摄影师去塑造她的形象。努斯拉特说服他的朋友——红磨坊剧院的老板——让他拍一些真正让她不朽的照片。

她同意在自己家中接待他，因为剧院老板向她保证，努斯拉特与其他摄影师不同，不是为了赚钱，而是为了她。

当努斯拉特踏入迈赫沃什的家门时，阿伽·加安和法克莉·萨达特正驾车前往火车站迎接祖母。他们身后是装满亲戚朋友的一串车辆。

他们去接的火车满载归来的朝圣者。他们已经旅行了三个星期。首先，他们乘公交车从麦加到麦地那市①，先知穆罕默德葬在此处。然后，他们从沙特阿拉伯到伊拉克，去参观圣城纳贾夫和卡尔巴拉②。侯赛因的陵墓在卡尔巴拉，阿里墓在纳贾夫。最后，他们乘船穿过标志伊朗和伊拉克边界的阿尔万德河，登上带他们回家的火车。

所有人都想念祖母，特别是孩子，他们盼望朝圣者通常会从麦加带回来的礼物，比如在黑暗中像灯笼一样发光的手表和奏出圣歌的闹钟。还会有给女孩的戒指和手镯，给男孩饰有箴言的腰带。所有人都珍藏这些令人难忘的礼物，因为它们不是在随便哪个老店购买的寻常礼物，而是来自麦加，那个天房、神殿所在的城市。穆罕默德居住的城市，他的妻子、麦加最富有的女人在这儿曾经拥有三千头骆驼。

他们要去迎接的是一部特别的火车，它在这个国家的每个大城市都会停靠。该车在设计时便想到了朝圣者。绿色是伊斯兰教的颜色，所以绿旗装饰车厢，绿色条幅在车窗飘扬，所有哈吉都戴着绿色围巾。

火车在到达这座城市之前很久便开始鸣笛，然后驶进车站，车头灯闪闪发光。当它停下时，一支军乐队将开始演奏迎宾曲。

阿伽·加安在车站外的广场上停下车。身着特殊服装的经理在台阶顶部迎候，等全家人到齐后，他把他们带到贵宾休息室，仆人们将用专为铁路特制的银盘给他们送来茶水和饼干。

清真寺的歌手对着手持麦克风唱着旋律优美的诗句，老妪往火盆里投野芸香种子，让房间中充满芬芳的香烟。等待着的亲戚请所有人吃糖果，喝果汁，铁路雇员往来客的手上泼溅银壶中的玫瑰水。

最后，火车驶进车站，数百朝圣者朝站台上的人群挥舞绿色围巾。来自塞尼詹的人们占据了三节车厢，正好停在大厅门前。哈吉们带着鼓胀的手提箱一个个地出现了，经理在后面用扬声器欢迎他们。

"祖母在哪儿？"法克莉·萨达特问道。

"还在车上，我想，"济纳特·卡诺姆答道。"你知道她们的，她们可能在打扫车厢，好让它干净整洁。"

"沙保，去看看是什么让她们耽搁了？"阿伽·加安说道，"我担心火车开走时，

---

① 麦地那：沙特阿拉伯西部城市。
② 卡尔巴拉：伊拉克中部城市，伊斯兰教什叶派的圣地。

她们仍在车上。"

沙保查看了所有那三节车厢,但没有见到祖母。"她们不在这儿!"他透过其中一个车窗喊道。

"看看其他车厢,她们或许在人群中迷路了。"

这是一列很长的火车,沙保从一个车厢到另一个车厢地查找。

阿伽·加安走向经理,"我的乘客还未下车。她们或许坐错车厢了,没意识到应该下来。"

经理写下她们的名字,走进办公室,打开扬声器。"我有一个重要广播给哈吉戈贝纽和戈贝尔。你们该在这儿下车。我重复一遍,哈吉戈贝纽和戈贝尔,在这儿下车!"

几分钟后,仍没有祖母的影子。

沙保跑了过来。"我查看了所有车厢,哪儿都没有她们。她们或许早下车了,在另一个城市。"

朝圣者都走了。当站台几乎空了时,火车司机爬上火车,关上车门。

经理的声音最后一次在站台上响起:"我有一个紧急广播给戈贝纽和戈贝尔女士。请立即向经理报到。"

列车员等了片刻,然后看了看手表,吹响了哨子。火车发出轧轧的声音,慢慢驶出车站,将阿伽·加安及其全家留在站台上。

整整一个星期,阿伽·加安逐一给阿尔万德河与塞尼詹之间的火车站打电话,但没人见过祖母们。

他拜访了所有最近回来的哈吉,但他们也没有给他的消息。人们最后一次见到这两位女士是在麦加。所有人都以为她们会跟另一群人离开。

唯一可做的就是等着导游提交一份官方报告,但他们几个星期之后才会回来。首先,他们需要解决一些行政方面的细节。

夏季很少下雨,但一些乌云在塞尼詹上空聚集,向沙漠方向移动。当雨点开始掉落时,响起了敲门声。

沙保点亮灯,打开门。安排这次旅行的哈吉穆斯塔法两手各提一个箱子站在门外。

"晚上好。阿伽·加安在家吗?"哈吉问道。

"请等一下。我去告诉他您来了。"

沙保走开，几分钟后回来，将哈吉穆斯塔法带到阿伽·加安的书房。

哈吉穆斯塔法放下箱子，拥抱阿伽·加安，开始讲述他的故事：

"以前从未发生过这样的事。这是一个奇怪的故事。我无法确定这是福是祸。如果她们在神殿里迷路，那就是福，但如果她们在其他地方，那就是祸。"

"发生了什么事？"

"这是她们的箱子。祖母们像两滴水一样消失在麦加的沙漠中。我哪儿都找过，去了麦加所有的警察局、医院和清真寺，但无法找到她们的任何踪迹。她们就那么消失了。直到最后一天，她们还跟人们在一起，一切安好。她们健康，快乐。然后，一个奇怪的事情发生了。在我们出发前往麦地那前一个小时，她们来到我的办公室，把她们的箱子留在我的桌子旁，调整了一下她们的罩袍后便离开了，没说一句话。我以为她们要最后去一次巴扎，买一些纪念品，但她们再也没有回来。这是箱子。我很抱歉，也许我该更好地照料她们。请接受我的道歉。我会竭尽所能去找她们。我保证有消息随时告知您。"

哈吉穆斯塔法离去之后，阿伽·加安跟沙保单独留在书房中。"我一刻都不认为她们会在麦加走失或闲逛，"阿伽·加安说道。

"您认为是怎么回事？"

"我想她们可能藏在圣天房的后面。我猜她们没打算回来。"

"但为什么藏起来呢？"沙保惊讶地问道。

"她们想死在麦加。这是任何穆斯林所能想象出来的最精彩的死亡。我想祖母们商量过，决定如何生活。她们做出了选择。她们可以回家，等着寻常的死亡，也可以死在圣殿。任何死在天房里的人都可以直接去天堂。所以，如果你是祖母，会怎样做呢？"

"不过，我无法相信她们会决定留在麦加。你怎么会认为她们做这样的事？"

"很难解释。她们在这个家生活了五十多年。五十年来一直听着古老的故事。现在，她们想要谱写自己的故事。"

沙保笑了。

"我们打开箱子吧，"阿伽·加安说道，"也许她们给我们留下一封信呢。"

沙保打开箱子，发现里面满是礼物：手表，戒指，金手镯，色彩鲜艳的衣服，它们在头顶的灯光下闪闪发光——来自麦加的、给家中所有人的可爱礼物。

"这证明了这一点，"阿伽·加安说道，"箱子里没有她们的任何个人物品。她们甚至没把麦加寿衣放在里面。所有人都梦想在麦加买一件寿衣。那是所有哈吉买的第一件物品。我敢打赌，祖母随身带着她们的寿衣，甚至可能就穿在衣服里面。"

"真的？"沙保问道，"我们该告诉其他人什么呢？"

"事实。请把箱子放到桌子后面，把所有人叫到这儿来。"沙保放好箱子，出去叫其他人。

"哈吉穆斯塔法刚才来过，"阿伽·加安通知召集来的全家人。"不幸的是，他无可奉告。他已与麦加的警察联系过。他一听到什么消息，就会告诉我们的。"

他们在苦恼的沉默中听着阿伽·加安的话。

"这意味着我们再也见不到她们了？"阿伽·加安的长女纳斯林问道。

"她们不可能去哪儿呀，"阿伽·加安的儿子贾瓦德说道，"警察应该能够找到她们的。"

"我知道，哈吉穆斯塔法尽力了。谁知道呢，她们或许乘火车去其他某个城市了。麦加有数百万朝圣者，所以她们或许在众人之中走失。不过，祖母们做了一件非常好的事：她们把给你们的礼物留在哈吉穆斯塔法那儿了。对我而言，那证明她们安然无恙，"阿伽·加安总结道，"沙保，打开箱子！"

沙保把箱子放到桌上，打开箱盖。所有人都惊奇地看着这些金碧辉煌的东西：手表、闹钟、金项链、拖鞋、发带、香水、鲜艳的方巾、与众不同的衬衫和手提包。每件礼物都贴着接受者的名字。给纳斯林和恩熙的是鲜艳的衬衫；给贾瓦德的是手表和杯子；给法克莉·萨达特的是一个化妆包；给宣礼员的是一个折叠手杖——这是她们从未见过的东西。济纳特·卡诺姆得到了一部麦加诗人写的诗集，给阿伽·加安的是笔帽上印有圣阿里画像的钢笔，给沙保的则是几码海军蓝色的细条纹布料，可以做成一套衣服。

他们很高兴，评论着祖母们的好品味，相互大声讨论着各自的礼物，这时，他们听到外面传来喊叫声。一个女人叫着什么，另一个则开始泼妇般地责骂她。女人们从未在外面争吵，所以这很不寻常。两个女人显然是站在邻居家的房顶，相互谩骂。"是哈吉西舍格的妻子们，"济纳特·卡诺姆说道。

哈吉西舍格六十出头。他跟祖母们同时去了麦加，所以最近才回来。他是一位玻璃商，在巴扎拥有一个大店铺。

哈吉西舍格有两个妻子：年长的名叫阿克拉姆，年轻的叫塔拉。阿克拉姆给他生了七个女儿，但他想要儿子，从而花了很长时间四处物色另外的妻子。最后，他找到一个年轻女人，娶了她，但她至今未生一儿半女。

"不要！"塔拉祈求道，"不要打我！我很抱歉！我不知道，我真的不知道。"

阿克拉姆无意停手。她尖叫着，拽塔拉的头发，再次打她。

"不要！我没做错什么！你的孩子也是我的孩子。我求你了，住手！"

济纳特·卡诺姆已经登上屋顶，看能做些什么。"这是怎么回事？"她问道，"你们两个吵什么？"

"没什么，"哈吉的年轻妻子塔拉答道。

"那阿克拉姆为什么打你？你们到底在外面这儿的屋顶上吵什么？"

"因为哈吉在家，且有客人，"塔拉说道，"而且我……我……，"

"你什么？"

"怀孕了，"她轻声说道。

哈吉的年长妻子阿克拉姆泪如泉涌，跑进黑暗中。

"塔拉怀孕了！"济纳特叫道。

"恭喜！恭喜！"纳斯林和恩熙在黑暗的院子中喊道。

当哈吉西舍格在天房时，他求真主赐给他一个儿子，而主回应他的祈祷的是给他两个儿子——双胞胎男孩。

在这个清真寺之家，几个星期过去了，几个月过去了，但仍未见祖母的踪影。

回家

一天清晨，沙保正前往厨房去吃早餐，看到一个带着箱子的女人坐在净池旁的长凳上。只有当她将罩袍褪到肩上时，他才认出她来。

"萨迪克，是你吗？"

卡尔卡尔在电影院暴乱之后逃离塞尼詹，萨迪克前往库姆与丈夫相聚。此后她没再回过家。

济纳特拥抱、亲吻了女儿，然后问她发生了什么事，为何回家时看上去如此悲伤。萨迪克将头靠在济纳特的肩上啜泣，但未对自己的回来做出任何解释。

济纳特知道女儿跟卡尔卡尔在一起并不快乐。他从未给予她正常的家庭生活，或允许她请客人到自己家中。她生活在对他的恐惧之中。

他常外出，将她独自留在家里。他从不告诉她他在做些什么，且禁止她跟家人讨论这些事情。

一直在萨迪克唇边的优雅微笑此时不见了。一层悲哀的面纱笼罩着她的面庞。

"出了什么事？"

萨迪克不愿提起。

"你离开他了？"

沉默。

"你们两人吵架了？"

她摇摇头。

"那么告诉我发生了什么事。"

但萨迪克的双唇紧锁。

她在院中徘徊，思考自己的人生。

卡尔卡尔已经走了数月。他把她独自丢在家中，她不知道他在哪儿，或是何时回来。一天，她接到他的一封来信。

"我一时不会回家,"他写道,"实际上,我可能在外很长一段时间。回你自己的家去,不要把这件事告诉任何人!"

萨迪克没有告诉大家,但他们都知道,她回家是要考虑她不幸的婚姻。她纠结于一个困难的问题:如果他确实回家了,她会回到他身边吗?回到在库姆的那个可怕的家?她还想跟他生活在一起吗?与他同床?但她知道的是,作为一个女人,她别无选择。如果他要求她回家,她就必须回去。

不,我不去,她想道。如果他强迫我,我就尖叫,直到清真寺中的所有人都跑到屋顶上去看发生了什么。

她走进厨房。没有祖母,这儿感觉如此空寂。当她们住在这儿时,厨房总是干净整洁。现在这里一团糟。一切都凌乱不堪。垃圾桶已满,调料瓶不是安放在橱柜中,而是到处都是,厨房中不再充满新鲜水果令人愉快的香味,那些水果曾一直放在台面上的碗中。萨迪克开始打扫。她倒掉垃圾,拿走调料瓶,将它们摆在橱架上。她收好餐具,擦净地板,清洗窗户,灌溉植物。

然后,她取出煎锅,开始做饭。

晚上,所有人回家时,看到了厨房中的灯光,房子中充满了食物诱人的香味。

萨迪克摆好餐桌。很长时间以来第一次,全家人又在一起吃饭了。

他们小心翼翼地不去问她任何问题,或是提到卡尔卡尔的名字。他们知道,在适当的时候,阿伽·加安会跟她谈。

这是一个愉快的夜晚,他们都提到多么怀念享受美食。晚餐后,萨迪克回到厨房,一直待到睡觉时间。洗完餐具之后,她在窗边坐了很久,凝视着黑暗。她的箱子仍在净池旁。济纳特在自己的房间给她提供了一张床,但她谢绝了。

萨迪克瞥了一眼厨房镜中的自己,那是祖母一直使用的镜子。这个斑驳的古镜告诉她,她生活的新阶段即将开始。整整一天,她都在犹豫,但此时她做出了决定。她站了起来,关上厨房里的灯,走下地下室。

"谁呀?"宣礼员喊道,吓了她一跳。

"是你吗,萨迪克?"

"是的,是我。"

"我开始还不确定。你的脚步声改变如此之大,以至于我几乎听不出来。你半夜三更下到这里做什么?"

"来找一把钥匙。它肯定在其中一个古老的箱子中。"

"开什么的钥匙?"

"楼梯旁的那个房间。就在楼梯和阿伽·加安书房中间的那间。"

"你是此刻需要它吗?"

她搜遍箱子,但没有找到钥匙。

"看看拱门后面,"宣礼员说道,"那儿还有一个箱子。拿着灯笼,否则你什么都看不见。"

壁龛里有一个灯笼,旁边有一盒火柴。萨迪克点燃灯笼里的蜡烛,用它照亮通往那个箱子的路。但她翻了一通,没有找到钥匙。

"有一个盒子,在橱柜里,"宣礼员告诉她,"钥匙或许在那里面。"

她打开工作室中的灯,看到宣礼员正从他的窑炉中取出一些花瓶。"小心,"他说道,"它们还很烫。"

她侧着身子从这些刚烧好的花瓶旁走过,打开橱柜。里面有两个老式的男人夹克和两个手杖。

"你找到了吗?"

"没有,我只看到了衣服。"

"它肯定在里面的某处。当祖母们清理这个橱柜时,我曾听到过钥匙的叮当声。"

她把夹克推到一边。突然,她听到一个沉闷的叮当声。

"你找到了!"宣礼员叫道。

萨迪克回到院子中。她经过阿伽·加安的书房,在第三个门前驻足。她在锁中一个一个地试着钥匙。这串钥匙中只有一把适合,但她无法转动它。

她回到地下室,叫来宣礼员。他给锁上了些油,再次尝试这把钥匙,但仍无法转动。"这个房间几十年没用过,"他说道,"钥匙和锁都生锈了。"

他很想问,为什么现在一定要打开这扇门,在深更半夜?如果你想睡觉,可以使用客房。但相反,他往锁里多倒了一些油,再次尝试。

"我想现在松动了,是的,它转动了,不,等等,仍卡着呢。我得用锤子敲它,但恐怕会吵醒所有人。"

然而,他别无选择,于是回到他的房间,取来一把锤子。他敲了钥匙几下,然后转动它。突然"咔哒"一声。"终于好了!"他叫道,"现在打开了,不过只有上天知道,你为什么深更半夜地如此急于进到这里!"然后,没等任何解释,他便回到自己的房间，关上了身后的门。

萨迪克轻轻关上门。

房间很黑。她到处摸索着找灯的开关，但它坏了。于是，她回到地下室，拿起灯笼，回到她的房间。

所有东西都盖着白色的床单，连地毯也不例外。它们上面覆盖着薄薄的一层灰尘。萨迪克小心地除去白色的床单，将它们堆在外面。

房间里有一张床，旁边是一面古老的镜子。一个衣帽架上挂着一个黑色罩袍，下面放着一双破旧的拖鞋。床头柜上有一把梳子、一个粉盒和一个小化妆包。床上方墙上的两个架子上放着很多书。还有一个烧木材的火炉，炉台上面放着一个茶杯和一个碗。另外还有一个里面挂着一些衣服的橱柜。

萨迪克从洗衣房里拿来两条干净床单，取来箱子，回到这间卧室，将箱子放在橱柜旁边，铺好床，蜷缩到被单下，阖上眼睛睡去。

第二天一早，所有人都看到她彻底清扫这个房间。她敲打地毯，清洗窗户，还请沙保修好电线。

那天晚上，人们能够看到楼梯旁边这个房间窗户里的灯光。彩色窗格在窗下的地上投下红色、绿色和黄色的光晕。

一天晚上，阿伽·加安看到萨迪克站在门口，红色、绿色和黄色的光在她腹部闪烁，之后，他在日志上写道："萨迪克怀孕了。"

游击队

在进入巴扎的入口处,警察正忙着张贴通缉告示。在四个戴着眼镜、留着胡须的人的黑白照片下面写着:"逃犯!武装的共产主义分子!关于他们行踪的任何线索可得赏金一万托曼[①]。"

同样的照片印在当地报纸的头版。"四个危险的恐怖分子在我市逍遥法外!"标题写道。

人们聚集在巴扎入口,三五成群地站着,议论着。关于共产主义,他们一无所知,但他们确实知道共产主义者是不信真主的危险人物。

报纸也刊登着对一个牧羊人的采访,他声称见过这些逃犯。

"他们有枪吗?"采访者问道。

"是的,他们肩上扛着步枪。"

"你在哪儿遇到他们的?"

"我没遇到他们。我在聚拢我的羊群,在一头山羊后面追赶,这时突然看到四个骑马的人。我马上认出他们是陌生人,因为他们像苏丹那样坐在马鞍上。你在山里很少见到那样的人。"

"你跟他们说话了吗?"

"开始时没有。只是在后来说话了。我没看到他们的脸。他们正在上山,所以我只看见他们的背影。他们前往关口。我猜他们希望越过边境进入阿富汗。突然,他们中的一个人转过身来,策马到我站着的地方,问我是否能够给他一些羊奶和面包。"

"你给了吗?"

"是的,但我不知道他们是共产主义分子。如果我知道,就不会给他们了。"

"你没问他他是谁吗?"

"没有,你通常不会问陌生人那些问题的。我就拿出一个桶,去找一头羊挤

---

① 托曼:古波斯金币。

奶。"

"你给他羊奶和面包后，他做了什么？"

"他握握我的手说：'请原谅，我没法给你钱。'"

"他还说别的什么了吗？"

"是的，他说他会记住我的脸。"

"那是什么意思？"

"我不知道，但第二天，我在我们村的警察局看到了通缉告示。四个恐怖分子！而我把我的面包给了他们！"

普通人不知道发生了什么，但那些秘密收听莫斯科广播电台波斯语广播的人知道这次追捕的原因。

这四位试图逃往国外的逃亡者是一个左翼地下活动组织的四个最重要成员。几年前，他们曾在索玛尔北部地区森林中举行的一次起义中被捕，在那儿，他们负责一个反美游击队的活动。他们的目标是在北部掀起反抗，最终推翻国王。哈米德·阿什拉夫便是其中一员。

大部分山里人都生活在贫困中。他们的村庄甚至缺乏最基本的设施：没有学校，没有电话，没有医生。当局根本不对法拉汗村做任何事，因为阿什拉夫生在那里。这个村庄为他的政治活动付出了代价。

阿什拉夫曾在这个国家左翼不满分子的温床——德黑兰技术大学学物理。他是一个年轻领袖，放弃了传统共产党"群众党"①，建立起被称为"法戴"的地下活动组织，其追随者致力于反对国王的武装斗争。

由于长期反对政府，法拉汗被称为"红村"。该村村民以阿什拉夫及其村名为傲。

其他山村没有广播，但红村人收听莫斯科广播电台。他们一听说阿什拉夫已经越狱，便将这个消息传遍整个山区。

红村人声称，报纸上的采访是一派谎言，那个牧羊人根本不存在。他们深信，这个故事完全是秘密警察编造的。

---

① 群众党（Tudeh Party）：也译为"杜德党"，或"人民党"，是伊朗的一个共产党组织，成立于 1941 年，穆赫辛作为该党的最高领导人，初期在伊朗拥有一定的影响力。尤其是在穆罕默德·摩萨台总理任职期间，该党在将英伊石油公司国有化上起到重要推动作用。但 1982 年爆发伊朗伊斯兰革命和伊朗伊斯兰共和国成立之后，该党遭到政府的大规模逮捕，实力大减。

但其他人发誓说，这个牧羊人是红村派去引开秘密警察的。

全国的左派支持者经常谈论红村，以至于这里呈现出一定的神秘色彩。他们声称那儿的村民都是共产主义者。假日，红旗在每家每户的门口飘扬，国王的宪兵不敢涉足红村。

尽管大部分山里人都是文盲，但据说红村中的所有人都能阅读。左派支持者秘密前往这个村庄，教人们读写。

美国广播电台关于这次逃亡的报道暗示，哈米德·阿什拉夫及其同志或许正藏身红村。

第二天，十四辆装甲车轰鸣着进入该村，两架直升飞机在上方盘旋。由于山里人从未如此近距离地见过直升飞机，他们放下手上活计，跑上山丘，以便看得更加清楚。直升飞机飞得如此之低，以至于他们能够看到里面全副武装的人。

红村人爬到屋顶抗议，将他们的房门大敞，这样警察无法分化他们。

警察挨家搜查，询问在屋顶上发现的每个人。他们踢开很多房门，将这座村庄翻个底朝天，但没有找到逃亡者的任何踪迹。

然而，他们逮捕了很多年轻人，他们无法证明自己是该村居民，或是来访的亲戚。只有黑夜降临，他们才停止了搜查。

那天晚上，沙保没有回家。从收音机听到那个新闻的宣礼员很担心自己的儿子。他去找阿伽·加安，告诉他这个男孩还未回来。

阿伽·加安在巴扎看到过通缉告示，听说过哈米德·阿什拉夫逃亡的消息。他在红村拥有几个小型地毯车间，人们在那儿为他编织地毯。他非常了解这个村庄，村民认识和尊敬阿伽·加安。然而，他从未想到过沙保或许会卷入该村的共产主义者的活动。直到半夜他都未睡，等待着，但没有沙保的踪迹。

"你知道他可能去哪儿吗？"他问宣礼员。

"他早晨下楼来说要出去，晚些回家，但我没想到会这么晚。"

"也许我这么问很蠢，但你认为他是否会牵涉进法拉汗村的那些活动中？"

"在红村？"

"警察大举出兵那里，至少我在巴扎是这么听说的。显然他们逮捕了很多人。"

"那与沙保有什么关系？"宣礼员惊异地问道。

"这些日子一切都相互关联。今天下午城里非常动荡。所有人都在谈论红村。不管怎样，现在是半夜。我们所能做的只有等待。我们应该保持冷静，睡一会儿，看明天早晨会怎样。"

宣礼员点点头，开始往外走，但阿伽·加安突然想到了什么。"等一下，"他说道，"如果沙保今天下午在法拉汗村，且确实被捕了，那我们就得在警察到来之前查看一下他的房间。他们早晚会来的。"

阿伽·加安走进沙保的房间，开始翻查他的物品。令他惊讶的是，他在床下和橱柜中发现了一摞书——他自己书房中都没有的书，诸如小说、短篇故事和当代诗歌。也有秘密书籍，里面抨击国王是美国帝国主义的工具。

他迅速翻阅这些书，但没有时间研究它们，于是，他把它们全部塞进一个袋子，匆忙穿过黑暗，前往河边。

沙保那天晚上没有回家，也没有警察来敲他们的房门。

第二天早晨，阿伽·加安照常上班，仿佛并未发生非同寻常之事。大约十点时，电话铃响了。警察局长请阿伽·加安过去一叙。阿伽·加安戴上帽子，让他的司机送他去警察局。

他在警察局长给他的椅子上坐下。

"我们逮捕了你的侄子，"警察局长通知他道，"跟一群外国人一起。"

"逮捕？"阿伽·加安尽量冷静地说道，"为什么？"

"我们在红村逮到他。我们搜查他时，在他身上发现了一个晶体管收音机和一本书。"

"那又怎样？现在所有人都有晶体管收音机。"

"它调到了莫斯科广播电台。"

"肯定有什么误会。他住在清真寺之家。我家没有必要收听莫斯科广播电台。"

"我也这么想。所以才请您来一趟。"

"谢谢你。我很感谢你。"阿伽·加安说道。

"但我仍在奇怪，他在法拉汗村做什么。"

"我们在那儿有几个地毯车间，雇佣了很多村民。我经常派人去视察工作。沙保应我的要求去法拉汗村的。"

"但在他的物品中有一本非法书籍，"警察局长说道。

"是关于什么的？"

"俄罗斯革命。"

"那有什么非法的？"

"是马克西姆·高尔基写的。"

"谁是马克西姆·高尔基？"

"一个俄罗斯作家。任何被发现其所有物中有颠覆性书籍的学生都被判六个月监禁。但您的侄子很幸运，我认识您。在这个城里我们相互需要，所以我会放他走。作为帮你的一个忙。"

"谢谢你，我明白。等他回来后，我会跟他谈，警告他不要再犯。"阿伽·加安说道，站了起来。

当沙保稍后回家时，阿伽·加安将他叫到书房。"你有一台晶体管收音机，并收听莫斯科广播电台。这意味着什么？我为什么不知道？"

"警察反应过度了。目前所有人都有电视了，收音机随处都是。人们收听来自世界各地的广播。我能听到什么就听什么。不只是伊朗的频道，也有莫斯科广播电台，美国之声，英国广播公司（BBC）。"

"他们在你身上发现了共产党人的书。"

"那是本小说，杜撰的故事。书就是书，有什么要紧？此外，警察局长不能告诉我可以读和不可以读什么！"

"噢是的，他能。他会逮捕你！"

"他能逮捕我，但不能强迫我做他想让我做的事。"

"你那么晚在红村做什么？"

"那是另一码事。我猜我该提到这件事，但我无法确定是否要告诉您。有件事困扰着我，但也许现在不适合谈它。我不想伤害您的感情。不过，不告诉您也不好。"

"你可以告诉我，沙保。"

"我纠结于此已经很长时间。我充满了太多的疑惑，以至于只想着这件事。"

"疑惑什么？"

"一切！我犹豫是否该告诉您，因为我仍无法打定主意。但重要的是，我……呃，我已经不再去清真寺了。"

"不，你去了。我在那儿每天都见到你了。"

"我指的不是身体，而是精神。我是在那儿，但当我面朝麦加时，想着却是完全不同的事。"

"哪种事？"

"我不敢说出来。那就是我认为最好先不去清真寺和祈祷的原因。"

"每个人都有疑惑,不必如此不安。"

"我超过了疑惑阶段,"沙保说道,"我在清真寺不再感到自在。我失去了信仰。"

阿伽·加安瘫坐在椅子上,手伸到夹克中,去摸他口袋里的《古兰经》,沙保望着他。

"我伤害了您,"沙保轻声说道,"我很抱歉。"

"你的消息确实伤害了我,"阿伽·加安答道,"但我也经历过类似的阶段。它会过去的。年轻人特别容易疑惑。在我的那个时代,没有收音机、电视或诱惑人的书,这些都会对人们施加巨大影响。但我并不担心,因为我没有往你的脑子里灌输反对真主的奇怪想法。我所能做的就是等待。但你应该记得:我没有搞错,我信任你,我相信你。只有人类才有疑惑。但你累了,去睡一会儿吧。我们另找时间谈这个问题。"

沙保转身离开,眼中含泪。然而,阿伽·加安最后一个问题让他感到吃惊:"关于那四个逃跑的游击队员,你知道些什么吗?"

"不知道!"沙保说道。但从他的语调中,阿伽·加安能够感到,他隐瞒着什么。

第二天一早,阿伽·加安前往巴扎,途中遇到疯子考德西。"你好吗,考德西?"

"很好。"

"你母亲好吗?"

"很好。"她说道。

"你有什么新闻告诉我吗?"

"莫西里家的女孩有时带着她的屁股沿街闲逛。"他不明白她在说什么。莫西里是巴扎最富有的地毯商之一。他二十四岁的女儿精神不正常,所以他从不让她离开家。

"莫西里家的女孩有时做什么?你能再说一遍吗?"阿伽·加安问道。考德西凑近他的脸,笑声道:"你的清真寺有鬼。"

"鬼?屁股?好了,考德西。你能做得更好!"

但她已经消失在最近的、敞开着的门中。

警察得到消息说，清真寺的地下室发生了一些可疑的事。他们相信游击队员就藏在地下墓室中。于是，一天晚上，两个警察假扮年轻的阿訇溜进清真寺，跟其他礼拜者一起排队祈祷。

然后，警察逗留不去，并跟替补阿訇搭讪。他们告诉他，他们来自伊斯法罕，前往圣城库姆前在塞尼詹的一个客栈里过夜。

年老的阿訇邀请他们到他的房间喝茶。他解释说，他只是临时填补阿尔萨贝里的儿子的空缺，如果一切顺利的话，他年末将从神学院毕业，代替他的父亲。警察呷着茶，眼睛盯着院子。

"还有其他人住在这儿，还是只有你一个人？"

"只有我住在清真寺，但看门人经常过来。这座清真寺是他的生命。我很感谢他如此敬业。他干十个人的活，早晨很早来，晚上很晚回家。"

"我想我听到地下室有声音，"其中一个警察说道，编造出一个出去四处查看的借口。

"这座清真寺很老，非常老。它有很多秘密。不要问我谁进出地下室。古老的清真寺总是充满了神秘。有时我听到奇怪的声音，就像夜里的脚步声，或是微弱的声音。清真寺有它自己的生命。当你在这儿睡觉时，不得不忽略这种声音。你必须把头埋在枕头里，闭上眼睛。"

晚上快结束时，警察听到院子里有脚步声。他们站了起来，道别后，偷偷穿过黑暗，前往地下室，在那儿，他们蹲伏下来，朝一个小窗中窥探。

一个手中拿着蜡烛的人影溜进地下室。他似乎在寻找什么，或也许正在进行一种仪式。总之，他左手正举着一个东西，尽管他们无法辨认那是什么，或看清他到底在做什么。他往地下室较黑的区域走时在说着什么，或是对自己，或是对其他什么人。他们听到开门声，人影不见了。

他们踮着脚尖进到地下室，蹑手蹑脚地走下楼梯，一动不动地站着，在寂静中倾听。他们不敢打开手电筒，慢慢地朝最后看到人影的位置挪动，小心翼翼地不被墓石绊倒。当他们接近门时，听到一个微弱的声音，看到门下有一条黄色的光线。

他们站住了。那声音——或很多声音——不很清晰，听上去像是有人在朗读，或是讲故事。他们将耳朵贴在门上，听到对他们而言没有任何意义的片段：

哺育他。
如果你为他担心，
就把他投入河中。
不要畏惧，
不要忧虑，
因为我们将会把他送还给你。

突然，他们听到一声女人的尖叫。他们极端惊恐地相互对视，不知这尖叫来自清真寺，还是地下室。他们冲上楼梯，尽可能不发出声音，匆忙离开了清真寺。

尖叫的是萨迪克。她正站在净池旁边，突然感到阵痛。从腹部到背部的刺痛使她头晕目眩。她尖叫了一声，痛苦不堪地瘫倒在地。

那天晚上，阿伽·加安、法克莉、济纳特和宣礼员到附近的一个村庄朝圣，第二天才会回来。幸运的是，沙保听到了萨迪克的尖叫声。他跑到净池旁，扶她起来，将她送回房间。在那儿明亮的灯光下，他看到地板上有滴滴血迹。

"给医生打电话！"他冲阿伽·加安的长女纳斯林喊道，"我去叫接生婆！"他跳上自行车，尽可能快地朝河边方向骑去。

接生婆终于到来后，看了一眼萨迪克，说道："这很严重。我自己应付不了。我们必须叫医生来。"

"他已经在来这儿的路上了，"纳斯林告诉她，"我出去等他。"

萨迪克很痛苦。她尖叫得如此大声，以至于接生婆决定必须自己尽力，否则萨迪克会失去孩子。

"宝宝正在试图出来，但有东西挡住了它。在这样的光线下我什么都看不到。纳斯林，给我拿来一盏灯和一些干净毛巾。"

纳斯林急忙跑了出去，带着一盏灯和一摞毛巾回来。

"用灯照这儿。别这么笨手笨脚的，集中注意力！"

纳斯林离床更近些，但将灯举到接生婆头顶时，避免去看萨迪克。"我想我听到医生来了。"她说道。

"闭嘴，把灯举稳！"

一辆汽车停在门口。纳斯林的手在颤抖。为了冷静下来，她开始哼歌。

接生婆告诉萨迪克不断呼吸,更使劲地往外挤。"宝宝的方向不对,"她解释道,"他出不来。我们必须试试别的方法。"萨迪克大叫了一声,晕了过去。

就在这时,医生走进房间。

"医生么总是最后才到!"接生婆嘟囔着,"他们总是舒服地睡在他们舒适的床上。"

这是难产,但几个小时之后,在接生婆和纳斯林的小曲的帮助下,医生把婴儿接生出来。"是个男孩!"他说道。

接生婆倒提着婴儿。"他没有呼吸。"她摇晃他几次,最后,他哭了出来。"感谢真主!"

医生走到萨迪克身边,取出听诊器,听她的心脏。"她筋疲力尽了,但一切都好,"他对接生婆说道,后者正在一个纳斯林倒好水的盆里清洗婴儿。

"他的脊背有问题,"接生婆说道,小心地将婴儿脸朝下放好。

医生戴上眼镜,手指沿着婴儿的脊柱划过,研究着他的骨骼。"严重畸形,"他咕哝道。

"正像我想的那样,"接生婆叹道。

医生离开了。

"母子都睡着了,"接生婆对纳斯林说道,"我很抱歉!我对你吼了。这些情况总是很困难。我得回家睡几个小时了,但明天一早我会过来。这个婴儿有问题。医生明天会给阿伽·加安打电话。"

房中再次安定下来。萨迪克的房间仍有灯光,窗玻璃将其多彩的光晕投到院中的石头上。

沙保对婴儿的出生感到敬畏。

过去,当孩子在清真寺之家出生时,阿伽·加安总是对着婴儿的耳朵吟诵悦耳的篇章,因为,根据一句先知的语录,"孩子听到的第一句话将永远留在记忆中,就像镌刻石上的语句。"

沙保走进图书室,从书柜中取出最古老的《古兰经》,蹑手蹑脚地回到萨迪克的房间。她已睡熟。婴儿躺在墙边的摇篮中。沙保打开《古兰经》,翻阅着,寻找优美的篇章。然后,他改变主意,将它放到一旁,俯下身去,在新生儿耳边轻声念诵一首诗,一首沙保记在心中的、当代著名波斯诗人阿哈默德·沙姆娄的诗:

在阴霾的早晨，
有人骑在马上，
坐着纹丝不动，
风使其马长鬃
泛起涟漪阵阵。
哦，我的真主，
当危险朝他逼近，
骑士不该稳坐不动。

婴儿睁开了眼睛。

"蜥蜴"

"蜥蜴"现在一岁了。他爬到净池旁玩水。这是他第一次敢于离自己房间如此之远。

开始时,所有人都像鹰一般看着他,但过了一段时间,没人再注意他。他盯着水中红色的鱼,对方空洞的眼睛也瞪着他。这是他第一次见到它们,"蜥蜴"张开嘴巴又合上,模仿着鱼,然后咯咯笑了起来。他很开心,爬近些,突然掉进水中。

所有人都惊呆了。萨迪克跑过去,试图将他拖出,但"蜥蜴"不想出来。相反,他划着水,追逐着鱼。于是,沙保跨进净池中,将他捞起,递给萨迪克,后者抱着哭叫的小孩回到自己的房间。

"蜥蜴"是萨迪克和卡尔卡尔的儿子。由于先天的脊柱缺陷,他无法坐起,但长得很快,很小时便开始探索周围的环境。他常常像个大蜥蜴般爬到床和地毯下面。他没多久便能找到去院子的路,在那儿,他喜欢在花园的植物之间爬行。后来,他们发现,"蜥蜴"不会讲话。

阿伽·加安的孩子们不想让他进到他们的房间,在地毯下爬行,于是,他们开始锁门。他们觉得他恶心,且为自己的感觉感到羞愧,但很难摆脱这种感受。适应他的畸形,习惯于举止更像是爬行动物、而非人类的孩子需要一些时间。

不过,"蜥蜴"有他自己的偏好:每当看到安姆·拉马赞,他便尽可能快地爬向他。然后,安姆·拉马赞就会举起他,将他放到自己肩上,在院子中走来走去,指点着鲜花、树木、乌鸦和小猫。

"蜥蜴"跟宣礼员在一起时也很自在。他喜欢爬着穿过他的房间,躺在他的床下。

"是你吗,我的孩子,还是一只猫?"宣礼员总是笑着问道。

"蜥蜴"会把宣礼员的手杖递给他,这是他表达想出去散步的方式,所以宣礼员将会在院子中闲逛,"蜥蜴"在他后面爬行。

没人知道他如何得此绰号。阿伽·加安曾禁止他的孩子叫他"蜥蜴",但这个名字如此适合他,以至于保留下来。

他正式的名字是赛义德·穆罕默德,但人们叫这个名字时,他毫无反应。他只爬向那些称他为"蜥蜴"的人。

他是一个更接近猫、鸡和鱼、而非人类的世界的人。所有人都接受这个事实。就连他的母亲都不再抗拒,听天由命。

卡尔卡尔已从他们的生活中消失,但以"蜥蜴"的形式回来,他拥有卡尔卡尔的面孔。"蜥蜴"爬上萨迪克的床,拉拉她,引起她的注意。她不想要他,但别无选择,他是她的孩子。

一看到自己的外孙在院子里爬来爬去,济纳特·卡诺姆便默默哭泣。她是一个虔诚的女人,关心其他虔诚女人的幸福,但她认为"蜥蜴"是真主对她没有保护好自己儿子阿巴斯的惩罚,也是对她在清真寺犯下罪行的惩罚。她做了她这个地位的其他女人不会做的事。替补阿訇期望她做一个男人期望女人做的所有事,但然后发生了地下墓室的事。

她现在不得不自食苦果:"蜥蜴"。

结果,"蜥蜴"掉进净池的那天是这个家历史上的一个重要日子。

已故的阿尔萨贝里的儿子阿哈默德最终完成了在库姆的阿訇培训,回家接替父亲的位置。为了这个千载难逢的场合,全家人聚在了一起。这开启了塞尼詹的新时代,清真寺和巴扎之间的关系也注定改变。所有人都很好奇,想看看在阿哈默德的领导下,清真寺将会怎样。

上一周,阿伽·加安前往库姆,参加了阿哈默德的"穿衣"①仪式,并在那儿过夜,这样,他和阿哈默德可以安静地谈论他的就职典礼,以及他作为清真寺阿訇的未来责任。

对阿伽·加安而言,阿哈默德显然缺乏经验。但他是一位英俊的年轻阿訇,衣着整洁,身材挺拔,洒着古龙香水,戴着时髦的穆斯林头巾。

他还拥有有力的嗓音,擅长演讲,具有将优美的《古兰经》篇章熟记于心的天赋。时间将会判断,在其他方面,他有多么能干。

在庆典的前一天晚上,阿哈默德带着箱子到达。阿伽·加安马上将他带进

---

① "穿衣":对伊斯兰教经堂学校学生毕业仪式的称谓,即授予阿訇资格,俗称"穿衣"。"穿衣"源于伊斯兰教,传说穆罕默德曾经为赴也门传教的圣门弟子墨阿子送行,并将自己穿的绿袍赐给他,如同自己亲自去传教一样,以示重任。后来此举被列为"圣行"留传下来。所以给经堂学生"穿衣",有"替穆圣传教"的含义。

图书室，商讨他的演讲，但阿哈默德更重视其他的事。他将手提箱放在桌上，打开锁，取出漂亮的阿訇长袍，环顾四周，寻找挂它的地方。"为什么没有衣帽钩？"他恼火地问道。

"你可以把它挂在你的卧室，"阿伽·加安答道。

阿哈默德把一根铅笔卡在两个书柜之间，将他的袍子挂在上面。然后，他开始取出手提箱中的东西。"我可以把衣服放在哪儿？"他问道，"我需要在图书室中放一个五斗橱。"

"你可以把个人物品放在你的卧室，"阿伽·加安耐心地重申道。

"我要把我的东西放在这儿。"阿哈默德说道。

阿伽·加安意识到，此时不适合研究阿哈默德的讲话。

"我想你需要休息。我明天在我的书房跟你谈。"他说道，离开了。

那天深夜，他在日志上写道："新阿訇明天上任。阿哈默德来了，我从他的行为方式可以看出，时代变了。他与他的父亲和我认识的其他阿訇截然不同。我不能怀疑他的能力。毕竟，他很年轻，有很多东西要学。然而，我可以绝对肯定地说，我们家现在有了一位迷人的阿訇。我喜欢他，且好奇地想看，他将把我们引向何方。"

星期五，巴扎在十点闭市，数千人为这个特殊的祈祷仪式涌向清真寺。新阿訇就任是一个简单但喜庆的场合。

祈祷将在室外举行，所以几十块地毯已经铺在了地上。

警察在这个区域巡逻，装满全副武装士兵的厢式车停在街边。对塞尼詹而言，这种级别的保安非同寻常，但在最近两三年，伊朗的形势发生了戏剧性的变化。德黑兰大学的学生正在进行反对国王的示威，高喊："打倒美国！"当权者担心暴乱将随时爆发。

阿伽·加安跟阿哈默德最后一次推敲细节后，戴上帽子，前往清真寺。

"愿你的一天都充满祝福！"他的邻居哈吉西舍格大声说道，他也正带着一对双胞胎前往清真寺。

"真主保佑！"阿伽·加安愉快地答道。

"今天如果有什么能帮您做的，我愿效劳，"哈吉说道。

"谢谢，不过一切都已安排好了。你的双胞胎好吗？"

"现在孩子们长得真快！"他说道，"您的儿子也是。"

"没错。贾瓦德现在是个年轻人了。"

阿伽·加安看到了疯子考德西。"很高兴又见到你，考德西，"他说道，"你妈妈今天来吗？"

"她特为这个场合买了一个新罩袍。"

"我盼望见到她，"阿伽·加安说道。

"但她不会来了。"

"为什么？"

"她找不到她的新罩袍了，"考德西说道。

"她已经把它弄丢了吗？还是你把它藏起来了？"他笑着问道。

"没有，我没藏。"

"那它在哪儿？"

"我不知道。她一夜没睡地找它，但哪儿都找不到。"

"我肯定它会出现，她能来。"阿伽·加安说道，正要走开。

"疯狂的莫西里家女孩喜欢带着她的屁股沿街闲逛，"考德西小声道，"她昨晚又那么做了。"

"我告诉你，你何不进到房中？"阿伽·加安对她说道，"阿哈默德刚穿上他的新袍。他会给你几个铜币。去吧，快去！"

考德西朝他家走去，阿伽·加安走到街上，一大群人已经在那儿等着典礼开始。

一个扛着摄影机的人从人群中出来，将镜头对准阿伽·加安。"你戴着帽子、穿着海军蓝细条纹套装显得很优雅，"摄影师评论道。

"努斯拉特，是你吗？"阿伽·加安高兴地叫道，"我太高兴了！没想到你能拨冗，什么时候到的？"

"我刚进来。我乘的是夜班火车。"

副市长握握阿伽·加安的手，向他道贺。

"那些军车在这儿做什么？"阿伽·加安问道。

"他们让这个典礼显得更加重要，"副市长答道。他跟阿伽·加安一起走到清真寺门前，迎接警察局长、宪兵队长、省政府官员、医院院长和当地学校的校长。

努斯拉特尾随在阿伽·加安身后，摄下一切。看到城中官员倾巢而出，阿伽·加安尽管有点吃惊，但很高兴。在过去，他们理所当然地会出现，但近些年来，他们很少费心参加清真寺的活动。阿伽·加安没指望他们会来。说来奇怪，他不认识他们中的任何一人，都是新的面孔。

努斯拉特拍摄阿伽·加安与警察局长谈话。突然，疯子考德西拉了一下他的衣袖。"我妈来不了了，"她在阿伽·加安耳边低语道，"有人偷了她的黑色罩袍，而且莫西里家的女孩喜欢带着她的屁股沿街闲逛。"

阿伽·加安向他的侄子示意，"沙保，你可以关照考德西跟其他女人在一起吗？"

他看到远处有一排黑色的梅赛德斯汽车，便向宣礼员发出信号，让他知道，年长的阿亚图拉戈尔佩伽尼不久将会到达。

"真主伟大！"宣礼员大声喊道。

人群回应道："真主保佑穆罕默德和穆罕默德之家！"

努斯拉特爬上屋顶，以便从上面拍摄欢迎仪式。阿亚图拉戈尔佩伽尼是国内最有影响力的阿亚图拉之一。他专程从库姆前来，使阿哈默德就任清真寺阿訇的仪式更显隆重。阿伽·加安、市代表和一群学生迈步上前，正式欢迎阿亚图拉。阿伽·加安扶他从车里出来，将手杖递给他，亲吻他，并伸出自己的胳膊供他搀扶，护送他到专为他留出的位置。

突然，考德西站到了他的身边。

"沙保！"阿伽·加安喊道，很恼火。大声抗议的考德西再次被沙保带走。

由于阿亚图拉已到，典礼可以开始。在六位年轻阿訇的陪伴下，阿哈默德走了出来，站在门前台阶上。

"真主伟大！"宣礼员喊道。

"真主伟大！"众人跟着他重复道。

阿哈默德及其护卫者走向阿亚图拉，在他面前跪下，郑重地亲吻他的手。阿亚图拉将手放在阿哈默德的黑色方巾上，吟诵道：

> 我求庇于曙光之主，
> 当黑暗降临之时，
> 免遭黑夜之恶所害，
> 免遭女人之恶所害，
> 她们对着绳结吹气。

阿伽·加安将他从藏宝室拿来的礼服长袍递给他。上面镶嵌着珍贵的宝石。几个世纪以来，家中每位阿訇就职时都是穿它。

穿好长袍，阿哈默德踏上一块古老的祈祷毯。阿伽·加安和阿亚图拉戈尔佩伽尼走过去，站到他的身后，人群跟着他们移动。

"真主伟大！"宣礼员重复道。

阿哈默德转向麦加，开始他的第一次正式祈祷。

就在此时，一个穿着崭新黑色罩袍和一双红色高跟鞋的年轻女人出现在过道上。她径直朝阿哈默德走去，在他前面几尺处停下。

阿伽·加安看到她，希望自己可以将她赶走，但中断祈祷极不恰当。

这个女人提起她的罩袍，露出右腿，腿是赤裸的。

阿哈默德闭上眼睛，努力将注意力集中在他的祈祷上。

"真主伟大！"阿伽·加安大声说道，希望可以把她吓走，但未成功。

相反，她突然快速旋转身子，这样，黑色的罩袍向上飞起，不仅露出她赤裸的双腿，还有她光着的屁股！

"真主伟大！"阿伽·加安惊叫道。

阿亚图拉戈尔佩伽尼一直闭着眼睛，专注于他的祈祷，没有看到。只有当阿伽·加安第三次喊道"真主伟大！"时，他才睁开双眼。但是，由于他没戴眼镜，所以看到的不过是朦胧的黑影。

女人将她的罩袍拉到她赤裸的乳房处，再次旋转，显得非常自豪。现在不得不中断祈祷的阿伽·加安走向她，正要把她的罩袍拉回到她的头顶，这时她突然把罩袍猛地扔到地上，赤裸着跑向人群。阿伽·加安紧跟上去，将她拦腰抱住。沙保捡起她的罩袍，扔给阿伽·加安。阿伽·加安凌空抓住，利落地用罩袍将她裹住。然后，他叫自己的妻子："法克莉！"

已经赶到他身边的法克莉·萨达特将这个女人带到女人们的区域。

幸亏阿哈默德自始至终保持冷静，继续祈祷，人们跟着他祈祷。

但此时阿伽·加安已经触碰过裸体女人，不可以完成他的祈祷。他走进院子，来到净池旁。甚至从未去看其他女人的他却揽着那个裸体女人的腰。他仍能感到她柔软乳房在他手上的热度。他脱下衣服，卷起袖子，跪在净池旁，将双手插进凉水中，直至肘部。

这还不够。他俯下身子，将头伸入水中，长久埋在其中。然后，他直起身子，深深吸了一口气，站了起来，用手帕擦干脸，穿上衣服，冷静地走进人群。
　　努斯拉特拍下了事件的整个过程。

鸦片

图书室的窗内再次亮起灯光。

通常，家中时不时地会出现与阿訇的那种对抗，特别涉及满足他的需求问题。

由于家中再次拥有了永久性阿訇，所有人都注意到，祖母们一直以来做了多少工作。她们总是默默照料一切。这个家曾像时钟一样运转，但此时就是五个女人也无法让它像过去那样"滴答"转动。

济纳特·卡诺姆曾数次建议雇佣阿扎姆·阿扎姆，那个用刀威胁自己丈夫的女人，但法克莉·萨达特不听。然而，萨迪克此时要照顾"蜥蜴"，无法做过去那么多事。法克莉·萨达特最后派人到卓亚找来一个女佣。

女佣的名字叫扎拉。她非常能干，立即承担起全部家务，尽管厨房仍是萨迪克的领地。萨迪克在那儿感觉舒适。她发现那里非常安宁，便将大部分时间用在为家人烹饪上。

由于有了扎拉，这个家再次像时钟一样运转起来。她是一个勤奋工作的人，但拘谨而羞涩。她如此害羞，以至于当你跟她说话时，她从不直视你的眼睛。

"那也无妨，"济纳特评论道，"否则我们或许会遇到棘手问题，因为这个家里有太多的年轻男人。"

扎拉是一个漂亮女孩——或不如说是年轻女人，因为她将近二十一岁。在十六岁时，她嫁给一个年纪较大的男人，但四年之后，当她未能怀孕时，她的丈夫便将她送回她的父母身边。他们很高兴女儿在清真寺之家找到一份女佣的工作，希望她能在那儿长久工作。

在过去，祖母们花很多时间照料阿訇阿尔萨贝里，但阿哈默德不需要这种帮助。

扎拉安静地干着自己的活。没有人留意她，她也从不打扰任何人。她不引人注意地进出各个房间，将里面打扫干净，收走脏的碗碟，帮助萨迪克照顾"蜥蜴"，擦洗窗户，喂鱼，扫走枯叶，到地下室看宣礼员是否有任何需要。

她拂去阿哈默德桌子上的灰尘，给他换洗床单，熨平衬衫。

晨祷之后，阿哈默德通常爬回床上，一直睡到正午，或有时甚至到下午两点，这是家中其他阿訇从未做过的事。实际上，他一直待在床上，直到扎拉敲门说："您的午餐准备好了，阿訇。"

每天早晨，在他起床去带领祷告之前，她会给他送来面包、黄油和蜂蜜。她将敲敲门，低声说："您醒了吗？"

"进来，"阿哈默德就会困倦地喊道，她便羞涩地将盘子放在床头柜上，然后离开。

伺候阿哈默德并非她的工作，但这很快变成一种常规。阿哈默德对她很满意。

一天早晨，扎拉及时地来叫醒他去祷告，但他翻了一个身，接着睡去。第二次叫醒他时，他匆忙穿上衣服，跑了出去，结果在净池旁突然停了下来，往排水沟里撒了一泡尿。扎拉惊骇地盯着他。这是绝对禁止的。没人曾经如此行事。她知道，一定不要将此告诉任何人。

还有一次，当扎拉给阿哈默德送来早餐时，她将盘子像往常一样放在床头柜上，但阿哈默德抓住她的手，轻轻将她拉向床边。她抗拒了片刻，然后屈服了。

阿哈默德用胳膊搂着她，把她拉到自己的床上。她立即将双腿夹紧。

"我请你成为我的妻子，"阿哈默德在她耳边小声说道，没有反应。

"我请你成为我的妻子，"阿哈默德再次小声说道，仍然没有反应。

"我请你成为我的妻子，"阿哈默德第三次小声说道。

"我同意，"扎拉说道，将他拥入怀中。

过了一会儿，她起身穿上罩袍。"时间不早了，"她低声道，"你必须去清真寺了。"

很多年轻女人参加星期五祈祷，专为去看阿哈默德。

他的布道同他父亲或卡尔卡尔的截然不同。他以一种有趣的方式将政治偷偷融入布道之中，且更喜欢激发听众思考，而不是以上帝的愤怒威胁他们。

据秘密警察所知，他与库姆任何危险的宗教活动没有联系。与其说他是一个叛逆者，不如说是一个追求享乐的人，但仍不清楚他将会成为什么样的人，或他作为城中阿訇的身份将会如何塑造他的个性。

他在一次布道中谈到，在一个伊斯兰国家，《古兰经》应是社会的基石。但他没有详细说明这个想法，或解释他到底是什么意思。这似乎更像是往水中投入一颗石子，以测深度。

在另外一个场合，他出了高超的一招：出人意料地将阿亚图拉霍梅尼的名字融入他的布道中。他做得如此天真无邪，以至于没人知道，他是偶然提及，还是有意为之。即便如此，阿伽·加安看得出来，他同情霍梅尼。

阿亚图拉霍梅尼是国王的强硬对手。在其最后一次公开布道中，他说国王使这个国家的所有人蒙羞。"我们为他感到羞耻，"他说道，"他不是一位国王，而是美国人的走狗。"

然后，库姆爆发了叛乱。人们走上大街，高喊反对国王的口号。军队被召来，士兵包围了霍梅尼发表演讲的清真寺。

几百位年轻阿訇抓起清真寺储备的步枪，爬上了屋顶。巷战爆发了。数十阿訇被害，无数阿訇被捕。叛乱被平息之后，一位将军亲自去这位阿亚图拉的家逮捕他。

一群护卫阿亚图拉的阿訇将将军挡在门口，命令他在进入阿亚图拉的书房之前脱掉靴子。将军知道，在这种情况下，即便是美国军队也帮不了他，于是，他脱下了靴子。

"还有帽子！"其中一个护卫厉声说道。

将军把帽子塞到胳膊下面，走进房间。他低下头说道："我受命逮捕你！"

霍梅尼当天被流放。他移居伊拉克，静候时机，等到适当的时刻去掀起反对美国、推翻国王政权的革命。

起义之后，没人敢提他的名字。几年以来，他仿佛并不存在。现在，他的名字开始不时闪现。他写的宣传册正被四处散发，在库姆，他的照片再次被偷偷地挂到清真寺的墙上。

霍梅尼遭到放逐，但年轻阿訇让火焰继续燃烧，抓住任何机会、以任何可能的手段为他的名字增添荣耀。

阿哈默德的声名逐渐远播，甚至到了其他城市。他越来越频繁地获邀到外地演讲。最近，他在霍梅尼的出生地霍梅尼镇演讲。他用他的旅行为其布道增添趣味，天真地给听众讲述旅途见闻。

"我最近去了伊斯法罕，"他说道，"多么宏伟的城市！我向基桑加尼问好。

我的第二站是卡尚，一个被其居民所热爱的城市。我向卡尚问好。上个星期，我去了霍梅尼镇。这是我第一次去这座最幸运的小镇。霍梅尼镇是一个独特的地方，拥有优秀的人民。我向霍梅尼问好。"

提到"霍梅尼"，他指的是霍梅尼镇的居民，但他的听众并未错过这个暗示，立即喊道："您好，霍梅尼！"

阿伽·加安眉开眼笑。

他知道阿哈默德的话并非偶然，而是精心计划的结果。阿哈默德无疑服从库姆的指示。

阿伽·加安接到库姆的一个秘密信息，告知他，卡尔卡尔已经非法越境到伊拉克，加入了霍梅尼的组织。

卡尔卡尔很聪明。他去伊拉克事出有因，肯定是意识到霍梅尼有朝一日会夺取政权，实现他建立伊斯兰共和国的夙愿。

阿伽·加安现在明白了卡尔卡尔为何抛弃妻儿。

然而，在街上，并无政权更替或革命即将到来的迹象。国王正经历他统治时期的最好岁月。在英国《泰晤士报》最近的采访中，他说自己根本感觉不到威胁，他的国家是和平的绿洲。

由于担心苏联扩张，美国满足于让国王统治伊朗。国王总是第一个购买美国最新的战机和武器，将国内石油收入的很大一部分存在美国银行。

国王深信，他是美国所期望的最好的国家元首，从而认为可以指望他们无条件支持。他确信，他们永远不会让他失望，并认为没有理由担心霍梅尼这种流亡伊拉克的人。

于是，他安静地、充满信心地为他的儿子做着准备，等待那遥远的、他能够即位的一天。

当阿哈默德全心全意地投入到清真寺的活动中时，沙保正准备去上德黑兰大学。他想学波斯文学，但阿伽·加安不建议他如此。"你可以在家中学波斯文学，不需要去大学去学。你有天赋。学数学或工程学或企业管理。我们在家里的图书室中已经学了太多的古典文学。这个家需要的是现代性精神。"

沙保该前往德黑兰了，阿伽·加安开车送他去车站。

"我注意到几件事，但不确定是否应该告诉你，"他在车中对阿伽·加安说道。

"哪种事？"阿伽·加安问道。

"嗯，我在屋顶上有几次碰到过阿哈默德，他站在穹顶后抽烟。他年纪大得足以知道是否应该抽烟，但他的那些烟有一股难闻的味道……像是阿訇不该抽的那种烟。他也偶尔偷偷溜到陌生人家中，去抽鸦片。我想你应该知道。"

"很高兴你告诉我，"阿伽·加安长久沉默之后说道，"我会看看能做些什么。还有别的什么我该知道的吗？"

"不完全是。女人是他的弱点。我有一两次注意到他在清真寺对女人很随便，超过阿訇应该的范畴。"

"我也注意到了。他该小心点。在这座城市中，我们有很多敌人。"

在车站，他默默地送沙保上火车。

自从沙保第一次提到他的宗教疑虑之后，这个话题至今还未重提。阿伽·加安一直试图跟他谈起，但他能够看出，沙保不准备进一步谈论此事，所以没去扰乱他的平静。

到了站台上，阿伽·加安想要叮嘱他在大学里要小心。但沙保没有给他机会。他拥抱了阿伽·加安，亲吻他，然后登上了火车。

阿伽·加安留在站台上，直到火车开动，从视野中消失。

阿伽·加安密切关注着阿哈默德。

一天晚上，他看到扎拉在一个不寻常的时间端着一托盘的茶水和枣椰去图书室。

他知道阿哈默德正在那儿看书，便跟着她。

透过窗帘缝隙，他看到她向阿哈默德俯下身子，将托盘放在他的桌子上。阿哈默德将手从她的衬衫下面滑上去。她站着不动，任他触摸。然后，阿哈默德站了起来，掀起她的裙子，将她压在书柜上。

第二天早晨，阿伽·加安把扎拉叫到他的书房。"请坐，"他说道，温和地指着一把椅子。

她羞涩地坐下。

"我有话直说吧。我对你在这儿的工作很满意。我们找不到比你更好的女佣。但我给你一个选择：你可以离阿哈默德远点，也可以收拾行李离开！明白吗？"

扎拉震惊得答不出话来。

"明白吗？"他重复道。

她默默地点点头。

"那么，会是哪个？你是想要留在这儿，还是要我把你送回到父母身边？"

"我想留在这儿，"她说道，声音颤抖。

"很好。那现在回去工作吧。宣礼员需要一些协助，所以如果你不是很忙，就去帮帮他。就这些，你可以走了。"

那天晚上，在祈祷之后，阿伽·加安请阿哈默德跟他一起沿河散步。

当他们在阑珊月色下沿着河岸漫步时，他严厉责备了阿哈默德，明确表明自己不会容忍他对女人的粗鲁举动，且他吸食鸦片是对清真寺的侮辱。如果阿哈默德不听他的建议，他就不得不限制他的自由。

阿哈默德沉默地听着。

"你没有什么可为自己辩护的吗？"

连这句话都没有得到阿哈默德的回应。

几天后，阿伽·加安去找城中最古老地毯商家族中的一位父亲，与他商量其女嫁给阿哈默德的可能性。

一个月后，新娘家举办了婚宴。午夜，新娘乘坐装饰一新的马车来到清真寺之家。尽管楼上的一个卧室是给她的，但客房已为七天蜜月做好了准备。

阿哈默德放了一个星期的假，全家人前往卓亚，这样他和新娘便可以有时间单独相处。阿哈默德穿着不妨碍他运动的宽松棉质衣服在房中闲逛，像是一个将年轻新娘带到城堡的王子。

他的妻子名叫萨米拉，十八岁，是一位古典美人。第一天晚上，阿哈默德便被她迷住了，跟她做爱直至黎明，天光放亮时才入睡。

那天下午一点，安姆·拉马赞将他迎入鸦片室，那儿已为他摆好烟枪。阿哈默德让安姆·拉马赞准备好七天的量，因为据说鸦片是一种催欲剂。

阿哈默德抽了四分之一卷黄鸦片后，回到楼上，爬上正在酣睡的妻子的床。

萨米拉给他生了一个女儿玛苏德。这个小女孩让所有人都很开心，但这个家等待一个儿子，阿哈默德的继承者。

人们仍然蜂拥前往清真寺。阿哈默德的布道激动人心，因为他天生会讲故事。关于《古兰经》中的故事，他有精彩的讲述。他运用语言的魔力将你送到过去，送到先知穆罕默德的时代，那时，他曾与年轻的妻子阿伊莎在他家屋顶上做爱。

一次，阿哈默德讲了下面这个故事：

穆罕默德宣布了街头音乐家禁令，不许穆斯林听他们的音乐。然后，有一天，当在屋顶上躺在年轻妻子阿伊莎身旁时，他听到从街上飘来的音乐。阿伊莎求他让她看一眼："让我看看，让我看看，让我看看嘛！"爱情获胜。穆罕默德弯下身，阿伊莎踏上他的后背，越过栏杆，望向下面的音乐家。

这是第一次有阿訇在清真寺讲这样的故事。阿哈默德总是讲出一些非同寻常的故事，让观众听得入迷。相较阿訇而言，他或许更应成为一个讲故事的人，一个用故事在巴扎迷住人们的演员。

阿哈默德安排了更多前往诸如卡尚、阿拉克①、哈马丹②和伊斯法罕的旅行，有时去整整一个星期。然而，他总是带着两个包回来：一个装满了钱和金子，另一个装满了带着面纱的女人偷偷塞进他衣袋中的情书和礼物，如短袜、背心、裤子、古龙香水、肥皂和戒指。

尽管阿哈默德向阿伽·加安保证过不再如此，但仍继续频繁出入全城的秘密鸦片烟馆。

为了躲过阿伽·加安警惕的眼睛，他尽可能多地接受遥远城市的演讲邀请。在那儿，有人带他前往他们经常出没的地方，一起跟女人寻欢作乐，吸食鸦片，直至黎明。

在塞尼詹，阿伽·加安对他严加控制，于是，他便与底层社会接触。然而，他没有意识到，秘密警察正为他布下陷阱。

一年前，鸦片已被禁止，只允许瘾君子每月两次从药剂师处购买半卷鸦片，但他们需在政府登记。由于没有合法渠道，阿哈默德便非法得到他的烟量。

一天晚上，他和两个男人正在塞尼詹一所房子的地下室中吸着鸦片、享受女人的陪伴时，秘密警察突然冲了进来。他们拍了几张阿哈默德的照片，他坐在两个没戴面纱的女人和一套鸦片工具旁边。多放一些非法鸦片卷之后，他们从各个角度拍下这个场景，然后给阿哈默德戴上手铐，开车将他带到一个不为人知的地方，在那儿，一个特工正等着跟他谈话。

阿哈默德无话可说。他知道自己遭到陷害，无法轻易摆脱这一困境。

---

① 阿拉克：伊朗中西部城市。
② 哈马丹：伊朗西部城市。

"你可以今晚在自己的床上睡觉,明天早晨如常去清真寺祈祷,"特工对他说道,"只有一个条件。"

"什么条件?"阿哈默德问道,声音颤抖。

"就是从今往后,你跟我保持联系,如果你明白我的意思的话。"

"不,我不明白你的意思。"

"那样的话,事情就复杂了,晨报将在早餐时送到你的面前,上面的头版将登着你的照片。也许那时你会想出我指的是什么了。"

那是一个漫长的夜晚。阿哈默德一言不发,没想到自己的生活会出现这样一个可怕转折。

当黎明最终来临时,那个特工走进他的囚室。同时,他的照片已经洗印出来。特工将其中一张出示给他。"怎么样?"特工问道,"是我们再复制一些照片,还是你跟我谈谈?"

阿哈默德没有选择余地。如果他跟两个未戴面纱的女人以及鸦片在一起的照片刊登在报纸上,他的事业即告结束,他将使自己的家人蒙羞。他跟特工去了他的办公室,他们给了他一把椅子,让他填了一份表格。"只要我们达成理解,这将只需五分钟,"特工说道,"之后我会亲自送你回家。我们想要你做的事非常简单。我想让你与库姆保持密切的联系,将我们需要的任何信息传递给我们。仅此而已。"

半小时后,一辆汽车将阿哈默德送到清真寺门口。他从车上下来。"你会接到我们的信息,"特工说道,然后将车开走。

几个月过去了,什么都未发生。阿哈默德希望且祈祷秘密警察只是想震慑他而已。他们没有忘记卡尔卡尔反对电影院的战役,以及他在法拉·笛芭来访期间引发的骚乱。无疑,他们试图以阿哈默德为人质,施以报复。

他希望他们放弃让他充当告密者的想法,因为他不准备做这件事。无论是作为阿訇,还是作为一个人,对他而言都极不适当。但如果不得不如此,他将传递什么样的信息呢?

他知道,秘密警察是在敲诈他,这样他就不会惹麻烦。他们的小伎俩奏效了。他不再敢谈论任何关于国王或库姆的传言。

他小心翼翼地让自己再次感到快乐起来,恐惧逐渐褪去。但是,一天晚上,就在祈祷结束时,他突然看到那个特工在祈祷室中跪在他的旁边。

"你好吗？"此人带着令人生畏的笑容小声道。

阿哈默德惊骇地转身去看阿伽·加安是否坐在他身后的那排，但他没有。

"你想要什么？"他低声问道。

"如你所知，库姆再次陷入喧嚣之中。我们想让你去那儿拜访阿亚图拉，查出事情的发展情形。我肯定你还有我的电话号码吧？"

"是的，"阿哈默德说道，吓得面无人色。他俯身，以前额触地，仿佛正在继续祈祷。

当他再次坐起时，特工已经离去。

他双手颤抖地迅速穿上长袍，匆忙回家。他缩肩塌背，仿佛发烧了一般。

到家之后，他第一件事便是走进阿伽·加安的书房，双膝跪倒。"救救我，阿伽·加安！"他痛哭道，"我被陷害了！"

这一突然的爆发令阿伽·加安震惊，他冷静地盯着侄子。

"秘密警察给我拍了照片！肮脏的照片，上面有女人和鸦片！他们想让我去库姆，充当告密者。如果我不肯，他们就把照片登在报上！"

阿伽·加安一言不发地坐在椅子上。这是他完全没有想到的事。"这是在哪儿发生的？"最终，他问道。

"这座城里的一个地下室。"

"鸦片不是问题，但那些女人是谁？"

"充当临时妻子的女人。"

"秘密警察正在试图扳回一局。你之前以任何形式跟他们合作或为他们工作过吗？"

"没有！从来没有！"阿哈默德说道。

"你曾经给他们传递过任何信息吗？"

"没有，一点都没有！"

"我再问一次，"阿伽·加安说道，带着强调，"你曾经告诉过他们任何事吗？"

"没有。我什么都没说过，我什么都没做过。"阿哈默德答道。

"算你走运，因为如果你做了，我马上就会把你踢出这个家。不管怎样，如果我们及时行动，我想我们可以将损失降至最低点。不要跟任何人提及此事。在接下来的几个月中，我要确保你不再独处。明天，我要去他们的总部，看看能做些什么。他们需要我们在塞尼詹保持安定，所以他们不会将那些照片登报的。

他们只是在敲诈我们。什么都不要说。而且无论发生什么,都紧跟在我身边。"

"我还有一件事需要坦白,"阿哈默德说道,"不先抽鸦片,我就无法布道。我很抱歉,我知道这肯定让你很伤心。"

"确实如此。这甚至比你其他的新闻更让我痛苦。"阿伽·加安悲伤地说道,"任何人都会犯错,但你的毒瘾是一种侮辱,让我们所有人丢脸。我无法忍受我们清真寺的阿訇不先抽鸦片就无法布道。你确实让我痛苦,让我伤心透顶。这件事我不会妥协。你必须戒除这个恶习,哪怕我不得不把你锁进笼子。从现在开始,没有我同意,你不许迈出家门一步。"

第二天,阿伽·加安取消了阿哈默德的所有约会,给家庭医生打了电话,问可否过去密谈。

从医生的办公室出来后,他直接前往秘密警察的总部,要求马上见局长,尽管并未预约。他被领进办公室,坐到一个皮革大扶手椅上。局长把阿哈默德的照片展示给他。阿伽·加安别无选择,他不得不做个交易。他保证让清真寺远离库姆此时正在陷入的麻烦,作为回报,局长同意将照片留在抽屉中。

当晚,阿伽·加安打开他的日志。"我们清真寺的阿訇沉溺于鸦片,"他写道,"我们处于困难时期。"

平静岁月

很长一段时间在相对平静的状态下度过。

阿伽·加安让阿哈默德恪守一套严格的戒律，不让他单独前往其他城市，直到他确定已经克服毒瘾为止。尽管照片事件已经搞定，但阿伽·加安认为，这是清真寺历史上的一个转折点。

开始时，沙保每月至少从大学回家一次，之后，他的回家次数逐渐减少。有时，他给在巴扎的阿伽·加安打电话，但聊的都是生意："您好吗？工作如何？"

"我能说什么呢？世界已经变了，我的孩子。我们需要有新思想的人。我老了。"

"您？老了？您不老！"

"嗯，也许不，但过时了。目前你无法用巴扎这儿的过时方法进行国际水平的竞争。努力学习，我需要你。下次你回家时，我们谈谈这个。"

但当沙保确实回家时，往往已是深夜，第二天晚上他便乘夜间火车回德黑兰，所以从来没有时间谈论地毯生意和巴扎。

沙保也没告诉阿伽·加安，他不再对生意感兴趣，尤其是地毯。在大学，他参加了一个地下学生活动组织——一个跟他在"红村"接触过的组织有所不同的群体。

他很快被指派到秘密学生报纸的编辑部，在那儿，他感到游刃有余。由于他文笔流畅，且比同学更为成熟，很快便被视为具有领导潜力的人。

沙保变了，他周围的世界也是如此。曾经在塞尼詹起着重要作用的巴扎沦为局外者。波斯地毯无论在经济上还是政治上，都不再是决定性因素，其地位已被石油代替。

阿伽·加安曾在巴扎执掌大权，政府总是非常尊重他。现在，他们竟然如此胆大，甚至敢于派秘密警察到清真寺，提出让阿訇充当告密者。市长过去每星期至少打来一个电话，以保持当地政府和巴扎的联系，但新市长甚至没有邀请阿伽·加安参加他的就职宴会，更不用说给他打电话了。然而，有些商人获邀，这意味着政府试图破坏巴扎的团结。与此同时，巴扎正在丧失其作为地毯制造者的主导地位。几个新的地毯工厂在城中涌现。过去，没人会想到去买一个散发着塑料味道的、廉价的工厂生产的地毯。如今，它们的广告不断地狂轰滥炸。

就在几年前，屋顶上有电视天线在塞尼詹还是禁忌，但时代变了。一次，当一位创业商人决定将古老的浴室变成电影院时，其结果便是卡尔卡尔集合教众，连法拉·笛芭一并驱逐。最近，有人买下市里最古老的汽车修理厂，改造成现代电影院。每天晚上，上百位年轻人排队买票。

如此之多吸引人的生意在城中开业，以至于年轻一代不再跟巴扎联系。几年前，年轻人到巴扎只是为了散步。现在，市里建起了宽阔的大道，他们在晚祷时聚在这里，吃着冰激凌，在俗丽的霓虹灯中徜徉树下。

国王最终征服了这座城市。他的海报贴在所有的政府大楼上面，他的声音从国内所有的广播电台中传出。在过去，店主通常将收音机放在柜台下面，唯恐冒犯顾客，失去生意。现在，他们将收音机醒目地摆在架子上，这样所有人都能听到广播。

巴扎中的一些传统地毯商人甚至将国王的画像挂在店中。就在几年前，那还不可思议，但事情变得如此之快，以至于你有时认不出自己的城市。

塞尼詹的焦点不再是巴扎，而是新的林荫大道，在那儿，一个巨大的国王骑马塑像已被竖起。

国王的声音现在已经到达塞尼詹的每个家庭，就连清真寺古老的厚墙都无法阻挡。国王每次在国内某个地方发表新的演讲，政府都在清真寺旁停放一辆吉普车，通过喇叭广播该讲话。整整一天，国王的声音都在院落中回荡。法克莉·萨达特无法理解，阿伽·加安为何不说话，阿哈默德为何不抗议。

最近，国王参观了居鲁士[①]墓，他是古代波斯帝国的第一位国王，曾极其狂妄地说道："居鲁士！王中之王！请安眠吧，因为我醒了！"清真寺外的吉普车连续一个星期不间断地广播这个讲话。

"如此折磨人的日子！如此折磨人的日子！"阿伽·加安在日志中写道，"这是对我们所有人的羞辱，但我对此无能为力！我如此羞愧，以至于几乎不敢在清真寺露面。"

---

① 居鲁士：又译"塞勒斯"，古代波斯帝国的缔造者。

没人能够再将国王拒之门外,连他的画像都会被风吹进院子——一架直升飞机在城市上空散发。"蜥蜴"曾经捡起几张,放到阿伽·加安的桌子上。

一天,阿伽·加安正站在院子里,这时听到从哈吉西舍格家传来很响的音乐。虔诚的西舍格家里的音乐?那肯定是一个特别的场合。

阿伽·加安抬眼望去,觉得自己看到西舍格家屋顶上有电视天线。巴扎中一位最受人尊敬的玻璃商家屋顶上的电视天线?肯定是他的眼睛欺骗了他?

又是一阵喧闹。

阿伽·加安走上院子台阶,小心翼翼地穿过黑暗,一直到正对着这位邻居屋顶的位置。不,他的眼睛没骗他。一个长长的铝质天线从屋顶伸出!

哈吉西舍格认为,他和儿子们要了解最新的发展。他获邀参加了市长的就职宴会,在那儿,每位客人都得到一幅国王画像带回家中。那幅画像此时镶在金框中,放在壁炉台上,正对着电视机。

但哈吉家为何传来这么响的音乐?

阿伽·加安爬到屋顶边缘,窥视邻居家的院子。哈吉正在举行宴会,请来很多亲朋好友。这是一个炎热的夜晚——热得无法坐在室内。西舍格的双胞胎儿子穿着棉质束腰长袍,挨在一起躺在一个已被搬到院中、放在净池旁边的木床上。一群街头音乐家正在演奏一首节奏强劲的美国流行歌曲,几个男人手挽手跳着舞。

显然,他们正在庆祝哈吉儿子的割礼。双胞胎的母亲正愉快地跟客人闲聊,罩袍褪到肩上,头上只有一条轻薄的头巾。看不到哈吉的第一任妻子及七个女儿的影子。

到处都是装着饼干和糖果的碗,孩子们在大院子中相互追逐。哈吉跟客人聊着天,给他们拿饼干。时不时地,他从摄影师手中抓过相机,给他的儿子们拍上几张,然后不知多少次地一屁股坐在他们身边的床上,喊道:"给我们三个拍一张!"

在某一时刻,他叫上几个男人,走进客厅,抬出一个电视柜。他们把它放在净池旁,就在荫庇他儿子的树下。哈吉打开电视,一群德黑兰舞女充斥整个屏幕。所有人都聚拢过来,惊诧不已地默默盯着跳舞者。

阿伽·加安原路折回,站到了蓝色大穹顶旁。他抚摸着它冰冷的琉璃瓦,然后走到屋顶边缘,在那儿,他能够向下看到清真寺的院子,看到净池和树木。

他抬头望向宣礼塔，但惊讶地注意到，好像没有任何鹳，甚至任何鸟巢。也许天色太黑，从他站着的地方看不到它们，阿伽·加安想道。于是，他走到屋顶的另一侧，从那个角度眺望宣礼塔。不，他没搞错：没有任何鹳的踪影。

他打开其中一个宣礼塔的活板门，爬上狭窄的梯子，站到顶端。他的脚下发出细枝的劈啪声——仅剩的鹳巢遗迹。他心中也有东西劈啪作响。他变老了。这个意想不到的认识让他惊讶。他眺望这座城市。到处闪烁色彩斑斓的灯光，巴扎入口处国王的巨幅画像被探照灯照亮。在新的市中心，电影院的红黄霓虹灯不停地闪烁。尽管天色已晚，但他能够听到音乐和女人的声音从林荫大道传来。

国王的声音何时能从这座城市消失？他知道，清真寺、巴扎和《古兰经》面临强大的敌人，但他没有想到，政府如此轻易地征服了塞尼詹。

对抗国王的阿亚图拉们在哪儿？

那些组织能力强大到足以越狱的游击队员发生了什么事？

沙保阅读的秘密书籍带来了什么变化？

曾经抨击政府的收音机广播在哪儿？

如此凶猛地与国王战斗的卡尔卡尔在哪儿？

想要改变这个世界的学生们在哪儿？

可以将所有这些变化拍摄下来的努斯拉特在哪儿？

这些是平静的岁月。阿伽·加安怎会知道，一个新的时代即将以眩目的速度迅速降临？或是一场毁灭性的风暴已在途中？这场肆虐的风暴将如此强烈地冲击着他，使他在颤栗中弯下腰去。

他爬下楼梯，关上身后的活板门，走进院中，一蹶不振。他本想爬上妻子身边的床上，忘记烦恼，但相反，他决定去河边。

一片漆黑、寂静。就连河水都悄然无声。他望向对岸的葡萄园和山峦。一切静止。他一边走着，一边思考着自己的生活。

他出生在这座房子中。他将一生献给清真寺，在巴扎长时间地工作，把所有的精力和才能投入到地毯之中。女儿们长大了，还有独子贾瓦德，他已不再是男孩，而是年轻人，正在为考试而用功读书，这样才可以上大学。阿伽·加安提醒自己，他还没去过麦加，尽管作为一个收入可观的人，一生中至少朝圣一次是他的职责。

一切都变了，此外，阿哈默德败坏了清真寺的声誉。

葡萄园意外地传出呱呱的叫声，乌鸦越过小河飞了回来。阿伽·加安听到男人的声音，看到一个戴面纱妇女的身影离开树林，走向小桥。

他突然意识到，那是疯子考德西。

这个身影在桥中央站住。

"考德西！"阿伽·加安喊道。

她匆匆离去。"考德西！"他喊道，"你这么晚在这儿干什么？"他追赶着她，在黑暗中跌跌绊绊。

"他们都会死去，"考德西突然用乌鸦一样的嗓音预言道，"他们所有人，除了你。"

电视

"蜥蜴"长大之后,变得更像一个谜。人们从不确定,他到底是一个残疾孩子,还是一个动物。他有人类的头、手和脚,但动作像爬行动物。

他长得越大,越像爬虫。

萨迪克努力教他说话,但他从来不学。他不感兴趣。

"蜥蜴"特立独行,很少关注其他人的行为和习惯。他不肯跟其他人一起吃饭,在常规时间睡觉,或是使用刀叉。他像猫那样进餐。

"我再也忍受不了了!我筋疲力尽了。我不想要这个奇怪的孩子!"

"你不能那么说!"阿伽·加安抗议道。

萨迪克泪如泉涌。"我的不幸一个接着一个!"她悲叹道,"为什么我的生活都会出问题?"

"你还年轻,我的女儿,前面还有漫长人生。没人期待生活总会称心如意。记住:万事皆有因。如果说谁有权利抱怨的话,那就是宣礼员。他天生目盲,但你从未听他发过牢骚。他接受双眼失明的事实,我们也该如此。他看不见,但有灵敏的双耳,敏感的双手,以及能够记住道路的强壮双腿,如果你问我的话,我认为他看到了一切,甚至包括你我永远看不到的东西。别哭了,我的女儿!你的儿子是生活中的自然部分。我很高兴我们拥有了他,我把他看作是我们家得到的一个礼物。我是认真的。我们肯定有理由需要他,否则他不会被赠予我们。这座房中曾经住过几百人,他并非出生在这里的第一个不寻常生物。要相信生活,我们肯定需要你的儿子,否则他不会被送给我们的!"

"我真希望像您一样有信心,"萨迪克哽咽着说道。

第二天,阿伽·加安把"蜥蜴"叫到自己的书房,明确向他表示,每天早祷之后,他都要到书房来。阿伽·加安决定要花几年时间教他阅读。那需要耐心和老式的纪律。"蜥蜴"的反应出乎意料的积极:他喜欢嘴里衔着书爬向阿伽·加安,将书放在他的膝上,让他逐字朗读。

阿哈默德允许他进入图书室,他在那儿的图书中花上几个小时。没人知道他是真的理解图书中的字,还是仅仅在杜撰自己的故事。

他的世界就在这座房中。他很少离开,只有当安姆·拉马赞带他骑驴"兜风"时才外出。他们经过杂货店时,在外面闲逛的老人总是拦住驴子,以便好好看看"蜥蜴"。所有人都听说过这个男孩。他们脱帽致意,跟他开玩笑。对此,"蜥蜴"颇为享受,热情回应他们的关注。

后来,安姆·拉马赞开始在采砂时带他一起去河边。他会在温暖的沙子中挖一个坑,"蜥蜴"便蜷缩在里面,看他的书。跟安姆·拉马赞在一起,"蜥蜴"感到很舒服。

开始时,萨迪克曾阻止安姆·拉马赞,不让他将"蜥蜴"带在身边。"为什么不?"安姆·拉马赞说道,"没必要把他藏起来。"

济纳特这些天时常外出。她花很长时间待在乡下,给农村妇女讲授《古兰经》课程。然而,一回到家,她便去找"蜥蜴"。她喜欢给他讲古老的传说,而他百听不厌。

济纳特比谁都更加照顾"蜥蜴",将他看作是对自己罪行的惩罚。"蜥蜴"从未学过讲话,但听觉敏锐,运动速度惊人。他以某些方式迫使周围的人与他互动。努斯拉特在来访期间总是避开他。他抚摸"蜥蜴"的头发,给他一些糖果,但仅此而已,且在睡觉时关上门,这样"蜥蜴"就不会进来。

一天晚上,"蜥蜴"设法爬了进来,在房间的一个角落躺下,取出书。努斯拉特不知如何是好。有一会儿,他只是坐在床上,盯着他。他想以某种方式帮助这个男孩,但不知怎样去帮。突然,他灵机一动。"跟我来。"他说道。

努斯拉特来到院中,走下地下室,"蜥蜴"匆忙跟在他的身后。"听着,蜥蜴。沙保几年前把一台电视带回这个家,这样,阿伽·加安和阿尔萨贝里就可以看月亮。阿尔萨贝里是一位朴实的阿訇,他跌入净池死去,但电视应该在这里的某处。它是你的了,如果我能找到的话。你知道,你生错了地方。世界正在变化,但这个家禁止一切。你知道我在说什么吗?"

他当然不知道。"蜥蜴"茫然地望着他。

"不过,你很幸运。如果生在其他家庭,你早就被卖给马戏团了。这个家给了你爱,而人们需要爱。但在很多方面,他们是落后的。他们是敬畏真主的人,害怕一切——收音机,电视,音乐,电影院,剧院,幸福,其他女人,其他男人。他们只喜欢一样东西：墓地。在死者中间，他们感觉自在。我是认真的！你跟他们去过墓地吗？突然之间，他们都变得快乐、兴奋，绝对如鱼得水。那就是我年轻时离开这里的原因。不管怎样，让我们看看，能否找到那台电视机，它肯定在这儿，在所有这些垃圾里面。希望祖母没把它扔掉。啊，祖母。可惜你从来就不认识她们。她们非常威严。她们不认同我，但那无关紧要。她们去了麦加，没再回来，狡猾的老太太。嘿，我想我找到了！瞧，'蜥蜴'，这是给你的便携式电视机！我一装好天线，你的生活将永远地改变了。呃，让我想想。我们把它放在哪儿你才能不受打扰地观看呢？我知道了：在穹顶后面的小屋。过去它是我的秘密藏身处，我去看下流书籍的地方。后来，沙保加了一张床。现在，他走了，你可以拥有这个小屋。"

"蜥蜴"爬上努斯拉特身后的屋顶。努斯拉特将电视机放在沙保床边的桌子上。

"从现在开始，这张床属于你了。去躺到上面去吧。我要向你展示如何使用这台电视机。"

"蜥蜴"爬上床。努斯拉特将电缆拉过窗户，小心翼翼地把小天线拧到一个横梁的末端，在那儿，没人能够看到它。

"现在仔细看，"他说道，打开电视。

一个浓妆艳抹、穿着红色无袖连衣裙的年轻女人出现的屏幕上。"别害怕，我的孩子！这座房子外面的世界看上去完全不同。你喜欢女人吗？噢，噢，别问我那个问题！总有一天我会带你去德黑兰。实际上，这台电视太小了。我下次来的时候会给你带一台大些的。在那之前，你不得不凑合用这个便携式的。它是你的了，没人可以把它从你这儿拿走。如果有人试图拿走它，你就咬他。咬他的脚踝，使劲咬。明白了吗？"

整整一年，"蜥蜴"设法保守住了关于他的藏身处的秘密，但一天晚上，阿伽·加安蹑手蹑脚地爬上楼梯，猛地推开门。"蜥蜴"大吃一惊，从床上一跃而起，跳到电视机上，像猫一样扑在上面，脚悬在一边，头在另一边。

阿伽·加安在门口站了一会儿。然后，他关上门，走向楼梯，直奔下面的清真寺而去。

蝗虫

这是非同寻常的一天。事情层出不穷，超出人们预料。听到门铃声，"蜥蜴"打开门，抬头看到两匹棕色的高头大马在夕阳下低头盯着他。为了看得更加清楚，他抓住门，将自己拉起，直到站立起来。

一辆载着两具棺材的巨大马车停在外面。

"给阿伽·加安的快递！"一位穿着黑衣、戴着黑帽的车夫高声喊道。

"蜥蜴"迅速爬到阿伽·加安的书房，指指大门，像马一样嘶叫。阿伽·加安看到车夫，便戴上帽子，走向大门。

"我们属于真主，我们回归于他！"车夫说道。

"我们属于真主，我们回归于他！"阿伽·加安应道。"我能帮你什么吗？"

"我给你送来两位死者。"

"死者？给我？"

"请原谅，我不是指真人，只是遗体。"

"谁的遗体？"

"两个来自麦加的女人。"

"祖母！"阿伽·加安惊骇地叫道。

"在这儿签字，"车夫说道，将文件递给他。

"我需要眼镜，"阿伽·加安说道。

"蜥蜴"急忙回到里面，取来阿伽·加安的老花镜。

其中一份文件是阿拉伯语公函。其中包含一些《古兰经》诗句，接着是一个简短声明，解释说祖母们的尸体是在麦加附近希拉山的洞中找到的。

希拉山是伊斯兰世界最神圣的山——穆罕默德过去每晚爬上此山，与安拉交谈。同样在这座山上，天使长加百利首次从天而降，揭开穆罕默德的先知身份。

希拉山有一个小山洞。穆罕默德在半夜被迫从麦加逃到麦地那时，便藏身此洞，因为他的敌人曾发誓说，要将他杀死在床上。

自那之后，这个山洞及那天夜晚在伊斯兰历史上扮演了至关重要的角色。伊斯兰历法把历史追溯到穆罕默德逃至麦地那的那个晚上，或说那天。

后来，该洞被称为"蜘蛛洞"，因为穆罕默德每次进去，一只大蜘蛛便在入口处织网，从而无人能够看到他在里面。

祖母就藏在那个洞中。这似乎并不可能，但她们确实如此。警察在她们的尸体旁发现了遗书。

这是一个难以置信的故事。每年有几百万朝圣者去看这个山洞，但游客不许进入，只能远观。如果这个故事属实，祖母肯定是进行了一次不可思议的冒险之旅。

阿伽·加安感到难过。然而，与此同时，他另有心事：他的儿子贾瓦德离开六个月之后，将在这晚回家。现在身为伊斯法罕大学学生的他从未离家如此之久。他正在学习应用物理，以便能够成为石油工程师。

在塞尼詹附近发现了储量巨大的天然气，一家美国石油公司获得了开采权。因此，这所大学提供了一个新的课程。数百名学生提出申请，参加了严格的入学考试，但只录取了十二人。贾瓦德便是其中一位幸运者。美国的石油工程师将教授他们特殊课程。尽管注册为伊斯法罕大学学生，但他们很快将被送往离塞尼詹二十五英里的亚什兰①炼油厂，在该石油公司的管理下继续他们的课程。他们将住在宿舍中，只讲英语。

毕业后，贾瓦德确保有一份工作，也离家更近。事情再好不过。当他们听说贾瓦德已被录取后，法克莉·萨达特高兴得夜不能寐，阿伽·加安则得意洋洋。

车夫敲门时，阿伽·加安和法克莉正准备去火车站接贾瓦德。

"你为什么把棺材带到这儿来？"他问车夫，"你本该把它们送到清真寺。而且，你应该事前给我打电话，让我知道你会来。你不能就这样带着两具棺材出现在门前。我该怎么处置它们呢？"

"请原谅，"车夫说道，"我带给你的不是两具尸体，而是两个袋子。"

"两个袋子？那到底是什么意思？"阿伽·加安恼火地问道。

车夫跳上他的马车，打开其中一个棺材的盖子，取出一个小袋子。然后，他打开第二个棺材盖，取出另一个袋子，举着它们说道："你瞧？沙特人只送来

---

① 亚什兰：亚什兰集团是一家全球性的多元化化工公司，成立于1924年，总部位于美国肯塔基州。

这两个小袋子！你是留下它们，还是我把它们送回？"

"你为什么用两个完全尺寸的棺材运送两个小袋子？为什么用马车送它们？还有，你为什么在傍晚时分送来？"

"我理解你的感受，但我只是一个车夫而已。"

阿伽·加安迅速往此人衣袋里塞了几张钞票，从他手中接过袋子，走进院子，关上门。

"怎么了？"法克莉·萨达特在楼上叫道。

阿伽·加安将袋子藏在花园中几条大南瓜藤的下面。"没什么！"他告诉她，"没什么重要的事。你准备好了吗？我们现在必须走了，不然就迟了。"

当阿伽·加安坐到他福特汽车的方向盘后面、跟妻子一起驶向车站时，红日已经落到沙漠的地平线下。

看到儿子从火车中出现时，法克莉·萨达特喜极而泣。他一直是她的最爱。就在六个月前，在他前往伊斯法罕之前，她还每天晚上在他睡前亲吻他，以道晚安。现在，他有了黑色胡须和长发。

法克莉·萨达特亲哺育贾瓦德。她一直不想让他过多涉足清真寺、巴扎和政治事务。她培养他独立思考，使他能够选择自己的道路。现在，她可以收获回报了。她的儿子看上去不像宗教狂热分子，而且她很愿意他把自己的头发留得长一些。他似乎更像叔叔努斯拉特，而非父亲。

所有这些年来，他都住在家里，从未显示出对清真寺事务的丝毫兴趣。法克莉·萨达特很高兴阿伽·加安把沙保、而非贾瓦德当做继承者。她不知道的是——因为阿伽·加安还未告诉她：他对沙保很失望，现在寄希望于自己的儿子。

沙保几个月没给阿伽·加安打电话了。他曾在巴扎给阿伽·加安打电话，但拨的号码是货栈的，而非办公室。货栈的人跑来告诉阿伽·加安，有人来电找他。

"谁打的电话？"

"一个来自德黑兰的生意人。"

"他为什么打到客栈来？"

"他说拨了好几次你的号码，但没人接。"

阿伽·加安前往货栈，拿起电话。

"抱歉给你带来不便，阿伽·加安，但我担心你的电话可能被窃听。我打电话是要告诉你，如果我有一阵儿没回家，请不要担心。我目前正在忙一些事。我只想听听你的声音。你可以将我的爱转达给大家吗？"

"我会的。愿真主照看你！"

沙保不必如此煞费苦心。阿伽·加安明白电话为何必须简短。

不过，他最不情愿的就是现在告诉法克莉此事。这是她的夜晚，他不想扫兴。

这是一个愉快的夜晚。他们在桌旁流连，所有人都兴致勃勃。通常，济纳特给大家讲故事，但今晚她不在家。阿伽·加安不知道的是，她一直秘密接触库姆的原教旨主义，得到指示，以教《古兰经》为掩护，将一些妇女祷告组建构成一个严密的组织。

为了将传统延续下去，宣礼员接替了济纳特的角色，给他们讲先知尤努斯的故事：

一天，不再抱希望的尤努斯永远地离开了家。他的追随者既难过，又惊讶。尤努斯来到海边，看到几个旅行者登上一条船，便决定随他们一起走。

船航行了三天三夜。到了第四天，天空突然转暗，一条大鱼升出水面，挡住船的去路。乘客不知如何是好：鱼不挪开。然后，一位年长的旅行者——一位拥有丰富航海经验的老兵——大声说道："我们中的一人有罪。除非我们交出罪人，这条鱼是不会让我们过去的。"

"这条鱼是奔我来的，"尤努斯说道，"把我扔进海中，你们其他人就可以继续航行了。"

"我们认识你，"其中几个旅客说道，"你是一个正直的人。你永远不会被诅咒的。我们也认识你的父亲。他也是敬畏真主的人。不，你不是这条鱼要找的人。"

但尤努斯知道是自己。"这是我和真主之间的秘密，"他说道，"那才是这条鱼前来的原因。"

他爬上船舷，跳入海中。鱼将他整个吞下，然后消失在海浪之中。

当他们仍在思考这个故事时，听到院子传来奇怪的声音。阿伽·加安将手罩在耳后。

"我听到的是什么？"宣礼员问道，"那个声音是什么？"

阿伽·加安走了出去，看到天空变成了奇怪的暗色。

"我听到了一群昆虫的声音，"宣礼员说道。

"蝗虫！"阿伽·加安喊道，"把所有的门窗都关上！"

但为时已晚。数千只蝗虫飞进房中，空中变成棕色，仿佛这座房子已遭沙漠风暴袭击。

女人们匆忙披上罩袍，飞快地从一个房间跑到另一个房间，关闭门窗。

阿哈默德连忙跑进图书室，阿伽·加安则冲下地下室，关上百叶门窗。

蝗虫降落在屋顶、树木、花园中的植物、甚至净池上，开始吞噬所能见到的一切。

蝗虫有时会从麦加这样遥远的地方扑向塞尼詹。只有当它们将这座城市洗劫一空之后，才会移向河边的葡萄园，最后消失在山的另一边。没人曾经见过像那天所见的如此巨大的蝗虫群。只有老人才会想起，他们曾听父辈提到过这样的灾难。

图书室中的一部书描绘过发生在五十年前的一场蝗灾：

> 蝗虫成群到来，成千上万，使世界变暗。它们大如手指，因与土壤同色，当降落地面时，你无法看到它们。但当它们移动时，仿佛大地本身在动。

人们爬上屋顶，用力敲打锅碗瓢盆，希望把它们吓走，但蝗虫似乎充耳不闻。他们点起火把，希望用烟赶走它们，但也无效。然后，他们取出《古兰经》，诵读关于"蚂蚁谷"的章节。

> 据说，所罗门曾经遇到如此众多的蚂蚁，以至于山谷的谷底仿佛铺上了一层黑毯。所罗门的信使戴胜鸟飞过山谷叫道："蚂蚁！你们没听到吗？刚才跟你们说话的是所罗门。他讲动物的语言。他正要去见示巴女王。你们没听说过这位美丽的女王吗？让开！清出道路，好让军队通过！为所罗门和美丽的示巴女王让开道路！你们将会目睹一场伟大事件。让开！"

开始时没有动静，但之后，蚁群开始移动。它们爬回地面之下，未再出现。

直到天亮，蝗虫才飞向群山。花园中所有的植物和树木被啃噬干净，净池中浮着鱼骨。就连祖母都被蝗虫偷偷带走。

"这是一个征兆，可怕的事即将发生，"阿伽·加安从窗内查看外面的灾情时想道。蝗虫的到来必有原因。

他的手插进衣袋，紧紧攥住他的《古兰经》。

时间

宣礼员躺在床上，反复吟诵着一个章节：

以太阳及其晨曦盟誓！
以追随其后的月亮盟誓！
以展示太阳荣耀的白昼盟誓！
以隐藏太阳光辉的黑夜盟誓！
以苍穹及其创造者盟誓！

蝗虫袭击这座城市的事件已经过去七天，但宣礼员仍旧躺在床上。
"你为什么把自己关在房里，宣礼员？"阿伽·加安从关着的门外问道，"你为什么不出来？"
"我不敢。"
"为什么不敢？你怕什么？发生了什么事？"阿伽·加安问道，谨慎地走进房间。
"我脑袋里的钟停摆了。我失去了时间感，时间。"
"你只是累了，宣礼员，"阿伽·加安说道，"是你的工作。你感到不安，是因为你的陶器销路不好。"
"不，不是陶器，是蝗虫。这群蝗虫到来时，我的钟停摆了。我不敢出去了。每当有人问我时间，我就感到惊慌。"

过去寄售宣礼员的陶器的店主取消了合同。市场涌进如此之多的便宜塑料制品，以至于不再需要他的制陶手艺。然而，宣礼员无法停止制作东西。他继续大量制作盘、碗、水罐和花瓶，并将它们堆积在地下室里。地下室满了，他开始将它们堆在花园的植物间。当花园满了时，"蜥蜴"便帮他将它们堆放在清真寺的屋顶上。

宣礼员又在床上躺了三天。在第十天晚上，他的钟突然开始再次走动。

"00:03，"他咕哝道。他如此欣慰，以至于立即从床上坐起。

他听到一个声音：前门的哐当声。然后是穿过院子、前往阿伽·加安书房的脚步声。

"沙保，"他马上意识到。

他站了起来，正要大声打个招呼，但之后仔细想了一下：沙保在这样的深夜去见阿伽·加安必有原因。他必须耐心。沙保很快会来看他的。

看到门口的沙保，阿伽·加安的第一个想法是：他变了。曾经住在这座房中的那个男孩的所有痕迹均已消失。现在在他面前的是一个男人。

阿伽·加安站起身来，拥抱了沙保，并给他一把椅子。"你好吗，我的孩子？你已经把我们忘了。你已经几个月杳无音讯了。"

"说来话长，阿伽·加安，但我长话短说：我很高兴，一切都好。"

阿伽·加安知道不要勉强他，所以回答简短。"好，我就想知道这些，"他说道，然后停顿下来，让沙保继续，如果他想说的话。

"大学现在一片喧嚣，"沙保开始说道，"美国副总统今天访问德黑兰。学生挡住从机场到王宫的道路，但防暴警察驱散了示威队伍。学生重新组织起来，试图冲击美国大使馆，但他们被守卫它的特种部队拦住。出现一些混战，几个燃烧弹被扔进窗户中。大使馆燃烧起来。一架直升飞机猛冲下来，开始向群众胡乱扫射。两名学生被杀，几十人受伤。警察此时正在搜捕领导示威的学生。他们都逃走了。我也逃了。我想在清真寺躲几天，直到一切平静下来，除非你出于某种原因加以反对。"

"我为什么要反对？"阿伽·加安说道，"你有权回家。你在这儿比在其他地方安全。我在这儿能比在德黑兰更好地帮助你。"

"谢谢你。"

"为什么？"

"我不再住这儿了，但我每当感到不安全时，你都是我第一个想到的人。这个家一直都是我的避风港。谢谢你给了我安全感，以及对我的养育。当我住在这儿时，我并不真的知道我是谁。现在我知道了。你把我培养成了现在这个坚强的人。"

阿伽·加安被沙保的话感动，"你不仅肩上有一个很好的头脑，"他答道，"你还能很好地表达自己的情感。"

"我还有事想告诉你,"沙保说道,"那天下午,当火车驶进库姆时,我见到了令人难以置信的场面。几百个年轻阿訇正在火车站举行一场示威。他们站在轨道上,不让火车经过,还喊道:'万物非主,唯有安拉!'"

"我从未见过如此激烈的示威!他们的声音如此坚强有力!我在库姆见到的一切完全是一种新的反抗形式。阿亚图拉们改变了策略。过去摒弃像火车这种现代发明的阿訇们此时站在了铁轨上。一个年轻阿訇爬上候车室的墙,将霍梅尼的照片贴在了国王的镶框画像上。总有一天,我们正在期待的大事注定发生。你跟库姆的人有联系吗?"

这是一个意料之外的问题。不,他不再跟库姆的任何人有联系,在过去的几年中,没有阿亚图拉给他打过电话。由于沙保跟他讲了示威的事,他感觉好像一列满载阿亚图拉的火车离开了站台,而他错过了这列火车。

宣礼员听见小巷中的脚步声时,还差十三分钟到一点。脚步声听上去很熟悉,但他无法确认。然后,他听到有人摸索前门门锁。他从床上下来,赤着脚轻轻走进阿伽·加安的书房,小声道:"我听到小巷里有声音。有人在门口!"

阿伽·加安马上转向沙保。"藏到一个宣礼塔中去!"

沙保快速吻了父亲一下,走上楼梯,从小屋中取出一条毯子,打开左边宣礼塔的活板门,爬了进去,关上身后的门。

阿伽·加安看到困惑的"蜥蜴"站在院子中央,衣服湿透。"你不能待在这儿!"他小声对"蜥蜴"说道,"上楼去!"

表面上很冷静的阿伽·加安大步走向前门,打开它。一个戴着帽子和墨镜的男人手里拿着钥匙站在人行道上。他看起来很眼熟,但阿伽·加安想不起在哪儿见过他。

"我想我们见过,"阿伽·加安说道,"但在黑暗中看不清楚。我能帮什么忙吗?"

这个男人摘下帽子。阿伽·加安这时才认出他来,尽管花了片刻去辨认。是卡尔卡尔!他老了。

"你好,"卡尔卡尔说道。

有一会儿,阿伽·加安不确定该作何反应。毕竟,卡尔卡尔毁了萨迪克的生活。

当她怀上"蜥蜴"时,他抛弃了她,前往伊拉克投奔霍梅尼。现在,过了这么多年,他突然再次出现在这里。

"我能为你做什么?"阿伽·加安冷冷说道,迈步出来,关上身后的门。

"我一直在周游全国,传播霍梅尼的讯息。今天下午,我来塞尼詹与一群商人会晤。我以为会在那儿见到你,你没有出现,我很惊讶。今夜我将前往伊拉克,但我有一个请求:我可以跟我的妻子谈谈吗?"

"她不是你的妻子了,法律上不是。当一个男人抛弃他的妻子,几年不联系她,这个婚姻便被正式解除。你是一位阿訇,应该知道这一点。你无权见她。"

"我知道,但我想,不管怎样,她或许愿意见我。"

"我来做决定!而且我告诉你,她不会见你的!"阿伽·加安愤怒地嚷道。

"但我有一个儿子,而且我有权见他。"

"没错。但如果你转身离开,我们就可以忘记你曾经来过这里,那对我们所有人都会更好。"阿伽·加安用略微平静一些的声音说道。

"说实话,我没打算来。我已经上车准备开走,这时我意识到,没见他们,我不能离开。我理解你的愤怒,但你知道我离开的原因。这个国家的政治状况令人无法忍受。美国人正在操控局势。我们必须准备好牺牲我们自己、我们的妻子和我们的孩子,以推翻这个政府,否则我们永远实现不了我们的目标。我别无选择,但我可以承受这个后果。"

"我不必深更半夜地站在这儿听你的雄心!"阿伽·加安指着街道厉声说道。

卡尔卡尔从他的墨镜后面盯着阿伽·加安,"如果你想让我离开,我会的,"他说道,"但我们有朝一日还会再见!"

于是,他转身离去。

阿伽·加安上床,将他与卡尔卡尔的意外会面告诉了法克莉。他们简要讨论了一下,但两人都过于疲惫,没有深究。

第二天晚上,法克莉敲阿伽·加安的书房的门。"我需要跟你谈谈。"

"进来,"阿伽·加安说道,略感惊讶。

法克莉进来站在房间中央,宣告道:"我想济纳特已经跟卡尔卡尔取得了联系,而卡尔卡尔已经见过萨迪克,在济纳特知情和同意之下。"

"什么?你不可能是认真的!"阿伽·加安说道,惊呆了,"你肯定?"

"我怀疑卡尔卡尔和济纳特串通一气。我想他甚至让她跟库姆联系。济纳特一直喜欢权力。我从她的行为方式中可以看得出来。你注意到他不再去我们的清真寺了吗?当心济纳特,我不信任她。近来她一直在做一些奇怪的事。"

这很可能是真的,阿伽·加安想道,但我怎么没注意到呢?

"我不该告诉你这些,"法克莉继续道,"但既然已经提出来了,我想还有一些事你应该知道。卡尔卡尔和萨迪克已经见过面了。如果你问我,他们不只是谈谈而已。萨迪克又开始步履轻快了。"

"什么?那不可能!那只是女人们愚蠢的八卦。"

"不,不是。你注意到巴扎所有的小变化,但为什么没看到你自己家中的这些变化呢?我每次听到楼梯上济纳特的脚步声,都会自动去拿我的罩袍。她在附近时我不敢化任何妆。那就像是一个陌生人在看着我。我不知道她在忙什么,或是跟谁联系,但她以一种奇怪的方式看人。当我们的祈祷组聚会时,我也有同样的感觉。济纳特在时,没人敢大声说话。我过去很喜欢我们的聚会,但现在它们被一伙粗暴的女人控制,她们只讲伊斯兰教法,不谈别的。而济纳特是罪魁祸首。"

阿伽·加安更深地陷进他的椅子中。

又传来敲门声。

"谁在那儿?"

"电影院冒烟了。"可以听到考德西在门外的声音。

"如此深夜,你在外面做什么?"阿伽·加安问道。

他跳起来,打开门。

一股浓烟笼罩在市中心上空,消防车咆哮着冲向火场。

阿伽·加安的第一个念头是:卡尔卡尔!他没跟法克莉提起他的怀疑,而是迅速换上便服,匆忙出来,跑向城中。

到处都是警车,救护车将伤者运往医院。一枚炸弹在电影院爆炸。三人被害,上百人受伤。

一个星期后,又一枚炸弹爆炸,这次是在伊斯法罕的一家电影院。更多人死伤。政府没有发布官方声明,报纸也未提及这一事件。

伊斯法罕袭击案发生后四十天,一枚巨大的炸弹在位于阿巴丹岛[①]南部

[①] 阿巴丹岛:伊朗西南部岛屿。

城市的国内最大一家电影院爆炸,当时正在举行一部美国电影的首映式。有四百七十六人死去,更多的人受伤。

这成为全世界报纸的头条新闻。

国王能够听到霍梅尼的脚步越来越近,但他从未想到,清真寺和巴扎会在如此短的时间内团结在霍梅尼周围。他关注这些发展,但他的手下总是小心翼翼地避免提到人民起义的可能性。他们只告诉国王,他的人民满足而感激。他的西方盟友对他的统治能力很有信心。他没有理由担心这些爆炸。

全世界都注视着伊拉克——霍梅尼流亡的地方。在星期五祈祷时,英国广播公司的波斯语频道播送了来自霍梅尼的讯息:"我们不对这些爆炸负责。我们不实施这种暴行!这些袭击的背后是秘密警察。"

这一广播具有历史性意义,因为这是有史以来第一次一位阿訇——一位阿亚图拉——通过收音机传递他的讯息。霍梅尼或许老了,但他的声音听上去跟以往一样具有战斗性。他一次都未提到"国王"这个词。相反,他轻蔑地用他的中间名①——礼萨——指代国王。比如,"礼萨疾言厉色。不要理他。他无足轻重,一个马前小卒!我要来揪着他的耳朵,把他扔出去。我不是在挑战他;他不配。我在挑战美国!"

英国广播公司宣布,一次示威游行将在接下来的星期五于德黑兰举行。这个消息犹如晴天霹雳。国王不明白,为什么心满意足的人民想要游行示威,或是一场起义怎会在一个被警察和安全部队如此严密控制的国家中爆发。

在那个著名的星期五,来自德黑兰的数千名店主奔向议会所在地——议会广场,还有数千人在星期五祈祷之后冲出清真寺,涌上大街小巷,加入到他们之中。

广场人满后,群众开始朝"国王广场"方向挺进。第一排示威者由年轻阿訇组成。在他们前面几英尺处,有一个人独自走着,他是一个新来者:一位穿着引人注目的时髦阿訇长袍、相对年轻的阿亚图拉。

较为传统的阿訇通常不在意自己的外表,但这位阿亚图拉显然不同。他高昂着头走着,胡须修剪得十分齐整,白色衬衫已经仔细熨平,但其全部特征中最醒目的是他的黄色阿訇拖鞋。

没人知道他是谁。这是他第一次在公开场合露面。他上周假扮成商人,穿

---

① 中间名:指有些姓名中第一个名字与姓之间的名字。

戴着英国的衣帽，经由迪拜，从伊拉克抵达伊朗。

　　这次最初的实验性示威一举成功。据英国广播公司报导，十万人在德黑兰街头游行示威，反对国王。年轻一代的阿訇显然在其中起着主导作用。

　　一位非同寻常的阿訇照片以显著的位置刊登在所有早报头版。"这个阿訇是谁？"伊朗的主要日报《世界报》的大字标题写道。

　　他的名字是阿亚图拉贝赫什提，出生在伊斯法罕，五十五岁，什叶派统治集团中最年轻的阿亚图拉之一。

　　作为一位极具上进心的人，他成为位于德国汉堡的伊朗清真寺（欧洲最重要的什叶派清真寺）的首脑。

　　他也是第一位听见革命的脚步声日益逼近的阿訇。他立即离开自己的清真寺，前往伊拉克，辅助霍梅尼。

　　在德国生活多年，对于西方世界，贝赫什提有着内部人士的视角。这正是年迈的霍梅尼所需要的，以帮助他实现伊斯兰国家之梦。

　　贝赫什提深谙民间故事的价值和摄影影像的力量。他的计划是让西方电视的注意力集中在霍梅尼身上，然后编织他的神奇网络："一位老年阿訇坐在简朴的波斯地毯上，过着流亡生活，吃着牛奶、面包，与美国抗衡！"

　　与贝赫什提不同，霍梅尼对现代世界一无所知，连说"收音机"这个词都很费力。

　　当贝赫什提敲响霍梅尼在纳贾夫的房门时，已时近黄昏。卡尔卡尔打开门。

　　"我是贝赫什提，汉堡清真寺的阿訇，"他自我介绍道，"我来这儿是要跟阿亚图拉谈谈。"

　　在那些日子中，霍梅尼家的一切事务都需经过卡尔卡尔。朝圣者总是来到门前，希望见见这位阿亚图拉。卡尔卡尔从未见过或听说过贝赫什提，但他立即被他的自信气质和时髦装束打动。"你想跟阿亚图拉谈什么？"他问道。

　　"我理解你很好奇，但我只想跟阿亚图拉谈这件事。"

　　卡尔卡尔将贝赫什提引到客房，命令仆人给他倒茶。"我希望你不介意等一下，"他说道。

　　霍梅尼也从未见过贝赫什提，但认识他的父亲。那位老人已经去世，但他曾经是伊斯法罕具有影响力的星期五清真寺的首脑。

"这位阿亚图拉是你父亲的朋友，"卡尔卡尔回来向他报告道，"他期待与你相见。"于是，他陪同贝赫什提来到装饰简朴的图书室，年迈的阿亚图拉正坐在那儿的地毯上。

贝赫什提走进图书室，向阿亚图拉鞠躬，然后关上了身后的门。

Alef Lam Ra.
我们从未预知
你的计划为何。
我将追随着你
我将俯首追随。

巴黎

没人看到它正在到来,这出乎人们意料,且没人知道到底发生了什么,但有一天,年迈的阿亚图拉霍梅尼突然出现在巴黎的戴高乐机场。

他们一行四人:霍梅尼,贝赫什提,卡尔卡尔和霍梅尼的妻子巴图尔(Batul)。

在伊拉克流亡的十四年间,霍梅尼从未离开过纳贾夫市。他每天早晨五点半醒来,进行早祷,读《古兰经》。七点半,他忠实的妻子送来早餐,此后他在自己朴素的图书室中工作至十二点半。接着到了正午祷告时间。午餐之后,他小睡一会儿,然后便回去工作,直至四点。

傍晚时分,他接待访客,大部分是到伊拉克做生意的伊朗地毯商人,尽管有些人是伪装成商人的伊斯兰教持不同政见者。他们来回传递讯息,以便霍梅尼与库姆的阿亚图拉保持秘密联系。

冬季,他整天待在图书室中,但在春季和夏季,略微凉爽时,他六点出来,到花园中工作。

傍晚,他洗净手和脸,穿上长袍,前往伊玛目①阿里清真寺,妻子跟在他身后几英尺处。

而现在,在戴高乐机场,他靠在行李传送带旁的手推车上。

他们取出全部行李后,巴黎最大的波斯地毯商场的店主开车送他们到诺夫勒堡的一座房子中,安置他们在此居住。

大约六十年前,霍梅尼离开自己出生的乡村,前往库姆,去当阿訇。

在那些日子里,他的村庄没有汽车,更没有供车行驶的道路。他徒步穿过群山,来到阿拉克市,计划在那儿坐驿站马车去库姆,因为直到几十年后,现任国王的父亲礼萨·汗才将这个国家现代化,在英国的帮助下,建起了铁路系统。

当霍梅尼到达阿拉克时,惊讶地看到一辆满载朝圣者的卡车正在开往圣城库姆。那位美国司机提出带他一程。结果,这是一次难忘之旅,但当霍梅尼一

---

① 伊玛目:伊斯兰宗教领袖,尤指率领伊斯兰教徒做礼拜的人。

路颠簸着翻山越岭，最终到达库姆时，柴油机的烟味令他感到恶心。

成为阿亚图拉之后，他自己乘坐一辆时髦的梅塞德斯汽车到处转悠，但每次踏进这辆汽车时，他都嗅到一点柴油味，重又感到恶心。

而此时当他穿过巴黎街道、驶往安静的郊区时，再次闻到这种味道。

事先安排好一切的贝赫什提抽出他的预约簿，拿起了电话。

当时，有一位年轻的伊朗记者正在为美国电视网"美国广播公司"（ABC）工作。贝赫什提拨通她的电话，告诉她，霍梅尼已从纳贾夫移居巴黎。从此，这位阿亚图拉将从巴黎领导革命。他正在给她提供独家新闻，他说道。美国广播公司可以成为第一家在巴黎采访霍梅尼的广播电视网，但她必须尽快做出决定。否则，他将给英国广播公司打电话。

第二天，一辆美国广播公司的厢式车停在霍梅尼在巴黎的住宅前。

此时是巴黎的午后，但在伊朗则是傍晚。

安姆·拉马赞骑着驴兴奋地进入小巷。他跳下驴，匆忙跑进阿伽·加安的书房。"霍梅尼在巴黎！"他叫道，"现在他随时会出现在电视上！"

"他在哪儿？"

"我们可以在哈吉·塔吉·汗清真寺观看。你来吗？"

阿伽·加安不想去哈吉·塔吉·汗清真寺。目前，所有人都去这座清真寺。它成为塞尼詹政治剧变的中心。

只有老年人仍去阿伽·加安的清真寺，哈吉·塔吉·汗清真寺则人满为患，很多人不得不站到外面。来自库姆的年轻阿訇每晚在此举行言辞激烈的演讲，民众被煽动得如此狂热，以至于涌上街道示威游行。

"很抱歉，"阿伽·加安对安姆·拉马赞说道，"我现在很忙，稍后再去。"

然而，他很好奇，也感到有必要去看。观察一切，载入日志，留给子孙。他必须去那儿。他穿上外衣，戴上帽子，动身前往哈吉·塔吉·汗清真寺。

这座清真寺挤满了人，数百人正在门外转来转去。他找到一个黑暗角落，以免引起注意，然后，他责备自己道："你又不是贼，何必躲到黑暗中？进去看看发生了什么。"

他挤进人群。男人都在院中，女人则在祈祷室。

在某一时刻，他意识到自己并无进展，便转身爬上屋顶。在那儿，他找到一个能够清楚地观察清真寺的位置。三台大电视机已经高高地安装在墙上，以便所有人能够观看这个史无前例的事件。

阿伽·加安想起几年前沙保曾带回家的那台便携式电视机，以使他和阿尔萨贝里可以观看登月。他跟沙保的对话仍铭刻在记忆中。

"阿伽·加安！我可以跟你说句话吗？"沙保曾经问他。

"当然可以，我的孩子！你在想什么？"

"月亮。"

"月亮？"

"不，我是说，电视。"

"电视？"阿伽·加安曾惊讶地问道。

"阿訇需要知道正在发生什么。他必须跟上形势。"沙保曾经答道。

阿尔萨贝里已经去世，卡尔卡尔曾接替他的位置。然后，阿哈默德来了，落得现在这般光景。

门口一阵骚动。

"真主保佑穆罕默德和穆罕默德之家！"站在街上的人们喊道。

阿伽·加安低头望向门口。一群穿着时髦套装、留着胡子的男人走进院子，将一位年轻阿訇迎到电视屏幕前，很快，那儿将播放对霍梅尼的采访。阿伽·加安认识这些人：他们是已经掌控巴扎的商人。

一个女人朝穿套装的男人走去，与他们交谈了几句，然后回到祈祷室。那是济纳特，但由于她离得很远，且穿着跟其他女人一样的黑色罩袍，阿伽·加安并未认出她来。

一个留着胡须的年轻人打开电视。人们屏住呼吸，伸长脖子，以看得更加清楚。

摄影机首先展现诺夫勒堡的寂静街道。然后，你能看到几位法国妇女走进一家超级市场。接着是一辆校车停在公交车站旁边，你可以看到一幅色彩鲜艳的法国时髦女郎广告。两个背着背包的女孩儿从车上下来，直盯着镜头。然后，摄影机摇向一座房子，展示树木、绿廊、花园。

最后，霍梅尼出现在屏幕上。他坐在一张波斯地毯上。

清真寺的众人几近疯狂，异口同声地喊道："您好，霍梅尼！"

早在那时，你在伊朗政府控制的电视网上无法看到国外直播节目，但组织者在清真寺的屋顶安装了碟状卫星信号接收器。影像从邻国伊拉克传送过来。

摄影机放大了霍梅尼的面部。这是人们第一次真正看到这位想要驱逐美国人的年迈阿亚图拉。

很少有人认识霍梅尼本人，且他的近照从未发表。由于没人确切地知道他的长相，摄影机便在他的脸上停留了很长一段时间。他留着灰色长髯，脸在摄影机的灯光下放光，这使他看上去像个圣人。

他开始站起身来。有人——或许是摄制组中的一位——向他伸出援助之手，但他挥手拒绝，自行站了起来。

他走出房间，来到花园，在那儿，一大一小两张地毯已经铺在地上。他脱下鞋，走到小地毯上。然后，他充满感情地将手伸进自己的衣服口袋，取出一个指南针，试图找到东方，但他看不清指针。于是，他耐心地取出眼镜，查看指南针，然后转身面向麦加。

贝赫什提站在他的身后，位于大地毯上。卡尔卡尔刻意保持在公众视野之外。作为霍梅尼最忠实的顾问，他知道，自己必须保持匿名。

霍梅尼的妻子巴图尔从头到脚覆盖在黑色罩袍之中，她出来祈祷，然后在贝赫什提身后就位。摄影机在她身上停留了片刻，而她像雕塑般一动不动。然后，镜头移向一个绿色树篱，在那儿，几位法国妇女及其孩子正惊奇地观看。

几天之内，一大群来自全球各地的记者涌到诺夫勒堡，从而将全世界的注意力集中到即将到来的革命上。

直到那时，还只有贝赫什提和卡尔卡尔站在霍梅尼身边，但这次采访后的二十四小时之内，又有七人从美国、德国、英国和巴黎前来，暂时构成了新的革命委员会。

后来，在国王政府被推翻、革命胜利之后，他们被任命为政府高官。正是这些人成为总统、总理、财政部长、外交部长、工业部长、议会主席和新组建的秘密警察首脑。

然而，在短短几年当中，他们中有三人被抵抗组织清除，一人被当做美国间谍处决，一人因贪污入狱，曾任总统的人逃往巴黎，申请政治避难。此后不久，那位总理也被撤职。

在德黑兰，百万民众参加了几乎每天举行的示威游行，仿佛任何世俗力量都无法阻挡霍梅尼的归来。

这个国家的面貌几乎在一夜之间改变。男人留起了胡须，女人将自己裹在罩袍中。

石油行业大罢工使这个国家的经济停滞。工人抛下机器，学生不再上课，学童离开学校，所有人都走上街头。

革命也在这个清真寺之家留下了印记。

济纳特公开疏远这个家庭，萨迪克经常外出。她和济纳特都常常参加伊斯兰妇女的大型集会。

在房中从不戴头巾的萨迪克此时在家里也将自己裹在罩袍中。她过去将所有的时间花在室内，做饭并照顾"蜥蜴"。现在，她放下一切，以便外出。她回家很晚，随便吃点东西后就上床睡觉。

阿伽·加安每天去巴扎，但人们根本想不到地毯生意。在自己的店中，他越来越觉得像是一个陌生人。

库房里堆放着几周之前就该寄往其他国家的地毯。走廊和作坊里满是本该送往坐落在边远村庄的作坊的纱线和其他材料。

他所信任的办公室小弟已经留起了胡须，他的工作是将客户领进他的办公室，并给他们倒茶。他不再按时上班，近来总是抽空离开这座大楼，且只说他必须前往清真寺。

雇工们清出一间办公室，将其变成祈祷室。他们撤掉桌椅，铺上几块地毯，将霍梅尼的大幅肖像挂在墙上。他们甚至拿来一个清真寺茶壶，放在一张桌子上。

没人工作。他的雇工整日在店中闲逛，谈论新近发生的事件。他们在祈祷室饮茶，听英国广播公司的波斯语广播，这样便可密切关注巴黎局势的进展。

阿伽·加安能够看出，他的生意正处于崩溃边缘，但对此无能为力。

在家中，他看到法克莉·萨达特不再活力四射。她已失去通常的欢快。她过去定期进城购买新衣，特别是睡衣，但她的购物狂热此时已成往事。

阿伽·加安一向喜欢看法克莉站在镜前，触摸自己的乳房，看它们是否依旧坚挺。但她不再那么做了，也停止佩戴珠宝首饰。一天，她收拾起自己一直放在梳妆台上的首饰盒，永远地束之高阁。

纳斯林和恩熙也是这一变化的牺牲品。似乎没人注意到，阿伽·加安的女儿们已至嫁龄，但仍住在家中。

阿伽·加安想念沙保。他想跟他谈谈，向他倾吐心声，但是没有机会。沙保偶尔回家，短暂停留后再次离开。

阿伽·加安知道他不再上课。有几次，他试图接近沙保，但感觉到沙保不想跟他谈话。

然而，他信任沙保。他知道，沙保最终会回到他的身边。

阿伽·加安一直喜欢走到河边，在黑暗中沿岸漫步。他记得父亲的建议："当你感到伤心时，就去河边。对河倾述，你的悲伤便会被它的急流带走。"

"我不想抱怨，"阿伽·加安对着小河说道，"但如鲠在喉，大如岩石。"

他的眼睛感到灼痛。一滴泪水顺颊而下，落向地面。小河接住了它，在黑暗中将它带走，没有告诉任何人。

德黑兰

阿伽·加安正在巴扎的办公室中,办公室小弟刚刚送来一杯茶。这时,他听到楼下作坊中一阵骚乱。雇工已经离开岗位,正在观看两点的新闻。

"出什么事了?"阿伽·加安叫道。

"国王逃跑了!"小弟在楼上喊道。

"真主伟大!"有人欢呼道。

新闻里没提到国王逃跑,所以显然这是谣言,然而,这个谣言如此顽固,以至于政府被迫让国王上电视,表现他接待他的几位将军,结果让形势更加恶化。过去每晚出现在电视上的国王最近几个月很少露面。现在,人们几乎不敢相信他们的眼睛:他变得消瘦,看上去像是害怕失去所拥有的一切。

谣言只包含少量事实。

第二天,一个新的谣言四处传播:"法拉·笛芭正带着孩子逃往美国!"

这不完全属实。带着孩子逃跑的不是法拉·笛芭,而是她的母亲。

巷战即将在德黑兰爆发。抵抗者正在逼近王宫。军事情报称,毛拉们①正计划进攻王宫,所以国王让法拉·笛芭离开这个国家,并带上孩子们。

她拒绝了。"我不会在这种时候抛弃你。"

"我在考虑孩子们的安危,不是我自己的。"国王答道。

"那我们需要另做打算。我让我母亲跟他们走。"这是她的回答。

当一架直升飞机将国王的孩子从王宫送到附近一个军事基地、再由空军的飞机将他们送往国外时,努斯拉特正乘坐夜间火车前往塞尼詹。

火车在凌晨四点进站。努斯拉特乘出租车到家,然后蹑手蹑脚地走进客房睡下。

早晨,"蜥蜴"进到他的房间,唤醒他。

"我有东西给你,"努斯拉特说道,然后从他的包里取出一副手套,"给,戴

---

① 毛拉:伊斯兰教国家中对高僧、法律学者的尊称。

上,然后我们去巴扎弄点东西吃,我饿了。"

"蜥蜴"戴上手套,跟在努斯拉特身边,手脚并用地爬进城去。当他们来到国王骑在马上的巨大塑像前时,"蜥蜴"望着努斯拉特,看他是否允许他爬到上面去。努斯拉特眨眼以示同意,几秒钟后,"蜥蜴"便坐在了国王身后的马鞍上。

有史以来,"蜥蜴"是唯一一个胆敢如此做的人。

开始时,没有人注意,但很快,人们驻足观望。当"蜥蜴"意识到自己有了一群热心观众时,变得更加大胆。他探身向前,双臂抱住马的脖颈,假装正在奔驰。然后,他从马的颈部跳到国王的头上,再从长长的马尾滑下,跳回到马鞍上——所有动作异常灵活,看上去更像是一只猴子,而非"蜥蜴"。

越来越多的人围拢过来,他们鼓起了掌。

两个警察大步走来,但不敢干涉。他们中的一人用对讲机汇报了这个事件。过了一会儿,一辆载着一小队防暴警察的卡车停了下来,但由于他们也没得到驱散人群的命令,便只是观察事态发展。国内的形势如此紧张,以至于他们的任何举动都可能引发暴乱。

一方面,这也可被看做是一个小小的事故,残疾儿童爬上了国王的塑像而已。但另一方面,他天真的怪诞举动不无政治寓意。

在所有看到"蜥蜴"在马上腾跃的人眼中,这个政府的颓势显而易见。然而,没人能够猜到,国王的这座雕像很快将被歇斯底里的民众推翻。

第二天,当地报纸的头版刊登了"蜥蜴"的照片,他垂吊在御马的脖子上。不到一个小时,这份报纸销售一空——这是有史以来的头一次。

所有看到这篇文章的人都连忙跑去清真寺,亲眼看看"蜥蜴"。他们通常会发现他正坐在屋顶上。

这是"蜥蜴"一生的转折点。他一向有爬到宣礼塔顶——鹳过去筑巢的地方——看书的习惯。现在,他有了观众。

没人曾经到清真寺游行,但如今,数百年轻人每天来看"蜥蜴"。

"你对他产生了不良影响,"阿伽·加安在电话中对努斯拉特抱怨道。

"你是什么意思?我没觉得有任何问题。"

"他像只猴子似的爬进宣礼塔。他变成了塞尼詹的一景。"

"让他做自己喜欢的事吧。此外,这可能有助于提升清真寺的形象。"

"我们在说清真寺,不是马戏团。我们不该让自己显得更加可笑。之前是阿哈默德的事,现在是'蜥蜴'。"

"我会跟他谈的,"努斯拉特说道。

两晚之后,努斯拉特再次登上前往塞尼詹的夜班火车。

他无从知道,这将是他最后一次满头乌发地回到家乡。下次回来,他的头发已经花白,容颜改变得如此厉害,以至于没人认出他来。

努斯拉特把"蜥蜴"叫到自己的房间,将一把正面印着霍梅尼黑白照片的传单塞进这个男孩的衣服口袋中。"下次再有很多人聚集在清真寺外面时,"他授意道,"你就爬进宣礼塔,将这些传单抛向他们。明白吗?瞧,像这样,"他说道,移动着手腕,"一下全都抛出去。"

十一点半时,"蜥蜴"爬进宣礼塔。狂野地跳跃几下以吸引所有人的注意力,之后,他将传单抛向人群。位于屋顶上的努斯拉特开始拍下纷飞的传单和试图抓住它们的人们。

他的照片出现在伊朗各大报刊上。

这是报纸首次刊登霍梅尼的照片。政府猝不及防,但无法采取任何行动,因为各报联合起来支持刊登。阿伽·加安买了报纸,塞进他存放日志的箱子中。

努斯拉特及其相机出现在每一重大事件中。他所拍摄的这些具有里程碑意义的瞬间的照片每天登在报上。

他也有一架电影摄影机,曾用它拍摄了发生在德黑兰的第一次大游行。贝赫什提非法穿过边境,领导了那次重要的示威游行。努斯拉特出色记录了阿亚图拉们的存在,传达了他们的领导力量。

观看他的影片报导,你便可看出,这个国家即将到来的命运。

努斯拉特定期将他的非凡画面寄给在巴黎的"革命委员会"。因此,他和贝赫什提建立了密切的工作关系。贝赫什提开始在家给他打电话,告诉他何时将举行示威游行,以确保努斯拉特将其拍摄下来。

当时的委员会在德黑兰机场安排了一个人,作为秘密中间人。努斯拉特受命将照片和电影胶片交给他,再经由下一个航班送往巴黎。

努斯拉特应是中立,但有时他奇怪,到底哪一边从他的工作中获益最大。他在为霍梅尼做宣传吗?不,他不附属于任何人或致力于任何事业。对他而言,宗教没有任何意义,政治也是如此。他只考虑他的相机。其他人的愿望或是他自己的个人观点并不重要。他只记录自己的所见所闻。

他也跟沙保秘密联络，经常给他照片。沙保将它们登在他的地下报纸上。一次，它们在示威游行中偶遇，进行了一次长谈。努斯拉特看过沙保的报纸，所以知道他的党派在霍梅尼希望建立的以色列国家问题上分歧严重。

当霍梅尼的权力展示升级时，左翼地下派系便面临如何对待他的问题。他们应该支持霍梅尼，还是应该联合起来反对他？激烈的争论导致痛苦的分裂：极少数人拒绝支持霍梅尼，继续他们的地下工作，而多数人选择放下武器，支持霍梅尼的反美运动。

早已离开大学的沙保站在多数人一边。

转折点在"沙赫里瓦尔月"①的第十七日到来。德黑兰的阿亚图拉们团结起来，努力让尽可能多的人来到清真寺。在那个星期五的晚上八点，礼拜者离开清真寺，向议会广场挺进，一路上高喊口号。霍梅尼和政府的支持者都决心要展示自己的力量。

当几千示威者从德黑兰的各个角落前往议会广场时，士兵已离开营房，要给这些抗议者一个教训。

行动负责人拉希米将军正坐在一辆停靠在广场一角的军用吉普车上，从墨镜后面密切关注着事态的发展。当广场的每一英寸都挤满了抗议者时，他命令坦克封住街道，这样群众便无法逃离。

与此同时，毫无警惕的示威者正将鲜花分发给士兵，后者欣然接受。"和平！和平！"群众呼喊道。"要和平，士兵们！"广场的军官们温和地向他们挥手示意。

示威者不知道的是，实际上，此次示威的目的是抢夺和占领议会。努斯拉特事先得到通知，已将摄影机摆放就位。

第一排示威者已到达议会，一群年轻人开始爬上栅栏。在附近屋顶的阻击手立刻开枪，年轻人倒地死去。

人们四散奔逃，尖叫着："万物非主，唯有安拉！"

尽管局面疯狂而混乱，几十个年轻人仍跑向大门，努力爬上栅栏，但阻击手也将他们射了下来。

"万物非主，唯有安拉！"愤怒的抗议者喊道。他们开始推拉栅栏，试图将

---

① "沙赫里瓦尔月"：即波斯历六月，相当于公历8月23日至9月22日。

它拆掉，这样便可进入大楼。但在他们还未得到机会之前，军队已从广场四角向群众开火。

几分钟之内，数百人伤亡。

安全地隐藏在附近阳台上的努斯拉特用胶片记录了这个事件。

士兵追逐着示威者，向见到的所有人开枪。女人猛敲房门，祈求让她们进去，男人攀上屋顶和大树，儿童则爬到汽车下面。街上散布着鞋子、夹克、帽子、相机、头巾和几百件黑色罩袍。

努斯拉特捕捉了一切：戴着墨镜下令开枪的将军，从栅栏上跌下的年轻人，在排水沟爬行的人，试图越过路障逃生的人。从街巷驶向广场的坦克，散布四处的尸体。

七分钟后，广场安静下来。能逃走的都已逃走，数百人避入附近房屋。只有死者和伤者留了下来。

将军摘下墨镜，放眼战场，下令清场。然后，他回到吉普车上，驶向王宫，向国王汇报。

他发出的命令非常清楚：不许记者进入广场，发现任何照相机、摄像机都将当场毁掉。

将军一离开，努斯拉特便从屋顶逃走。

三天后，美国广播公司播出了努斯拉特的电影短片。超过七百人死去。

阿伽·加安从"蜥蜴"的电视中密切注意事态的发展。

对这一事件感到震惊的国王向全国发表讲话："我听到了革命的声音！我听到我的人民的声音。出现了一些错误。为了恢复秩序，我将任命一个新总理。我请我的人民再耐心一段时间。"

他的声音颤抖。他的讲话语无伦次，结结巴巴。

几天之后，他确实任命了一位新总理。然而，霍梅尼排斥此人，所以新内阁只持续了几周。国王设法寻觅其他人选，但没人敢于公开支持他。

迫于无奈，国王把权力移交给军队。军队中最"亲美"的将军阿扎里组建了军人内阁，在德黑兰颁布了宵禁令。

为了藐视这个命令，霍梅尼号召所有人在夜间爬上屋顶。数百万伊朗人响应他的号召，爬上屋顶喊道："美国去死！真主伟大！"

阿伽·加安怎么不上屋顶？他不反对政府吗？国王逃走，霍梅尼上台，他不感到高兴吗？

如果他的家人没人攀上屋顶，邻居会怎么想？"法克莉！"阿伽·加安叫道。

但人们发出如此之大的噪音，法克莉没有听到。

"女孩儿们！"

长女纳斯林出来看他们为何喊叫。

"所有人都在屋顶上。我要上我们的屋顶。你妈在哪儿？你们不想也来吗？"

在楼梯上，他碰到"蜥蜴"。"你下去帮我把宣礼员叫来好吗？"阿伽·加安问他道。

"蜥蜴"连忙到地下室去叫宣礼员。

过了一会儿，阿伽·加安、宣礼员、法克莉·萨达特和她两个裹在黑色罩袍中的女儿站到了屋顶上，跟其他所有人一起喊道："真主伟大！真主伟大！"

"蜥蜴"坐在穹顶边缘，惊奇地盯着歇斯底里的民众。

国王竭尽全力寻找一位声誉良好的政客去调和内阁。似乎没人愿意承担这样一个艰难且毫无希望的任务。

最后，他设法说服"国民阵线"的第二号重要人物巴赫蒂亚尔担任总理。但巴赫蒂亚尔有一个条件：国王只有同意立即无限期地离开这个国家，他才接受这个职位。

国王同意了。从那一刻起，一切发生得如此迅速，仿佛雪崩突袭大山，席卷了一切。

第二天早晨，当阿伽·加安来到巴扎时，店铺里充满了兴奋气息。国王走了！

阿伽·加安走过去，站到正簇拥在一台电视机周围的雇工们身边。国王和法拉·笛芭在德黑兰机场，周围是一群官员。

巴赫蒂亚尔跟国王握手，祝他旅途愉快。

一位军官突然扑到国王脚下，亲吻他的鞋，求他不要离开。国王如此感动，泪水顺面颊滚下。

另一个人拿出一本《古兰经》，举到国王的头顶，让他从下面走过——这是伊朗人祝愿所爱的人一路平安的传统方式。

国王亲吻了《古兰经》，从它下面经过，走向飞机。法拉·笛芭也亲吻了《古兰经》，跟在丈夫后面。他们登上飞机，飞机在两架战斗机的护航下，飞向边境。

十三天后，阿伽·加安、法克莉·萨达特、纳斯林、恩熙和"蜥蜴"坐在电视机旁，看着法国机场正在办理例行手续，他们为霍梅尼具有历史开创性的回归准备了一架"协和式"超音速飞机。

巴赫蒂亚尔已经警告这位阿亚图拉，不许他的飞机降落，但霍梅尼置之不理。"巴赫蒂亚尔是个无名小卒。我将决定一切！我要任命一个革命的内阁。我要回家了！"

清晨，数百万人涌向德黑兰机场，"协和式"超音速飞机计划在此着陆。沙保便在其中。他想亲眼目睹这一重大事件，写一篇相关文章。

努斯拉特肩上扛着摄影机站在一辆敞篷吉普车上，一个留胡须的司机载着他转来转去。

"协和式"飞机出现在机场上空。

"真主保佑穆罕默德！欢迎你，霍梅尼！"

飞机着陆，舱门打开，霍梅尼出现在舷梯上。他谦逊地挥手致意。

"您好，霍梅尼！"人群呼喊道。

阿伽·加安离开家。在小巷中，他遇到了阿哈默德。不知何故，他将他拉到怀中，短暂地拥抱了一下。他们两人谁都不会猜出，等待他们的将是什么样的未来。

法官

"真主宽恕，真主宽恕，真主宽恕，真主宽恕，真主宽恕，真主宽恕，真主宽恕，真主宽恕，真主宽恕，真主宽恕，真主宽恕，真主宽恕，真主宽恕，"在前往霍梅尼的房间时，卡尔卡尔兀自吟诵着。

当人们犯下罪行，或是害怕将会犯罪，或是想避免明知无论怎样都无法回避的对抗时，便会唱诵"真主宽恕"。有时，这只是惊异于事件意想不到的转折或寻求真主原谅时的表达。

或是当你确定你即将犯下一个不可挽回的错误时才会吟诵，就像卡尔卡尔此时这样。

霍梅尼不想住进国王的王宫。相反，他选择住在位于德黑兰较穷社区之一的神学院的一个房间中。

霍梅尼进屋坐到地毯上时，天色已暗。有人给他送来一杯茶和一些枣椰。呷了第一口茶后，他要来一张纸和一支钢笔。

独自一人在房里待了半个小时后，霍梅尼让人将卡尔卡尔叫来。卡尔卡尔意识到事出紧急。他关上身后的门，跪在这位阿亚图拉面前，亲吻他的手。自从霍梅尼作为这个国家的领袖被迎接回国后，卡尔卡尔是第一个如此敬礼的人。他以这种方式表明，自己将执行霍梅尼选择布置给他的任何使命。

霍梅尼低声让他靠近些。意识到这位阿亚图拉想要告知秘密信息，卡尔卡尔探身向前，直到他们的头几乎碰在一起。

"我任命你为法官。你现在是安拉的司法特使了，"霍梅尼说道，给他一份文件。

卡尔卡尔的手开始颤抖。

"美国将尽其所能摧毁我们。必须清除旧政权的余孽。把所有反对革命的人消灭掉！如果你的父亲反抗，消灭他！如果你的兄弟反抗，消灭他！消灭所有阻挡伊斯兰教的人！我将你任命为我的代表，但你只对真主负责。要让世界看到这场革命不会无疾而终。马上行动。没有时间可供浪费了！"

卡尔卡尔再次亲吻霍梅尼的手，然后站起身，匆忙离开房间，开始执行他的使命。

尽管是在晚上，卡尔卡尔还是戴上了他在巴黎购买的墨镜。

这个卡尔卡尔与在塞尼詹引发暴乱以阻止法拉·笛芭开电影院的卡尔卡尔毫无相似之处。带着黑色穆斯林头巾，留着最近下巴处开始变灰的黑色胡须，此时的他拥有一种权力的光环。作为安拉的法官，他将激起恐惧。

一个小时之后，他腋下夹着一些档案，钻进一辆等候着他的吉普车，驶往这座城市最大的屠宰场。在那儿，每天有几千头牛羊被屠宰，供应给德黑兰迅速增长的人口。

旧政权的高官已被逮捕，极其秘密地送到这家屠宰场。现政权非常害怕美国人会努力释放这些囚犯，所以将他们带到这个臭气熏天的鬼地方，跟牛一起关在畜栏中。

卡尔卡尔走进一个黑暗的空房间。房间中央有一张桌子和两把椅子，一把给安拉的法官，另一把给被告。此外还有一盏吊灯，其放置方式使黄色光晕只照亮被告的脸。

时间所剩无几。到黎明时，必须让世界清楚，旧政权已被永远消失，美国人并无机会帮国王复位。

卡尔卡尔将一份档案放在桌上。"带被告！"他对卫兵说道。

第一个被带进来的是胡维达，国王的前总理。他戴着手铐，被带进房间。胡维达担任总理十五年。不在考究西装的翻领上插一朵兰花，或是没带手杖或烟斗，他很少露面。但此时，他穿的是肮脏的睡衣。

房间里还有第三个人：一个戴面具的摄影师，他一直围着胡维达转，从各个角度给他拍照。

"被告可以坐下，"卡尔卡尔简明说道，自己也俯身落座。胡维达坐了下来。

"你现在是在安拉的法官面前，"卡尔卡尔说道，声音坚硬如铁。"你的案件已被审过。你被判处死刑。对此你有何话说？"

曾被美国总统奉为贵宾接待、三次接受美国参议院起立鼓掌、且在美国大学学习法律的胡维达无法相信，这个臭烘烘的畜栏就是审判室。所以，他没有答话，尽管他的嘴唇不由自主地蠕动，仿佛在抽一个隐形烟斗。

"你说什么了吗？"卡尔卡尔问道。

"没有。"胡维达麻木地答道。

"被告就此被判死刑！"卡尔卡尔说道，"立即执行！"

仍未完全意识到自己将被处决的胡维达被两个卫兵带走。

他们将他带到主要屠宰室后面的货栈中，那里堆放着几千张新被宰杀的母牛的牛皮。臭味如此强烈，以至于你不得不捂上鼻子。卫兵让他靠在两摞兽皮之间的墙上，给他蒙上眼罩。根据伊斯兰教习俗，他们给他一杯水，但他挥手拒绝。

胡维达在他的睡衣中颤抖，仍无法相信自己将被处死。他以为他们只是试图吓唬他。他听到卡尔卡尔在走廊的脚步声，片刻之后，卡尔卡尔进来，示意卫兵跪下，用他们的步枪瞄准。

"预备，瞄准——"卡尔卡尔开始说道。

"我是无辜的！"胡维达用颤抖的声音喊道，"我要见律师！"

"开枪！"卡尔卡尔命令道。

七声枪响。胡维达瘫倒在地，头撞在货栈潮湿的石头地面上，摄影师冲上去拍下他饮弹后的身体。

卡尔卡尔回到审讯室，叫下一个囚犯。

前秘密警察头目被带了进来。他听到了枪声，吓得几乎无法走路。

"坐下！"

卫兵把他按在椅子上。

"你是纳斯里？"

长时间的沉默。"是的，"他最终说道。

"你是下令逮捕、拷问和处死几百名抵抗战士的秘密警察头目？"

纳斯里未作回答。

"你是秘密警察的头目吗？"卡尔卡尔重复道。

"是的，"他轻轻说道。

"安拉的法官在此判处你死刑！"卡尔卡尔大声说道，"立即执行。你还有什么要补充的吗？"

令人畏惧的、其名字便令人们战抖的纳斯里开始哭泣，祈求怜悯，但卡尔卡尔示意卫兵把他带走。

纳斯里被带到胡维达刚被处死的货栈。卫兵给他蒙上眼罩，递给他一杯水，让他靠墙站好。"各就各位！"卡尔卡尔命令道。

卫兵跪下，用枪瞄准纳斯里。

"开枪直到没有子弹为止！"卡尔卡尔吼道。

枪声响起，卫兵开火，直到子弹打光，致使尸体保持直立，直到停火。只有当最后一颗子弹射进纳斯里的身体，他才倒在一摞新剥下的母牛皮上，他四只摊开，面部朝下，双臂长伸。

卡尔卡尔忙到黎明，直到被逮捕和囚禁的所有部长和高级官员都被处死为止。

结束之后，他洗洗手，命人送来早餐。水煮蛋、牛奶、蜂蜜和现烤的面包被装在一个银制圆盘中放到他的面前，还有一份晨报。

第一版有一张蒙着眼罩的胡维达，当第一颗子弹砰然射进他的胸膛时，他的双臂展开。

在一个星期之内，卡尔卡尔会见了十五位来自库姆的年轻阿訇。他们都是神学院的学生，正在学习伊斯兰法律。

他任命他们为伊斯兰法官，派往主要城市，审判那些直接参与对人民犯下罪行的前政权官员。这十五位法官都得到他的允许，绝不留情。

有人敲了一下阿伽·加安家的房门。他还未从巴扎回家，所以"蜥蜴"前去开门。三个全副武装、戴着绿色头巾的人冲进院子。他们是革命期间建起的执行霍梅尼命令的武装集团"安拉军队"的士兵。

"阿哈默德在哪儿？"其中一人对"蜥蜴"厉声说道。

在厨房的法克莉·萨达特能够从窗户看到这些人，但无法走出来跟他们说话，因为她没穿罩袍。她打开窗户，对"蜥蜴"喊道："请把我的罩袍拿来好吗？"

他匆忙离去，带着罩袍回来。她穿上罩袍，走进院子。"先生们，"她说道，"我能帮你们做些什么？"

"阿哈默德在哪儿？"其中一人用粗鲁的口吻重复道。"我们受命带他走。"

"带他去哪儿？"

"去伊斯兰法庭。"

正在这时，阿哈默德从图书室中出来。随便地穿着棉布长衫、而非阿訇头巾和长袍的他走向净池。这些人朝他冲去。阿哈默德一惊,问他们在他家做什么。

"我们受命带你走。你将在伊斯兰法庭上受审。"

"为什么?为了什么?"

"我们不知道。"

"我哪儿都不去!"阿哈默德说道,在净池旁跪下洗手。

这些人从后面抓住他,开始往门口拖。

阿哈默德设法挣脱,"这是什么意思?"他叫道,"放开我!"

但这些人不理他。

阿哈默德扭来扭去,直到面朝麦加。"帮帮我,安拉!"

法克莉·萨达特马上命"蜥蜴"关上大门。当他关上时,昨晚到家的贾瓦德飞奔下楼。

"给阿伽·加安打电话!"法克莉·萨达特对他说道,"快点!"

然后,她朝这些人走去,挡在他们面前。"你们以为自己在干什么?"她说道,"这是清真寺的阿訇!你们应该为自己感到羞愧!"

一听到阿伽·加安在小巷中的脚步声,"蜥蜴"重新打开大门。他试图用自己通常那种"胡言乱语"告诉他些什么,但阿伽·加安这时突然看到两个男人正试图制服正在挣扎的阿哈默德。"住手!"他喊道,"住手!你们以为自己在干什么?放开他!"

宣礼员也匆忙来到院中,纳斯林和恩熙从楼上观望。阿伽·加安从阿哈默德身上拉开一个人,但阿哈默德失去平衡,摔倒在地。他慌忙爬起,意欲冲上屋顶,这时其中一人使劲地踢了他一脚,他再次跌倒。这一次,这个男人抓住他,用膝盖顶住他的后背,给他戴上手铐。

"蜥蜴"仍站在宣礼员旁边,困惑不解。

阿伽·加安试图与这些人理论。"我亲自把他送去法庭。我不想让他带着手铐被拖走。我是阿伽·加安,你们可以信任我,我跟你们一起去。你们不该这样行事。"

其中一人将他推到一边。贾瓦德马上介入,尽力不让父亲被推倒。"随它去,"他说道,"您已经尽力了。"

"安拉!安拉!安拉!"当三人将阿哈默德粗暴地推进一辆吉普车时,阿伽·加安叫道。

"你们把他带到哪个法庭？"阿伽·加安无助地喊道。

但吉普车轰鸣着离开，没人回答他的问题。

哭泣的法克莉·萨达特被女儿们带上楼去。

贾瓦德试图将阿伽·加安拉回房内，但他拒绝了。

"这是一个灾难，"阿伽·加安，"我必须查出他们把他带到哪儿去了。"他冲出大门。

这些人给阿哈默德蒙上眼罩，开车将他带到一个秘密地点，就在几天之前，这儿变成了伊斯兰法庭。

当他们除掉眼罩，阿哈默德看到自己正站在一个光线昏暗的房间。他不知道自己在哪儿，尽管知道肯定是在一个地下室中，因为他算过，往下走了十三级台阶。

没有窗户。墙上覆盖着大幅条状黑布，上面用白色油漆潦草书写着神圣的经典。

唯一的家具就是一张桌子和两把椅子。一面绿旗——伊斯兰教的标志——歪斜地钉在较高那把椅子的后面。

阿哈默德被命令坐在较低的那把椅子上。那些男人将他单独留在这个令人窒息的房间，一盏黄色的灯不祥地照亮他的脸。

他在那儿坐了漫长的一个小时，等待着。

寂静和不确定性令人感到恐惧。

他听到某处有门打开，楼梯上响起匆忙的脚步声。

一个卫兵走了进来。"起立，迎接伊斯兰教法官！"他吼道。

阿哈默德站了起来。他只能辨识出一个年轻阿訇的身影迅速在他对面坐下。

"被告可以坐下！"他厉声说道。

阿哈默德坐下，努力看是否认识这个阿訇。但他被眼罩蒙着，无法看清他的面孔。

"我将读出你的姓名，"法官开始道，"如果正确，你可以说是。然后，我将问你几个问题，你必须回答。"

"我是星期五清真寺的阿訇，"阿哈默德说道，"在你开始之前，我想让人把我的长袍和穆斯林头巾送来。否则，我拒绝回答你的问题！"

"你是阿哈默德·阿尔萨贝里,穆罕默德·阿尔萨贝里之子。"

阿哈默德固执地保持沉默。

"作为秘密警察的积极成员,"法官继续道,"嫌疑人犯下了一个阿訇所能犯下的最糟罪行。"

"那不是真的,"阿哈默德爆发道,"我什么都没干。"

"我们这儿有证据,"法官说道,举起一份文件。

"那是伪造的。我应该知道自己是否做了错事,而我没有犯下任何有违良心的罪行。"

"我们有你跟国王的秘密警察相互勾结的证据。"法官说道。

"你不可能有证据,因为我没跟他们勾结。作为阿訇,我跟各色人等打交道——从乞丐到秘密警察,无所不包。你肯定是收到关于那些联系的报告,但它们在法庭上很难成为证据!在动荡时期,我是清真寺的阿訇。每当我发表煽动性的演讲,秘密警察就出现在我的门口,给我读《反暴乱法》。法官也不会把那当做是证据。我没做错什么。"

"你是鸦片烟鬼,"法官答道。

"那不是罪,"阿哈默德反驳道,"这个国家的大部分阿亚图拉都吸鸦片成瘾。"

"我们有你跟秘密警察的高官一起吸鸦片的证据。"

"没错,但仅此而已。"

"他们给你钱。那有文件记录。"

"仅在我作为阿訇的职责范围之内。人们信赖我,为各种原因给我钱。秘密警察也给我钱,但我把每一分钱都交给了清真寺。"

"你在许多场合与女人有不正当关系。"

"我是跟女人有关系,但一直都是遵循伊斯兰教法行事。"

"我有一些照片,清楚显示你在抽鸦片,跟妓女鬼混。"

"秘密警察陷害我,好败坏我的名誉,但是我……"

直到此刻为止,他都努力就法官的问题给出了令人信服的答案,但在刺目的灯光下,很明显,他的手在颤抖,眼泪从眼眶中涌出,顺面颊滚下。

很快,他开始结结巴巴,话不成句。是因为鸦片。他从未戒掉这个习惯。相反,他在德黑兰买了一管现代电子烟枪,这样就可以随心所欲地在任何地方秘密吸食鸦片。阿伽·加安知道,但决定视而不见。

如果他吸食了通常的剂量，就能够更为有效地为自己辩护。但他们在错误的时间逮捕了他，当时他正准备在去清真寺带领大家祷告前抽鸦片。

由于处于如此之大的压力之下，他身体中的每根神经都在渴望鸦片，感觉像是一头大象正站在他的胸口之上。

他通常在长袍里放一小块鸦片应急。如果现在穿着它，他便可以吞下鸦片，感觉正常一些，但他们将他拖上伊斯兰法庭时，他只穿了一件棉布长衫。

绝望之下，他拍打着衬衫口袋，但里面空空如也。

他试图松开领口，以便更好地呼吸，但他的手指拒绝合作。他的额头沁出汗珠，耳中开始轰鸣，听力逐渐衰退，再也听不到法官的声音。他眼前一黑，从椅子上滑落下去。

第二天早晨，他的妻子带着他们的孩子回娘家去了。

驴

绝对不,他们将很快知道!

还是不,他们将很快知道!

我们曾以黑夜为帷幕,

我们曾制造明亮的灯。

我们从含水的云里,降下滂沱大雨。

我们警告过你们,痛苦即将来临,

有朝一日,人们将会看到,他们亲手铸就了什么。

在接下来的一个月,阿伽·加安找遍全城,跟他认识的每一个人谈,但没有找到阿哈默德的任何踪迹。所有人都听说阿哈默德被捕了,谣言像野火一样在城中迅速蔓延。

"你接下来怎么办?"法克莉·萨达特问阿伽·加安道。

"我们也许应该等着它平息,"他说道,"特别是在这些动荡的时刻。你哪天应该来巴扎看看这些商人都如何回避我。我的声誉岌岌可危。"

门铃响时,阿伽·加安跳了起来。

这个铃声异于平常,仿佛命运的使者站在门外。

"谁呀?"阿伽·加安问道,声音颤抖。

"开门!"一个男人的声音要求道。

"谁在那儿?"阿伽·加安再次问道。

"我们有带给阿伽·加安的口讯。"

他打开门。外面站着一个留着胡须、提着一把枪的人。

"我能为您做点什么?"阿伽·加安问道。

"阿訇要跟你说话,"此人答道。

"哪个阿訇?"

"吉普车里的那位。"

阿伽·加安走到吉普车旁,"欢迎来我家,"他透过车窗对后座上的年轻阿訇说道,"如果您愿意的话,请进来。我们可以在我的书房谈。"

阿訇从车上下来。阿伽·加安将他引进他的书房,给他一把椅子。

"通常你会被请到伊斯兰法庭,"阿訇平静地说道,"但我们没有太多时间。我来这儿是传递一个口讯,并要求必须立即照办。"

"你是什么意思?哪种要求?"

"法庭已经做出决定,我来通知你它的裁决。我将宣读这份文件。"

阿伽·加安以为这与阿哈默德有关,想到此事毕竟还有商量余地,他突然感到释然。

阿訇将手伸进自己的衣袋中,拿出一个未封口的信封,抽出里面的一张纸,小心展开,开始读道:

奉对拒绝遵从他的话的罪人毫不留情的安拉之名,并奉我们的领袖阿亚图拉霍梅尼之名,伊斯兰法庭已做出裁决:卡伊姆·玛卡姆·法拉哈尼一家将被免除对塞尼詹市星期五清真寺的一切责任,立即生效,无限定期限。

阿伽·加安震惊地跳了起来。"那不可能!这座清真寺属于我们!"

"清真寺属于真主,"阿訇平静地说道,"清真寺从来不是任何人的私有财产。你应该知道这一点。"

"但我们有文件表明这片土地和这座清真寺属于这座房子。我们家的契据这么写的。我们继承了这座清真寺。我有证据!"

"请冷静。那些文件没有法律效力,因为清真寺属于我们所有人。你们家只是它的监管者。这并非是授予你们的神圣权力。既然我们有了伊斯兰政府,法官可以撤销以前的裁决。我们不再需要你们监管这座清真寺。伊斯兰法庭已经废除你家对于这座清真寺的权力。这座房子将与清真寺分开。你和你的家人可以继续住在这座房子中,但我必须收回清真寺的钥匙。你准备交出它们吗?"

"不!"阿伽·加安说道,"我不能交出它们,也不想。这是什么意思?你会毁了我们所有人!你也一定要侮辱我们吗?"

"如果你不马上交出钥匙,我将命令我布置在外面的人进来取。"

"你不会从我这儿得到它们的!"阿伽·加安坚定地说道。

阿訇回到吉普车上,命令他的人进来拿钥匙。

三个人进到阿伽·加安的书房。他们朝他的桌子奔去,但站在房间中央的阿伽·加安挡住了他们的去路。"滚出去!"他尖叫道,"滚出我的房子!"

这些人将他推到一边,开始搜查房间。

"这纯粹是抢劫!"阿伽·加安朝正在倾倒他桌子抽屉的人喊道,并将他推开。

听到吵闹声的贾瓦德冲了进来,拉开父亲,然后站在两人之间,避免他们相互厮打。

这些人将他们找到的所有钥匙拿走,然后离开。但他们没有拿到藏宝室的钥匙,因为阿伽·加安总是将它放在自己的口袋中,挨着他的《古兰经》。

三天后,当夜晚逐渐降临时,一架直升飞机在清真寺上空飞翔。里面是阿亚图拉阿拉基——霍梅尼派往主要城市监督执行伊斯兰教法的几十位阿亚图拉之一。每位阿亚图拉都被授予无限的权力。只对霍梅尼负责。

在下面的街道上,数百信徒朝直升飞机举起双臂,呼喊着"欢迎,阿訇的朋友!"

直升飞机降落在屋顶上,一群来自巴扎的人列队问候这位年迈的阿亚图拉,清真寺院子中有几百个伊斯兰原教旨主义者捶胸喊道:"我们将为您牺牲我们的生命,霍梅尼!"

两个全副武装的年轻人冲过去扶这位阿亚图拉走下阶梯,信徒用肩将他抬进清真寺。

不想错过阿亚图拉到来的阿伽·加安偷偷打开通往一个宣礼塔的活板门,爬了进去,然后攀到努斯拉特曾跟一个女人做爱的位置。从这里,他居高临下地俯视这个场景,看到了每一个细节,宣礼塔的绿光映在他的脸上。

清真寺再一次变成了塞尼詹市的中心。每个星期五晚上,人们从几英里之外来到这座清真寺,聆听阿亚图拉讲话。

阿亚图拉阿拉基是这座城中最有权势的人。他的预约簿总是爆满,任何决定都必须经由他首肯。除了伊斯兰法庭,他的独裁统治覆盖一切。

伊斯兰法官独立操作,尽管在特殊案件上要与卡尔卡尔商量。实际上,他曾给他打电话,商讨阿哈默德的案子。卡尔卡尔的建议非常明确:"你是法官。

闭上你的眼睛，给出你的裁决！"

然而，法官去了清真寺，将阿哈默德的档案递给阿亚图拉，征求他的意见。阿亚图拉在两次祈祷仪式之间研究了这份档案，并赞成法官的裁决建议。"他是一位阿訇，所以对他的惩罚必须比对普通公民更加严厉。就这样！"

第二天，一辆吉普车在城中从黎明转至午后，用高音喇叭宣布通告："塞尼詹的所有信徒注意！两点请到中央广场。法官将宣布他对前秘密警察的帮凶阿哈默德·阿尔萨贝里一案的判决。这将是根据伊斯兰教法进行的第一次公开宣判。真主是仁慈的，但必须时，他也很残忍。"

阿伽·加安听到这个通告时，正站在院子中的净池旁。他呆住了，腿突然感到麻木，不得不抓住路灯柱以撑住自己，将前额靠在上面。

法克莉·萨达特也听到了这个通告。"我们该怎么办？"她问道，感到震惊。

"我们无能为力，"阿伽·加安说道，"现在只有真主能够帮助我们了。上个月我到处敲门，亲吻每个人的手，但无济于事。没人知道伊斯兰法庭上发生了什么。案子一直都是秘密审判。"

"济纳特为何什么都不做？她在高层有朋友。"

"我认为她也做不了什么，连她都不知道法官是谁，这些审判后面的人是谁。此外，她站着他们一边。她对自己的儿子也不例外。"

"为什么不？你不断地告诉我，他是无辜的。"

"我不知道，法克莉。我就是不再知道了！"

"但阿哈默德不只是清真寺的阿訇，他还是她的儿子。为什么是你必须拜访人们，去亲他们的手，而她在什么地方躲起来了呢？说到这儿，她在哪儿？她为什么躲起来，甚至躲着你？"

"法克莉，这不只是普通的权力更替，而是一场革命。正因如此，人们的思维方式发生了剧变。我们会以在平常时期根本想不到的方式看待事物。人类会做出最不人道的行为。看看你的周围，所有人都变了。你很难再认出他们。我无法判断，他们是突然摘下了面具，还是戴上了新的。只有真主知道济纳特怎么了。谁曾想到她会出人头地？"

"出人头地？你说的'出人头地'是什么意思？"法克莉尖声问道。

"她拥有权力，做出决策，安排一切。真主知道，她还做些什么。"

"她平淡无奇。她很丑陋。跟她共事的女人都很可怕，都是那种没人愿意多看一眼的女人。她们都很丑！"

"法克莉！"

"济纳特内心丑陋，"她说道，不理阿伽·加安的嗔怪。

"现在不是讨论这些的时候。我要去广场看看发生了什么。也许我仍能做点什么帮帮阿哈默德。"

"别去。他会当众受辱。待在家里，直到风暴平息。"

"我必须去。这是我的生活。我最不担心的就是受辱。"

离开之前，阿伽·加安进行了祈祷。然后，他戴上帽子，高扬起头，出去迎接自己的命运。

广场挤满了人。他在一棵树下找到一个位置，可以清楚地看到将要进行宣判的平台。人们交头接耳，对如何执行伊斯兰法感到好奇。

三辆吉普车开了过来，卸下上面的"革命卫队"。然后，一辆黑色的德赛梅斯驶进广场。一个卫兵打开车门，下来一位年轻阿訇。卫兵护送他走上平台，他在一把高高的椅子上就座。"带囚犯！"他命令道。

阿哈默德被从一个临时拉起的绿色帘幕后带了出来，看上去很虚弱，蓬头垢面。他已经几个星期没吸鸦片，这从他布满皱纹的面颊和塌陷的双肩上体现出来。他像是一个未经梳洗的流浪汉。若非法官宣布他的姓名，没人会认出他来。

人们难以置信地看着阿哈默德·阿尔萨贝里，他们曾经爱戴的阿訇，一个曾经收到几百封情书的男人。

法官先是要求肃静，然后开始宣读他的判决。"阿哈默德·阿尔萨贝里被发现犯有与前政权的秘密警察合作的罪行。与撒旦合作！这是背叛伊斯兰教、背叛他被任命去服务的清真寺的行为。然而，因为他的手上未沾任何血迹，所以只判十年监禁！"

人群中传来喘息和惊叫声。法官再次要求肃静，然后继续宣读："现剥夺被告的所有职务。既然不允许他再任阿訇之职，其长袍和穆斯林头巾将被收回。"

阿哈默德在他肮脏的衬衣中颤抖。

"因为他曾是星期五清真寺的阿訇，所以他将遭到额外的惩罚，以儆效尤。"法官说道，略加停顿后，他突然叫道："牵驴过来！"

卫兵从看台后面牵来一头白驴。

人群中传来嘀咕声："他们现在要干什么？他们要对他做什么？"

驴看了一眼众人，不肯再迈一步。卫兵不得不将它推上平台。

阿伽·加安认识这只动物。它是安姆·拉马赞的驴！

就在这时，一群戴着印有"霍梅尼的士兵"的绿色头箍带的军人冲进广场，喊着，"真主伟大！让国王的走狗去死吧！"

在这通喧哗之上，法官叫道："被告将倒骑着驴被带往星期五清真寺。对于亵渎其阿訇长袍的人，这是仁慈的惩罚！"

惊人的寂静。所有人都惊骇地看着阿哈默德，后者的眼睛一直盯着地面。

阿伽·加安掏出手帕，擦去额头流下的汗滴。他无法相信他们真的要让阿哈默德倒骑驴穿过塞尼詹！

无可否认，阿哈默德做了一些蠢事，但阿伽·加安不认为他曾是国王的走狗。这完全不符合他的个性。但阿哈默德为什么不说清楚？为什么不否认？为什么不为自己辩护？

阿伽·加安向平台挤去。"阿哈默德！"他大声喊道，"你不是叛徒！为你自己辩护！"

所有人都盯着阿伽·加安。

"说点什么！"他叫道，这次声音更大。

听到阿伽·加安的声音，阿哈默德似乎从恍惚之中清醒过来。

"安静！"法官命令道。

"说清楚，阿哈默德！"阿伽·加安说道。

"安静！"法官再次命令道。

两个卫兵过来抓住阿伽·加安。

"醒一醒，阿哈默德！说点什么！为了我！为了我们！为了清真寺！"阿伽·加安一边努力挣脱卫兵，一边喊道。

"你是我们清真寺的阿訇，捍卫你的——"他喊道。没等他说完，一个卫兵便将他的胳膊扭到他的背后，把他面朝下压在地上。

"阿哈默德！为我们做点什么！"当卫兵将他按倒在地时，他喊道。

两个来自巴扎的商人跑上前，将阿伽·加安从卫兵的手脚之下拖了出来，然后拉回到他们曾站立的位置。

阿哈默德用尽他所有的力气，将双臂举到空中，向群众喊道："我以神圣的

《古兰经》发誓，我是无辜的！"

"安静！"法官命令道。

"我以清真寺发誓，我从来不是国王的走狗！"

"闭嘴！"法官咆哮道，此时真的很生气。

"我从未——"阿哈默德正要说道，就在这时，两个卫兵抓住他，开始将他抬上驴背，但这头动物避开了。其中一个卫兵使劲用步枪戳它，致使它踉跄着跌倒，然后又挣扎着站起。

一个戴着绿色头箍带、举着一把枪的老人迈步上前。他轻抚这头驴的头部，稳住这头动物，与此同时，卫兵将阿哈默德举到了鞍座上。

阿伽·加安无法相信自己的眼睛。穿着军装的这位老人是安姆·拉马赞！他们从前的园丁已经变成了安拉军队的一个士兵！这令人匪夷所思。安姆·拉马赞不仅让他们用自己的驴去羞辱阿哈默德，摧毁他的意志，甚至还自愿稳住这头动物。

他应该为自己感到羞耻。哎呀，他仍拥有他家的钥匙！人们怎能变得如此之快？

阿伽·加安如此不安，以至于开始像个阿訇般吟诵《被遣者》章：

悲哉，那天，否认真理者！
以疯狂怒吼的暴风雨盟誓！
以广为散布的传播者盟誓！
以阻断一切的分裂者盟誓！
降示的警告将会兑现。
当星辰黯淡时。
当天体崩裂时。
当山峦飞散时。
悲哉，那天，否认真理者！

驴出发了。阿哈默德无声地哭泣。有人扔了一块石头，正中他的头部。

阿伽·加安忍无可忍。他追上驴子，扑到它的前面。"住手！"他对群众说道，"你们不能扔石头！他未被判处石刑！那个可恶的法官在哪儿？"

一个卫兵推了阿伽·加安一把，令他仆倒在地。但他以就他这个年龄的人而言快得惊人的速度重又站起，冲向驴子。

卫兵伸出步枪一端挡住他的去路。

又一块石头扔了过来。这次打中阿哈默德的右耳。阿伽·加安掏出《古兰经》，用力推开卫兵，跑向阿哈默德。他站到侄子身前，举起《古兰经》喊道："看在此书份上，不要砸他了！"

卫兵从他手中夺过《古兰经》，砸在他的脸上。这一击使阿伽·加安踉跄一步，但他很快恢复了平衡。他拦腰抱住阿哈默德，试图将他拖下驴子，但他用力过猛，以至于两人同时摔到地上。

当两个卫兵将阿哈默德举回到驴背上时，其他卫兵则猛踢阿伽·加安。他们沉重的靴子踢着他的腹部、后背和双腿。

驴子朝清真寺方向跑去，人群紧随其后。阿伽·加安痛苦地蜷缩在地，吟诵道：

　　哦，你隐在斗篷之下！
　　哦，你裹在衣服之中！
　　你可以不再躺在地上。
　　站起身来！
　　以月亮盟誓，
　　以黎明盟誓！

他将手撑在地上，痛苦地站了起来。

《奶牛》

在开始的时候是奶牛,其余是寂静。至少古代波斯人如此认为,这也是法尔斯省古老波斯宫殿中的圆柱冠以奶牛头的原因。

奶牛死去时,其余的所造之物从她的身体上出现。她的肉体冒出了植物和动物。

过了一段时间,这个观念消失了,代之以其他的说法。火变得神圣,奶牛褪入背景之中。

当第一位波斯先知索罗亚斯德①在亚兹德②出生时,火仍在群山中的火神庙中熊熊燃烧。索罗亚斯德宣布,既不要崇拜奶牛,也不要崇拜火。他说,有一个至高无上的神,他将之命名为"阿胡拉·马兹达"③。火成为阿胡拉·马兹达在地球的标志。先知也给他的人民一部索罗亚斯德的圣经《阿维斯陀经》④。

几个世纪后,穆罕默德宣布成立伊斯兰教。古代波斯人的信仰被抑制,"火"被扑灭。

一千四百年来,"奶牛"和"火"未被崇拜,但它们仍存在于波斯精神之中。

在阿伽·加安的家中,伊斯兰教造成了裂隙。在过去八个世纪中,这个家在反对伊斯兰教的敌人的斗争中团结起来,在清真寺的布道台上作战。现在,有史以来头一次,这个家庭的敌人是伊斯兰教本身。

革命多少算是结束了,但沙保仍未回家。

努斯拉特干得很好,夜以继日地工作,作为伊朗导演,他为自己在这个新伊斯兰共和国辟得了一席之地。他无暇回家,也不再打电话。

济纳特如此狂热地投身于霍梅尼版的伊斯兰教,以至于很少回家。她跟这

---

① 索罗亚斯德(前628年—前551年):古代波斯国国教拜火教之祖,索罗亚斯德教的开创人,别名为"查拉图斯特拉"。
② 亚兹德:位于伊朗中部,是伊朗拜火教最大中心,直至今日,圣火依然在拜火教的祆祠里燃烧不息。
③ 阿胡拉·马兹达:远古波斯拜火教(索罗亚斯德教)神话中的至高之神,象征物为"火"。
④ 《阿维斯陀经》:古代波斯拜火教的经典。

个家庭断绝了所有联系。他们不知道她在做些什么。

感觉很不舒服的宣礼员越来越频繁地外出。

贾瓦德经常出门在外,大部分时间在德黑兰,跟沙保保持联系,尽管没有告诉自己的家人。他总是私下同情左翼运动和沙保此时正积极投身于的斗争。

"你为什么不回家?"贾瓦德问沙保。

"霍梅尼住在巴黎时,他承诺要容忍他人。现在他掌权了,却忘记了自己的诺言。对他而言,左翼分子是亵渎者。在他的伊斯兰政权中,没有异议存在的空间,所以我们缓和措辞,转入地下。霍梅尼不值得信任。"

阿伽·加安的女儿纳斯林和恩熙也决定离开。她们希望在德黑兰找到位置。在这个家中,没有哪个女人曾经独立生活,但纳斯林和恩熙不再满足于坐在家中等待夫婿。

法克莉·萨达特一直对女儿爱护备至。她并未坚持让她们定期前往清真寺,还把她们送往塞尼詹最好的学校。中等学校毕业后,两个女孩都去了师范学院。正常情况下,她们现在应该已经毕业,担任教师了。但革命爆发时,学校都已关闭。当它们重新开课时,纳斯林和恩熙被拒之门外。

新的伊斯兰政权在工厂、行政机关和学校中发动了文化革命。任何被认为不够"伊斯兰化"的人都被撵回家去。纳斯林和恩熙是她们班被遣回的第一批学生,主要是因为阿哈默德带来的耻辱和阿伽·加安对他据理力争的辩护。

有一段时期,两个女孩继续住在家中,但对她们而言,在塞尼詹并无前途。

"纳斯林和恩熙想搬去德黑兰,"法克莉·萨达特一天晚上向丈夫宣布道,当时他们正在铺床。"她们已经问过我对此的意见。"

"我们不能把两个年轻女孩单独送到德黑兰去!"阿伽·加安说道。

"那你打算怎么办?让她们永远待在这儿?"

阿伽·加安没有答话。

"她们在这儿没有前途。你必须让她们去。"

几天后,纳斯林和恩熙到阿伽·加安的书房去见他,告诉他,她们想到德黑兰找工作,他不该设法阻止她们。

"好吧,"阿伽·加安说道,"我不会阻拦你们。"

于是,她们搬到德黑兰,跟以前的一位同窗一起找到房间同住。

阿伽·加安每天继续去巴扎,但一切都变了。均已蓄须的男人大部分时间都在竞相讨好毛拉。傲慢已成惯例。无人对阿伽·加安显示出丝毫的尊重。自从办公室小弟开始穿着民兵制服来上班后，阿伽·加安不再敢在这个房间给任何人打电话。

过去，当他去村中视察他的店铺时，总是受到隆重的欢迎。现在，村民甚至都不出来跟他打招呼。

一天，一位老友从伊斯法罕过来顺便造访，发现他正俯身在桌上报纸的上方。阿伽·加安衰老得如此厉害，以至于差点认不出他来。他已变成了一位精神崩溃、头发灰白的老人。

他努力照常工作，但心不在焉，也不再拥有从前的精力，所以开始较早回家，在花园中消磨时光。有时，他下到地下室，花上几个小时到处翻看。一天，法克莉·萨达特去找他。"你这段时间在这下面干什么呢？"她问道。

"我一直都没时间看看这些箱子。"

"今天就到这里。去洗洗手。我刚泡好茶。"

他在净池中洗了手和脸，去厨房和法克莉一起喝茶。

"要有耐心，"当她开始抱怨孩子们没有未来时，阿伽·加安建议道。

"当我的三个孩子都毫无前途地离开家，而且我们一半时间甚至都不知道他们在哪里时，我怎么能有耐心呢？"

"不只是我们的孩子。数千其他人也在遭受同样的命运。生活总是如此，也总将如此。唯一的疗方就是耐心。"

"你的信仰给了你力量，使你能够耐心，但帮不了我。我很软弱，充满疑虑。我几乎不敢说出来，但我怀疑真主是否看到了我们的挣扎。"

"坚强起来，法克莉。不要迷失在黑暗中。你需要保持宁静。"

"所有人都按照自身利益行事，所有人都努力保护自己的领域。只有你一直诚实，而那把你带到了哪里？地下室！你曾是巴扎最重要的人，你的话曾是金科玉律，而你现在如何打发时间？在地下室的废旧物品中翻箱倒柜！"

"我希望你别那么说话。"阿伽·加安说道，感觉刺痛。

"很抱歉，但你知道我的意思。我要说的是，你的朋友们在哪儿，巴扎中有权势的人？他们为什么不做点什么帮帮你？"

"我不需要他们的帮助，"阿伽·加安反驳道。

"所有人都抛弃了你。济纳特在哪儿？宣礼员在哪儿？而且，最重要的是，你的兄弟努斯拉特在哪儿？你最近收到他的讯息了吗？"

就在此刻，努斯拉特正在淋浴，想着他可以为波斯电影做出的贡献。他知道，没有霍梅尼的认可，他将一事无成。

然后，当水敲击在他头上时，他有了一个绝妙的主意。"奶牛！"他大声叫道。"就是它！"他关上水，抓起毛巾，擦干身体，穿上衣服，匆忙出门。他叫了一辆出租车，前往此时充当贝赫什提的总部的前王宫。

革命开始已有九个月，霍梅尼仍未决定如何处置电影院。它们已被关闭，且跟妓院一样，被宣布为"不洁"。

努斯拉特和贝赫什提曾密切合作，相互熟识。贝赫什提对电影院并无恶感。住在德国时，他偶尔偷偷出去看场电影。不过，他认为现在不是跟霍梅尼谈论这个问题的合适时机。

"但我想出了一个完美的解决办法，"努斯拉特对贝赫什提说道，"我们要做的就是让这位阿訇看一部电影。那样的话，他可以亲眼看到，电影院和妓院迥然不同。"

"现实一点，"贝赫什提说道，"我们给他看什么电影才能让他认可电影院呢？"

"《奶牛》！"努斯拉特说道。

"《奶牛》？"

"第一部真正的波斯电影。我甚至可以说，它是一部伊斯兰电影。"

"它叫《奶牛》？"

"对，《奶牛》！一部波斯经典。请注意，它不是一部杰作，而是最适合给这位阿訇看的影片。毕竟，所有波斯人都熟悉奶牛的原型，就连阿訇霍梅尼也是如此。我将安排一家电影院放映该片，你要确保这位阿訇到场。伊斯兰教本来可以对电影工业施加巨大影响。我有宏伟计划。如果霍梅尼认可电影，一个独立电影工业将会从我们文化的心脏涌现。什叶派有看待事物的独特方式。有古老的波斯文化作为我们的向导，我们将很快征服全世界的电影院！"

"我们可以以后再谈世界的其他部分，首先必须说服这位阿訇看电影。"

"我们最好赶紧行动。没有多少时间了。由于电影院已被封闭，地毯商人已经发起了全国性的运动，购买建筑物，将它们变成清真寺。"

"我们永远没办法让这位阿訇踏足电影院的。"

"那我们就反其道而行之,把电影院带给这位阿訇。"贝赫什提笑了,"这是一个好主意。"他说道。

"这是正在创造中的历史。霍梅尼会喜欢电影的。故事发生在乡村。它会让他想起自己的青春。"

第二天晚上,努斯拉特出现在霍梅尼位于德黑兰南部山区的住处,他带着放映机,肩上扛着银幕。

贝赫什提把他领到阿訇的书房。霍梅尼正坐在一块地毯上,倚在墙上的靠垫上。

革命以来,努斯拉特留起胡须,头发变白。他也开始戴那种艺术家的帽子。人们通常在霍梅尼面前下跪,亲吻他的手,但努斯拉特例外。他脱下帽子,冲这位阿亚图拉略微点了一下头。

贝赫什提介绍他:"这位是摄影师,他对革命的报道在全世界播出。他非常可靠,来自于一个虔诚的好家庭,关于电影有一些有趣的想法。我让你们单独谈谈。"

贝赫什提走后,只剩寂静。

努斯拉特把东西放下,环顾四周,寻找挂银幕的地方。他从衣袋里掏出一把锤子,未经许可,便用两个小钉子将银幕钉在了墙上。

他从墙边挪过一张桌子,将放映机放在上面。然后,他将一把椅子放在屋子中央,转向霍梅尼:"请您坐在这把椅子上好吗?"

"我在这儿很好,"霍梅尼说道,有点恼火。

"我知道,但这把椅子是观影体验的一部分。"

霍梅尼惊讶地盯着他,以前从未有人这样跟他说话。

但他知道,努斯拉特是一位摄影师,而且他也知道,你应该永远听两种人的话:你的医生和摄影师。他站起身来,坐到椅子上。

努斯拉特拉上窗帘,关上灯,让这个房间陷入黑暗。

然后,他打开放映机。

片盘开始转动。这是一部黑白老片。出现在银幕上的第一个形象是一头奶牛。她"哞哞"叫着——这出乎霍梅尼的意料。然后,一个农夫进入视野。他亲吻牛头,轻抚她的脖颈,说道:"你是我的奶牛。我自己的可爱奶牛。来,我们去散散步。"

农夫出发了,奶牛跟着他前往牧场。在那儿,农夫取出一个老式烟管,坐在一棵浓荫的树下,开始抽烟。他满意地凝视着正在吃草的牛。然后,一个戴着头巾的女人出现了。

"你好,玛沙蒂!"

"你好,巴吉。过来到树荫下坐,今天是个热天。我正要去牵我的牛去河边。这个可怜的东西在牛棚里太热。你还好吗,巴吉?"

女人在他身边的树荫中坐下,他们默契地盯着牛。

电影中没有什么奇特之处,但有几个神奇的场景,你能从中看到普通的乡村生活。故事本身很简单,但使它如此动人的是村民原生态的生活状况。

这部影片非常适合霍梅尼的新伊斯兰共和国,因为村庄中没有任何现代生活的痕迹。女人们都穿着罩袍,《古兰经》至高无上。没有自来水或电。听不到音乐,无人拥有收音机。对于霍梅尼而言,这是一部非常完美的启蒙影片。他能够从片中认出自己、父母和从前的乡亲。

这是一个关于一位没有子女、喜欢自己奶牛的农夫的故事。一天,他的牛病了。村中的智者建议他在牛病情恶化之前将她屠宰,但他不听。

一天,当农夫出去时,奶牛倒地死去。村民决定在农夫回来之前将这头动物马上掩埋。

当他回家问起他的奶牛时,所有人都告诉他,她走失了。农夫很惊慌。他花费数日寻找这头奶牛。当他无法找到时,便认为他的生活不再具有意义,于是停止了饮食。

村中的智者到他家安慰他,跟他解释说,一个人为损失一头奶牛而哀悼是不对的。但农夫如此难过,以至于认为自己变成了一头奶牛。当智者走进他家时,他开始悲伤地"哞哞"叫。智者掏出手帕,擦去自己的眼泪。

电影结束时,努斯拉特打开了灯,正好看到霍梅尼去掏自己的手帕。

在下一个星期五,国内的每位阿亚图拉在布道结束时,都做了一个不同寻常的声明:"今晚,一部电影将在电视上放映。这部影片名叫《奶牛》,并且是伊玛目霍梅尼批准的。伊斯兰教信徒可以观看!"

那天晚上,没有电视机的人们涌到茶馆观看这部影片。这在伊朗电影史上是一个大喜之日。

阿伽·加安跟"蜥蜴"一起在屋顶的小屋中看了这部影片。这也是他看的

第一部电影。看到奶牛、农夫和贫瘠的房屋时,他很难相信,这就是他早有耳闻的、备受赞誉的电影。

沙保和贾瓦德一起看的此片。

纳斯林和恩熙跟她们从前的同学一起看了此片。

萨迪克是在几位伊斯兰妇女的陪伴下,于造访德黑兰期间看了这部影片。卡尔卡尔在他姐姐的帮助下,安排萨迪克在首都住上一段时间。

济纳特·卡诺姆住在阿扎姆·阿扎姆的房子中,后者聘请她在女子监狱担任她的助手。她最近谴责了阿哈默德,在清真寺公开宣布,她以自己的儿子为耻。

济纳特并非唯一的谴责者。电视里满是背弃任何敢于反对阿亚图拉们的子女的虔诚父母。所有人都在谈论此事,没人能够理解。这些父母是受宗教信仰激发?还是被毛拉们洗了脑?

济纳特谴责阿哈默德那天,阿亚图拉阿拉基将她叫到他的办公室,进行了一次私下谈话。"济纳特·卡诺姆,"他说道,"你是这这座城市所需要的那种伊斯兰妇女的榜样。你是真正的伊斯兰妇女典范。圣法蒂玛对你很满意。现在请仔细听好。我命令你将塞尼詹的妇女都变成模范的伊斯兰妇女。我想让她们的外表和行为都像济纳特·卡诺姆。清楚了吗?"

"是的,阿亚图拉!"济纳特说道,跳了起来。

济纳特和其他六个狂热女人建立了道德委员会,开始让妇女在公共场合的行为伊斯兰化。

在塞尼詹,大部分妇女外出时都穿上黑色罩袍,但很多年轻女性不愿遵从这个伊斯兰政府,拒绝穿罩袍。新组建的道德警察在城中巡逻,他们乘着吉普车到处巡视,在街上查看妇女是否按照伊斯兰妇女的着装标准穿戴。

每辆吉普车中有两个戴面纱的妇女和一个全副武装的男人。他们一看到化着妆或穿着不符合伊斯兰标准的女人,便跳下吉普车,冲向她,拦住质问。如果她听从他们的建议调整罩袍或头巾的话,他们便放她走;但如果她抗拒,他们便逮捕她,投进等待着的厢式货车,拉到一个秘密地点,给她一个教训。

被逮捕的所有女人都被送到济纳特处。她和阿扎姆·阿扎姆发明了各种恐吓她们的方式。例如,阿扎姆·阿扎姆会把糖浆涂在她们的腿上,济纳特会把她们锁在满是蟑螂的黑房间中。顶嘴的女孩将被关在另一个黑屋中,吱吱叫的老鼠会在她们赤裸的脚上飞快掠过。

最近，济纳特曾拿起一条粗糙的毛巾，用力去擦一个女人嘴上的口红，致使她的嘴唇流血。

晚上，所有人都盯着电视，观看《奶牛》，还有一群伊斯兰学生在霍梅尼的许可下，翻过美国大使馆，冲进大楼。在一次闪电袭击中，他们逮捕了为安全起见一直待在大使馆中的大使和六十五位雇员。为了确保美国人无法采取大规模军事行动解救人质，他们后来将人质运送到很多秘密地点。

作为额外防范措施，最重要的人质被送往库姆、伊斯法罕和塞尼詹。

半夜，塞尼詹的阿亚图拉阿拉基被助手从床上叫醒。

"穿上衣服，"助手低声说道，"有人拜访您。"

"谁？"阿亚图拉问道。

"一个非常年轻的阿訇，他说受命告诉你一个国家机密。"

阿亚图拉飞速穿上衣服。那位年轻阿訇正站在客厅等他。

阿亚图拉伸出手，年轻人吻了它。"我是德黑兰大学的学生，"他说道，"从阿亚图拉霍梅尼那儿带给您一个机密信息。"

阿亚图拉将头靠近这位学生的头。

"前门外停了三辆车，"学生对着他的耳朵低语道，"里面有三个蒙着眼睛的美国人。"

阿亚图拉阿拉基戴上他的穆斯林头巾，抓起手杖。"我准备好了，"他说道。

他上了其中一辆车，他们驶进沙漠。

以瑞士为调停者，伊朗和美国政府的代表会面，商讨释放人质问题，但协商持续数月，毫无结果。霍梅尼有两个不容商量的要求：引渡伊朗国王，以便在伊斯兰法庭上审判他，还有就是美国解冻存在美国银行的数十亿美元的伊朗石油收入。

美国人不愿引渡伊朗国王，因为他们知道，他会被阿亚图拉处死。他们也不愿让出伊朗资产，无论是在美国，还是在海外，它们均已冻结。谈判破裂。之后便是长久的沉默。

一百七十二天后，六架美国运输机飞过塞尼詹的夜空。没人看见它们。没人听到它们。半个小时前，它们从位于波斯湾的美国航空母舰甲板上起飞，获得萨达姆·侯赛因的许可，经过伊拉克领空，飞向伊朗，前往沙漠中的一个秘密空军基地。

霍梅尼核心集团内部的一个间谍告知美国人人质的藏匿之所。美国人计划让伊朗国王从前的突击队解救人质，此后用直升飞机送到基地，然后再用运输机送往国外。

但营救努力是一场灾难。只有霍梅尼准备好了解释：神之干预。"安拉阻止了他们！"第二天，当宣布美国的绝密行动失败时，他喊道。"我们的国家受安拉保护，"他平静地继续说道，"美国人为什么就是不明白这一点？很简单：真主击溃敌人！"

事情好像是几架被沙尘暴损坏的直升飞机停在跑道上。当其中一架努力起飞时，撞上了一家运输机，两架飞机马上燃烧起来。沙漠呈现一场天火景象，尽管无人看到。

八个美国军人死去，另有四人受伤。撞机之后，其他运输机便直接飞回航空母舰。

一个牧羊人正蜷缩在沙漠边缘一口旧水井旁的树下，他被一个不熟悉的声音从睡梦中惊醒。他坐起来，向如墨的黑暗中窥视。一股浓烟正升向星空。

他爬上树，看到了远处的火光。意识到一定发生了某种灾难，他丢下羊群，跑到最近的村庄。半小时后，村民都站到屋顶上面，盯着熊熊燃烧的火焰。

村里的阿訇赶紧跑到清真寺，打开门，拿起电话——村中唯一的一部电话——拨通了阿亚图拉阿拉基的号码。"沙漠正升腾起火焰！我们村的老者从未见过类似的景象。肯定发生了什么可怕的事！"

阿亚图拉立即命令伊斯兰军队的指挥官开车进入沙漠，调查这场火灾。四十五分钟后，阿亚图拉拿起他的红色电话，打给霍梅尼位于德黑兰的住处。"火焰冲天！看上去像是两架飞机相撞，但强烈的热浪让我们无法靠得更近！"

在德黑兰能够组建一支侦察队派往塞尼詹之前，村民已经骑驴前往出事现场，努力救助伤者。

在伊朗政府尚未确切地知道到底发生了什么时，莫斯科广播电台在早晨六点钟新闻中宣布："两架美国飞机在塞尼詹市附近的沙漠中相撞。"

总是收听早间新闻的宣礼员听到了这个声明，但没有意识到它的重要意义。只有在重播中听到"塞尼詹"这个词时，他才去跟阿伽·加安说："美国飞机在沙漠相撞了！"

伊朗政府控制的电视台将在出事地点的现场报导作为下午两点新闻的开端。

首先是镜头逐渐推至美国人的尸体，然后，阿亚图拉阿拉基出现在屏幕上。他右手握着卡拉什尼科夫冲锋枪①，做了一个慷慨激昂的演讲：

"伊斯兰教是个奇迹，"他开始道，"即使历经一千四百年，伊斯兰教仍是一个奇迹！

"昨晚，美国飞机从伊拉克进入我国。他们关上灯，在黑暗中飞行，使用最新的电子设备，避开我们的雷达。他们的计划巨细靡遗，在智能计算机上演算了一切，但他们忘了考虑一件事：《古兰经》！我们不需要最新的计算机去进行这样的演算。我们不需要电子眼去监控一切。有一位上主在看顾着我们的国家，有一位上主在保护着我们，有一位上主在我们睡觉时照看着我们，那就是安拉。

"美国有计算机，我们有安拉。

"美国有侦察机，我们有安拉。

"美国！如果你想知道谁摧毁了你的飞机，去读一下《大象》章吧：

难道你没看到
你的主如何处治骑象者？
难道他没挫败
他们阴险的计谋？
他曾派群鸟攻击他们，
用粘土弹丸射击他们，
让他们变得如同一地吃剩的干草。"

---

① 卡拉什尼科夫冲锋枪："卡拉什尼科夫自动步枪"的一种别称。

战争

五个月后，大约中午时分，三架伊拉克战机飞过德黑兰，飞得如此之低，以至于你能看到驾驶舱中的飞行员。听到震耳欲聋的可怕声音，所有人都惊慌奔逃。

飞机轰炸了机场。随着这次突袭，伊拉克向伊朗宣战。

前一天晚上，伊拉克军队进入伊朗境内，占领了石油储量丰富的南方省份胡齐斯坦省①中的战略目标。伊朗最重要的石油和天然气精炼厂此时落在萨达姆·侯赛因的手中。

政府感到震惊。人民无法相信。只有当第一个电视影像被播出——表现伊朗炼油厂前的伊拉克坦克时，所有人才开始明白，这不仅仅是威胁，而是一场真正的战争。

霍梅尼出现在电视上，敦促所有拥有步枪的人都立即到最近的清真寺报到。"这是圣战！"由于他的武装号召，一支庞大的教徒队伍在二十四小时之内被动员起来。数以千计的男人——老少皆有，但都未受过任何军事训练——挤进公交车，送往前线。

与此同时，高飞在战区上空的美国侦察机开始拍摄伊斯兰军队的活动，然后将情报交给萨达姆·侯赛因。于是，伊朗军队遭到伊拉克飞机的反复轰炸。

霍梅尼不因失败而屈服，他激起人民的勇气："现在只有死亡能够拯救我们。美国人正在上面监视我们的一举一动。我们别无选择，只有用尸体搭起一座桥梁，最终将我们引向伊拉克。"

一支穿着尸布的教徒大军拿起武器，为通往伊拉克军队铺平道路。最后，伊朗人终于与伊拉克军队短兵相接，开始了长达八年的战争，导致双方数以百万计士兵的死亡。

阿亚图拉害怕反对派会利用战争颠覆现政权。霍梅尼一直提防左翼运动。

---

① 胡齐斯坦省：是伊朗三十个省份之一，首府位于阿瓦士市。

他把他们的支持者看作是安拉和《古兰经》的敌人，所以耐心等待合适的时机一劳永逸地镇压他们。反过来，左翼反对派秘密策划削弱伊斯兰共和国，把狂热的阿亚图拉赶下台。

为了保卫大后方，政府决定就地摧毁左翼运动。卡尔卡尔第一个得到通知。"把它连根拔除！"霍梅尼命令道，"绝不留情！镇压所有反对伊斯兰教的人！"

不到一个小时，共产主义"群众党"——他们所有人都支持过霍梅尼——的领导者们被捕。然而，政府并未设法对各种地下组织的领导人动手。革命之后，他们变得激进，曾探讨过是否要武装起义，推翻政府。曾选择不进行斗争的群众党步入霍梅尼为他们设下的圈套。

三晚之后，该党的年迈领导人在伊斯兰教控制的电视上作为实际范例示众。他消瘦、苍白且未剃须，精神已被摧毁。你能够看出，他是被直接从酷刑室拉到摄影机前。他祈求让他获得平静。

这是可怕的一幕，录影带经过巧妙编辑，用来吓唬人们。这很奏效，因为就在当夜，群众党余下的成员跑到边境，逃往国外。

在塞尼詹，阿亚图拉阿拉基受命清理红村。

红村正处于鼎盛时期。它宣布自己为拥有自身规章制度的自治区——一块青年男女已经建起自己理想的共产主义国家的"内飞地"①。丰收之后，收成被平均分给村民。晚上，人们聚集在村中广场上，大声朗诵俄罗斯诗人弗拉基米尔·马雅可夫斯基的诗作。

在遭袭当晚，村民们正坐在广场上，观看一部俄罗斯影片，这时突然有人喊道："坦克！他们来抓我们了！把路挡住！"

但设置路障已经太迟。几秒钟内，广场空无一人。一些村民逃进群山，其他人进屋锁上房门，少数在某处藏有步枪的人取出枪，爬上屋顶。

一架直升飞机出现在村庄上空。屋顶上枪声响起，致使飞机紧急转向，飞走了。

坦克轰隆隆地驶进村庄。数百全副武装的革命卫队士兵凭空出现，偷偷穿过黑暗，占领了战略要地。与此同时，两架直升飞机在上空盘旋，用探照灯照

---

① 内飞地（Enclave）：一个人文地理概念，意指某个国家境内有块土地，其主权属于另外一个国家，该地区便称为此国家的内飞地。

亮屋顶，向任何移动目标射击。

村民没想到会有如此大规模的袭击。革命卫队密切监视门窗，向任何企图逃跑的人开火。屋顶上的人们猛烈还击，但回应他们射击的是手榴弹，将屋顶炸上了天。

延长战斗毫无意义。各家的门一一打开，村民举着手走了出来。

那些逃往山区的人们遭到吉普车的追捕。任何拒绝投降的人都被射杀。

那天晚上，数十男女被逮捕，投入监狱，他们其中一人便是阿伽·加安的儿子贾瓦德。

卡尔卡尔乘直升飞机飞往塞尼詹，审判囚犯。作为安拉的可怕法官，他在所到之处播下了死亡与毁灭。

太阳尚未升起，塞尼詹的市民仍在床上，而这时，红村的九个年轻人已被处死。

这座城市在震惊中醒来。有子女被捕的父母们匆匆前往监狱，看他们的孩子是否已被处死。

尸体被还给家人。但依照伊斯兰教法，这些尸体不洁，不能葬在官方墓地。于是，父亲们开车进入深山，希望在那儿给他们的儿子举办一个体面的葬礼。

阿伽·加安不知道贾瓦德已经被捕。他以为自己的儿子在德黑兰。他从未想到贾瓦德会在囚犯之列。

他确实认识一个被处死的男孩——疫苗专家的儿子，这位专家的办公室就在清真寺对面。阿伽·加安正想着这个遭受打击的家庭，读着《古兰经》，这时，电话铃响了。他拿起听筒。

"我会尽量简短，"一个没作自我介绍的男人说道，"我是贾瓦德的一个朋友。他在红村被捕了，可能会被处死。如果你能做点什么加以避免，就得尽快去做。一旦他到安拉的法官面前，就太迟了。"他挂断了电话。

放下听筒时，阿伽·加安的手在颤抖。几百个想法在他脑中迅速闪过。他想去叫法克莉，但不能说。他的儿子被捕了！他为什么没得到通知？给他打电话的人是谁？他从哪儿打来的电话？

据他所知，贾瓦德去了德黑兰。他到底在红村做什么？

而他如何才能使自己的儿子不被处死？

他不知从何着手。他拿起电话想要拨号，但又放了下来。

他抓起外衣，将帽子扣在头上，准备动身，但当他正要出门时，电话铃再次响起。

"请原谅，"还是那个声音说道，"他在城里的监狱。法官将在几天后回来审判其他囚犯。你得尽快。"

"但他在红村做什么？还有你是谁？"

"我们当时在一起。我设法及时逃走，他被捕了。你必须迅速行动。对不起，我不能再说了，我得走了。"此人说道。

阿伽·加安匆忙奔向大门，但半道转身回来。"法克莉·萨达特！"他喊道。

没有回音。

"法克莉·萨达特！"他更大声地喊道。

法克莉从他的声音中听出有事发生，她连忙下楼。

"准备好听坏消息，"阿伽·加安警告她道，"贾瓦德被捕了！"法克莉几乎晕了过去，"被捕？为什么？"她倒吸一口凉气说道。

"他的一个朋友打来电话。贾瓦德在红村被捕了。"

"他在那儿干什么？"

"我不知道。"

"也许他是跟沙保一起去那儿的。沙保在哪儿？"

"这个我也不知道，"他说道，"但在为时已晚之前我得做点什么。"他开始朝门走去，然后停了下来，"我不知道该做什么，以及去哪儿。"

"去清真寺！"法克莉·萨达特说道，脸变得苍白如纸。"跟阿亚图拉谈谈！"

阿伽·加安张开嘴想说什么，之后又闭上了。自从清真寺被夺走之后，他一直没再进去，甚至不再祈祷。

收起自尊心，他前往清真寺，但阿亚图拉不在办公室。"阿亚图拉在哪儿？"他问新的守门人。

"他取消了约会，一段时间之内不会过来。他不想人们就死刑问题烦扰他。"

"我怎样才能跟他取得联系？"

"我不知道。没人知道。他的住址不止一个。"

阿伽·加安走进清真寺对面的杂货店。

"阿伽·加安！我能为你做点什么？"

"你知道阿亚图拉住在哪儿吗？我需要马上找到他！"店主很同情他。"万物非主,唯有安拉!"他说道,"我不该告诉任何人,但你何不去试试过去曾经属于前秘密警察头目的那座大宅?"

阿伽·加安乘出租车前往那座房子。

外面有武装警卫站岗。他来到门前,但警卫告诉他,他们不能让他进去,并建议他使用与房内相连的对讲机。他按了按钮,过了一会儿才有人应答。

"你想要什么?"一个粗哑的声音厉声问道。

"我想跟阿亚图拉谈谈。"

"给他写一张便条,放在门右边的信箱里。"

"我想亲自跟他谈。"

"所有人都想亲自跟他谈,但那不意味着他们可以。"

"但我有急事。我是阿伽·加安,星期五清真寺的前监管人。告诉他,我肯定他会同意见我的。"

"我不管你是谁。阿亚图拉没时间见任何人。而且,他出去了,我不知道他何时回来。"

阿伽·加安被难住了,无助地站在对讲机旁。

"别站在那儿!走开!"

他走回到城里。有生以来头一次,他完全不知所措。他走下路沿,一辆小汽车紧急刹住。司机摇下车窗。"你是要自杀,还是怎么的?"此人吼道。

"对不起,"阿伽·加安说道,"我没注意到。"

司机认出他来,看出他绝望的表情。"你要去哪儿?也许我可以捎你一程。"他提议道。

"我?我正要去监狱,如果不是很麻烦的话。"

"哪个监狱?老的还是新的?"

"我不知道。执行死刑的那个。"

"那就是老的。上车!"

位于市郊的那间老监狱被巨大的石墙环绕。汽车停在监狱前的广场上,阿伽·加安从车上下来。高高的铁门紧闭。除了驻守在墙上的三个警卫之外,看不到一个人。

天还未黑,但探照灯突然亮了起来。

"这儿没人,"司机说道,"我送你回家吧。"

阿伽·加安似乎没听到他的话。他走到门前，寻找门铃。

没有门铃。于是，他用拳头捶门。无人应答。"有人吗？"他喊道。

"我很愿意送你回家！"司机重复着他的提议。

"先生！"阿伽·加安朝墙上的一个警卫喊道，那人假装没听见。

"先生！"他再次喊道，更大声些。

司机从车上下来，走到阿伽·加安身边，抓住他的胳膊。"我想你现在最好回家，"他说道，"你可以明天再来。"

他扶他上车，送他回城，让他在清真寺外下车。

回到家，阿伽·加安想出另一个注意。"法克莉！"他喊道，声音中有种紧迫感，"穿上你的罩袍！"

"为什么？"

"我们去见安姆·拉马赞！"

他们很长时间未见到他，不知道他这些日子到底在做些什么，只知道他穿上了军装，让阿亚图拉用他的驴。阿伽·加安按响门铃，但房中没有灯光，看上去像是家中无人。

他再按门铃。这次他听到门厅有脚步声。门开了，安姆·拉马赞站在那儿，现在留起了长长的胡须。他正端着枪。在黑暗的门厅中，他显得比实际高大。

他绝对没有想到会是阿伽·加安和法克莉·萨达特。

"我们可以进来一会儿吗？"法克莉·萨达特问道。

"请进，"安姆·拉马赞说道。

墙上有一幅巨大的霍梅尼像，房间中还充满了其他阿亚图拉的镶框照片。

"我们需要你的帮助，安姆·拉马赞，"阿伽·加安说道，"贾瓦德被捕了，你愿意帮我们一个忙吗？"

安姆·拉马赞看上去很惊讶。他曾是他们的园丁，他们对他一向很好。现在，他们站在他的面前，谦卑地向他求助。

"我能做什么？我不确定我能帮上什么忙。"

"我需要跟阿亚图拉阿拉基谈谈。你能帮我约他吗？不能再等了。我必须现在见他，就今晚，在为时已晚之前。"

"今晚？那不可能，"他说道，"我的意思是，我不知道，等一下，请坐下。法克莉·萨达特，你想喝点茶吗？"

他走到最近才安装的电话旁,拨了一个号码。"是我,"他说道,"我想约见阿亚图拉。你能为我安排一下吗?不,不是为我自己,是为一个亲戚……对,我很了解他,我认识他好几年了。很重要……今晚,如果可能的话……我明白。明天?好吧,在清真寺,布道之后?不,最好在布道之前。"

泪水从阿伽·加安的眼中流了下来。

今天是星期五,数百人前往清真寺。阿伽·加安站在门旁等待,但阿亚图拉阿拉基迟到了。当阿亚图拉正要出门时,他的红色电话响了。

"伊拉克本周对我们的军队使用了化学武器,"阿亚图拉听到星期五带领祈祷的人说道,"几千士兵死去,包括三百来自塞尼詹和附近村庄的人。尸体将在明天运到塞尼詹。"

阿亚图拉阿拉基的黑色梅赛德斯汽车在清真寺前停下。两个革命卫队的士兵从车上下来。阿伽·加安走向汽车,但一个士兵拦住了他。

"我跟阿亚图拉约好了,"阿伽·加安说道。

"别挡路!"士兵厉声说道。

阿亚图拉看着阿伽·加安,但不知道他是谁。

阿伽·加安摘下帽子鞠躬。阿亚图拉从他身边径直走过。"我跟您约好了,"阿伽·加安解释道。

阿亚图拉顿了一下,回头瞥了他一眼,接着前行。

阿伽·加安开始跑着追他,但被一个士兵抓住。

"我是这座清真寺从前的监管人!"他叫道。

阿亚图拉示意士兵放开他。

阿伽·加安急忙赶上他。当他们靠近清真寺时,阿亚图拉伸出了自己的手。在祈祷室的门口,阿伽·加安握住他的手,亲吻它。

站起身向阿亚图拉问好的礼拜者们看到阿伽·加安亲吻阿亚图拉的手。他们也看到阿亚图拉驻足片刻,听他说话。房中的所有人都注意到,当阿亚图拉厌烦地扬长而去时,阿伽·加安仍在述说。当阿伽·加安抓住阿亚图拉的长袍,却被卫兵粗暴地推开时,他们都在看着。

阿亚图拉大踏步径直走向讲道坛,站在第一级台阶上。一个卫兵递给他一支步枪,他在讲话过程中一直握着它,以象征这个国家处于战争之中。

"萨达姆,这个不是他父亲真正儿子的家伙,轰炸了我们在伊斯法罕的珍珠!"他开始道,"萨达姆是个无名小辈,一个跟着美国人的曲调跳舞的杂种。美国是在报复!美国把萨达姆当做战争机器!轰炸我们清真寺的不是萨达姆,而是美国!

"轰炸我们吧,美国!我们不怕你。毁坏我们具有历史意义的宗教场所吧,美国!我们不怕你!

"萨达姆只是一个雇员。他害怕我们,害怕我们的军队,害怕我们的儿子。

"做好准备,塞尼詹的信徒们,因为我有一个悲痛的消息。萨达姆对我们的孩子使用了化学武器!做好准备,母亲们,做好准备,父亲们,因为我们很快将不得不埋葬你们的儿子!你们现在将受到天堂中的天使欢迎的儿子!"

"真主伟大!真主伟大!"礼拜者们喊道。

"真主是伟大的!胜利将属于我们!我们将攻克巴格达,但我们不会止于巴格达。我们将在犹太复国主义的心脏打击美国,解放位于耶路撒冷的阿克萨清真寺①(Al-Aqsa Mosque)!"

"真主伟大!真主伟大!"众人咆哮道。

"我们生活在困难时期,但你们的儿子将创造历史!我为你们儿子的死向你们道贺!

"小心提防,母亲们,保持警惕,父亲们,因为我们正在两条战线上作战。我们的儿子在前线与萨达姆作战,而我们在这儿的家乡与共产主义者——在我们之中人数很少、但同样危险的敌人——作战。我们也要清除他们,摧毁他们!"

他用枪指着阿伽·加安,喝道:"惩罚他们!对他们绝不留情!"

"真主伟大!"

跪在地上的阿伽·加安感到清真寺的重量都压在了他的肩上。他弯着腰,喃喃自语:

> 我们崇拜您,
> 请求您襄助。

---

① 阿克萨清真寺:伊斯兰教清真寺,位于耶路撒冷旧城圣地南侧,与麦加"禁寺"、麦地那"先知寺"并称伊斯兰教三大圣寺,意译为"远寺",其名源自《古兰经》,传说穆罕默德一夜之间由麦加至此,并由此登霄。

将我们引上笔直正路，
那条蒙您赐恩者之路，
并非遭您迁怒者之路，
也非误入歧途者之路。

后来，当阿伽·加安告诉法克莉·萨达特，阿亚图拉如何对待他时，她旋即披上罩袍。

"你去哪儿？"

"去见济纳特。她必须帮帮我们！"

"她不会的。她没有抬一根手指帮阿哈默德，就不会抬一根手指帮贾瓦德。这个世界已经颠倒了。霍梅尼号召圣战。无论谁说了反对这个政权的话，都会被报告给政府。母亲甚至告发她们自己的孩子。"

"但贾瓦德什么都没干！"

"不要这么天真，法克莉，所有的母亲都这么说。他很长时间没住在家里了。我们不知道他忙些什么，以及他为什么在那个村庄。"

"不管怎样，我要去见济纳特。"

"济纳特已经在清真寺公开谴责了阿哈默德。如果她那样谈论自己的儿子，就不会帮我们的儿子。"

"我们必须去，我们别无选择。我们一起去。"

济纳特仍在监狱中的女犯部工作。她给这些囚犯施加了如此大的压力，以至于她们最终屈服，准备每天祈祷七次。她们还一个接着一个地无耻背叛朋友。

一天晚上，当济纳特出乎意料地回家来取她余下的物品时，阿伽·加安的声音从黑暗中对她讲道："你为什么偷偷摸摸地，济纳特？你为什么不跟我们说话？你为什么不再向我们问好？"

济纳特没有答话，继续往门口走。阿伽·加安拦住她。

"你不能就这么走了。我要你回答。人们正在你的背后说你的坏话。他们说你已经变成了一个刑讯者。是真的吗？"

济纳特终于打破沉默。"人们喜欢说什么就说什么吧。我只是履行职责，遵从安拉的愿望而已！"

"你指的是哪个安拉？我怎么不认识那个安拉？"

"时代已经变了！"济纳特发出嘶嘶声地说道，猛地拉开门走了。

济纳特感觉很好。她从未感觉如此之好。她不在乎人们怎么说她。毕竟，她没做什么错事！在阿哈默德被捕之后，济纳特曾在库姆秘密见过卡尔卡尔。这是一个残酷的会面，她一生的转折点。有时，她怀疑自己是否路径正确，但卡尔卡尔扫除了她的疑虑。

"一场伟大的革命已经爆发，"卡尔卡尔说道，"经过两千五百年，波斯王国最终被伊斯兰教连根起除并取而代之。我们正努力建起第一个什叶派共和国。如果我们让这个机会溜走，安拉就会无情地惩罚我们。安拉有两张面孔：一张慈悲，一张残酷。现在是要残酷可怕的面孔。这是让伊斯兰教存在下去的唯一途径。我们被敌人折磨，所以别无选择。我们必须选择伊斯兰教，忘掉别的一切。你的儿子、父亲、母亲——他们都不再重要。天堂里的安拉将会回报你。"

由济纳特指挥的女道德警察住在前市长的宅邸。

当阿伽·加安和法克莉到那儿时，他们发现一群父母挤在院子中，为他们被捕的女儿们求情。法克莉·萨达特调整一下她的罩袍，以确保一缕头发都未露出，然后走向台阶，但被两个穿着黑色罩袍的女人拦住。

"你想要什么？"她们中的一人问道。

"我想跟济纳特·卡诺姆谈谈。"

"姐妹济纳特！"另一个女人纠正道。

"请原谅，"法克莉·萨达特说道，"当然，我是说姐妹济纳特！"

"姐妹济纳特很忙。她现在不见任何人。"

"我这是家务事。我要跟她谈。"

"她没时间。对家人如此，对任何人都是如此。"

"我是她的妯娌。那是阿伽·加安，她的大伯子。我需要马上跟她谈。如果你告诉她我们在等，我肯定她会跟我们谈的。"

"我看看我能做些什么。但回去跟其他人一起等。"

"当然，"法克莉同意道。

从办公室窗帘的缝隙向下看的济纳特已经认出了阿伽·加安和法克莉。她知道贾瓦德被捕了。她也知道自己不能帮他。

尽管卡尔卡尔时常来电，但她无法打电话给他。她不清楚他到底在做什么，也不知道他就是安拉可怕的法官。

如果贾瓦德真的处于危险之中,她会帮他吗?一想到自己无能为力,她便会颤抖。不,她不能帮。她不该制止这样的事。她只能执行命令。而霍梅尼在对道德警察的讲话中清楚地命令道:"现在你们肩负着伊斯兰教。如果必要的话,你们必须牺牲你们自己的孩子!"

济纳特再次俯视院中。"我不想见他们,"她告诉卫兵,"告诉他们我不在。"

卫兵下楼。"姐妹济纳特不在。"她告诉法克莉·萨达特道,"她出去了。"

法克莉狂乱地环顾四周,不知道接下来该怎么办,当她的眼光落在其中一扇窗户时,看到一个女人正透过窗帘窥视。她认出济纳特。窗帘猛地合上。

"她在这儿,"法克莉说道,"我刚看到她在那扇窗边。"

"不,她不在,"卫兵坚决地说道,"我刚告诉你她不在。现在回家吧!"

阿伽·加安用力拉法克莉·萨达特的胳膊,"来,我们走!"

"不,我不走,我要待在这儿!我必须跟济纳特谈,"她说道。

"马上离开,否则我叫警卫了!"女人说道。

"济纳特!"法克莉喊道。

一个留着胡须的警卫出来,用枪托把法克莉推向门口。"出去!马上!"

"济——纳——特!"法克莉声嘶力竭地喊道。

警卫用步枪打她。法克莉踉跄着倒在门上,致使罩袍滑落地上。阿伽·加安抓住此人的衣领,将他推到墙上。女警卫尖叫着要求支援,两个全副武装的男人跑向阿伽·加安。济纳特探出窗口。"别打他!"她喊道,"让他走!"

阿伽·加安抓起法克莉的罩袍,用它裹住她。"我们走!"他说道。

卡尔卡尔那天下午到达这座城市。

既然这么多来自塞尼詹的士兵死于化学战,这是一个很好的审判现政权反对派的时机。

他在老监狱从前的马厩中审问囚犯,那里仍散发着马粪的臭气。墙上挂着一排马蹄铁、马鞍和缰绳。卡尔卡尔总是选择最骇人的场所。

三个年轻人被带了进来。不到十五分钟,卡尔卡尔便给他们三人做出了判决:第一个被判死刑,第二个被判十年徒刑,第三个十五年。

接下来是一个年轻女人。

"名字？"

"玛赫布卜。"

"你在被捕时试图逃跑。你为什么逃跑？"

"我逃跑是因为我害怕被捕。"

"你干了什么使你认为自己会被捕？"

"我什么都没干。"

"我们在你的手提包里发现了传单！"

"那不是真的。我的手提包里没有任何传单。"

"你是在红村被捕的。你住在那儿吗？"

"不住。"

"那你在那儿做什么？"

"拜访朋友。"

"他们叫什么名字？"

"我不能告诉你。"

"你是说你不想告诉我。好，你对自己所做的事感到抱歉吗？"

"我没做错什么，所以我没什么可抱歉的！"

"如果你在这儿签字，说你后悔，我就会减轻你的刑罚。"

"如果我没做错什么，为什么还要签署任何东西？"

"六年！"卡尔卡尔说道，"下一个！"

她被带了出去，贾瓦德被一个武装警卫带了进来。

"名字！"卡尔卡尔问道，没看被告。

"贾瓦德！"

"你父亲的名字？"

"阿伽·加安！"

卡尔卡尔的头猛地抬起，仿佛被蜜蜂蛰了一下。他透过墨镜盯着贾瓦德。

贾瓦德看不到他，因为明亮的灯光照在他的眼睛上。卡尔卡尔的钢笔从桌上滚到地下。他俯身拾起，在这短暂的瞬间，贾瓦德瞥见了这位法官的脸。

它看上去有些熟悉，贾瓦德想道。

卡尔卡尔翻着他的文件，显然在拖延时间。"水！"他冲站在门外的警卫喊道。

那两个人以为他下令带走犯人，便进来抓住贾瓦德，正要拖出房间。

"把他留在这儿，去给我倒杯水！"卡尔卡尔咆哮道。

我在哪儿见过他，贾瓦德想道。他的声音听上去很熟悉。

一个警卫将一杯水放到卡尔卡尔面前后离开。卡尔卡尔呷了一口。"你的档案跟我的胳膊一样厚实，"他说道，"你是共产党的积极分子，在幕后工作的策划者。在你被捕时，你拿着一把射了三颗子弹的枪。有人看见你朝直升飞机开枪。这是重罪，为此你可以被判死刑。对此你有什么话要说？"卡尔卡尔说道。

"一派谎言。此外，我不承认这个法庭的合法性。你所做的是非法的。我有权请律师！有权为自己辩护！"

"闭上嘴听着！"卡尔卡尔厉声道，"我已经在你身上花了比别人多的时间。你的档案包含一长串严重罪行。"

"它们显然是诬告，因为我身上没带枪，所以我当然也没朝直升飞机开枪。"

"我没时间跟你讨论这个。我建议你仔细听我将要说的话。清楚了吗？我认识你父亲，而且如果你答应合作，我愿意帮你。"

是卡尔卡尔！贾瓦德突然意识到。卡尔卡尔是安拉的法官！

他震惊了。他的嘴变干，手开始发抖。

卡尔卡尔意识到贾瓦德认出他来。"听我说，年轻人。明天，三百多具士兵的尸体将从前线运到这里。都是你这个年纪的年轻人。当他们在外面抗击敌人时，你却在向我们的直升飞机射击。我不管你是谁。如果必须的话，我会判自己的兄弟死刑。但在你的案件上我会有所例外，因为我认识你的父亲。现在，我将问你三个问题。在回答之前你要想清楚。如果你明智的话，就会给出正确答案。我希望你认识到，这是我第一次——也是最后一次——给任何人这样的机会。

"第一个问题是：你是共产主义者，还是信仰伊斯兰教？"

贾瓦德并未理解卡尔卡尔的话的严重性，他仍在激动地说："我不会回答那个问题！法官不许问这种问题。此外，这不是法庭，这是马厩！"

"在你说话之前要想清楚，"卡尔卡尔说道，显然很失望，"第二个问题是：如果我减轻你的刑罚，你会跟其他犯人一起每天祈祷七次吗？"

"祈祷是私事，所以那个问题我也不会回答，"贾瓦德反驳道。

"第三个问题：你是否会在这个表上签字，声明你对自己所做的事感到抱歉？"

"我没做错任何事，为什么要忏悔？不，我不会签。"

卡尔卡尔在犹豫。他想救贾瓦德，但前提是他同意合作，至少某种程度上合作。"我再给你一个机会，"卡尔卡尔说道，"我建议你好好利用。"

他从衣袋中取出《古兰经》，递给贾瓦德。"如果你对着这部《古兰经》发誓，你不携带武器，不再射击，我就减轻你的刑罚。如果你拒绝，我就立即处你死刑！"

"你已经处死了几百个无辜者！而那是罪行。《古兰经》眼中的罪行。我拒绝合作，因为你认识我父亲，我就更要说不。我为你的行为感到羞耻。你性格中的缺陷在我家众所周知。我拒绝接受来自于你的恩惠。你应对自己对待我家人的方式感到内疚，但我以你为耻。我不希望被一个抛弃自己妻子和残疾儿子的恶魔、殴打和折磨自己妻子的恃强凌弱者减轻刑罚。我永远不会跪在一个一天之内处死数百库尔德人的人面前。如果我这样做了，就不是我父亲的儿子。把你的《古兰经》拿走，我不需要它！"

"死刑！"卡尔卡尔吼道。

卫兵冲进来，将贾瓦德带到执行死刑的房间。其中一个卫兵用一个眼罩蒙上他的眼睛，让他靠墙站着。贾瓦德片刻都未想到自己将被枪决。他以为卡尔卡尔只是试图吓他，迫使他签署认罪书。

卫兵让他蒙着眼睛在那儿站了一会儿，这使他更加肯定，他们只是试图吓他而已。此外，他并未携带武器，也没朝直升飞机开枪，所以他们无权处死他。他听到脚步声，怀疑是卡尔卡尔。他无疑是来进一步审问他。贾瓦德确信，卡尔卡尔会放过他，取消这次死刑。

但卡尔卡尔没有走向他。贾瓦德期望他说："够了。摘下他的眼罩，把他投进监狱。"

相反，卡尔卡尔大声发出命令："各就各位！"

两个卫兵跪下，将步枪瞄准贾瓦德。

贾瓦德站得笔直，挺起胸膛，以使卡尔卡尔看出，他并不害怕。他知道，卡尔卡尔不会执行这个死刑。

"预备，瞄准，开枪！"卡尔卡尔命令道。

枪声响起。开始时，贾瓦德没有感到子弹砰然射进他的身体。我是对的，他想道，他们只是在试图吓我。

然后，他向前扑倒，跌在地上。接着，他垂下头，闭上了眼睛。

群山

阿伽·加安已将贾瓦德的尸体取回，它现在正躺在房前停着的一辆货车中。

法克莉·萨达特站在窗边，向下望着宣礼员，他正焦急地在院中踱步。如此被窗户框着的她，看上去像是一个悲伤母亲的黑白照片。

波斯的传统要求她哭泣、哀号，捶打自己的头部，揪着自己的头发。然后，其他女人就会冲过来拉住她的手，哭着相互安慰。但这是禁止的。政府不许公开哀悼被处决的犯人。

阿伽·加安不知道该将把贾瓦德葬在哪里。他整个下午都在打电话，努力获得允许将他葬在城里，但没人敢于承担风险帮助他。

小巷中有脚步声。尽管宣礼员仔细倾听，还是认不出来。

一把钥匙在锁中转动，门"嘎吱"一声打开，沙保走了进来。"蜥蜴"连忙迎了上去。

宣礼员也朝儿子走去，拥抱他，在他肩上默默哭泣。

沙保已经得知这个消息。对他而言，回家很危险，但一听到这个讯息，他便动身前往塞尼詹。

阿伽·加安从书房里出来，跟往常一样问候沙保。他没有露出一点情感的波动，使沙保怀疑自己驱车三百英里是否毫无意义。

"感谢真主你来了，"阿伽·加安说道，"你来的正是时候。谁告诉你的这个信息？"没等回答，他继续说道，"我们必须快点！我把他放在门旁的一辆货车中了。"

在灯光下，沙保看出，自己的担心被阿伽·加安眼中迷茫的表情所证实。这是一个熟悉的故事：一具尸体，一个父亲，没有坟墓。

他抓住他的胳膊，拥抱他。"请接受我的慰问，阿伽·加安，"他一边哭泣，一边说道，"我可怜的阿伽·加安……"

为自己曾经鼓励过贾瓦德而感到内疚的沙保还担心阿伽·加安会避开他。

"这是真主的旨意，我的孩子，"阿伽·加安说道，"来，我们走。天很快就要黑了。我们没有多少时间。"

沙保握着货车钥匙，这是一个非常清楚的事实，但直到亲眼看到贾瓦德，他都无法相信，他真的死了。

沙保走向货车，打开后车门。他就躺在那儿，裹在白色的尸布中。他的身子向右蜷缩着，手夹在两腿之间，看上去很冷。沙保解开尸布，这样可以看见他的脸。没错，是贾瓦德，他的左太阳穴有一个弹孔。

"我们必须快点，"阿伽·加安说道。

沙保关上后车门，迅速坐到方向盘后面。

"我们去哪儿？"当他们驶出小巷时，他问道。

"那条路！"阿伽·加安指着北面的群山说道。

沙保不知道叔叔的计划是什么，但有一件事他很确定：阿伽·加安不是那种让自己的儿子葬在山野荒凉之地的人。

他很想跟叔叔分担悲痛，但阿伽·加安陷于沉思之中，他不敢打扰他。相反，他一直默默地朝群山方向开去。

"你有计划了？"过了一会儿，他问道。

"我们把他送到马郁兰，"阿伽·加安说道。

"马郁兰？"沙保很惊讶，"为什么？那儿的村民都是霍梅尼的支持者。我们不能跟他们要坟墓！"

阿伽·加安没有答话，从叔叔的沉默中，沙保知道，出发前他肯定查过《古兰经》。如果是那样的话，进一步的讨论并无意义，于是，他继续开车。

这条路并非车道。实际上，它根本不是路，而是当地公交车留下的两道凹槽。

马郁兰是离城最近的一个村庄，位于群山脚下，第一座山丘的后面。沙保将车开上山丘，然后小心地沿另一边盘山而下。他已经可以看到几座散布的房屋。

天很冷。高高的山峰覆盖着积雪。黑暗尚未降临，但群山在这座村庄上投下了阴影。房子是用石头建成：如果你不知道这儿有一座村庄，便无法将它与岩石区分开来。当他们靠近时，看到烟从浴室的烟囱中冒了出来——唯一的生命迹象。

在这样的地方，人们总是在等待：等待人来或等待人走，等待出生，等待死亡。

昏昏欲睡的马郁兰永远在等某种事件的发生。只有那时，它才会清醒，活跃。

沙保将车开进村庄。没有必要宣布他们的到来。一辆陌生的货车驶下山丘肯定引起注意。毕竟，谁会于隆冬在山中闲逛？肯定是敌人，逃犯，或是车后载着尸体的人。

突然，他们听到了犬吠。一群狗从一块巨石上狂暴地跃下，冲向这辆货车，后面跟着三个穿得很暖和、带着步枪的男人。

"安拉啊！"阿伽·加安惊叫道。

狗狂吠着，挡住了路，那些男人朝货车走来。

"待在这儿，"阿伽·加安下车时对沙保说道。

他走向那些人，想要跟他们交谈，告诉他们，他认识他们村的阿訇。他伸出手，但他们没理他，而是奔向司机一侧，瞪着沙保。然后，他们走向车的后部，显然想要打开后车门。

阿伽·加安急忙转到车后，狂吠的狗跟在他的后边。沙保跳下货车，但阿伽·加安迅速把那些人推到一边，用后背挡住了车门。他们其中一人抓住他的衣袖，将他拉开，另外两人随即打开车门。一条狗跳了进去，用牙咬住了尸布。沙保抓起放在尸体旁边的千斤顶，使劲地打向那条狗，致使它跳了出去，不停呜咽。

沙保面色铁青。他把那些人从车门处推开，站到了车门前，保护着尸体，手中紧紧握着千斤顶。

此人在他们村中竟然如此大胆，三人非常感慨，一起攻击他。阿伽·加安试图阻止他们，但他们过于强壮。沙保尽力躲开他们的拳脚，直到一群被噪音吵醒的村民最终将他们分开。

阿伽·加安哀求地举起双手。"我求你们给我一座坟墓，"他说道，"我带着我儿子的尸体。"

没人动一下或说一句话，仿佛是石头制成，三座雕像难以置信地盯着他。

"这儿没有给罪人的坟墓！"其中一人叫道，"滚！"

"我求你们——"

"我说，滚！"此人吼道，恼怒地大步朝阿伽·加安走去。沙保抓起千斤顶，但阿伽·加安从他手中夺过它。"我们走，"他说道。他们钻进货车，沙保调转车头。

当他们离开村庄足够远时，沙保瞥了一眼阿伽·加安。他惊呆了，坐在他旁边的是一个精神崩溃的人。他能够从他蜷缩在座位上的样子看出来。阿伽·加安曾向《古兰经》寻求建议,但它令他失望。他看上去像是一只不敢再飞的老鸟。

黑暗降临。沙保在山中漫无目的地行驶,不知道去往何方,直到阿伽·加安突然坐直身子,从衣袋中取出那部圣经。他显然再次找到了他的力量。他打开《古兰经》,像盲人一样用手指在书页上滑着。几分钟后,他平静地说道:"我们去萨鲁克。"然后,他将书插回衣袋中。

沙保不同意。萨鲁克与他们刚刚去过的村庄并无二致。他们可以去一百个不同的村庄,但结果永远都是一样。

阿伽·加安不想不光彩地埋葬自己的儿子。他想为他找到一座官方墓地,但那是一个不可能实现的要求。

过了一会儿,沙保打破沉默。"他们那儿也不会帮你的,"他说道,"我们需要接受这个事实。"

阿伽·加安保持沉默,假装没听见他的话。

萨鲁克的墓地位于村外一个偏僻、荒凉的地点。"等在这儿,"阿伽·加安说道,"我最好自己进村去。"

沙保从车上下来,站在车旁,看着叔叔朝房子走去。"他是对的,"他自言自语,"很惭愧我没早点意识到这一点。我现在明白他为何如此不顾危险地坚决要将贾瓦德葬在官方墓地了。我们没做错任何事!不能秘密埋葬贾瓦德!"

他拿起千斤顶,等待着。然后,他听到声音,看到五个提着灯笼的男人。他们都是老人,与阿伽·加安肩并肩走着。没有狗。

他能够从阿伽·加安肩膀的姿势判断,他也未能说服他们。他们是朋友,送他出村,以示同情。但他们知道,到处都有告密者和间谍,如果他们让这具尸体葬在他们村中,便会付出沉重代价。

他们走向沙保,问候他,向他表示慰问,但沙保没有心情接受他们的同情。他很愤怒,同时也充满了无助感。他打开车门,坐到方向盘后。阿伽·加安跟这些人道别,爬进货车。

他们正要开走,这时听到一个喊声。

"停下!"阿伽·加安说道。

沙保停下车。阿伽·加安摇下车窗。其中一人跑上来,喘息着。"你们应该去找拉赫曼阿里,"他说道,"他是唯一能够帮助你们的人。"阿伽·加安点了几下头,以示赞成。

"开车去卓亚，"阿伽·加安对沙保说道，"我们去见拉赫曼阿里。"

卓亚确实是他们最可能找到一座坟墓的地方，因为这个村庄处于这个家庭的势力范围之内。阿伽·加安和法克莉·萨达特的很多亲戚都住在那儿，卡赞姆·可汗也葬在那里。

他们或许本该一开始就直接驾车去那儿，但《古兰经》并未给他们指示这个方向。现在提到了拉赫曼阿里的名字，阿伽·加安便肯定那儿是正确的地点。

拉赫曼阿里是一位瘦削的老人，留着长长的灰色胡须。村民都以他为傲。他一百零四岁，被誉为圣人。据说他创造了奇迹，让垂死的孩子复活。所有人都知道，在卓亚，他的话便是法律。任何向他寻求庇护的人都能确保安全。他的家被村民称为圣所。当处于困境、没人可指望时，阿伽·加安总是可以去找拉赫曼阿里。他们彼此非常了解。到卓亚时，阿伽·加安经常顺便看望他，在他需要时给他钱。

卓亚位于高山之上，临近积雪之处。那儿没有像样的路，只有一条公交车或吉普车勉强经过的土路。

他们在这条路上颠簸前行，担心货车会滑进峡谷或陷进车辙之中。寒冷令人难以忍受。货车中的加热器无法驱寒。阿伽·加安不时担心地瞥一眼后面的尸体。

当他们将要到达卓亚时，阿伽·加安转向沙保："关上车灯，把车停到石头后面。我们不开车进村。我去找拉赫曼阿里，你待在这儿。"

"让我去吧，"沙保说道。

"我跟他谈会更好。"

"我不想让你一人去那儿。"

"我们还能怎么办？我们不能把尸体单独留在这儿。"

"我不信任任何人，甚至这个村庄的人。时代变了。如果有人见到你，他们将会知道你来的目的。"

阿伽·加安的手滑进衣袋，确保他的《古兰经》仍在。"我们没有选择。我会尽力。"他说道，然后离开。

他在雪中跋涉，穿过横跨小河的木桥。他步行前往，就不会惊动恶犬。吹过积雪的冷风抽打着他的手和脸。

他的头脑中只有一个念头最重要：在原教旨主义者看到我之前找到拉赫曼

阿里。如果他们试图阻止我，我就大声喊他的名字，拉赫曼阿里肯定会听到，哪怕他睡得比一生中任何时候都更熟。

他尽可能安静地进村。要到达拉赫曼阿里所居之处的广场，他需要经过四个街区。

狗嗅到了他的味道。寒冬半夜中的陌生气味意味着麻烦。他背后的一条狗突然开始狂吠。这注定会惊醒整个村庄。他该怎么办：跑，还是继续走？在第二个街区，一条巨大的黑狗从木栅栏上跃出。"安拉！"他突然跑了起来。

村里的每条狗现在都疯狂地吠叫起来。那条黑狗追赶着他，阿伽·加安加快了速度。他看到前面有一群惊讶的村民。两个人试图挡住他的去路，但被他推到一边。"拉赫曼阿里！"他喊道，尽最大努力奔跑。他的心跳到了喉咙，眼睛充满了泪水，以至于无法看清东西。他盲目地朝广场方向奔去，所有人都知道他要去哪。

"安－安－安－安－安－安－拉！拉赫曼阿里！庇护！我在为我儿子寻求庇护！"

三个武装人员突然从小巷中出来。其中一人打中阿伽·加安一条腿的后侧，致使他跌拌着倒在雪地上。"你是谁？"此人问道，用手电筒照亮阿伽·加安的脸。

他们马上认出他来，便扶他起来，陪他走回货车，那儿已有几十个村民聚集在岩石上面。

这很荒谬。阿伽·加安无法相信这一切是真的。这是他的村庄。他的家人葬在这里。他们为何如此对待他？革命使人们最糟的一面显露出来。你无法再相信任何人，甚至包括兄弟姐妹。他读过很多关于国王生活的书，所以知道这种人一直存在。背叛和邪恶是人类本性的一部分。

阿伽·加安回到车上，沙保调转车头。"我们回家吧，"阿伽·加安说道。
"回家？"
"我要把他埋在院子里，葬在雪松下。"
沙保想要说些什么，但找不到合适的言语。

他小心盘山而下。鹰在他们头上翱翔——这是它们一天中的首次飞翔。太阳唤醒了它们，开始慢慢升上山巅。阳光至少还需一个小时才会照到城市。

他们必须快点，但沙保不敢开得更快。他每次刹车，货车都会打滑，贾瓦德的尸体就会撞到前座。

突然,在他们后面一英里左右,他看到了一辆小汽车。司机正在闪灯。阿伽·加安也注意到了。"停车。肯定出了什么事。"

沙保将车停下,他们从车上下来。

"他在发信号,"沙保说道,"他想让我们停车。"

他取出手电,发出信号,让那个司机知道他已看到了他。汽车消失在几块岩石后面,然后又出现在视野中。

"是吉普车!"沙保叫道。

吉普车停了下来。司机关上灯下来。这是一个男人,戴着帽子,穿着靴子。他奔向阿伽·加安,温和地说声"您好",拥抱他,亲吻他的额头。"我将带走这具尸体,"他说道,"但我必须快点。天很快就亮了。"

沙保迷惑不解。这个人显然是阿伽·加安的一个朋友,但沙保不认识他。

"帮我把它放到吉普车上,"此人对沙保说道。

三人携手将尸体转移到吉普车上。

此人再次拥抱阿伽·加安,拍拍沙保的后背,然后跳上吉普车,熟练地调转车头,朝群山驶去。

阿伽·加安和沙保站在空空的货车旁,直到吉普车融入黑暗之中。鹰围着货车盘旋最后一次,飞向高空。

至睿

这个家笼罩在悲伤之中,仿佛被一件黑色罩袍覆盖。没人说话,没人哭泣,没人打破沉默。只有一个人反复吟唱着《至睿、全知》章:

> 哦,你,你着了魔!
> 我们拥有它的宝藏,仅此而已。
> 我们只按照固定措施将它传下。
> 我们发出授粉的风,
> 尽管它们负担沉重。
> 至睿!全知!
> 是我们付出生命和死亡,
> 是我们认识那些曾来之人,
> 以及那些以后将至之人。

悲伤使植物枯萎,净池中的几条鱼肚皮朝上浮出水面,老猫在清真寺的屋顶上死去。

与此同时,又执行了一波死刑。政权的反对者被埋在城外的群山脚下。谁也不许探访他们的坟墓。全国的目光都集中在前线的烈士身上。一周又一周,数百具尸体在星期五祈祷时被运回城市。

乌鸦第一个打破这个家的寂静。它飞向空中,呱呱大叫着,发出有客来访的信号。

法克莉·萨达特正在厨房做晚饭。"蜥蜴"打开前门。

一个穿戴着破旧衣帽的身份不明者进来,朝净池走去。

法克莉·萨达特惊讶地看到这个陌生人从容地经过窗户。

此人在净池旁停下,盯着里面的鱼。然后,他背着手大踏步绕过院子,先在楼梯旁停了一下，然后向客房窗内瞥了一眼，最后继续朝鸦片室走去，在那儿，他推推门，看它是否上锁。

法克莉·萨达特打开厨房窗户。"你在找什么人吗，先生？"她对陌生人喊道。

他没有回答，而是朝图书室方向走去。

法克莉想要追上他，看他想干什么，但她很害怕。"宣礼员，"她叫道，"一个陌生人正在院子里转悠！你能到这儿来，看看他想要干什么吗？"

躺在树下密切注视来者的"蜥蜴"赶忙到地下室去叫宣礼员。

这个人消失在树后，法克莉无法看到他。

突然，她听到巨大的砰砰声。

宣礼员从地下室上来，握着他的手杖，"蜥蜴"伴在他的身侧。

"一个穿着套装、戴着帽子的人刚朝图书室走去。我想他正试图撞开门进去，"法克莉·萨达特说道，"你能听到他的声音吗？"

宣礼员连忙跑向图书室。"你以为你在干什么？"他问道。

"你是谁？你不能在这儿乱闯！"

法克莉·萨达特披上罩袍出来。那个人正用一块石头砸门，试图破门而入。

"他长的什么样？"宣礼员问法克莉·萨达特。

"我看不到他的脸。他站在阴影里。"

"他留胡子了吗？"

"我想没有。我只看到了他的帽子。"

宣礼员朝他走去，但法克莉拦住了他。"我想他疯了！或许是个流浪汉！"

"去把阿伽·加安叫来！"法克莉对"蜥蜴"说道，后者正爬上树去，好在那儿监视此人的一举一动。

他从树上跃到屋顶，消失了。

宣礼员挥舞着手杖。"你是谁？"他重复道，"你在这儿做什么？"

没有回答。

"住手，你这个白痴！"宣礼员说道。他再次挥舞手杖。"别砸门了，你这个混蛋，否则我把你的屎打出来！"

但此人并未停止。宣礼员正要打他，这时法克莉·萨达特叫道："不，不要！他精神不正常！"她拽着宣礼员的衣服，将他拉开。

只有当阿伽·加安到了现场，这个人才停止砸门。

"这儿怎么了？"他问道。由于此人站在图书室墙面的阴影中，阿伽·加安无法看清楚他。

"你叫什么名字，先生？"

没有反应。

"从阴影里出来，这样我才能看到你，"阿伽·加安说道，"把手伸给我，我不会伤害你，我只是把你拉出阴影。"阿伽·加安冷静地抓住这个人的胳膊，将他引到阳光下。

"你想喝点什么吗？你饿吗？"

那个人的眼中盈满泪水。

那双眼睛非常熟悉……

"安拉，安拉！"阿伽·加安惊叫道，"法克莉，这是我们的阿哈默德！"

宣礼员伸出手触摸他。他的手指从阿哈默德的帽子向下移到他的脸庞，然后将他拉过来，搂在怀中。

法克莉·萨达特将头靠在他的肩上哭泣。"哦，阿哈默德！"他说道，"我们的阿哈默德！我们进屋去。他们都对你做了什么？他们怎么敢！来，一切都会好起来的。"

阿伽·加安为他打开图书室的锁，但阿哈默德没有进去。相反，他慢吞吞地来到客房，打开门，走进去，脱下鞋子，倒在床上。

"让他睡吧，"弗兰克对阿伽·加安和宣礼员说道。

卡尔卡尔安排让阿哈默德提前出狱，但阿哈默德的活力已经耗尽。被捕之后，他的妻子带着他们的儿子与她的父母同住，她有影响力的父亲——现政权的忠实支持者——安排他们离婚，并努力使他的女儿得到了孩子的监护权。阿哈默德被剥夺了做父亲的权利。

第二天，法克莉·萨达特叫他吃饭，但阿哈默德仍无反应。她进到他的房间，帮他下床，把他带到外面，亲切地帮他在净池中洗净手和脸，然后将他带到图书室，这样他便能看到，图书室的门现在已经打开。

他走进去，慢慢地经过书架，手指在书脊上划过。他打开桌上那盏古老的阅读灯，抚摸着他的椅子，但并未坐下。然后，他再次出来，慢慢回到他的房间，在那儿望着他的床，他的椅子，以及他过去为星期五祈祷而草草记下想法的笔记本，然后，他在床上坐下。

他在那儿坐了一整天,茫然地盯着半空。阿伽·加安给他带来一些食物,试图跟他说话,但他能够看出,阿哈默德不准备谈,他需要单独待一会儿。

那天晚上,阿哈默德整理好行李,走了。

"蜥蜴"看到他离开,便匆忙去警告阿伽·加安。但为时已晚,已经没有了阿哈默德的踪迹。

"圣战者"

前线正在激战。伊朗军队夺回了一些战略要地，在伊拉克境内开辟了新的前线，但看起来他们永远无法将伊拉克人从重要的石油城市霍拉姆沙赫尔[①]和阿巴丹[②]驱逐出去。萨达姆用炸弹和化学武器使伊朗人远离这些城市。

左翼反对派几乎被彻底铲除，但政府到目前为止还未碰过一个组织："圣战者"。"圣战者"组织的成员都是虔诚的穆斯林，尽管他们对《古兰经》的阐释与霍梅尼不同。在公开场合，他们假装支持现政权，但私下里，他们正在集聚武器，以便在时机成熟时出击。

霍梅尼称他们为头号公敌，警告说他们正设法从内部摧毁政府。由于伊朗陷于无休止的战争之中，且日渐衰弱，他想一劳永逸地消灭这个内部的敌人。然而，由于"圣战者"组织的成员都是穆斯林，所以霍梅尼无法简单地让他们就此消失。

执行委员会召开了一个紧急会议商讨此事。他们达成一致决定：跟之前的左翼反对派一样，"圣战者"组织将被立即消灭。

吉普车在半夜开到"圣战者"组织领导成员的家门前，持枪特工从屋顶冲进他们的家，但没找到一个领导者。他们都已逃走。

显然，他们事先得到了警告。看起来执行委员会内部有间谍。

主席阿亚图拉贝赫什提又召集了一次委员会会议。他本以为这个间谍不会出席，从而暴露身份，但所有成员都到场并澄清了自己。他们花了很长时间讨论可能出现的消息泄露源。

"我想我知道消息是如何泄露以及是谁泄露的，"其中一人说道，他以头脑敏锐和决断力强著称。其他人惊讶地看着他，屏息等待他说出这个名字。

他偷偷将自己放在桌下的黑色公文包朝贝赫什提脚下推近些，然后站了起

[①] 霍拉姆沙赫尔：伊朗西南部城市。
[②] 阿巴丹：伊朗西南部阿巴丹岛北岸的港口城市。

来。"我有证据,"他说道,"在我的办公室,我去拿,不会太久。"

他一离开会议室,便跑下楼梯,冲向他的汽车,跳了进去,呼啸着驶离。

在他甚至还未转过街角时,爆炸便即发生。他身后的大楼轰然倒塌,升起一团巨大的火光与浓烟之云,将委员会的所有成员杀死。

这个新闻在收音机中播出。群众聚集在霍梅尼宅邸周围,表示同情。他来到阳台上,平静地发表演说。"我们属于真主,我们回归于他!"他开始道,"这次,美国人将他们的邪恶渗进'圣战者'组织。但不要紧,因为安拉站在我们一边!我已经任命了新的委员会,在半小时前已经开始工作。我们不会让任何人或任何事阻挡我们!"

对"圣战者"组织支持者的搜捕立即开始。发生了一连串的随意开枪事件。同情"圣战者"组织的人们封锁了德黑兰市中心的几条街道,拿起了武器。巷战在"圣战者"组织和安全部队之间爆发。

那天被捕的所有人都在当晚处死。

第二个星期,秘密警察局长去见霍梅尼,告诉他一个紧迫的安全问题。他在霍梅尼面前跪下,亲吻他的手。"'圣战者'组织已经设法渗入政府的最高层,"他低声道,"当我们的注意力集中在前线时,他们夺取了最具战略意义的职位。他们甚至渗透到您的核心集团。我开列了一个高居部长之位的嫌疑人名单。如果您允许,我将通知总理立即逮捕这些嫌疑人。"

霍梅尼戴上眼镜,研究了名单,然后批准逮捕名单上的所有人。

秘密警察局长从霍梅尼的宅邸直奔一个秘密场所,那儿正在召开一个内阁会议。他先跟总理单独交谈,转述了他与霍梅尼的谈话要点,然后两人来到会议现场,通知各位部长。

秘密警察局长直奔主题。"我刚从伊玛目霍梅尼的宅邸过来,"他说道,"我跟他进行了私下谈话,他知道我现在在这儿。我正在等他随时给我打电话。我也跟总理谈过。'圣战者'已经渗入我们的——"

正在这时,电话铃响了。局长将他的黑色公文包放在桌上,说声抱歉,便到隔壁办公室去接电话。他拿起电话。"是的,是我,"他说道,声音大到隔壁房间的所有人都能听见。"我刚跟总理谈过。是的,我带着它呢。不,等等,我可能落在汽车里了。请您稍等好吗?我去把它取来。"他最后提高嗓门,以确保所有人都能听到。然后,他放下电话,离开房间,走下楼梯,进到车中,高速驶离。没人产生任何怀疑，因为他们无从知道，历史将会重演。爆炸震动了方圆几英里的大地。

"圣战者"组织继续着反对现政权的斗争。一周接着一周，炸弹在城中随处爆炸。尽管霍梅尼精选的内阁在如法炮制的手段中覆灭，现政权仍很稳固。当"圣战者"组织意识到这一点时，便刻意在城中制造混乱，在公交车、银行、政府大楼纵火，尽可能多地射杀政府官员。

一段时间之后，他们的战略开始看上去更像是政治自杀行为，因为革命卫队通过逮捕大量"圣战者"组织的支持者并无情射杀任何试图逃跑的人来加以报复。数日之内，数百"圣战者"组织成员被就地处死。

之后，"圣战者"组织放弃巷战，转向另一战术。这一次，他们主要采取复仇行动。他们将愤怒集中在大城市的阿亚图拉身上，开始逐一清算。

在伊斯法罕和亚兹德的阿亚图拉被暗杀之后，"圣战者"组织令人震惊地杀死了阿亚图拉莫塔萨维——一位伊斯兰哲学家，政府最重要的理论家之一。然而，他并未担任任何政治职位，只是给年轻阿訇授课。

当他步行前往神学院时，一个年轻人向他问好："您好，阿亚图拉。"

"你好，年轻人，"阿亚图拉答道。

"我有一个口信给您。"

"哦？是什么？"

"您对《古兰经》的解释即将结束！"

"你说即将——是什么意思？"

"我是说现在！"年轻人说道，然后朝他开了三枪。

连串的暗杀在政府中播下了恐惧与困惑。没人知道下一个目标是谁，以及下一次暗杀将发生在何处。

加兹温市的阿亚图拉也被选中。他自己的堂弟扣动了扳机。

就在事情发生的数天前，这位阿亚图拉担心自己的安全，请自己的亲戚充当司机。

这位阿亚图拉曾声言表示反对袭击。"美国在屠杀我们，萨达姆在屠杀我们，'圣战者'在屠杀我们。但他们杀不死我们的精神！我们曾给美国一个教训，现在该是给萨达姆和'圣战者'那个同样教训的时候了！"

那天晚上，在那一慷慨激昂的演讲之后，他的堂弟开车送他回家。"我们正经历如此可怕的岁月，"阿亚图拉叹道。

"以及如此可怕的夜晚，"堂弟说道，将车开进一条小巷。

"你把我带到哪儿去？"阿亚图拉问道。

"地狱！"堂弟说道，朝他打光了所有子弹。

谁都不再安全。你只需低声说出对你邻居的怀疑，他或她马上便被投入监狱。反对派转入地下。所有有机会逃走的人都设法逃到了国外。

这些暗杀事件的背后不只是"圣战者"组织。左翼反对派的武装组织也实施了他们自己的复仇行动。

尽管恐惧广布，但阿亚图拉拒绝向恐怖活动低头。他们一如既往地行事。塞尼詹的阿亚图拉阿拉基也是如此。所有人都知道，他是一个潜在的目标，所以他周围都是保镖。

阿拉基是一个想将塞尼詹变成伊斯兰城市楷模的狂热分子。他带着嫌恶的口气谈到有被处决者的家庭，并将女子监狱的全部权力委托给济纳特。她折磨和恫吓这些女人，直到她打一个手势，她们便像机器人一般站成一排，转向麦加。

塞尼詹的居民屏息静待这个可憎的阿亚图拉被击毙。他们无需等待太久。

太阳刚刚落下，院子中的暑气正让位给晚间的凉爽空气，这时，阿伽·加安的书房门被轻轻打开，有人走了进来。坐在椅子上读书的阿伽·加安以为是"蜥蜴"。他抬起头来。他最后一次见到沙保还是他们将贾瓦德的尸体运往山中埋葬的那个夜晚。之后，沙保马上离开。现在，他来了，正站在书房之中。

阿伽·加安摘下眼镜。"我没想到你会来。你什么时候到家的？"

"我刚到。"

"见过你的父亲了吗？"

"还没有。我碰巧来塞尼詹，想顺便过来看看。"

他的声音有点颤抖。

"命运，"阿伽·加安想道，"即将再次来袭。"

门第二次被轻轻打开，"蜥蜴"爬了进来。他能够从阿伽·加安的表情中看出，他不受欢迎。于是，他转身出去，静静地关上门，坐到了外面。

"你说你碰巧来塞尼詹是什么意思？"阿伽·加安问道。

"我有几件事需要在这儿办,所以我想最好趁此机会过来打个招呼。"

"你为什么不坐下?来,请坐。"

"我不能久留。我必须马上离开。实际上,我是来道别的。"

"道别?为什么?你要去哪儿?"

"我不确定。我必须办完一些未竟之事,然后我可能会出国一段时间。在离开之前,我想见见你。我很抱歉,但我……"他看看自己的手表,"我必须走了。"

"你想要告诉我什么,我的孩子?"

透过窗户,阿伽·加安看到宣礼员的身影,尽管他并未进来。

"我该叫你父亲进来吗?"

"不,时间不够了。我以后会给他打电话。我来是要见你。我很担心你。但我现在必须走了。有人在等我。"他说道。

阿伽·加安感觉到事情不妙。夜幕刚刚降临,时间尚早,沙保为什么没时间跟他自己的父亲道别?他为什么总在看表?他的郑重道别有些蹊跷。

然后,他突然醒悟。他知道将要发生什么了。十分钟后,祈祷将在清真寺举行。阿亚图拉阿拉基的赛德梅斯车很快会到。

他必须阻止沙保,但怎样阻止呢?

"该走了,"沙保说道,拥抱了他一下。

阿伽·加安也拥抱了他,但在这样做的时候,他感觉到一把枪的坚硬轮廓。他以意想不到的速度将沙保推靠在墙上,从他腰带下面抽出了枪。

"你中了什么邪,沙保?"阿伽·加安厉声问道。

"蜥蜴"手脚着地地弓起腰来。

"我不需要跟您说,阿伽·加安,"沙保说道,面色如铁,"没时间了。在为时已晚之前,请把枪还给我!"

阿伽·加安感到无力抗拒。他想喊道:"你不能这么做!滚出我的书房!"但他不能。他惊讶地意识到,他不想阻止沙保,他自身的一部分实际上赞成此举。

沙保从阿伽·加安的手中夺过枪。

阿伽·加安想将它抢回,但沙保用另一只手将他撑出一臂之距。"什么都别说!什么都别做!"沙保说道,"有话以后再说。祝我好运吧!"

茫然中,阿伽·加安突然发现书房中只有自己一人。他感觉好像暂时走出了自己的生命。在漫长的一分钟中,他无法移动,说不出话。

沙保在"蜥蜴"身旁蹲下，亲吻他，然后匆忙往外走，在那儿碰到他的父亲，意外地将他撞倒。

沙保跪了下来，将父亲的头捧在双手之中，在他的头顶吻了一下。"我有急事，父亲。我以后给你打电话！"

"蜥蜴"跟在沙保后面奔了出去。

阿亚图拉的梅赛德斯汽车在离清真寺几英尺处停了下来。

沙保站在小巷的黑暗处，等待着。

三名保镖从车上下来，迅速环顾四周。他们没看到有何可疑之处，于是，其中一名保镖打开车门，另外两人开始朝清真寺走去。

沙保从腰带下面拔出枪来。静静蹲在沙保后面的"蜥蜴"开始爬向梅赛德斯汽车。沙保想要阻止他，但已经太迟。"蜥蜴"手脚并用地爬着直奔阿亚图拉而去。刚扶阿亚图拉下车的那个保镖见状一怔。阿亚图拉退后一步，仿佛"蜥蜴"是一条狗，他喊道："走开！"

但"蜥蜴"一直向他爬去，将头伸到他的长袍下面，致使阿亚图拉完全失去平衡。

"阿亚图拉！"沙保喝道。

阿亚图拉惊讶地抬起头，不确定这声音来自何处。

三声枪响。阿亚图拉举起手，倒退两步，摔倒在地。

保镖抽出他们的枪，开始向任何移动物体疯狂扫射。

"安－安－拉－拉－拉－拉－拉－拉－拉－拉－拉－拉－拉－拉－拉－拉－拉！"这是屋顶上阿伽·加安的声音。

一辆摩托车呼啸着转过街角。沙保跳了上去，摩托车疾驰而去。

阿亚图拉的尸体倒在清真寺前。他的穆斯林头巾落在几英尺之外，离此不远，"蜥蜴"四肢舒展地躺在人行道上。他看上去不再像是一只"蜥蜴"，而像一个睡在黑暗之中的小男孩，卧于从他身体汩汩而出的血泊之中。

阿伽·加安在他身旁跪下，亲吻他冰冷的面颊，将他抱起，搂在怀中。

飞机

每当在院子里时，你都会听到飞机从头顶飞过。它们从德黑兰起飞，经过沙漠，飞到波斯湾，从那儿再飞往欧洲或美国。返回时，它们通常选择另一路线，经过阿曼湾，在班达尔阿巴斯港进入伊朗。

当孩子们还小时，一听到飞机的声音，他们便抬头看着空中小小的、神秘的鸟，唱起一首歌谣：

飞机，飞机
你去哪儿，飞机？
上面有谁，飞机？
何时轮到我上去，飞机？

法克莉·萨达特正坐在净池旁的长椅上编织。"蜥蜴"死后，她给他织的毛衣尚未完成。

阿伽·加安正在花园工作，将他的悲伤与落叶一起埋进一个坑中。

突然，一架客机从房子上方飞过，飞得如此之低，噪声震耳欲聋。阳光使其宽阔的翅膀熠熠生辉，照亮了法克莉的脸庞、树木、净池和窗户玻璃。

担心它是一架轰炸机的阿伽·加安抓起妻子的胳膊，将她拉到地下室。他们透过活板门窥视天空，但飞机已经消失。

当他们克服了恐惧时，看到宣礼员站在他的工作台旁。仅此一次，他的手上没有沾着粘土。相反，他穿着海军蓝套装，戴着帽子，并已戴上他通常旅行用的眼镜。他的脚边有一个箱子。

"你又要旅行了，宣礼员？"法克莉问道，神情黯然。

"我能看出你都已整理好行囊了，"阿伽·加安说道，"这次你去哪儿？"

"你是记录一切的人，"宣礼员说道，"把这个记下来：我要搬出去。"

"你要搬出去？"法克莉惊讶地重复道，"为什么？"

"我听到那个孩子哭，整个晚上。他死了，但他仍到地下室来，当我工作时，在我脚边玩。他葬在花园里，但我看到他坐在雪松树上。晚上，他在我的门外哭泣，还爬到我的睡梦中。"

法克莉·萨达特开始默默啜泣。"我们也是一样。我们也听到他在花园中，但那并不意味着你得搬出去。"

"我不想搬，但这座房子让我走。它赶我走。瞧瞧我的手——我再也做不出任何东西来。地下室堆满了我的作品，花园到处都是我的花瓶，我的盘子摞在屋顶。没人购买我的陶器。我是被赶走的。让我走吧，兄弟，祝我好运。"

宣礼员拥抱了阿伽·加安，亲吻了法克莉，提起箱子，走上地下室的台阶。他在院子中驻足片刻，听着熟悉的声音。"老乌鸦！"他喊道，"好好照顾房子。我搬出去了！"

****　****　****

在宣礼员关上背后的门后，三架战斗机带着雷鸣般的轰隆声飞过房顶，消失在云层中。

"伊拉克人！"阿伽·加安说道。

但它们不是伊拉克的战斗机，而是伊朗空军的战斗机，正在紧紧追赶那架客机。

伊朗的总统巴尼-萨德尔就在那架客机上。他正努力逃往国外，而那些空军飞机正全速在空中飞翔，努力阻止他。一个星期前，霍梅尼曾指控他为"圣战者"组织工作，解除了他的职务。

巴尼-萨德尔躲藏起来，"圣战者"组织设计了一个总体规划，将他偷偷送出国去。他们精心策划了这次逃亡方案，直至最后的细节，甚至将这次飞行通知了萨达姆·侯赛因，以便伊拉克的飞机在场护送前总统的飞机经过伊拉克领空。

那三架伊朗飞机未能抓到他。巴尼-萨德尔的飞机准时到达伊拉克，然后飞往欧洲。

四个半小时之后，当飞机到达巴黎时，飞行员用无线电联系指挥塔："这很紧急。伊朗总统在我的飞机上，他请求政治避难。"

指挥塔将讯息转给机场经理，后者马上与法国总统取得了联系，然后问了巴尼－萨德尔几个问题，他都用完美的法语予以了回答。"我是伊朗伊斯兰共和国的民选总统，"他宣称，"飞机上跟我在一起的是'圣战者'领导人。我为自己、'圣战者'领导人和飞行员申请政治避难。"

当机场经理和法国总统商讨此事时，飞机在巴黎上空盘旋。

巴尼－萨德尔拥有巴黎大学索邦神学院的经济学博士学位，在巴黎生活数年。实际上，他仍有他的巴黎公寓的钥匙。当霍梅尼离开伊拉克搬到巴黎时，他还做过一些研究工作。

在学习期间，巴尼－萨德尔提出了一个经济模式，将资本主义与伊斯兰教相结合。他的计划对霍梅尼而言非常理想，后者对经济学一无所知。

当霍梅尼从巴黎飞到德黑兰时，巴尼－萨德尔是跟他在一起的、在西方受过教育的七人之一。后来，他被选为伊朗的第一届总统。

当飞机围绕巴黎飞到第四圈时，机场经理将决定告知巴尼－萨德尔："法国政府同意为您及同机乘客提供庇护。您的飞机可以降落。欢迎到巴黎来。"

巴尼－萨德尔的逃亡在那晚的法国电视上成为头条新闻。

当霍梅尼正要结束晚祷时，时任武装部队总司令的拉夫桑贾尼跪到他身旁，把这个新闻告诉他。霍梅尼站了起来，立即开始了另一次祈祷。由于得知了这个不幸的消息，他希望额外的祈祷将会让他更加靠近真主。他需要安拉的建议。在他发出最后一句祈祷辞后，他的眼睛一亮。他转向拉夫桑贾尼。"我的辉煌时刻到了！"

**** **** ****

自从战争开始，伊朗军队一直等待合适的时机解放被占领的霍拉姆沙赫尔。中东最大的炼油厂便位于这个战略港口。截至目前，这一军事行动不可能实施，因为美国的卫星将霍拉姆沙赫尔内部和周围的每个举动都转给了伊拉克人。

"安拉在我们一边，"霍梅尼对拉夫桑贾尼说道，"我们将解放霍拉姆沙赫尔。这个时刻到了。召集你所有的将军开会！"

萨达姆为他的好运干杯，然后前往内阁会议，向他的部长们宣布巴尼－萨德尔的逃亡消息，这时，伊朗军队从六面同时进攻霍拉姆沙赫尔。

数千伊拉克和伊朗士兵死亡。街道上布满尸体。半天激战之后，两个伊朗士兵设法从精炼厂房顶上扯下伊拉克国旗，换上了绿色的伊斯兰旗帜。

伊拉克人重新集结，但阿亚图拉们意外开辟了一条新的战线：伊朗人进攻了伊拉克的巴士拉港。这一入侵消息令伊拉克士兵非常震惊，他们暴跳如雷，在撤回去徒劳地尝试挽救巴士拉前，他们摧毁了霍拉姆沙赫尔的所有房屋，将树木付之一炬。

在这一历史性胜利之后，霍梅尼出现在电视上，人们第一次看到他绽露笑容。他感谢了安拉，向倒下士兵的父母为他们儿子的勇敢而道贺。

上百万人走上街头，庆祝霍拉姆沙赫尔的解放。他们燃放焰火，开车游荡，鸣笛或闪烁车灯，在公交车上跳舞，相互之间请吃饼干、糖果和水果。

欢庆持续到深夜。这是阿亚图拉上台以来的第一次全国性庆祝活动。

一轮满月在夜空中照耀，安慰着那些遭受战争创痛与悲伤折磨的人们。然而，并非所有人都在欢庆。有人利用那个欢欣之夜实施复仇。

同一轮月亮的光芒照射着塞尼詹附近的一个咸水湖，在那儿，济纳特·卡诺姆的尸体半浸水中。她脖子上的一个塑料袋中有一个字条："她强迫被判死刑的未婚女性在行刑前与一个伊斯兰教原教旨主义者睡觉。为表达那些在生命最后一晚不愿做新娘的女孩们的母亲的愿望，她在此盐湖中受到审判和惩罚。"

很快，月亮将会消失，太阳取而代之。一群沙漠之鸟将会发现湖边的济纳特尸体，并喧闹地在它上方盘旋。

一个骑着骆驼经过此处的游客将在湖边停下，看看什么吸引了鸟儿的注意。他将从骆驼背上下来，跪在尸体旁，阅读那张字条。

摄影师

阿伽·加安沿着河岸漫步。晨祷之后，他没有回去睡觉，而是来此散步。他在一个沙堆上坐下休息。尽管寒冷，但一个女人正在河中洗脚。

她用罩袍边缘擦干脚，穿上鞋，然后朝阿伽·加安走来。"你有零钱吗？"她问道，"我没有放进口中的硬币了。"

"考德西，是你吗？"

曾经如此年轻活泼的考德西现在显得苍老。她的头发灰白，脸上布满皱纹。"我很长时间没见到你了，考德西。你去哪儿了？你母亲好吗？"

"她死了。"考德西阴郁地说。

"何时发生的？为什么没告诉我？"

"有一天她刚起床就死了，"考德西只说了这些。

"你姐姐好吗？"

"她也死了。"

"你姐姐也死了？什么时候？她怎么死的？"

没有回答。

"你哥哥在哪儿？"

"他也死了。"

"你告诉我的都是什么呀？"

"但你不会死，"考德西预言道，"你会留下来，直到他们全都去了又回。"

她转身离开。

"你去哪儿，考德西？你还没告诉我最新消息呢。"

"七个男人离开了。其中三人将会来，一个将会走，一个会躺在当地，一个将会死去，一个将会播种。但你会留下来，直到他们全都来了又去。"她回答道，没有转身看他。

阿伽·加安站起身来，继续散步。

谁要来，谁要走？他很纳闷。

突然，他想到了努斯拉特。

在那些动荡的恐怖之夜，只有一个人曾经进入霍梅尼的夜晚：努斯拉特。

霍梅尼和努斯拉特把自己与日常生活的严酷现实隔绝开来，努斯拉特把他输送到另一个世界，那儿没有伊拉克的飞机，没有炸弹，没有死刑。

努斯拉特用电影诱惑他，给他看关于鸟、蜜蜂、蛇和银河的纪录片和描绘大自然的影片。这是他们的秘密。没有其他人知道霍梅尼关着的门后发生了什么。

霍梅尼是什叶派世界的领袖，一个能够用一次演讲动员数百万人的人，但他很孤独。他整日、有时是整周独自待在书房中。

他是一个魅力超凡的领袖，反过来，人们总是竭尽所能给他留下印象。也就是说，所有人，只有努斯拉特例外。努斯拉特努力保持本色，希望以此离霍梅尼更近。

霍梅尼对数学一无所知，甚至缺乏最基本的物理知识，但他对诸如光、月亮、太阳和太空探索之类的事物非常好奇，对陨石尤其感兴趣。

努斯拉特——这位摄影师——让霍梅尼接触到他以前从不知道的奇妙世界。他把霍梅尼的孤独之夜变成了丰富多彩和令人着迷的夜晚，让他在里面忘却烦恼。

努斯拉特进到霍梅尼房间的第一件事是脱下外套，挂在衣帽架上，然后开始谈论他带来的影片。

"我今晚给你带来了两三部短片，"他在一天晚上开始道，"关于两种动物的独特纪录片。一个关于蚂蚁的社会等级，另一个关于猩猩。我肯定你会喜欢它们。你会惊奇于它们的行为跟我们的有多么相似！之后，我有一部关于悬浮在太空中的石头的迷人影片。它们有数十亿之众，每过一段时间，其中一块就会撞上地球。非常精彩！"

霍梅尼惊讶地看着他。连他自己的儿子在他面前都未感觉如此自在。他曾听说艺术家是另外一种人，而努斯拉特是他遇到的第一个艺术家。

努斯拉特的功能好比古代波斯国王朝廷上的弄臣。弄臣是唯一曾经进过国王卧室的人，他可以随心所欲地说话做事，只要能让国王开心。

"那个电视网叫什么？"一次，霍梅尼曾经问他。

"哪个？"

"那个美国电视网。采访过我两三次的那个。"

"你是说美国有线电视新闻网（CNN）？"

"对，就是它。"他说道。

"它怎么了？"

"哦，没什么。有人告诉我，主要国家的总统办公室里都有电视，他们总是把台调到美国有线电视新闻网。"

"没错。我很惊讶你没有电视机。"

霍梅尼的书房里既没有收音机，也没有电视机。新闻总是以书面形式交给他。

"我想美国有线电视新闻网上只说英语？"

"也有阿拉伯语频道。就像美国有线电视新闻网那样，它也用阿拉伯语播报新闻，"努斯拉特告诉他道，"我将给你带来一台电视机，你就可以在你的房间里看电视了。"第二天，努斯拉特带来一台手提电视机，放在霍梅尼的衣橱上，在那儿，没人能够看到它。他给霍梅尼展示如何开机、关机，以及如何调换频道。

"只要调到阿拉伯语频道就可以了，"霍梅尼悄悄低语道，仿佛这是某种秘密行动。

几个星期之后，努斯拉特意外地接到一位美国有线电视新闻网记者的电话，他知道努斯拉特与霍梅尼的秘密联系。他们商定在车站旁的茶馆见面。努斯拉特跟他谈了自己的工作，在谈话结束时，这位记者小心翼翼地问他，是否有兴趣制作一部关于霍梅尼的纪录片。

"你有什么想法？"努斯拉特惊讶地问道。

"一个富有人情味的故事。"

努斯拉特大吃一惊。很久以来，他一直考虑沿着这个路线做点什么，但决定这不可行。

"美国有线电视新闻网想要一部专门表现霍梅尼个人生活的半小时影片，"记者说道。"当然，我们会用美元支付给你丰厚的酬金。"

努斯拉特对酬金不感兴趣，吸引他的是人情味角度。这或许是千载难逢的机会，但他永远无法成功完成。

"算了吧，"他说道，"他永远不会允许我拍摄他的。"

"你总可以试试吧，"记者答道，"考虑一下，如果有什么我能做的，请告诉我。"

"好吧。"努斯拉特同意道。

他想要拍摄的场景已经萦绕在他的脑海之中。他那天晚上如此兴奋，无法入睡。他本想跟人讨论此事，但不敢，害怕如果将此告诉别人，会给这个计划带来厄运。

一天晚上，当努斯拉特和霍梅尼沿着霍梅尼宅邸后的湖边散步时，努斯拉特用关于卫星的信息取悦于他。他解释了卫星是什么及其工作原理，告诉他，由于有了这一先进技术，人们现在可以在电视的现场直播中看到美国总统坐在椭圆形总统办公室中喝咖啡。

"人类很好奇，"他继续说道，"为了满足他们的好奇心，他们发明了像卫星这样的东西，将它们发射到太空。他们想要知道所有人的一切，包括您。比如，您住在哪儿，如何生活，吃些什么。好奇无可厚非。"

努斯拉特努力为他的请求做着铺垫，但他知道，当他说出"CNN"的一刻，"美国"这个词肯定会接踵而至。他担心，如果提出这个话题，他将不再受欢迎，霍梅尼就会命令他收起设备走人。

但他如此执迷于这个想法，以至于无法停止。他总是随身带着摄影机，于是，那天晚上，在走进霍梅尼的房间、为他打开电视之后，他暗中按下摄影机的红色按钮，拍摄霍梅尼：赤脚坐在衣柜门后面的地板上，偷偷观看电视。

在接下来的几个月中，努斯拉特拍摄了很多短片：霍梅尼沿湖漫步，望着鸭子，麻雀吱喳叫着从他头顶飞过；霍梅尼在一根原木上绊倒，他的穆斯林头巾掉落下来，滚进湖中，鸭子划了过去，撕扯头巾。

在其中一个场景中，霍梅尼病卧床上。他侧身躺着，面朝麦加，恰如死者躺在伊斯兰坟墓之中。他的妻子走进房间，轻轻触摸他的额头，然后一言不发地离开。

在另外一个镜头中，你能看到他在房中来回踱步。他走到水槽旁洗手，取出《古兰经》，专心研究其中一页。看完后，他拿起一支笔，写了几行字，将字条放进一个信封中封好，然后叫他的妻子："巴图尔！"

她进来。"确保军队拿到这个，"他说道，将信封递给她。她接过信封，塞到罩袍下面，匆忙出去。

没有多久，霍梅尼意识到，努斯拉特正在偷偷地拍摄他。

至于努斯拉特，他肯定霍梅尼已经默许。

**** **** ****

一天，美国有线电视新闻网记者给努斯拉特打电话："我没有听到你的消息，所以我猜你拒绝接受我们的提议。"

"我已经拍了一些伟大的胶片，"努斯拉特脱口而出。

十五分钟后，记者出现在他的门口。

努斯拉特如此激动，以至于没有意识到，他正被新的秘密警察监视。他从未想过，他们或许知道他与美国有线电视新闻网的联系。

记者进屋后，努斯拉特泡了一些茶，将其中一盒录像带插进录像机后坐下。

记者无法相信自己的眼睛。"太好了！"他说道。

在他们甚至还未看完这盘录像带的一半，五个全副武装的人从屋顶跃到阳台，踢开门，冲了进去，逮捕了努斯拉特和那位记者。其中两人奉命搜查这座房子。任何稍有可疑之处的东西都被装进盒子中带走。

美国有线电视新闻网的记者第二天被驱逐出境。努斯拉特被投入监狱，等待进一步审讯。直到那时，他才发现，秘密警察将此事看得比他认为的严重得多。他知道，他冒了巨大风险，会遭严重指控，但他指望霍梅尼会保他出来。

努斯拉特竭尽全力说服审讯者，他非常敬重霍梅尼，此事是受真诚的敬意所驱使。

他解释说，这些胶片具有历史价值，因此是这个国家文化遗产的重要部分。

他强调，他从未打算将这些资料卖给美国人，此举完全出于他对电影艺术的热爱。

他发誓自己一直忠诚于霍梅尼和他的电影。

而且，他暗示，霍梅尼意识到他正在拍摄他的事实，如果必要的话，他可以证明这一点。

努斯拉特的辩护似乎合理。如果不是在他房中发现了另外一盘录像带的话，他们将会相信他。这盘录像带如此惊人和美丽，以至于努斯拉特不知道如何处置。

他将它藏在工作室大梁后面，希望没人会发现它，且迅速将之抛诸脑后，因为想到它会被发现，便觉非常可怕，以至于无法深思熟虑。现在，秘密警察发现了它。

"要小心，努斯拉特，"阿伽·加安经常警告他，"女人注定会毁了你。"

努斯拉特一直在寻找一个特别的女人，以使他在影片中捕捉她的美丽。然而，他从未想到，那个女人竟是霍梅尼的妻子。

审讯者将这盘录像带放到他面前的桌上。一看到它，努斯拉特骤然失色。他知道大势已去，从而陷入恐惧之中。

他在这位老妇身上看到了什么，使他突然地、非自愿地让他的摄影机转动？

巴图尔是什叶派世界最有权势者的妻子，但她本人毫无权力。

努斯拉特无法解释事情是怎样发生的，但这个无力的女人默默地迫使他拍摄她，记录她的活动，保存她的影像，这样有朝一日，她或许可以呈现给世界。

巴图尔一生都戴着面纱。陌生人从未见过她的头发、面庞和手脚。正因如此，有时她觉得有必要展示自己。

起初努斯拉特并未意识到发生了什么。当他敲他们卧室的房门时，巴图尔打开门，带着微笑欢迎他。她大约比霍梅尼年轻二十岁，你可以从她的面容清楚地看出这一点。她充当着和蔼亲切的女主人——虔诚的妻子通常不会如此——然而，努斯拉特知道，她这样做不是因为他，而是他的摄影机。

巴图尔很美，且希望她的美丽引起注意。她渴望人们从摄影机镜头中看到她。

她的愿望与所有遭受几个世纪的男性压迫、从无机会展示自己的美丽的其他伊朗女人相同。

她和努斯拉特达成一种默契。他默默地拍摄她。

霍梅尼有几千张照片刊登在报纸上，但巴图尔连一张小照片都未曾发表过。好像她并不存在。

在录像带中的一个场景中，巴图尔站在窗边，望着外面的湖。她将黑色罩袍换成一件带着蓝色花朵的米白色罩袍。努斯拉特把镜头推至她的面部，隐约可见她的银发。然后，她让罩袍慢慢滑至肩上。这是某种披露。

但敲定努斯拉特的命运的是另一个场景。巴图尔的房门半开。他拍摄了房间，展示屋角的一张单人床和床头柜,床头柜上放着一面小手镜和一个老式的妮维雅①小化妆瓶。

审讯者拿起这盘录像带,用力地砸在努斯拉特的头上,致使努斯拉特跌倒在地,失去了知觉。

**** **** ****

之后便是寂静。

寂静传遍这片国土。

萨达姆·侯赛因停止轰炸城市,霍梅尼也不再参考《古兰经》以决定是否进一步推进到伊拉克领土。

寂静主宰一切。不再有死刑,不再有暗杀。所有人都很疲惫。所有人都需要休息。

---

① 妮维雅:德国的一个化妆品品牌。

第一个来者

> 以山岳盟誓!
> 这是魔术吗?
> 这是魔术,还是你目盲?
> 以题写于展开长卷的书籍盟誓。
> 以众人朝觐的天房盟誓。
> 以高高擎起的华盖盟誓。
> 以旋涡肆虐的火海盟誓。
> 悲哉,那天,否认真理者!
> 山岳!山岳!

有多少年掠过?有多少月逝去?谁来了?谁走了?

没有人再去记录年代,计算月份毫无意义。对于悲痛欲绝的人而言,对于已经死去的人而言,对于那些哀悼他们的人而言,时间已经凝固。

对于那些在花园中忙碌以忘却哀痛的人,以及那些准备神圣菜肴以将其悲伤分成更易掌控的食物份量的人而言,时间同样静止不前。

这个国家似乎安歇下来。然而,一个腰带下插着上膛的枪的人此时正骑着骆驼穿过沙漠,这样,他便可以声讨法官,伸张正义。

一旦成功,悲伤可能真的终止。只有那时,时间才会再次启动,我们才会看出,自从有人来、有人去之后,已有多少年过去。

在长久的寂静中,霍梅尼逐渐失去了记忆。一天,他甚至认不出与他最亲近的那些人。

其政府中的关键人物拉夫桑贾尼和哈梅内伊夺取了政权,逐渐迫使霍梅尼退至幕后。

卡尔卡尔第一个意识到，霍梅尼已经老迈。一天，他跪在霍梅尼身旁，愕然发现，霍梅尼不再知道他是何人。

卡尔卡尔是顶层唯一一个独立行动的人。他被看作是霍梅尼的延伸部分。只要处于霍梅尼的佑护之下，他就强大有力，否则，他便无足轻重。到了他该退出的时候了。

此外，死刑潮已经发挥作用。政府充分展示了实力。它已将伊拉克侵略者赶出国门，消灭了反对派。现在提倡稳定，不再需要像卡尔卡尔这样可恨的法官。

政府不得不给他另觅职位，尽管这绝非易事。"圣战者"组织和左翼运动中的很多人都知道他的角色，以及奉他之命犯下的滔天罪行。他们正在等待，希望找他清算。

如果能够选择，他将会回到库姆，在神学院教授伊斯兰法，但现在不可能了。他知道，他的使命即将结束，正如霍梅尼一样。

霍梅尼尚未死去，但已经属于"过去"。卡尔卡尔没有"未来"，"现在"不需要他。他不得不回到"过去"。唯一的问题就是如何回去。

幸运的是，霍梅尼的继承者们确实找到了将卡尔卡尔送回到"过去"的一条途径。塔利班①正在邻国阿富汗忙着建立伊斯兰教政权，使用武力将过时的伊斯兰法强加给这个国家。

当时，塔利班与伊朗的阿亚图拉关系密切。他们时常会面，商讨如何加强立场以反对他们共同的敌人：西方。

政府想到了让卡尔卡尔为塔利班服务的主意。毕竟，狂热的塔利班会认为他很有价值。

这是一个完美的解决方案，卡尔卡尔热情地接受。塔利班的狂热吸引着他，于是，他收拾好行囊，假扮成戴着帽子、留着胡须的商人，乘火车抵达边境城市马什哈德，在那儿的小旅馆中住了一夜。第二天晚上，塔利班战士接上此时穿着传统阿富汗服装的他，开车穿过边境，直到喀布尔②。塔利班的首领在那儿热情欢迎了他，给他提供了一所住房。

卡尔卡尔的生活彻底改变了，此时能够自由地呼吸。表面上，他为市档案

---

① 塔利班：普什图语和波斯语，意为"伊斯兰教的学生"，是发源于阿富汗坎大哈地区的伊斯兰原教旨主义运动组织。
② 喀布尔：阿富汗的首都。

馆工作。然而，暗地里，他是塔利班统治集团中的重要人物。

他喜欢喀布尔的籍籍无名。最终，一切安静得足以让他再次投身于伊斯兰法。他整日待在市档案馆古老的图书室中，研究人们交给他的伊斯兰教文件，特别是那些来自沙特阿拉伯皇家图书馆的文件。几个月后，他娶了一个阿富汗妇女，开始适应婚姻生活。

他非常快乐。新生活很适合他。他在喀布尔自由行走，逛商店，这是他以前从未做过的事。他也花大量时间拜访他的姻亲。没人了解他的过去。对外界而言，他是一个撰写关于伊斯兰教历史的著作的伊斯兰教研究者。

他没有意识到，人们仍在寻找他，他的罪行未被忘却。

沙保便是其中一个搜寻卡尔卡尔的人。不幸的是，卡尔卡尔失去了踪迹。沙保所在党派的执行委员会只剩下三名成员。其他人或是被捕或被处死或被迫逃亡。在余下成员最后一次匆忙的集会中，沙保受命清算卡尔卡尔。之后看来，这似乎是他所在党派做出的最后一个决定。

沙保渴望为贾瓦德的死复仇。他无法忘记山中的那个漫漫寒夜，当时他和阿伽·加安前去寻找坟墓。这一屈辱令人无法忍受。他必须做点什么，否则永远无法拥有一个宁静的夜晚。只有办完此事，他才能够再将生活继续下去。

击毙阿亚图拉阿拉基之后，全家人都不知道沙保在哪儿。阿伽·加安以为他已逃往国外，正在欧洲或美国生活。

但沙保没有逃走。他仍在德黑兰。他留起了胡须，驾驶着该市众多橙色出租车中的一辆。对于地下组织的成员而言，驾驶自己的汽车过于冒险，所以他们通常依靠出租车送他们去想去的地方。

自加入党内报纸的编委会之后，沙保一直开着出租车。他不仅用它转遍全城，而且靠此谋生。

执行委员会不再举行任何会议，以免危及安全。留下来的少数成员偶尔在德黑兰巴扎的一个茶馆交换信息。

在其中一次短暂碰面中，沙保得知卡尔卡尔正在喀布尔居住。

"我本该猜到的！"他说道，"谁给你的这个信息？"

"群众党，"其中一人答道，他把一张写有卡尔卡尔地址的纸递给他。

群众党在遭政府彻底摧毁之后，也被解散。然而，这个亲俄政党的前成员仍与伊朗北部的社会主义邻居苏联保持联系。

沙保知道自己必须如何去做。

在阿富汗共产主义政权统治时期，伊朗的左翼地下团体与其在阿富汗的同情者产生了紧密的联系。塔利班掌权后，大部分——但并非全部——共产主义者逃往苏联。沙保安排了数月，在一群阿富汗反叛者的帮助下，偷偷进入阿富汗。

一天晚上，他骑着骆驼穿过沙漠，到达阿富汗边境。他将骆驼留在一个小旅馆的马厩内，步行前往接头地点，一个阿富汗人正在那儿的铁丝网另一边等着他。他们交换暗号后，此人告诉他从哪儿爬过铁丝网，进入阿富汗。

他跳上此人的摩托车，行驶半个小时，到达一个牧羊人的小屋。阿富汗人进去取出一套衣服。沙保换上传统阿富汗服装后，他们骑摩托车到达最近的城镇，这样他便可搭乘早晨前往喀布尔的公交车。

尽管是秋季，高山中仍在下雪。冰冷的风抽打着沙保的脸。那人给他带来一些新鲜面包和枣椰，确保他顺利登上公交车。

在长时间折磨人的盘山路和无数次的经停之后，公交车最终抵达喀布尔市中心。沙保下车到一个小餐馆吃些东西。他要了一碗阿富汗浓汤，痛饮几杯新泡的茶水。

这三个晚上他几乎没睡，于是，他前往餐馆附近的一家小旅馆，爬上了床，当第二天服务员敲门以确保他安然无恙时，他才醒来。由于旅馆中没有浴缸或淋浴，他四处闲逛，寻找浴室。未走多远，他看到一座清真寺，便设法在那儿洗掉大部分尘土和污垢。此后，他在附近的茶馆吃了早餐。

卡尔卡尔所在的市档案馆离此只有几个街区远。这座大楼对公众关闭，但沙保能够看到里面的灯光。

卡尔卡尔的办公室在顶层。那儿只有他一人。他的桌子靠着窗户，这样每次从工作中抬起头来，他都能看到人们在街上走过。早晨，他跟其他雇员一样很早上班，但当这座大楼在下午四点关闭时，他继续工作一个小时。他总是最后一个离开。

他一出来，沙保便认出他来，尽管他穿着阿富汗服装。他胖了很多，但沙保从他的走路方式中认出了他。

夜幕刚刚降临。沙保跟踪着他，并保持安全距离，不让他看到自己。卡尔卡尔走进一个面包房,出来时腋下夹着一条刚刚烤好的面包。然后,他逛到一个大排档前,买了一串葡萄——这季的最后一串。沙保一路跟他到家,检查了周围的环境后,便回到旅馆。

第二天晚上,沙保回到这座房子。他希望卡尔卡尔独自在家,但当他透过窗户往里窥视时,看到他跟他的阿富汗妻子一起坐在地板上,正在吃晚餐。

沙保无法再等。他必须在阿富汗秘密警察发现他在这儿之前迅速行动。所以,他在周围逛了一会儿,好让卡尔卡尔有时间吃完他的晚饭。

他第二次往窗内窥探时,看到那个女人在厨房里。楼上有灯光。他意识到机不可失,于是爬进窗户,蹑手蹑脚地朝厨房走去。那个正在洗碗的女人肯定听到了他的声音,因为她转过身来。当看到一个带枪男人正站在门口时,她的眼睛惊恐地睁大了。然而,在她来得及尖叫之前,沙保抓住了她,用手捂住她的嘴。"别叫!"他低声道,"我不会伤害你。听我说,你的丈夫是一个伊朗罪犯。他下令处死了几百个无辜者。别出声,你就不会受伤。你听懂我的波斯语了吗?"

惊骇的女人点点头。

"我没有太多时间。我要把你捆起来,用胶带封上你的嘴。如果你做错一步,我就开枪打死你。你听懂我说的话了吗?"

女人又点点头。

"好,"他说道,将她捆了起来,让她躺在厨房地板上。然后,他踮起脚尖上楼,前往他看到灯光的房间。

在楼梯顶端,他从缝隙往门内窥视,手中紧握着枪。卡尔卡尔戴着老花镜,正坐在桌旁看书,记笔记。

沙保轻轻开门进去。以为是妻子送茶来的卡尔卡尔没有抬头。但当他没有听到她的声音时,便摘下眼镜,转过身来,看到一个阿富汗人用枪指着他。

"不许动!"沙保命令道。

一听到这句波斯话,卡尔卡尔便即知道,他的攻击者不是阿富汗人。他目瞪口呆地盯着沙保。

沙保摘下他的阿富汗帽子。"穆罕默德·卡尔卡尔!所谓的安拉的法官!"他说道,声音冰冷。"我受地下法庭之命处决你!"卡尔卡尔认出沙保,非常震惊。他试图说话,但口干舌燥。他知道,末日降临。现在没人能够帮他。他嘟囔了几句。

"你说什么?"沙保问道。

卡尔卡尔指指桌上的那杯水。
"去喝吧，"沙保说道。
卡尔卡尔的手在颤抖，他呷了一口水。
"我可以站起来，面向麦加吗？"他问道，声音平平。
"是的，可以。"
卡尔卡尔站了起来。他朝窗户方向走了一步，然后，在朦胧的光中转向麦加，开始吟诵：

　　右边的同伴，
　　左边的同伴。

沙保开枪了。子弹射中卡尔卡尔的胸膛，他踉跄后退，抓住窗台，支撑着自己，继续吟诵：

　　哦，为主奋斗者
　　将会见到主。
　　当天体崩裂，
　　星辰飞散——

沙保又开了两枪。卡尔卡尔的手猛地向上举起，放开了窗台，然后翻倒。当他在地板上痛苦扭动时，仍令人费解地吟诵：

　　第一个来者
　　将第一个到达。
　　在极乐园中，
　　他们将离主最近。

沙保冲下楼梯，给那个女人松绑。"走吧！"他对她说道，"跑回你家去！"女人逃出房去。
沙保出来，跑到街角，左转。然后，他放慢脚步，沉着地走过黑暗的小巷，来到喀布尔市中心。他在那儿买了一条新烤的面包和一串葡萄,然后登上前往巴基斯坦的夜班公交车。

公交车驶过灯光昏暗的街道。喀布尔很美。有朝一日,他将回到这个神秘的城市。

极乐园

Alef Lam Mim Ra。

岁月流逝,这个家中的悲伤犹如花园中的树木一样生长。美国人质早已回到自己的家中,睡到自己的床上。霍梅尼已经死去。

战争业已结束,美国未能利用萨达姆达到自己的目标,他们的间谍飞机已经停飞。

候鸟仍成群飞到这个城市,飞过清真寺之家的上空,但由于没有为它们撒下谷物,它们继续前飞。

阿伽·加安的女儿们住在德黑兰。她们在战争与极刑的疯狂岁月中悄悄出嫁。恩熙生了一个儿子,给他取名贾瓦德,以纪念哥哥。她与丈夫时常回家,将婴儿放在母亲怀中。

曾经认为自己永远无法克服悲痛的法克莉·萨达特亲吻着外孙。"阿伽·加安,"一天,她兴奋地叫道,"过来看,他简直跟贾瓦德一模一样!"

老乌鸦听到她的话,在房上盘旋;净池中的鱼儿喜悦地跳出水面;雪松笑了,站得更直;鸟儿飞下,栖息枝上;风儿将春季野花清新的芬芳从山上吹了下来。阿伽·加安穿戴好衣帽,拿起手杖,前往巴扎购买饼干。

他最后一次无忧无虑地去买饼干是什么时候?

实际上,他能够想起最后那次,就是祖母前往麦加那天。

在那些可爱春日中的一天,阿伽·加安将他的旧福特车开出车库,有生以来第一次自己洗车。他将法克莉·萨达特的手提箱放进车的后备箱,扶她坐到车前座上,然后钻到方向盘后,驶往卓亚。

曾几何时,卓亚几乎所有的妇女——无论长幼——都为阿伽·加安编织地毯,并在他来村时隆重欢迎他。然而,也有一段时间,他们拒绝给他儿子一个墓穴。

幸运的是,那些日子已经过去,因为当他把车停好,跟法克莉·萨达特穿过村中广场时，村民为他们让路，并尊敬地鞠躬。

既然暴力浪潮已经平息，战争已经结束，革命已经尘埃落定，人们便可以进行反思。他们能够看到，多年的冲突让他们付出了什么：被政治分歧和死亡摧毁的家庭；塞满反政府者的监狱；失业率飙升，食物短缺。

阿伽·加安从未告诉法克莉那天晚上在这个村庄发生的一切，但她已经从亲戚那里听到了这个故事。

"我仍无法理解，人们怎能如此善变，"当他们走向过去曾属于她父亲的房子时，她说道。

"他们是头脑简单的人。其中大部分人是文盲。国王没有帮助他们，阿亚图拉也不会。我不怪他们。此外，我们的根扎在这儿。我们死去的亲人也葬在这里。一切顺利时，他们归功于我们；世事不顺时，他们也归咎于我们。"

伊斯兰军队已经征用了他们的祖宅，这样他们第一晚住在法克莉成长起来的家中。现在它属于她的妹妹。

第二天，他们出发前往卡赞姆·可汗的家，两人并排在杏树林中漫步。树上覆盖着淡粉色的花朵，鸟儿欢快地鸣叫，仿佛在庆祝悲伤时代的结束。村庄老的部分一如既往，但年轻夫妇们开始在山上建房。

卓亚有两样东西闻名遐迩：地毯和藏红花。气味香甜的藏红花在这些山上盛开。过去，当通往卡赞姆·可汗家的唯一方式是骑马时，山边被黄色的藏红花植物所覆盖。如今，斜坡上散布着几百座简单的石屋。在国王统治时代，人们已经开始在最高的山上建造蓄水池，但这个项目很久以前便被放弃。

"杏树已经变得又老又糙，"法克莉评论道。

"我也一样，"阿伽·加安答道。

过去，在冬季到来之前，村中女孩经常上山采摘贵如黄金的藏红花花丝[①]。她们在工作时快乐地唱歌，一天下来，她们的手染成了棕黄色，身体散发着藏红花的香味。

来自卓亚的女孩儿很受别村男孩的欢迎。然而，她们的求婚者很快发现，卓亚女孩不愿离开本村。

在漫长的寒冬，女孩们留在室内编织地毯。春季到来之时，她们推开窗户，然后，你就能听到她们的欢笑与歌声。

---

① 藏红花花丝：即藏红花雌蕊，可以入药，功效奇特。

现在窗户已开，但悄无声息。唱歌已被禁止。

阿伽·加安和法克莉·萨达特经过一株胡桃树，标志着他们已离卡赞姆·可汗的房子不远，它建在俯视藏红花山的高处。

远处，他们看到两个骑在马背上的男人朝他们奔驰而来。到了近处，他们勒住缰绳，翻身下马，牵着马朝阿伽·加安走来。这两个人看起来很像，显然是一家人。他们向阿伽·加安鞠躬问好，然后陷入沉默。

阿伽·加安不认识他们。他好奇地扫了一眼法克莉。

"他们是过去曾为卡赞姆·可汗工作的那对夫妇的两个失聪儿子，"她说道，笑了。

阿伽·加安用手势向他们回礼，问候他们的妻儿。

两人用手语回答，他们的妻子很好，孩子们也长大了。"这两匹马是给你们准备的，"其中一人打手势道，"供你们在这儿时用。"

阿伽·加安朝法克莉笑笑。"他们给你提供一匹马，"他说道，"你觉得应付得了它吗？"

"绝对不能！"法克莉笑道，"你也许还能骑马，但我不行。我不像过去那么年轻了。现在我不敢骑到马背上了！"

"他们的妻子邀请你去做客，"阿伽·加安说道。

"好，我很荣幸，"法克莉叹道。"告诉她们我会去的。"

两个男人交出缰绳，然后步行返回。

在扭曲多瘤的树木之间，卡赞姆·可汗的房子像是一颗闪亮的明珠，只有村中诗人的家才应如此。卡赞姆·可汗被葬在花园尽头的一棵杏树之下。他的墓穴此时铺满了鲜花。

卡赞姆·可汗健在时，鸟儿经常落在他鸦片室的窗外歌唱，直到他打开窗户，放出烟雾。他抽完烟后，便会说："现在回家吧，小鸟，睡个好觉！"于是，它们飞走了。

卡赞姆·可汗以前的仆人已为阿伽·加安和法克莉收拾好了这座房子。他们在外面吃饭，聊着卡赞姆·可汗，因他过去为山里女人写诗来赢得她们芳心而发笑。

那天晚上，从前那位仆人给法克莉·萨达特带来一个口讯。"有些女人想过来打个招呼，"她说道，"也就是说，如果您不介意的话。"

"哪些女人？"法克莉问道，很惊讶。

"过去曾为您编织地毯的那些人。"

该村女人一直颇为崇拜法克莉，欣赏她的美貌和令人愉快的举止。她们仍然很喜欢她。"她们想什么时候过来？"

"现在，如果方便的话。"

阿伽·加安撤回到卡赞姆·可汗的图书室中。

年老的妇人第一批进来。她们亲吻法克莉·萨达特，自行坐到地板上。然后，更多女人进来，这次是成群结队。她们也亲吻法克莉后坐下。法克莉很惊讶。大部分女人都在不同时期为他们工作过。她认识她们的面容。最后，七个女人一起进来，拥抱她。这些是曾经为她编织样毯的女孩。

"多么可爱的惊喜！"法克莉大声道。"你们的来访将阳光再次带进我的心田。这出乎我的预料。我还以为你们都把我忘了呢。"

其中一位老妇站起来讲话。"法克莉，"她开始道，"你遭受了很多痛苦。我们知道，你失去了儿子，而我们拒绝给他一个埋葬之地。那不得不伴随我们度过余生。今晚，我们过来请你停止哀悼。我们给你带来一套衣服，请求你脱下丧服，穿上这套衣服。我们在很早之前就应该这样做了。你经历了一段非常艰难的岁月。"

这个女人递给她一件色彩鲜艳的印花衣服。法克莉低头看着自己的黑色丧服，眼中含泪。她说不出话来，默默啜泣，用手掩住了嘴。

当她正要上楼向阿伽·加安展示她的新装时，看到一群男人走向了楼梯。他们是村中的长者，也都为阿伽·加安工作过。

其中一人敲了敲图书室的房门，问是否可以入内。

"请进，"阿伽·加安说道，"欢迎之至！"

他们成群结队地进入图书室，在窗边摇摇欲坠的椅子上落座。长时间沉默之后，其中一人说道："阿伽·加安，在战争期间，村里几乎所有家庭都失去了一个儿子。我们的孩子都葬在墓地里。我们拒绝给你儿子一块墓地，那让我们颇为不安。请原谅我们！"

"真主无所不知，并宽恕一切，"阿伽·加安安慰道，"我从未责怪你们。你们的来访减轻了我的痛苦。我一直相信人们是善良的。感谢大家今天来此。"

老人取出一件白色衬衫。"哀悼之期已经结束，"他说道，"请接受这个礼物，把你的黑色衬衫脱掉吧。"

那天夜里，在床上，法克莉的头靠着阿伽·加安的胸膛。"多可爱的夜晚，"她说道，"我如此快乐！现在，我可以再次拜访我们的村庄了！"

他们望向窗外布满星星的夜空。

"村民已经做出补偿。年长者已经从经验中吸取了教训，这让他们更加明智。这个地区丰富的传统给他们的智慧奠定了基础。他们知道如何治愈过去的创伤。"

"一些女人明天过来给我的头发涂散沫花染剂，"法克莉兴奋地说道，"那应该带来好运。"

"我很高兴，"阿伽·加安说道，"你应该拥有快乐。"他们在对方的怀抱中睡去。

第二天早晨，阿伽·加安被鸟儿的啁啾唤醒。祈祷之后，他穿上村民送给他的白色衬衫，到花园中漫步。他感觉很好。望着繁花满枝的树木，他感到力量流回到他的腿上。他在卡赞姆·可汗的墓旁停下，跪了下来，拾起一块石子，轻轻敲着墓碑，背诵一首叔叔的诗：

> 造化弄人，
> 时而爱你，
> 时而辱你。

令人愉快的微风从山中吹来。突然，阿伽·加安想起了昨夜的梦境。他梦到了胡尚·可汗。

胡尚·可汗是他的一个老友，一位住在高山之上的贵族。可汗就是那天晚来前来解救他们的人，那个开着吉普车带走贾瓦德尸体加以掩埋的人。

他住在一个属于他的村庄的古堡中，该村远离山中所有其他村庄。

在胡尚·可汗开车带走贾瓦德尸体的那晚之后，阿伽·加安没再回过山中。他知道需要耐心，有朝一日，那个时刻将会到来。

现在，当跪在叔叔墓前时，阿伽·加安想起了自己的梦。馥郁的花香让他想起了贾瓦德，想起他甜蜜的气息，在阿伽·加安的灵魂中飘荡。

他从马厩中牵出一匹马，跃上马鞍，朝萨沃伊－博拉格村奔驰而去。

胡尚·可汗年约六十，是一个有权有势的贵族的儿子。他是一个不同寻常的人，背弃父亲，拒绝与国王的政权有任何瓜葛。

胡尚有四个妻子，她们每人给他生了五个孩子。他已将他的地产变成了一种封闭的领地，几乎完全自给自足。他拥有一辆吉普车和几台拖拉机，并圈养奶牛、马和羊。他房子的地下室有一个小型酿酒厂，生产葡萄酒，供自己消费。

他不接触外部世界，只有朋友不时地过来看他。他的朋友圈包括来自诸如伊斯法罕、亚兹德、设拉子、卡尚等城市的作家、诗人和音乐家。他的房门永远对他们敞开。他们跟他一起在山中远足，吸他的鸦片，喝他家自制的葡萄酒，并享受他花园中的水果。

没有道路通往他的村庄。他设法让他破旧的吉普车驶过岩石，攀上陡坡，但其他人甚至不会尝试。他的客人通常乘坐公交车到卓亚，然后租骡子载他们完成余下行程。

胡尚·可汗曾在巴黎求学，在那儿住了很久。然而，一天，他收拾行李，回到山中。

他总是穿着长筒靴，戴着奇形怪状的帽子，喷洒从巴黎带回的古龙香水。每天早晨，他爬上山顶看日出。他将收音机调至法语电台，收听新闻和音乐。

他虽有四个妻子，仍独自一人住在城堡中，周围环绕着他的资产。

萨沃伊－博拉格村周围的群山笼罩着神秘气息。最高那座山上有一个火山口，古老的火山仍喷着烟雾。他的城堡建筑在其中一座山的山坡之上，俯视着贫瘠的山谷。

在通往城堡的路上，有三个神秘洞穴，每个洞中都有波斯的历史遗迹。在第一个洞穴最深处的角落，有一座早期萨珊王朝[①]沙普尔国王[②]的简朴石像；第二个洞穴的洞壁上刻着一头狮子正与骑在公牛背上的阿契美尼德王朝的国王作

[①] 萨珊王朝：公元 224 — 636 年间在波斯建立并统治帝国本土的一个王朝。
[②] 阿契美尼德王朝（公元前 550 年－公元前 330 年）：也称波斯第一帝国。

战；第三个洞穴保存着最伟大的国王——大流士国王①轮廓鲜明的浮雕。

装饰着《古兰经》诗句的绿色旗帜在洞穴入口处飘扬，欢迎骑着骡子上山朝圣的人们参观这些雕刻。

鹰在洞穴的上空翱翔，密切注视着所发生的一切。朝圣者喜欢将它们当做洞穴的守护者。

山顶有一座大钟，胡尚·可汗的来访者可以敲钟，让他知道他们来了。阿伽·加安敲响了钟，并朝村庄方向挥舞帽子。"可－可－可－可－可－汗－汗－汗－汗－汗！"他叫道，声音在城堡下面的山谷中回荡。

在城堡外玩耍的孩子们听到他的喊声。"你叫什么名－名－名－名－名－名－字？"他们叫道。

"阿－阿－阿－阿－阿－阿－阿－伽－加－加－加－加－加－安！"他们冲进城堡告诉胡尚·可汗，客人即将到来。

与此同时，牵着马缰前行的阿伽·加安爬得更高一些。

不久，胡尚朝他奔来，挥舞着帽子。更接近时，他跳下马鞍，拥抱阿伽·加安。

"欢迎，我的朋友！真是一个惊喜！我的家就是你的家！"他们开始步行前往城堡。

"告诉我，朋友，是什么风把你吹来了？"

"信不信由你——是一个梦。"阿伽·加安告诉他道。

"哪种梦？"

"就是我昨晚做的梦。法克莉和我住在卓亚。"

"你为什么没把她带来？"

"因为本未计划过来看你。我只是在今早想起我的梦时，才决定骑马过来。"

"梦到什么了？"

"我忘了，除了一小部分：我站在钟旁，看着你开车驶下山谷。我敲钟，但你没听见，所以我又敲，甚至更响。你仍未抬头看。然后，我喉中一哽，我一直敲，直到山中的所有人都听到了，除了你。我不记得接下来发生了什么。"

"我知道接下来发生了什么。跟我来，我给你看。"可汗说道，跳上马，朝

---

① 大流士（公元前522年—公元前486年）：波斯帝国君主，出身于阿契美尼德家族支系。大流士不仅是波斯帝国的伟大君主，也是世界历史上的著名政治家之一。

山谷奔去。

山谷非常干旱，由尘土和深棕色岩石构成。这儿毫无生命迹象。可汗沿山坡而下。当他们到达山下时，便从马上下来，可汗大步走向山谷。

"这个山谷的土壤非常干涸，即使你将波斯湾的水注到这里，也不会让它解渴。"可汗说道，"不过，这土壤令人难以置信的肥沃。我有一个梦想：有朝一日，我要把这个山谷变成伊甸园。我要给你看样东西。你认为自己准备好看了吗？"

"看什么？"

"某种注定痛苦、但也奇妙的东西！"他爬过一块巨石，阿伽·加安跟在他的后面。

"自然界创造奇迹，"他继续道，"这儿的土壤荒芜，但在城堡后面，土壤柔软湿润。我可以告诉你一个秘密吗？这看起来可能很奇怪，但在城堡下面，有一座巨大的蓄水池。"

"蓄水池？"

"是的，蓄水池！我不知道它是如何形成的，也不知道水来自何处，也许是从冰雪覆盖的高山流向北方。这是我的地盘里的秘密。没人知道它。我是在三年前才发现的，当时我的一位法国朋友来访。他是一位地质学家。他好奇地要看井中的水来自何处，于是，他顺着绳子下井，上来时，他说道：'你的城堡下面有黄金。''黄金？'我问道，目瞪口呆。'水！'他解释道，'这些土壤下有一个蓄水层，而那如黄金一般珍贵。'"

"我从未告诉任何人，"可汗说道，"我担心阿亚图拉如果听到风声，就会没收我的城堡，把我赶出去。我打算只要我还活着，就保守这个秘密。不过，我一直在做一个小实验，在你的一个亲戚的帮助之下。"

"哦，谁？"

"我稍后告诉你。不管怎样，我出去购买了强大的水泵和很长的水管。你可以亲自判断结果。闭上眼睛，我将带你去那儿。打起精神，跟我来！"

阿伽·加安闭上眼睛，犹豫地抓住可汗的胳膊，跟着他来到一个悬崖的后面。

"好了，你现在可以睁开眼睛了。"可汗说道。

阿伽·加安睁开双眼，被看到的情景惊呆了。展现在他眼前的是一个巨大的花园。里面长满了五颜六色的芬芳花朵，到处还点缀着繁花盛开的树木。

"真难以置信！"阿伽·加安说道。

"火山温暖着这片土壤，它富含各种矿物质。悬崖为这个花园遮风挡寒。这只是我对这个村庄的梦想的开始。你昨晚做了一个梦，但不记得确切的情形。好，我来告诉你。看那边。在树后，那些黄褐色石头的旁边，那就是你儿子的坟墓。上面还没有墓碑，但覆盖着鲜花和飘落的花瓣。"

阿伽·加安抓住可汗的胳膊，以稳住自己。

"普通的鸟儿不敢来这儿，"可汗继续说道，"这儿是鹰的领地。他们在村庄上面盘旋，守护着它。"

阿伽·加安的眼中盈满泪水。他盯着坟墓上生长的杏黄色鲜花，这些花儿如此锦簇茂密，仿佛决心要将坟墓掩藏起来。眼泪顺着阿伽·加安的面颊滚落。他跪在墓旁，亲吻着大地：

> Alef Lam Mim Ra
> 他主宰着世界。
> 正是他
> 铺展大地，
> 举起群山，
> 让河流淌，
> 用隐形的支柱
> 擎起天堂。
> 他使日月遵从他的旨意
> 在既定时间之内
> 按照各自路线运行。
> 他主宰着世界
> 他使黑夜遮盖白日
> 又使白日覆盖黑夜。
> 他使每种果实两性相配，
> 双双对对。
> 地球上有片片土地
> 它们彼此相邻，

有葡萄园，
有玉米地，
有棕榈树，
或是同根生长，
或是集结丛生，
都由同一溪流灌溉。
他主宰着世界
对理解者而言，
这些即是迹象。
Alef Lam Mim Ra

"谢谢你，可汗，"阿伽·加安说道，"谢谢你，我的朋友。我的心充满快乐。"

"我知道还有一件事会让你快乐，"胡尚·可汗答道。

"没有什么能比这让我更加快乐。"

"不要太肯定。正如几分钟前我告诉你的那样，我得到了帮助。帮助来自于一个力壮如牛的人。没有他不懈的努力，这个花园不会存在。你想见他吗？跟我来。他正在城堡的另一边开着拖拉机。我们在开垦一块新地，播种向日葵。我的那位法国朋友从法国给我带来一些种子。我们本土的向日葵在这儿的山中无法长高，但这个法国品种会直冲天空。很快，这片田地将被几千个'太阳'覆盖。其中每个都会长出肥美多汁的葵花籽。我们在去年种植了一个试验田，所以今年，我们期待着从那些种子中榨出我们自己的葵花籽油。你即将见到的那个人是个天才！他夜以继日地工作，耕地，播种，维修设备，给我建议。他是我曾拥有过的最好的工人！"

两人牵着马缰，慢慢走到山的另一边。当他们到达一个树丛时，可汗将缰绳系到一根树干上。"让我们给他一个惊喜，"他说道，"放轻脚步。"

他们蹑手蹑脚地穿过树林，走向那个正在工作的人。

"别动，"可汗低声道。

阿伽·加安看着拖拉机上的那个人。他的脸被帽子遮住。当拖拉机开到一棵树旁时，此人停下拖拉机，从上面下来，大踏步走向那棵树，那儿放着他的午餐。他的举止中有些熟悉的东西，他走路的方式。

可汗笑了。

此人抓起一条面包,坐到地上,斜靠着树,仰望天空,这样,他的脸便沐浴在阳光中。

"阿哈默德!"阿伽·加安惊叫道,"是阿哈默德!"他往前迈了几步,更仔细地观察此人。是的,没错,是阿哈默德:他们家的儿子,他们清真寺的阿訇!

"到他那儿去!拥抱他吧!"可汗敦促道。

两只老鹰在头顶滑翔,并开始在这片土地上盘旋。

阿伽·加安走到空地中。突然,阿哈默德看到阿伽·加安朝他走来。他跳了起来,盯着他,目瞪口呆。

阿伽·加安伸出手,将阿哈默德搂在怀中。"你已经成了农夫!而且是现代农夫!你驾驶拖拉机,散发着柴油的味道,你有着机械师的双手。"阿伽·加安眉飞色舞。"你已经获得了经验,现在可以从另外一个角度看待生活。谢谢您,安拉,为这个神圣的时刻!"

阿伽·加安的突然出现令阿哈默德如此震惊,以至于仍说不出话来。他的手颤抖着,擦着眼中的泪水。

"一切都会好的,我的孩子,"阿伽·加安说道,"有朝一日,这都将结束,我发誓。然后,清真寺将被还给我们,你将回到你的图书室。"

"他不想再当阿訇了,"可汗说道,笑了,"让阿亚图拉去戴穆斯林头巾、穿长袍吧!来,他还有工作要做。你和我去吃午餐。你们俩需要从震惊中恢复过来。"

瞠目结舌但不胜喜悦的阿伽·加安跟着可汗走回城堡。"你是真正的朋友,可汗。你为我做了这么多,我几乎不知道如何感谢你。"

"你不必谢我,尽管有一件小事你可以做。"

"我很乐意。说吧。"

"我们稍后再说。我们有充裕的时间。"

他们到了城堡,孩子们欢呼雀跃地跟阿伽·加安打招呼。"我敢发誓,自从上次见到你之后,你又生了很多孩子,"阿伽·加安说道。

"我不知道,"可汗笑道,"你得去问他们的妈妈。"

可汗将阿伽·加安带进一间优雅的客厅,在这儿,插在枝形水晶吊灯郁金香形插座上的蜡烛正明亮地燃烧着,光从一面古镜中反射回来。这个房间温暖宜人,地上古老的波斯地毯更添温暖与色彩。家具可追溯至文艺复兴时期,但奢华之气依旧未减。一个巨大的书柜排满了法语与波斯语书籍。

"我希望你计划在这儿待上至少一个星期。"可汗说道。

"我希望我能,但不行。我把法克莉一个人留在了卓亚。她今天安排与几个妇女见面,且不知道我已来这儿。我只告诉仆人,我会晚些回来。"

"我理解,但你不能现在就走。我会派人去接她。"

"我想她还未准备好应付这些。她只是刚刚开始好受些。我从未告诉她,那天晚上你接走了贾瓦德的尸体。她仍不愿谈及此事。"

"那完全没有问题,"可汗说道,"我会派人告诉她,你将在此过夜。她可以睡在她妹妹家,对吗?你不该让女人习惯在你怀中入睡!让她独自睡一个晚上吧,这对她有好处。"

这时,两个仆人用一个圆形银盘托着午餐进来。

那天傍晚,阿伽·加安回到田里。他和阿哈默德在山中散步,聊着这几年中发生的一切。

之后,可汗带阿伽·加安去见他的妻子们,她们用茶水和家中自制的饼干招待他。他们留下来,跟最年长的妻子共进晚餐。

吃完饭后,他们回到城堡,可汗将他领进客厅。蜡烛已经燃起。

"你是我尊贵的客人,"可汗说道,"请坐,我马上回来。"

阿伽·加安突然感到一阵悲伤袭来。紧张的岁月已经造成了伤害。他茫然地盯着地板,等待着主人。几分钟后,他拿着一个覆盖着薄薄一层灰尘的酒瓶回来。他将酒瓶放到桌上,从橱柜中取出两个金边高脚杯。

"今晚,你和我有好几个原因值得庆祝。从你的脸上可以看出,这是一个悲伤但精彩的一天。"

一生中滴酒未沾的阿伽·加安摇摇头。"我不喝酒,"他说道。

"你在犯错。数小时前,你要感谢我,但不知怎样做好。这很简单:跟我一起喝酒。让那成为你的致谢方式。听着,我的朋友,这是我的地下室中最老的一瓶葡萄酒。我把它拿来跟你分享。我的父亲在三十年前将它放在地下室中。这些年来,我一直在等我知道将会到来的一个夜晚,等一个正确的人,一个朋友。不,不要打断我。我知道这违反你的原则,但我希望我们俩为你葬在这里的儿子干杯,为快乐地、健康地、驾驶着拖拉机的阿哈默德干杯。今天是一个特殊的夜晚。我不会让你用宗教毁了它。我要给你倒一杯葡萄酒。什么都不要说。我将举起我的酒杯,你举起你的,然后我们喝下去。"

他拔去瓶塞,嗅着酒香。"安拉啊,安拉啊,没人应该在不愿意的情况下被迫饮酒,但我希望你跟我一起喝下这杯酒。"

阿伽·加安一言不发。可汗先往他自己的杯中倒了少量的酒。他拿起酒杯,旋转着。"这酒闻起来像《古兰经》中提到的天堂酒河一样香甜。"

阿伽·加安默默地盯着他。

"别那样看着我!"可汗说道,"我刚才说的没错。不是只有你读过《古兰经》,我也读过——以我自己的方式。关于天堂,《古兰经》谈了很多。它许诺给我们侍女——嘴唇有着牛奶和蜂蜜味道的美丽女人,她们将会倒出美酒。来,举起你的酒杯干杯吧。有朝一日,这酒将在天堂被提供给你!"

阿伽·加安没拿他的酒杯。

"很久以前开始,我就是一个罪人,但你不是,"可汗说道,"我不会要求你做任何罪恶的事。这酒是用我自己葡萄园中的葡萄酿制。在丰收时节,山中最美丽的女孩来这儿采摘葡萄,将酒注入地下室古老的陶罐之中。"

可汗呷了一口,品味着。"令人难以置信,"他说道,"在这酒中,你能品尝到构成这座火山的微粒,构成宇宙的微粒。你甚至能够闻到采葡萄女孩手上的气息。喝一口吧,阿伽·加安!"

当阿伽·加安还是不拿酒杯时,可汗便决定不再逼他,走了出去。

蝙蝠俯冲着穿越他的地产,在停在山坡上的拖拉机上盘旋。他看到阿哈默德朝马厩走去,肩上扛着什么东西。他呷了一口酒,聆听着夜晚的声音。他的孩子们仍在外面玩耍。他听到女儿们在黑暗中相互追逐。几年之前,他住在巴黎。那是一个巨变的时代,示威者在街上行进,存在主义盛行,西蒙·德·波伏娃①用其著作迷住了整个巴黎。

他曾经非常快乐,多次进出情网;他的法国朋友欢迎他,仿佛他是一位波斯王子。他本可以永远住在巴黎。但一段时间之后,情势扭转。他不再快乐:他渴望家园,渴望他年轻时的山峦,还有山中的女人。巴黎很美,但它的美丽不属于他。他将巴黎的记忆存储起来,回到他的城堡,直到永远。

---

① 西蒙·德·波伏娃(1908.1—1986.4):法国著名存在主义作家,女权运动的创始人之一。

拿着葡萄酒杯,可汗沿着村庄唯一的街道而下。片刻之后,他转身看到阿伽·加安站在窗边。他在啜饮葡萄酒吗?可汗想进去看看,但什么东西阻止了他。

他在巴黎最后几年的愁绪意外地悄悄袭来。他不想独自伤悲,便来到他最年轻妻子的房子,在她的怀中,他永远能够找到平静。他敲敲门,她打开了门:"你为什么看上去如此忧伤?"

"我朋友的忧伤感染了我。"他说道。

她没再多问,而是将他拉上自己的床,让他的头枕到她的大腿上面。

第二天早晨,年迈的仆人将阿伽·加安带到皇家浴室。他迈进浴池,感受着脚下的热砖——一个漫长夜晚后的欢愉时刻。水漫到他的下巴。他滑到水面下一段时间,然后再次上来,吟诵道:

> 第一个来者
> 将第一个到达
> 极乐园中。
> 他们将斜倚镶有珠宝的沙发,
> 少女将在他们之间穿行,
> 富有表情的大眼睛,
> 彷如蚌壳里的珍珠。
> 她们轮流侍奉着他们,
> 捧着装有葡萄酒的杯和盏,
> 不会致人头痛或酩酊的琼浆。
> 他们将得到想要的任何水果,
> 以及他们喜欢的禽鸟之肉。

他又没入水中,致使水从浴池两边溢出。他张大嘴巴,在水下待了良久,仿佛要涤尽自己的罪恶。这一次,当他出来时,他大口喘着气,使出全力喊道:"在极乐园中!"

他穿上衣服,戴上帽子,示意仆人牵马过来。然后,他跃上马鞍,绝尘而去。

他是光，光上之光

清真寺之家的故事远未结束，然而，它与真实生活有一个方面颇为相似：我们必须同它们全都告别。

波斯故事在结尾时，经常会出现这样一句话："我的故事结束了，但乌鸦尚未归巢。"

一天，阿伽·加安在他的巴扎办公室中时，收到一封非同寻常的信。信封上有一个国外的邮戳。他很惊讶。他很久没有接到来自国外的商务信函。但这封信有所不同：他不认识上面的邮票。德国邮票总是非常大气，印着音乐家或哲学家的肖像，或是历史时刻的画面，但这张邮票的特色是一束鲜红的郁金香。

阿伽·加安从抽屉里取出放大镜，研究着这张邮票。它或许来自瑞士。他想起三年前曾往那儿寄过一批地毯。

信封给他带来希望。不过，你永远无法肯定，因为坏消息总是潜伏在侧，随时准备跳出来。他把信放到一边，让办公室小弟给他送些茶来。

喝完茶后，他取出开信刀，小心翼翼地划开信封。里面是一封用圆珠笔、以波斯语写成的信：

亲爱的阿伽·加安：

您好！我从心底向您问好。用淡淡的思乡之情向您问好。

我亲爱的阿伽·加安，我正从一个我从未想过会久居的国家给您写信。如果我是您，我会说，是真主的旨意引我至此。但我不是您，所以我把它当做是一系列偶然所致。无论怎样，事已至此，您教我要接受事实。

我必须承认，我一直随身携带您的智慧之言，就像是一串心爱的念珠。

您的话给了我希望，帮我幸存下来，使我能够构筑新的生活，创造属于自己的东西，成为清真寺之家真正的子孙。

我最亲爱的阿伽·加安，我渴望能够打开我们家门走进去的那天。我仍保存着钥匙，我总是将它带在身边。

您教我要面对问题，努力工作，以及要有耐心。我遵从着您的建议。

我离开了家，但从未背弃它。我现在住在荷兰，梦想有朝一日您和我能够沿着我公寓前的运河漫步。那天注定会到来！一定会！

您总是告诉我要有梦想，要实现梦想。我正要如此。只有在这座城市的自由氛围中，才会有我可与您共享的秘密。

某天晚上，您将来到这里，我会邀请朋友过来见您。我常常谈到您，以至于他们感觉已经认识了您。

我亲爱的伯父，我仍在写作。在过去几年中，我将自己所有的时间都用在了将我的故事付诸纸上。我这样做是为了您，为了我们的祖国。

我现在用另一种语言写作，我不知道我该为此道歉，还是雀跃。事情就是这样，我只能如此。实际上，写作拯救了我。这是我得以表现您和我们国家所经历的痛苦和折磨的唯一方式。尽管我用一种新的语言写作，但我仍努力让我的故事浸润着我们古老而美丽语言的诗性精神。

请原谅我。

我最亲爱的伯父，我如此频繁地梦到家，梦到你们所有人，我就仿佛生活在那儿，而非这里。

您不会死去。您将留在那里，直到他们全都去了又回。

沙保

那天晚上，阿伽·加安穿上衣服，戴上帽子，拿起手杖，离开书房，走到院中。

天气很冷，净池已经结冻，树干裹着一层薄薄的冰。

深蓝色的天空点缀着繁星，一直延展至麦加。阿伽·加安走过院子，小心翼翼地攀上通往屋顶的台阶。

年老的乌鸦辨出他的脚步声，呱呱叫了起来，但仍留在巢中，看着他的一举一动。

"谢谢你，乌鸦！我会小心的，"阿伽·加安在经过穹顶、走向清真寺时说道。

乌鸦再次发出叫声。

"谢谢你，乌鸦。你能提醒我真是太好了。不，我不会开灯。乌鸦，藏宝室是我们的秘密。"

他抓着木质护栏,走下台阶,进入清真寺。然后,他蹑手蹑脚地穿过黑暗,来到家族墓室,小心地打开门。他什么都看不见。有一刻,他犹豫是否应该开灯,但决定不开。他缓缓走下楼梯,摸索着来到藏宝室的门口。这儿静寂得诡异,唯一的声响便是他的脚步声和手杖叩地声。

最后,他停住脚步,笨拙地开锁。片刻之后,合页"吱嘎"作响,沉重古老的门打开了。

他的身影在如墨的黑暗中隐约可见。然后,他迈进藏宝室,消失在黑暗中。

他走过红色地毯,在长排衣帽钩的最后一枚旁边驻足。他从衣袋中取出沙保的信,跪了下来,将它放进储物箱中。然后,他打破沉默,吟诵道:

> 他是光明。
> 他的光就像有灯的壁龛。
> 玻璃盏仿佛闪耀的明星,
> 它被吉祥的橄榄油点燃。
> 油本身便几乎焕发光彩。
> 光上之光!

致谢

正如《古兰经》的某些章节那样,《大巴扎》中的一些章节以阿拉伯字母构成的词汇开篇,如 alef, lam 和 mim。乍看之下,它们似乎并无意义,但关于它们,伊斯兰学者的著述已经汗牛充栋。它们被认为是神秘数码,一种宇宙密码,可以解开创造之谜。

《鱼儿》一章结尾引述的故事是以伊朗作家贾拉勒·艾哈迈德[①]的短篇小说中的一个段落为基础。

《家庭》一章的诗歌引自 J.T.P·德·布鲁因编译的《来自波斯的大篷车》(阿姆斯特丹:布拉阿克出版社,2002)。

所有引自《古兰经》的章节都已改写。我将它们从上下文中抽出,把不同章节的语句加以混合,进行意译,其中使用了大量不同的源文本,查阅了各种阐释。

尽管《大巴扎》以史实为基础,但所提及的真人真事读者都应按照小说惯例加以阅读。

[①] 贾拉勒·艾哈迈德(1923 — 1969):伊朗著名作家,思想家,社会与政治评论家。